Der Ariadnefaden: Seit 20 Jahren erscheinen bei Ariadne Krimis von Frauen, an die wir hohe und zum Teil unübliche Ansprüche stellen. Zunächst ging es uns darum, diesem macho-geprägten Genre weibliches Selbstbewusstsein zu verpassen, es zu nutzen für unterhaltsame Kritik an den Verhältnissen, für einen feministischen Blick auf den weiblichen Körper und neue, für Frauen interessantere Identifikationsfiguren. Heute sind im Genre Krimi viele starke Frauen unterwegs. Doch die original deutsche Krimikultur steckt – verglichen mit der reichen angloamerikanischen Tradition – noch in den Kinderschuhen. Trotz der Regionalkrimi-Schwemme der letzten Jahre gibt es erst wenige souveräne Erzählerinnen, die den Muff altdeutscher Fernsehkrimis entschieden hinter sich lassen. Zu ihnen gehört Monika Geier.

Beim Lesen eines Kriminalromans besteht ja ein Teil des Vergnügens darin, in den Kosmos einzutauchen, den eine gute Erzählerin errichtet. Deshalb sind gelungene Serien-Ermittlerinnen so ein Genuss. Die Tür, die Monika Geier in ihren Romanen aufstößt, führt in die Welt von Bettina Boll, Provinzkommissarin im deutschen Hier und Heute. Mit ihr begegnen wir Figuren und Situationen, die wir wiedererkennen: Wenn Bettina Boll sich zotige Sprüche von Vorgesetzten und Kollegen anhören muss oder zum Schuldirektor ihres Ziehsohns zitiert wird, ist klar, dass sie sich mit derselben Wirklichkeit plagt, die auch den Alltag ihrer Schöpferin und ihrer Leserinnen prägt. Monika Geier präsentiert die menschlichen Abgründe so liebevoll entlarvend, dass sie uns einfühlende Seufzer und erheitertes Gelächter entlockt. Und ihre kriminalistische Raffinesse könnte einem Angst machen, wäre da nicht dieser hintergründige Humor …

Die Herzen aller Mädchen ist Monika Geiers fünfter Kriminalroman. Bettina Boll, die sich von Buch zu Buch weiterentwickelt hat, erhält hier ihre große Chance, in der polizeilichen Oberliga mitzuspielen – aber wie im wirklichen Leben gibt es mehr als eine Priorität und keinen geraden Weg zum Erfolg. Mit dramatischen Wendungen und fulminanten Verbrecherjagden erzählt Monika Geier eine Geschichte über das Obskure, das Kryptische und das Doppelbödige – in Büchern, im wirklichen Leben und in der Ermittlung. Dazu gibt es zeitlos schräge literarische Charaktere, erfrischende Seitenhiebe auf die Blüten der modernen Medienwelt, herrliche Situations(tragi)komik und natürlich Bettina Bolls persönliche Achterbahnfahrt durch das wilde Leben.

Monika Geier, Jahrgang 1970, wurde in Ludwigshafen geboren. Nach dem Abitur folgte eine Ausbildung zur Bauzeichnerin. Für ihr Debüt wurde Geier mit dem *Marlowe* geehrt. Inzwischen ist sie Diplomingenieurin für Architektur, Mutter von drei Jungs, freie Künstlerin und Schriftstellerin.

Monika Geier

Die Herzen
aller Mädchen

Ariadne Krimi 1184
Argument Verlag

Ariadne Kriminalromane
Herausgegeben von Else Laudan
www.ariadnekrimis.de

Lektorat: Ulrike Wand

Von Monika Geier bei Ariadne erschienen:

Wie könnt ihr schlafen (Ariadne Krimi 1110)
Neapel sehen (Ariadne Krimi 1136)
Stein sei ewig (Ariadne Krimi 1150)
Schwarzwild (Ariadne Krimi 1174)
Die Herzen aller Mädchen (Ariadne Krimi 1184)

Deutsche Originalausgabe
Alle Rechte vorbehalten
© Argument Verlag 2009
Glashüttenstraße 28, 20357 Hamburg
Telefon 040/4018000 – Fax 040/40180020
www.argument.de
Umschlaggestaltung: Martin Grundmann, Hamburg
Fotomotiv: collective nouns
Satz: Iris Konopik
Druck und Bindung: CPI Moravia Books, Pohorelice,
Printed in Czech Republic
ISBN 978-3-86754-184-8
Erste Auflage 2009

Noch nie wurde ein Mädchen von einem Buch verführt.
Jimmy Walker, »night mayor« von New York

Eins

Janine stiefelte auf Pfennigabsätzen voraus, sie passte, fand Gregor, überhaupt nicht zu ihrem Namen, bei *Janine* dachte er spontan an geföhnte Locken und orangefarbenen Lippenstift. Diese junge Frau jedoch trug einen strengen Zopf, so voll Gel, dass man kaum die Haarfarbe erkennen konnte. Irgendwie halbdunkel, genau wie ihre sorgfältig bemalten Lippen. Und der schmale Rücken direkt vor Gregor war in etwas gestärktes Weißes gehüllt, darüber hauchdünne grüne Wolle, das musste der letzte Schrei sein, sonst wäre es kaum so hässlich. Aber falls man ihr Haar löste und sich all die spitzen Accessoires wegdachte … *Fräulein, nehmen Sie doch eben mal die Brille ab –*

Sie öffnete, unverändert bebrillt, eine Glastür zu einem Raum voller Ledersofas. »Hier sind wir ungestört. – Bitte.« Sie ließ ihm den Vortritt und wartete, bis er sich setzte, ein selbstsicheres modernes Dienstmädchen. Dann nahm sie ihm gegenüber Platz und wurde zur Gastgeberin. »Hatten Sie denn eine gute Reise?«

Gregor bewunderte die ausgefeilte Körpersprache der jungen Frau. Alles an ihr signalisierte Interesse. Sie saß leicht nach vorn gebeugt und musterte ihn mit offenem Blick. Klar, sagten ihre Augen hinter der Brille, ich bin abgestellt zum Smalltalk mit dir, aber in der Sendung wird es nicht anders, wir machen dich hier schon ein bisschen warm. Außerdem – sie klemmte sich noch die letzten freien Härchen hinters Ohr – bist du spannend, ganz ehrlich.

Er bejahte einsilbig, nur um zu sehen, was sie sich als Nächstes einfallen lassen würde.

»Vielleicht brauchen Sie vor der Sendung noch etwas Ruhe?«, fragte Janine sofort verständnisvoll. »Soll ich uns noch einen Kaffee bringen lassen? Oder was anderes? Saft?«

»Nein«, antwortete Gregor, »ich möchte einfach nur hier sitzen.« Er lächelte. Janine war seine Sklavin für heute Abend.

»Kommen Sie mit mir, ich werde mich bis zur Sendung um Sie kümmern«, hatte sie am Eingang zu ihm gesagt, »Sie können mich alles fragen.« – »*Alles?*« Er brauchte noch eine Frau für die Nacht. »Alles.«

Nun ließ sie sich ein wenig zurücksinken in die schwarzen Polster, die glänzten wie Sitze in einem Taxi, und lächelte Gregor zum ersten Mal zu. Mit dem Lächeln, merkte er, war Janine sparsam, zuvor hatte sie hauptsächlich aufmerksam ausgesehen. Jetzt wirkte sie unter der vielen Schminke fast ein wenig schalkhaft. »Wir sind alle wahnsinnig gespannt auf Ihre Begegnung«, erklärte sie mit einem ganz neuen Ton in der Stimme. »Die Redaktion findet es bemerkenswert, dass Sie gekommen sind, wo wir doch Anna Oberhuber eingeladen haben. Das ist groß. Toll, dass Sie keine Angst wegen dem Niveau haben, aber die Leute, die sich deswegen Sorgen machen, sind meistens die Ersten, die sich ausziehen.« … *lassen*, klang in Janines ironischem Tonfall mit. Sie blickte spöttisch, die Farbe ihrer Augen war hinter den Gläsern und unter dem heftig braun schattierten Augen-Make-up kaum auszumachen. »Na, jedenfalls freuen wir uns riesig auf die Sendung. Es wird hochinteressant, da wette ich.« Sie lehnte sich zurück und wartete auf seine Reaktion.

Anna Oberhuber. Gregor starrte seine selbstbewusste Sklavin an. Leichtes Boulevardprogramm, hatte der Redakteur im Vorgespräch gesagt, wir plaudern ein wenig über Ihren Vater und sein Werk, für Bildungsbürger, versteht sich, immerhin sind wir öffentlich-rechtlich und Sie kennen unsere Sendung ja. Es wird nett. Ein bisschen Studiopublikum, Caféhausatmosphäre, wenn es sein muss, dürfen Sie rauchen. Und Ihr Leben als Wissenschaftler interessiert uns natürlich auch. Wir werden Ihr Buch vorstellen – von Ovid, nicht? Dieser Fund, eine bibliografische Sensation, ein richtiger Schatz, und dann noch mit ungewisser Herkunft, das ist schon spannend. Aber vielleicht lesen Sie uns auch eine Stelle aus den Aufzeichnungen Ihres Vaters, da haben Sie doch auch Sachen, eben was Persönliches, das lieben die Leute. Außer Ihnen werden wir noch sechs weitere Gäste haben, die Liste faxen wir gleich morgen, falls Sie das möchten.

Von einer hochinteressanten Gegenüberstellung mit einer Fremden war nie die Rede gewesen. Die bewusste Liste war für

Gregor nur eine Reihe Namen mit Berufsbezeichnung. Eine Schauspielerin, eine Tänzerin, ein Mitglied der *Brave Bloodhounds*, wer immer das war, ein Sternekoch aus dem Osten, ein Sportreporter, eine Wahrsagerin und er selbst, Sohn des bekannten Abenteuerromanautors Georg Krampe, Semiprominenz eben, sonst wäre gerade er kaum eingeladen worden.

»Anna Oberhuber, ist das die Wahrsagerin? Sollte ich sie kennen?«

»Hahaha«, lachte Janine und ihre Brillengläser funkelten. »Sie sind ja *richtig* gut.«

Auch als Anna Oberhuber ihm auf dem Gang gegenüberstand, selbst als sie ihm einen tiefen Blick schenkte und anschließend unerwartet zwei Küsse auf die Wangen knallte, blieb sie für Gregor eine Fremde. Diese Frau kannte er nicht, bestimmt nicht, an die hätte er sich erinnert. Sie war eine vitale Erscheinung, groß, braungebrannt, mit dickem gelblichem Haar und hellen blauen Augen. Auf dem Kopf trug sie eine völlig unpassende Mütze, ein ballonförmiges Etwas aus Leder mit einem komischen kleinen Schirm vorne und einer dunklen Bommel ganz oben, sicher aus Menschenhaut. Und sie war ohne das geringste Zögern auf ihn zugekommen. »Der kleine Grregor!«, hatte sie mit leichtem fränkischem Rollen in der Stimme gerufen und seine Hände gepackt, vielleicht um zu fühlen, ob er schon fett genug war.

»Guten Abend.« Rasch entzog Gregor der Dame seine Finger. Eigenartig, wie genau anscheinend jeder hier wusste, wer er war.

Und nicht nur das: »Ich kenne Ihrren Vater gut«, sprach Frau Oberhuber nun.

»Er ist seit über zwei Jahren tot«, entgegnete Gregor.

Oberhuber seufzte. »Aber er ist immer interessant geblieben.«

»Stimmt, ein paar Leser hat er noch.« Gregor überlegte. Unter den vielen erstaunlichen Bekanntschaften des Abenteuerromanautors Georg Krampe konnte leicht eine blonde bayerische Wahrsagerin gewesen sein. Andererseits hatte sein Vater biografische Aufzeichnungen hinterlassen, die Gregor fast Wort für Wort kannte. Anna Oberhuber kam darin nicht vor. »Er hat nie von Ihnen erzählt.«

Sie lächelte nur mitleidig. »Dafür umso mehr von Ihnen. Sie sind sein ganzer Stolz, Grregor, wissen Sie das?«

Gregor starrte die Frau an und merkte, wie Wut in ihm aufstieg. Was sie sagte, war absurd – und perfide. Georg Krampe hatte sich um sein einziges Kind kaum gekümmert. Damit hatte Gregor inzwischen abgeschlossen, soweit das eben ging, und es war auch kein großes Geheimnis. Jeder einigermaßen Interessierte konnte das aus den überlieferten Berichten der Skandalpresse um Georg Krampes allzu glanzvolles Leben schließen. Nichts Neues, sagte Gregor sich trotzig. Nichts Neues. Trotzdem fühlte er sich plötzlich wehrlos.

»Darf ich fragen, woher Sie ihn kannten? Mein Vater hat Wahrsager gehasst. Er hielt sie für Scharlatane.«

Das entlockte Oberhuber ein winziges, überlegenes Lächeln. Sie faltete die Hände, legte sie unters Kinn und bohrte ihren Blick in seinen. Kühle, hypnotische Augen hatte sie, auf deren Grund etwas stand, das Gregor nicht fassen konnte, Gier vielleicht. Oder Besessenheit. Jedenfalls keine Spur von Ironie, was die Situation wenigstens einigermaßen erträglich gemacht hätte. »Zwei Seelen, die sich begegnen«, antwortete sie sanft, und hätte ebenso das Hexeneinmaleins aufsagen können, »zwei Schiffe, die in der Nacht aneinander vorrüberziehen, zwei Einsame –«

Janine, die neben Gregor stand und lächelte, zupfte ihn unauffällig am Ärmel und deutete auf den Bühneneingang.

»Ich glaube, es geht los«, unterbrach Gregor seine neue Bekanntschaft und wandte sich den Lichtern zu.

Es war Abend, die Kinder schliefen nebenan. Nein, eigentlich war es Nacht, die Dunkelheit hing seit vielen Stunden über der Stadt, oder seit Tagen. Wenn nicht schon Wochen und Monaten. Kriminalkommissarin Bettina Boll konnte sich kaum erinnern, wie die Sonne aussah. Draußen war es nur noch kalt. Und hier drin, ja –

Hier war es unerträglich. Dabei gab es eigentlich nichts auszusetzen an Barbas Wohnung. Sie war groß, Altbau, liebevoll eingerichtet und nicht mal übermäßig niedlich. Was im Übrigen viel gnädiger gewesen wäre, denn eine Kitschausstattung hätte Bettina leichten Herzens weggeworfen, aber da waren keine Kunstblumen oder Salzteighühner, mit denen man den Müllsack hätte füllen können. Nichts Reales zum Zerschmeißen, nichts Schweres zum Wegtragen, nichts Buntes, von dem sie sich sowieso befreien wollte. Im Grunde war es eine gute Wohnung, das war das Schlimme. Es gab eine bequeme Couch, eine große Küche, vergessene Lichterketten und Weihnachtskugeln über der Palme, die traditionell als Christbaum herhielt, zwei Filmposter, Wände in warmen Farben und im Wohnzimmer über der Anrichte Barbas große alte Italienkarte, ihr Schatz. Nichts störte, außer die Unordnung vielleicht, und es fehlte auch nichts: Das Weiß war weiß in dieser Wohnung, das Blau im Bad schattig, die Kaffeemaschine italienisch und das Wachstuch auf dem Küchentisch sah aus wie ein Original aus den Fünfzigern. Doch all das Echte und Persönliche vermisste umso schmerzlicher seine Besitzerin. Barbara. Ihre Schwester Barbara, Mutter von Enno und Sammy.

Sie zündete sich eine Zigarette an. Barbara war tot, und Bettina hatte ihre Wohnung übernommen, den Kindern zuliebe. Damit die ihre Heimat behielten. Das war eine leichte Entscheidung gewesen, fast eine Selbstverständlichkeit, aus ganz praktischen Gründen: Bettinas alte Wohnung wäre sowieso zu klein für drei, so hatte sie auch den größeren Umzug gespart, ihr eigener Hausrat moderte nur selten vermisst in einem Lagerraum in Mundenheim.

Bettina war es plötzlich viel zu eng, raus, dachte sie und öffnete die Wohnungstür, aus dem ungefegten Treppenhaus zog es ihr feucht entgegen. Sie klemmte einen Schuh in den Türrahmen und setzte sich draußen auf die kalte Treppe, ohne Licht zu machen. Dann paffte sie und beobachtete die Glut, wie sie sich ins graue Zigarettenpapier fraß. Spontan hielt sie das glimmende Lichtlein von sich fort, wie um einen Heckenschützen um einen lächerlichen halben Meter zu täuschen. Und fröstelte. Sie wusste, dass sie umräumen musste, ausmisten, andere Bilder aufhängen, ihre eigene Musik hören, neue Kleidung und eigenes Geschirr besorgen. Aber wie sie es machen sollte, das wusste sie nicht. Sie hatte kein Italien, kein gelobtes Land. Ihre alten CDs hörten sich fad an gegen Barbas extravagante Sammlung. Sie kannte kein Bild, das sie aufhängen wollte, kein Buch, das sie berauschte. Sie hatte nichts. Aber alles in der Wohnung wegschmeißen und nicht ersetzen, das konnte sie auch nicht. Sie hielt es nicht aus, dieses viele Leben, das noch in den Räumen hing.

Sie hielt es nicht aus.

Die Zigarette verschmorte am Filter, die Kälte kroch aus der Treppe in Bettinas Beine. Sie musste wieder rein, sonst würde sie krank. Weiterleben. Fernsehen.

Gregor Krampe, einziger Sohn des gefeierten Enfant terrible Georg Krampe, saß unter den Lichtern in der Runde illustrer Gäste, die er allesamt nicht kannte, und betrachtete Anna Oberhuber, Wahrsagerin, mutmaßliche Fränkin und Unruhestifterin. Links von ihm sprach eine unglaublich junge Tänzerin geziemend blasiert über ihre kürzlich gemachten Erfahrungen mit Polanski. Der war sogar Gregor ein Begriff, *Tanz der Vampire* gab es jetzt auch als Musical. Bei der Gelegenheit dämmerte ihm, dass er nicht allein als Platzhalter hier saß. Womöglich hatte man sie alle eingeladen, um den Glanz eines jeweils Größeren zu beschwören. Die Kleine neben ihm war Polanski, der Junge ohne Nachnamen (»Sebastian«) aus der *Bloodhound*-Boygroup stand vermutlich für irgendeinen mächtigen Musikproduzenten, der Sportreporter hatte unlängst eine DVD über den FC Bayern herausgebracht und der Koch bei Witzigmann gelernt. Er selbst war der Einfachheit halber direkt als »Sohn von« vorgestellt worden.

Wen aber vertrat Anna Oberhuber? Auch seinen Vater? Das wäre der Ehre ja fast zu viel. Wie alt sie wohl war? Sie sah so freiluftgestählt aus. Fünfundvierzig? Um die fünfzig? Nicht ganz die Generation Georg Krampes, aber sie war eine Frau. Eine

Geliebte? Wie mochte sie ausgesehen haben vor zwanzig, dreißig Jahren? Er konnte es sich nicht vorstellen. Nicht mit dieser Mütze, die ihr schönes, aber faltiges Gesicht entstellte. Und diesen hellen Augen. Wie hätte sein Vater sie beschrieben? Er versuchte, sich an alte Spitznamen zu erinnern, eine Bibi fiel ihm ein, eine Becky und eine Socks. Bibi kannte er, Becky war tot. Socks? Nein, entschied Gregor, Socks war in seiner Vorstellung eine dürre, elegante Frau, aschblond, in englischen Tweed gehüllt, vielleicht etwas zu große Zähne und auf jeden Fall lautes Lachen. Wenn diese Gebirgsbäuerin Socks war, dann war Großbritannien auch nur eine Erfindung der Filmindustrie.

Er blickte in die kühlen Augen Anna Oberhubers und merkte, dass sie es genoss, von ihm beobachtet zu werden. Man hatte sie ihm direkt gegenüber platziert, getrennt nur durch Herrn Kachelmacher, einen der Moderatoren, um sie alle drei bequem mit einer einzigen Kamera abfilmen zu können, vermutlich. Ihre Interviews waren aufeinander folgend geplant, ziemlich am Ende der Sendung, aber nicht ganz zum Schluss, »der beste Platz«, hatte Janine Gregor noch zugeflüstert, bevor sie ihn in die Arena aus Lampen und Kameras entließ. Das hieß, sie wollten eine Auseinandersetzung. *Showtime.* Und er fühlte sich seltsamerweise fast entspannt. Ob dies das Erbe seines Vaters war, das nun, nach fast zwanzig Jahren hochseriöser wissenschaftlicher Germanistenkarriere, unerwartet durchbrach? War ihm das mitgegeben worden, die Lust am glamourösen Auftritt, am spontanen Kampf vor Publikum, am *besten Platz*?

Und wieso eigentlich nicht?, dachte er, während er sich eine Zigarette anzündete, die Beine übereinanderschlug und dann fast lächelnd in seinen bequemen Sessel zurücksank.

Es lag schon eine gewisse Komik darin, dass man ausgerechnet *ihn* unter falschem Vorwand hergelockt hatte.

Als der Bote mit der Pizza endgültig überfällig war, überlegte Bettina, den Fernseher auszumachen oder zumindest umzuschalten, denn der Sternekoch, der jetzt das Wort hatte, vergrößerte erstens allein durch seine Profession ihren wütenden

Hunger und kapierte zweitens das Prinzip der Sendung nicht. Mehrfach war er aufgefordert worden, seine Lehrzeit beim großen Witzigmann zu schildern, stattdessen sprach er lieber über sich selbst. Was Bettina sogar sympathisch gefunden hätte, wäre sein Thema nicht die Menschenführung. Die hatte er noch vorm Mauerfall im Osten gelernt, war eben doch nicht alles schlecht gewesen, Kochen war sowieso Diktatur, die Küche ein Bild der Welt und strenge Hierarchie allgemein vonnöten. Bettina hatte den Finger schon am »Aus«-Knopf, da schwenkte die Kamera auf einen Gast, der ihr zuvor bereits aufgefallen war, wieso, war ihr nicht genau klar. Weil er so eine eigenartige Spannung ausstrahlte? Der Mann war schmal, aschblond und gepflegt, fast zu sehr, er lehnte gelöst in seinem Sessel, rauchte aber unablässig. Er mochte um die vierzig sein, oder aber, dachte Bettina, er war viel jünger und spielte das mittlere Alter nur. Irgendetwas störte an seiner Erscheinung. Da war so ein hintergründiger Ernst in seinem Gesicht, als wüsste er als Einziger, dass unter dem Sessel des Moderators eine Bombe lag.

Jetzt klingelte es an der Tür und Bettina erhob sich, um ihr Essen in Empfang zu nehmen, und als sie schließlich alles bezahlt und ausgepackt und vor sich auf dem Wohnzimmertisch aufgebaut hatte, da war über den Koch alles gesagt und der ernste Mann saß voll im Bild, jetzt rauchte er nicht mehr, sondern hörte stirnrunzelnd einer blonden Dame zu, die mit großem Körpereinsatz redete und ihre Hände ab und zu auf die ihrer Nachbarn legte. »Er war ein wunderbarrer Mann«, sagte sie nachdrücklich. »Ich hab ihm alles zu verdanken.«

Bettina biss in ein Stück ihrer Pizza *Mare Nordico*, eine große rosa Krabbe kullerte hinab, es tropfte an allen Seiten, Fett, viel geiles Fett, sie hatte immer noch einen Kloß im Hals, doch das Fett half. Geschmolzener Käse und Remoulade und lauwarmer Lachs waren gut für die Verfassung, wieso hatte sie das früher nicht bemerkt? Statt Tränen ließ sie sich nun den tröstlichen Saft über die Finger laufen und kaute kräftig und spülte mit viel Wein nach und hörte die unglaubliche Geschichte des mutigen Georg Krampe, Autor von schlechthin allen verfilmten deutschsprachigen Spionageromanen der Nachkriegszeit, hatte sie von dem nicht sogar irgendwo ein Werk im Regal stehen? (»Jeder hat des.«) Von der schwärmerischen bayerischen Dame auf der Mattscheibe erfuhr sie nun, dass die Bücher nicht nur erfolgreich, sondern in gewissem Sinne auch *alle, alle wahr!* waren, das war weniger bekannt, aber Georg war ein wirklicher und sehr bescheidener Held, der sich nur zuweilen hatte hinsetzen und seine eigene spannende Jugend aufschreiben müssen und der seinerzeit ein deutsches Kind vor einem entsetzlichen Tod in einem italienischen Gewässer und *Schlimmerrem!* bewahrt hatte, indem er es kurz darauf noch aus einer hochbrisanten geheimdienstlichen Verwicklung rettete, die den mutigen Autor über mehrere grundsätzlich unpassierbare Grenzen in den Osten und wieder zurückbrachte. »Und wenn er des net getan hätte«, schloss die Dame strahlend, »wärren all seine wunderbaren Bücher nie geschrrieben worrden.«

Worauf sich in der Runde Misstrauen breitmachte. Große Begeisterung erntete die Blonde nicht, auch wenn sie so volkstümlich hübsch und von gesunder Hautfarbe war. Bettina goss sich Wein nach und betrachtete den wesentlich blasseren Raucher, der immer noch zurückgelehnt saß. »Mein Vater«, antwortete er kühl, »war nie hinter dem Eisernen Vorhang.«

Aha, dachte Bettina und erwischte mit dem nächsten Bissen zwei Krabben auf einmal. *Showtime.*

»Sie sprechen jetzt natürlich mit *dem* Spezialisten, gnädige Frau«, erklärte Moderator Kachelmacher der Dame schadenfroh, Anna Oberhuber hieß sie, eben wurde ihr Name eingeblendet. »Gregor Krampe ist der Sohn des Autors und, nebenbei bemerkt, promovierter Germanist und Wissenschaftler. Er arbeitet als Sprecher der Medea-Gruppe, eines literaturwissenschaftlichen Forschungsprojekts, das sich mit einem sensationellen Fund aus dem Mittelalter beschäftigt. Darüber hinaus ist er aber auch für die sogenannte schöne Literatur tätig, denn als Nachlassverwalter Georg Krampes hat er nach dem Tod seines Vaters dessen fast vollendete Autobiografie herausgebracht. Ist vor anderthalb Jahren erschienen.« Kachelmacher hielt das fragliche Werk in die Kamera, es sah schon etwas abgegriffen aus, war aber immer noch schwarz und edel, vorne drauf saß der alte Krampe, intelligent blickend. *Im Dunkeln* hieß es.

Krampe junior nahm seine Zigaretten. Er klopfte auf das Päckchen, exakt ein Glimmstängel schaute heraus, den pickte er mit spitzen Fingern auf. »Eins stimmt schon«, gestand er mit schmalem Lächeln. »Das Italophile. Papa liebte die italienische Adria. Urlaube in Rimini. Die Fahrt über den Brenner, Zelten am Strand, Spaghetti und Chianti, Tanzen unter Lichterketten, das ganze Programm. Er entsprach dem Zeitgeist. Vielleicht prägte er ihn auch.« Er paffte, es hatte etwas Verschämtes, obwohl der Typ sonst kein bisschen schüchtern wirkte. »Alle rannten ihm nach an die Strände der Emilia-Romagna, und alle phantasierten mit ihm von Spionen im Osten. Aber er ist nie östlicher als Westberlin gekommen. Wie die meisten seiner Leser.«

Es gab Geraune im Publikum. Dieser Ton kam nicht allzu gut an. Blasiert tat Krampe, als merke er das nicht, aber die eifrige Eleganz, mit der er sein silbernes Feuerzeug anknipste, verriet Anspannung. Seinen rauchigen Atem blies er Richtung Oberhuber. »Der Held meines Vaters, Johnny Montes, ist eine Kunstfigur. Die Montes-Romane sind nur Unterhaltung.« Er blickte die blonde Frau so ernst an, dass es fast unverschämt war.

Oberhuber jedoch vergab ihm. Ihre Miene war freundlich, überlegen, als hätte sie diesen Spott erwartet. »Tun Sie Ihrrem Vater da net Unrrecht?«, sprach sie. »Und auch all seinen Lesern und Leserrinnen? Verachten Sie ihn vielleicht so ein bisschen?«

Krampes Hand mit der Zigarette verharrte kurz vor seinem Mund. »Wie kommen Sie denn darauf?«

»Na, *nur* Unterhaltung – sagen Sie als Gerrmanist. Des klingt net sehr frreundlich. Und des stimmt auch net. Ihr Vater war ein Held.«

»Ich schätze das Werk meines Vaters sehr. Mit der Biografie habe ich sogar ein Buch darüber veröffentlicht. Und davon abgesehen finde ich es ehrenhafter, Unterhaltung zu machen, als ein Held zu sein. Unterhaltung dient wenigstens einem vernünftigen Zweck. Helden dagegen sind fast immer Monster.«

Das Publikum war anderer Meinung. Man sah es an den zweifelnden Mienen.

»Nein«, schloss sich Oberhuber an, ihr Lächeln einem leichten Schock opfernd. »Sagen Sie des fei net. Nennen Sie net Ihrren lieben Vater ein Monster!«

Krampe hob die Achseln und inhalierte Rauch.

»Frau Oberhuber«, mischte sich nun Kachelmacher ein, »sind Sie sich denn hundertprozentig sicher, dass Sie von Georg Krampe, dem Autor, sprechen?«

»Ja.«

»Er hat ...«, Kachelmacher nahm kurz einen Stapel Karteikarten zur Hand, »im Ernst diese Vierjährige aus dem Tyrrhenischen Meer gezogen? Und ist dann mit ihr nach Rumänien gereist? Ganz in echd?« Er imitierte ihren fränkischen Dialekt. Die Leute kicherten angespannt.

»Ja.« Energischer konnte höchstens noch ein öffentliches Heiratsversprechen klingen.

»Haben Sie auch einen Beweis?«

Ein Beweis. Gregor begann sich zu langweilen. Oberhuber zu widerlegen wäre das Leichteste, aber völlig nutzlos, denn natürlich hatte die Frau ihr Ziel bereits erreicht, es gab immer Willige, die wahllos glaubten, was über die Mattscheibe flimmerte, selbst wenn es sich um amerikanische Kriegsberichterstattung oder spontane Selbstverbiegung von Kaffeelöffeln handelte. Dass der Name genannt wurde, allein darauf kam es an. Dass es unterhaltsam war. Dass es irgendeine Verbindung gab zu dem, was man anschließend verkaufen wollte. Wenn Gregor recht sah, lag auch vor Oberhuber ein Buch, das Kachelmacher demnächst hochhalten würde. Und sicher nahm sie Klienten, oder wie immer man das in ihrem Gewerbe nannte. Gregors Groll über all das hielt sich jedoch in Grenzen, was er als erstaunlich und angenehm empfand. Er ärgerte sich nicht, jedenfalls nicht übermäßig. Im Gegenteil, fast amüsierte ihn die absurde Situation, zumal es nicht *sein* Name oder *sein* Held waren, die hier ausgeschlachtet wurden. Für *Johnny Montes* würde sich Gregor nicht prügeln, im Leben nicht. Da waren sie wirklich an den Falschen geraten, an den einzigen Montes-Hasser im ganzen Land. Sicher, der Typ war ein Mythos, ein deutscher Bond, ein Winnetou, Allgemeingut, aber für Gregor gerade darum stets Konkurrent und Ärgernis. Nicht, dass er das Werk seines Vaters verachtet hätte. Oder ihn gar für ein Monster hielt. Aber der alte Krampe war seit zwei Jahren tot, und er war ein schlechter Vater gewesen. Plötzlich empfand Gregor es als große Entlastung, hier zu sitzen und sich einmal ganz öffentlich frei zu fühlen. Nicht getroffen, wie noch vor der Sendung. Nicht verantwortlich. Ein selbstbestimmtes Leben zu haben. Und einen eigenen Plan.

Als eingeblendet wurde, dass die blonde Bayerin mit der Mütze Wahrsagerin sei, kämpfte Bettina eben mit einem mächtigen Stück Lachs. Es rutschte von der Pizza, sie pflückte es vom Karton, schob es in den Mund und betrachtete dann die Blonde genauer. Irgendetwas stimmte mit der nicht, das war klar. Sie sah verkleidet aus, erkannte Bettina nach kurzem Nachdenken. Sie war nicht das, wofür sie sich ausgab. Sie spielte eine Rolle. Doch welche? Die einer Wahrsagerin? Einer Fränkin? Wozu so etwas spielen?

»Wenn mein Vater über wirkliche Erlebnisse geschrieben hätte, wäre sein Erfolg sicher nicht so überwältigend gewesen«, sagte Krampe junior gerade. »Die Wahrheit ist oft unbefriedigend.« Er lächelte Oberhuber quer über den Bildschirm zu, und Bettina merkte plötzlich, dass sie zurücklächelte. Als sei sie gemeint. »Aber das kennen Sie sicher auch aus Ihrem eigenen Beruf.« Krampe grinste charmant und das Publikum schlug sich wieder auf seine Seite. Man lachte.

»Des ist kein norrmaler Berruf«, antwortete Oberhuber friedlich. »Es wirrd einem gegeben.«

»Von wem?«, fragte Kachelmacher.

Oberhuber sandte einen bescheidenen Blick gen Decke. »Von da. Des ist ein Prrivileg, und auch eine Bürrde. Lerrnen kann man es net.«

»Ach«, machte Kachelmacher scheinheilig. »So wird man Wahrsagerin? Man weiß alles, obwohl man nichts gelernt hat?«
Lacher.

Oberhuber faltete ihre kräftigen Hände und erklärte sanft, ihre Interessen seien alles andere als finanzielle, sie diene der Allgemeinheit und ausgewählten Persönlichkeiten, die sie brauchten, et cetera, und ihr salbungsvoller Ton ermüdete Bettina. Zumal die Dame nun ihre siebzehnstündigen Arbeitstage zur Sprache brachte. Fleiß war nun mal nicht unterhaltsam. Jetzt beugte sich auch noch der hübsche Krampe zur Seite und verschwand halb aus dem Bild. Bettina wünschte, sie wäre die Kamera und könnte ihm folgen und zuhören. Ihn einfangen.

Gregor zündete sich noch eine Zigarette an und lächelte dann probehalber seiner Nachbarin zur Linken zu, der jungen Polanski-Schauspielerin. Argwöhnisch lächelte sie zurück. Immerhin. Sie war eine anmutige Frau mit einer hohen Stirn und sehr dunklen Augen, die aussah wie eine mittelalterliche Madonna. Für Polanski hatte sie eine Nonne gespielt, was ihr sicher nicht schwergefallen war. Jetzt trug sie viel Glitzerschmuck, der nicht zu ihr passte. Sie blickte sehnsüchtig auf seine Zigaretten.

»Glauben *Sie* an Wahrsagerei?«, fragte er halblaut.

Sie zuckte die Achseln und zupfte an ihrer Strasskette herum.

»Möchten Sie Ihre Zukunft wissen?«

»Ich verstehe nicht mal meine Gegenwart«, flüsterte sie gesenkten Kopfes.

Gregor schob ihr in einer Welle von Zuneigung die Zigaretten rüber.

»Ich höre gerade auf«, erklärte sie düster.

Er öffnete einladend den Deckel.

Sie blickte Gregor misstrauisch in die Augen. Er zwinkerte, so wie sein Vater ihm ganz selten zugezwinkert hatte, leicht nur, fast unmerklich. Da nahm sie eine. Galant beugte er sich rüber, um ihr Feuer zu geben. Sie roch sehr gut. Wahrscheinlich rauchte sie wirklich nicht viel. Und er hatte sie nun verführt, Vater sei Dank.

»… schäkert derweil mit den Damen. Herr Krampe!«, störte Kachelmacher.

»Bitte.« Gregor setzte sich aufrechter hin und grinste in die Kamera. »Ich bin sicher, Frau Oberhuber hat ein faszinierendes Leben, entschuldigen Sie, dass ich einen Moment unaufmerksam war.«

»Ich muss *Sie* um Verzeihung bitten«, sagte Oberhuber knapp an Gregor vorbei Richtung Publikum, »dass ich Sie net eher über den wunderbaren Kontakt zu Ihrrem Vater aufgeklärt hab. Sie hätten ihn vielleicht viel zu frragen gehabt.« Hier hob sie wieder den Blick zur Decke.

Gregor war irritiert, weil ihn alle so gespannt anstarrten. Nun hatte er es tatsächlich geschafft, genau in dem Moment, da Oberhuber nach allem Geschwafel endlich mit ihrem Anliegen rausrückte, unaufmerksam zu sein.

»Oh Grregor.« Sie beugte sich vor und streckte die Hand nach ihm aus, dass er unwillkürlich in seinen Sessel zurückwich, was ihm wieder ein paar Lacher einbrachte. »Er wollte es nicht.«

Nun kapierte Gregor gar nichts mehr. »Wer wollte was nicht?«

»Ihr Vater«, antwortete Kachelmacher trocken. »Mit Ihnen reden. Von dort oben.« Nun hob auch er den Blick, leicht übertrieben, was im Publikum Gelächter auslöste. »Während er Frau Oberhuber sein neuestes Buch, wie soll ich sagen –«

»Diktierrte«, erklärte sie fest. »Er hat es mir Worrt für Worrt eingegeben.«

»Diktierte«, wiederholte Kachelmacher mit ergebener Geste, aber sensationslüsternem Funkeln im Auge. Und Oberhuber nahm von ihrer Seite des Tischs ein Buch, das ebenso schwarz aussah wie *Im Dunkeln*, das auch groß und dick und gebunden war, nur prangte auf dessen Einband nicht das Gesicht von Gregors Vater. Sondern sein Name. *Georg Krampe* stand da in großen roten Lettern. Und darunter, nur unwesentlich kleiner: *Angelina: Johnny Montes' erste Mission.*

Zu Hause vor ihrem Fernseher ließ Bettina die Reste ihrer Pizza sinken und blickte gebannt Krampe junior an, der nun in Großaufnahme gezeigt wurde. Sein hübsches Gesicht zeigte in kurzer Folge lauter verschiedene Ausdrücke, es war wie ein Glücksrad, man fragte sich, wo es stehen bleiben würde. »Verstehe ich das richtig?«, brachte er schließlich heraus. »Mein Vater, den ich vor zwei Jahren persönlich zu Grabe getragen habe, hat *Ihnen* kürzlich ein Buch eingegeben? Aus dem«, er blickte sich suchend um, »Jenseits? Ja? Und *Sie* haben das jetzt unter seinem Namen veröffentlicht?!«

Sofort war auch Oberhuber wieder mit im Bild. »Na, ich musste den Namen zumindest erwähnen«, bestätigte sie sichtlich befriedigt, ihr Sprüchlein war gesagt, ihr Produkt ins Bild gehalten, nun durfte sie sich zu ihrer Unverschämtheit beglückwünschen lassen.

Krampe hingegen kämpfte mit sich, man sah es. Er atmete durch, dann nahm er mit zitternden Fingern die nächste Zigarette aus seinem Päckchen und zündete sie an. Während der ganzen Zeit war die Kamera auf ihn gerichtet, das Publikum blieb mucksmäuschenstill.

Er zog und stieß hörbar den Rauch aus. Seine Augen waren Schlitze. »Warum?«, fragte er.

Die blonde Fränkin lächelte nur. Gregor blickte sich um, die anderen Talkgäste schauten weg, direkt neben ihm stand ein Kameramann, der hektisch sein Gerät justierte, das Publikum hinter den hellen Lichtern wartete gespannt auf Fortsetzung.

Das Publikum wartet auf Fortsetzung. Gregor schwieg, um nicht zu schreien.

Kachelmacher indessen blätterte lässig in *Johnny Montes' erster Mission.* »Was werden Sie jetzt unternehmen?«, fragte er im Plauderton. »Immerhin steht der Name Ihres Vaters vorne drauf.«

»Morrgen ist es überall im Handel erhältlich«, ergänzte Oberhuber eifrig Richtung Kamera.

»In Esoterikläden, Hexenzirkeln …«, witzelte Kachelmacher.

21

»In Buchhandlungen«, korrigierte die Autorin. »Ganz norr-malen Buchhandlungen. Überall. Neunzehn Eurro fünfzig.«

Gregor musste sich an der Sessellehne festhalten. Mama, dachte er. Hallo, Mama. Wenn du da draußen bist und zu-schaust, dann mach den Fernseher aus. Schau dir das bloß nicht an. Es war jetzt eindreiviertel Jahre her, da hatte Gregors Mutter wider besseres Wissen das Erbe seines Vaters angetreten. Seitdem wohnte sie allein in dem großen kalten Haus und zahlte Schul-den ab. Von Georg Krampes Dasein war nichts geblieben außer Tagebüchern, Verbindlichkeiten und den ärgerlichen Briefen gewisser Damen. Sogar heute brachte die Post zuweilen noch welche, und Gregors Mutter regte sich jedes Mal auf. Immer wieder ließ sie sich verletzen. Sie hatte es nicht fertiggebracht, das Erbe einfach auszuschlagen, so wie Gregor seinen Teil, dafür war sie zu unvernünftig. Sentimental. Sie hoffte nicht mal auf ein Wunder wie eine Neuverfilmung oder ein verschollenes Ma-nuskript, das endlich Geld bringen würde, sie wollte einfach nur die Habseligkeiten ihres Mannes behalten. Und jetzt das.

Kachelmacher redete unterdessen munter weiter, verteilte sei-nen Spott gerecht auf beide Seiten, sprach über Urheberrechte und die Option des Einstampfens, dann fragte er die Wahrsage-rin übers Channeln aus.

»Na, ich hab es von Georrg empfangen«, antwortete Ober-huber geheimnisvoll, was Kachelmacher mit einem ungeheuer durchtriebenen Blick quittierte. Die blonde Autorin zwinkerte, erstmals verlegen. »Des war Magie. Kontakt pur«, sprach sie trotzig. »Wie, wie –«

»Wie Tanzen?«, schlug Kachelmacher unschuldig vor.

»Nein, mehr wie –«

»Sex?«

Und in dem Augenblick fragte sich Gregor, was Johnny Mon-tes, der Mistkerl, der ihn seine ganze Jugend über verfolgt hatte, in seiner Situation wohl getan hätte. Eigentlich hasste er die Momente, in denen Johnny Montes übernahm. Johnny war nicht billig, er kostete Seelenfrieden und Stolz. Ihn zu Hilfe zu nehmen war wie den Vater um Geld anbetteln. Johnny Montes war ein Almosen. Dafür wusste er stets, was zu tun war. »Frau Obermeier«, sagte er mit Gregors Stimme.

»Oberhuber«, verbesserte sie lächelnd.

»Ich danke Ihnen«, sagte Johnny Montes ernst und blickte aus Gregors Gesicht in die Runde.

»Gerrne.« Die Wahrsagerin wähnte sich in Sicherheit. Sie kannte Johnny Montes eben doch nicht. Und unverdienten Dank entgegennehmen war ihre Profession.

Er dankte? Bettina schmeckte Pistazieneis und merkte jetzt erst, dass sie den Becher aufgemacht hatte. So ganz ohne Ironie, so ehrlich? Das konnte er aber nicht glauben, dass sein Vater im Himmel saß und einer Tante wie der Oberhuber Abenteuerromane eingab. Im Leben nicht.

»Ich wusste immer, dass mein Vater nicht ganz fort ist«, erklärte Krampe junior indessen. »Irgendwo dort oben ist er noch präsent.«

Das Publikum schwieg ungläubig, Oberhubers Gesicht war braun und harmlos, Kachelmacher zog eine Grimasse.

»Und eins weiß ich außerdem. Die ganze Leidenschaft meines Vaters war das Schreiben. Nichts hat er so sehr geliebt.« Nun hob Krampe den Blick zur Decke. »Wenn er wirklich mit einem neuen Buch in den Sphären hinge, dann würde er alles tun, wirklich alles, damit jemand es aufschreibt. Er würde so handeln, wie Sie gesagt haben. Er würde sich ein Medium suchen, irgendeines, egal wen, die Nächstbeste, die sich anbietet.« Nun konnte er ein kleines freches Grinsen nicht unterdrücken. »Viel anders war er im wirklichen Leben auch nicht, da hat er seine Sachen, wenn es sein musste, auf Klopapier notiert.«

Bettina begann zu lachen.

»Er war so unglaublich überzeugend.« Das musste nicht mal Johnny Montes sagen, das kam aus Gregors Mund, das stimmte. Georg Krampe hatte sich immer verschafft, was er wollte. »Bei der Lektüre seiner Tagebücher hat es mich immer wieder überrascht, wozu er manche Frauen offensichtlich bringen konnte.«

»In *meinen* Tagebüchern kann ich die Frauen auch zu Gott weiß was bringen«, warf Kachelmacher ein.

»Aber diktieren *Sie* mal einer Frau aus dem Jenseits einen Roman«, entgegnete Gregor feierlich.

»Stimmt.« Kachelmacher schnurrte wie eine fette Katze. »*Das* ist die Oberliga.«

»Und schaffen Sie es vor allem, dass Sie auch als Urheber genannt werden. Da müssen Sie jemand Redliches finden, denn wie leicht wäre es, so einen Roman einfach unter eigenem Namen zu veröffentlichen.«

Nun gab es einen einzigen Lacher im Publikum, tief und vergnügt, der gab Gregor Auftrieb. Oberhuber dagegen schien endlich Gefahr und ihr Stichwort zu wittern, Vertragsrecht. »Grregor«, sprach sie, »wir haben des dutzendfach geprrüft, es hat alles seine Richtigkeit, solange *ich* als Herrausgeberrin und Co-Autorrin auftrrete, sagt der Verlag –«

Dieser Verlag, genau, dachte Gregor, was die sich geleistet hatten, war ungeheuerlich, der Laden gehörte sofort zugemacht. Andererseits würden Leute mit solchem Geschäftsgebaren die Vorteile *seiner,* nun ja, der Johnny-Montes-Lösung klar erkennen. *Die* würden nicht lange in falscher Loyalität an einer unbekannten Wahrsagerin festhalten, wenn sie sich einen teuren Prozess sparten und obendrauf den ›echten‹ Krampe haben konnten. »Ich muss Ihnen danken, Frau Oberhuber. Mein Vater wird für sich selbst gesprochen haben, aber meine Mutter, seine Erbin, wird sich ebenso freuen. Wir werden das Buch unter seinem Namen vertreiben, wie Sie es wünschen. Die Tantiemen kann sie gut gebrauchen. Sie bekommen für Ihre Arbeit natürlich eine Abfindung. Sie haben viel für uns getan.« Damit erhob sich Gregor von seinem Sessel, machte zwei Schritte um den Tisch und den erstaunten Kachelmacher und ergriff Oberhubers Hände. »Vielen Dank.«

Ihre Augen waren ganz nah und hell und kalt und das Licht der Scheinwerfer reflektierte darin, sodass ihre Pupillen einen Moment breit und eckig wirkten wie die einer Ziege. »Bitte«, sagte sie schließlich in das wartende Schweigen hinein.

Zögerlicher Applaus setzte ein. Gregor grinste triumphierend. Oberhuber aber ließ ihre braune und überraschend kalte Hand in seiner liegen und musterte ihn mit sehr merkwürdigem Gesichtsausdruck. »Diese Vorstellung war albern, junger Mann«, sagte sie mitten in den Lärm hinein, sodass nur Gregor sie verstehen konnte. »Und vor allem umsonst. – Sie wissen es gar net, oder?«

»Was?«, fragte Gregor durch seinen Beifall hindurch.

»Ihre Mutter hat der Veröffentlichung zugestimmt.«

Bettina hatte ihre tote Schwester völlig vergessen. Dieser Krampe, dachte sie, war nicht nur hübsch, der war gut, den würde sie gern mal kennenlernen. Dann nahm sie sich in Ermangelung des hübschen Mannes wohlgelaunt der Reste ihres Pistazieneises an.

Zwei

Am nächsten Morgen klingelte Bettina Bolls Handy schon, als sie noch auf dem Weg von der neuen Babysitterin zurück in die Stadt war. Sie hatte zwar nur Bereitschaft, aber es war Samstag früh, da gab es immer zu tun, da mussten die Leichen der Nacht weggeräumt werden. Wenn es so kalt war wie jetzt, wurde mehr gestorben. Winterreifen, dachte Bettina, als ihr alter Taunus in einer Kurve ins Schleudern geriet. Ich hätte die Winterreifen drauflassen müssen. Dabei war schon Mitte April. Sie klemmte das Telefon ans Ohr, die Freisprecheinrichtung kriegte sie doch nie richtig zum Laufen. »Boll.«

»Reinhert. Morgen, Boll, bist du wach und bereit?«

Bettina hörte ein Schlürfen, Reinhert frühstückte gerade. Im Hintergrund quäkte ein Funkgerät. »Würde es mir was nützen, wenn nicht?«

Es wurde geblättert. »Nein. Aber ich hab hier was Erholsames für den Anfang. Kein Blut, keine Gewalt, nur ein kleiner Escortservice.«

»Für wen?«

»Das BKA. Es ist endlich so weit. Die Soko *Ovid* schlägt zu. In dieser Bibliothek bei – Ramsen. Du weißt, wo das ist. Ich hab hier stehen, ihr vom K11 seid alle dabei. Also du und Willenbacher auch.«

»Oh.«

»Ja?«

»Ja.« Die Sonderkommission *Ovid* war für Bettina bislang nur ein Papiertiger gewesen, Aktionismus von ganz oben, der formelle Zusammenschluss verschiedener Polizeifunktionäre und Spezialisten, die sich nicht ein Mal wirklich getroffen hatten. Bettina selbst gehörte nur dazu, weil ihr Kommissariat die niedere Ermittlungsarbeit vor Ort organisieren sollte, falls die jemals nötig war, und danach hatte es nie ausgesehen. Denn eigentlich lag kein Verbrechen vor: Ein altes Manuskript war anonym bei einem privaten Sammler aus der Gegend aufgetaucht. Das war alles. Kein Fall für die Polizei. Doch ganz so einfach war es dann eben doch wieder nicht, denn bei dem Buch handelte es sich um eine ganz besondere mittelalterliche Handschrift, die Kuratoren und Bibliothekare aus dem In- und Ausland um den Schlaf brachte. Ihretwegen hatte es unzählige diplomatische Anfragen gegeben, worauf jene Untersuchungskommission mit dem Namen »Ovid« gebildet worden war. Viele Dossiers machten seither als Geheimsachen die Runde, und Bettina hatte keins davon gelesen. Das schien sich nun rächen.

»Sie wollen jetzt, heute, rein in die Bibliothek. Mit vorzugsweise Leuten vom K11, weil ihr dieses Auftreten habt, Boll. Tun sollt ihr vorerst gar nichts. Nur wachsam und klug aussehen und auf Anweisungen des BKA warten. Termin ist in einer Stunde. In …« Eine Pause entstand.

»Reinhert?«

»Ich überlege gerade, ob du eine Wegbeschreibung brauchst.« Erneutes Papierrascheln.

»Gib mir Willenbacher mit, der hat ein Navi im Auto.«

»Hätte ich eh.« Reinhert schlürfte wieder. »Euch würde doch keiner trennen.«

»Danke«, sagte Bettina ironisch. »Vielen, vielen Dank.« Jeder auf der Dienststelle wusste, dass heute Willenbachers letzter Tag war. Sie bog so langsam in eine Einbahnstraße, dass der Fahrer des blauen Golfs hinter ihr eine gestenreiche Schimpfkanonade losließ, für Bettina hübsch klein im Rückspiegel. »Nachher um drei in unserem Büro, Reinhert, Sekt und Kuchen. Wo müssen wir hin? – Moment, ich halte eben an, sonst kann ich nicht schreiben.« Sie parkte ihr Gefährt in einem schmutzigen Schneehaufen am Straßenrand und kramte einen Stift aus dem Handschuhfach. »Ich höre.«

Doch nun sprach Reinhert mit jemand anderem, sie hörte seine tiefe Stimme nur leise im Hintergrund brummen, und als er sich dann plötzlich kräftig in ihr Ohr räusperte, erschrak sie, auch weil sein Ton nun ein unmissverständlich anderer war. »Boll.«

»Ist was passiert?«

»Nein. Du fährst mit Willenbacher.« Er räusperte sich wieder. »Treffpunkt ist direkt an der Bibliothek. Mit einer Frau Kriminalrätin Syra vom Bundeskriminalamt. Sie verspätet sich vielleicht. Adresse lautet Bibliothek Ritter, Kloster Rosenhaag; das liegt bei Ramsen, Eisenberg. Mehr Info gibt es nicht. Wenn es das Navi nicht findet, müsst ihr halt noch mal anrufen.«

»Gut.«

»Ein bisschen heikel ist es, Boll, die Syra ist wichtig für uns, weißt du ja, jedenfalls, der Herr Hauptkommissar bittet euch, einen entsprechenden Eindruck zu machen.« Im Hintergrund hörte Bettina nun schwach Hauptkommissar Härtings dünne Stimme. »Die Teilnahme an der Soko ist gut für uns«, fasste Reinhert dessen unverständliche Rede zusammen. »Ihr wollt den Fuß weiter rein beim BKA und vor allem Kontakte zu dieser Genfer-Herold-Versicherung, die da mit drinhängt, denn ihr macht ja jetzt die Kunstsachen mit. – Ja, ich sag's ihr. Also, diese Versicherungsfritzen haben die größte private Ermittlungsabteilung in ganz Europa, die sind fit, die will Herr Härting persönlich zum Freund, Boll.«

»Okay. Reinhert?«

»Ja?«

»Warum wollen wir ausgerechnet heute rein?«

»Sagt dir das BKA«, sagte Reinhert knapp und legte auf.

Willenbacher wusste es, natürlich. Er war früh im Büro gewesen und kannte alle Meldungen. Doch er verriet Bettina nichts davon. Seinen Wissensvorsprung kostete er selbst heute bis ins Letzte aus. »Dieser Typ«, sagte er nur achselzuckend, während er mittels einer Art Zahnstocher Daten in den Minicomputer seines Navigationssystems eingab. »Klar. Ich hab mich schon gewundert, dass wir den nicht längst mal überprüft haben. Der ist eindeutig nicht ganz joker.« Und piekste weiter auf das Navi ein.

Bettina fand ihn ziemlich undankbar. Immerhin hatte sie extra eine neue Babysitterin aufgetrieben, weil sie an diesem Samstag auf eine letzte Tour mit ihm gehen wollte. »Welcher Typ?«

»Na, dieser Schriftsteller«, erwiderte Willenbacher. »Wie schreibt sich Rosenhaag noch mal?«

Unwillig buchstabierte Bettina und dachte, dass ein Sekt am Nachmittag und ein warmer Händedruck für Willenbacher dicke gereicht hätten. Stattdessen ließ sie ihre Kinder für den Gegenwert einer Flasche Champagner beaufsichtigen, saß frühmorgens in einem kalten Auto, sah ihren Atem vor sich und musste ihrem Kollegen auch noch die Würmer aus der Nase ziehen. »Was für ein Schriftsteller?«

Willenbacher tippte erst sorgfältig alle Buchstaben auf dem winzigen Computerdisplay an. Dann schenkte er Bettina einen mitleidigen Blick. »Der Typ war gestern Abend im Fernsehen. In so einer Talkshow. Krampe, das weißt du doch, wir haben ein Dossier über den gemacht.«

Bettina schüttelte alarmiert den Kopf: Das wüsste sie.

»Na, dann war ich es allein. Aber die Dossiers sind zum Lesen da, Bolle.«

Willenbachers Gerät gab ein paar muntere Töne von sich, dann startete der Kollege endlich den Wagen. »Du informierst dich nicht«, nörgelte er.

»Das ist *dieser* Krampe?«, fragte Bettina, die jetzt noch viel mehr bereute, die Dossiers nicht zu kennen.

»*Dieser.*« Willenbacher drückte ein paar Knöpfe, worauf eisige Luft in Bettinas Gesicht geblasen wurde. »Dauert ein bisschen, bis der Motor warm wird«, erklärte er zufrieden, rollte aus der Parklücke und gab Gas.

»Ich hab ihn gesehen«, sagte Bettina. »In der Sendung. Er war der Hammer, weißt du.«

Willenbacher warf ihr einen Blick zu. »Krampe ist der wissenschaftliche Bibliothekar dort. Er kann mit allen Büchern, inklusive dem Ovid-Manuskript, machen, was er will, und das tut er. Er hat eine Forschungsgesellschaft gegründet, die sogenannte Medea-Gruppe, und er schreibt eine Arbeit über das Werk. Er ist rührig, gut organisiert und groß im Geschäft, ganz groß sogar, seit seine Bibliothek dieses Buch an Land gezogen hat.« Willenbacher drückte an seinem CD-Player herum. »Er profitiert. In verdächtigem Maße.«

»Er sieht interessant aus«, sagte Bettina träumerisch.

Willenbacher schnaubte. »Wenn du mich fragst, hat er das Ding in irgendeiner alten Bibliothek geklaut und an sich selbst geschickt.«

»Ist er heute da?«, fragte Bettina.

Die Musik sprang überlaut an.

… dein kleines Bettchen vom Blut ganz rot …

»Natürlich nicht«, schrie Willenbacher und fummelte gereizt am Lautsprecher. »Deswegen gehen wir ja hin. Weil irgendein Typ vom BKA ihn im Fernsehen gesehen und sich wieder an die Soko erinnert hat. Und weil wir da in seinem Schreibtisch schnüffeln können.«

… die Sonne geht auf und du bist tot …

Der Ton wurde leiser. »Ich dachte, Annette steht nur auf Kuschelrock«, sagte Bettina. Annette war Willenbachers Freundin. Inzwischen bestimmte *sie* die Musikauswahl in diesem Auto, auch in körperlicher Abwesenheit.

… schlaf, mein Kindchen, schlaf jetzt ein …

»Nein«, seufzte der Kollege.

… am Himmel stehn die Sternelein …

Die Ärzte. Das waren die Ärzte.

… schlaf, mein Kleines, träume schnell –

Er schaltete die CD aus. »Sie will Kinder.«

»Komische Musik dafür«, sagte Bettina.

Willenbacher fixierte starr die Straße. »Sie will es behalten«, sagte er dann.

Oh, dachte Bettina. *Oh.* »Und du nicht?«, fragte sie vorsichtig.

Willenbacher machte eine unerwartet heftige Bewegung, sodass das Auto mit einem Ruck nach links zog. »Na, also bitte.«

»Ist das so ungewöhnlich? Wolltet ihr nicht heiraten?«

»Ich bin siebenundzwanzig«, murmelte Willenbacher.

»Und?«

»Na ja, weißt du.«

»Meinst du, dein Leben ist zu Ende, wenn du Kinder hast?«

Willenbacher sah nach dem Radio, nestelte an seinem Sitz, schaute wieder raus auf die Straße, überallhin, nur nicht zu Bettina.

»Guck dich doch an«, sagte er dann zu seinem Tacho.

Das Kloster Rosenhaag lag so versteckt, dass Willenbacher, so schätzte jedenfalls Bettina, es ohne das Navigationssystem niemals gefunden hätte. Es war nicht in Ramsen selbst, nicht einmal in der Nähe. Um es zu erreichen, musste man die Felder verlassen und auf einer kleinen Straße in ein düsteres Wäldchen eindringen. Wenn man dann meinte, dass die Baumgruppen sich endlich lichteten, bog mitten in einer engen Kurve ein dunkler und unbeschilderter Waldweg zu dem Kloster ab. Er führte noch ein gutes Stück tiefer ins Unterholz hinein. Bettina dachte schon, dass es in der Gegend doch überhaupt keine großen Wälder gab und sie vermutlich fehlgeleitet von der Stimme aus dem Navi Runden drehten, immer im Kreis um die Bäume herum, da öffnete sich das eintönige Gesträuch und ein strenges Gebäude, unmissverständlich sakral, wurde im eisigen Morgennebel sichtbar.

»Wow«, machte Willenbacher ehrfürchtig.

Bettina fand ihn total unausstehlich. Sein Baby war ihm nichts wert, andererseits musste er sofort niederknien, wenn sie es mit Kultur zu tun bekamen. Waren diese gedrungenen Bauten etwa auch wieder steingewordene Musik, Poesie, die sie nicht sah, wie der Kollege es einmal unfreundlich ausgedrückt hatte? Wieso glaubte er, dass sie etwas Schönes nicht erkannte, nur weil sie keine Kunsthochschule besucht hatte? Er ja übrigens auch nicht.

»Schau doch!«, sagte Willenbacher und stieß sie aufgeregt in die Seite.

Und da sah Bettina es auch: Aus dem Nebel funkelte, am Fuße der Kirche, malerisch vor einem knorrigen, blattlosen Baum geparkt, ein schwarzer Sportwagen, ein echter Kracher, glänzend und kantig und flach wie ein Mantelrochen.

»Also ein Porsche ist *das* nicht«, sagte Willenbacher und hatte seine Tür schon auf.

Bettina blieb sitzen. Sie war schuld. Ihr Beispiel als zweifache Mutter war so abturnend, dass ihr bester Freund (eigentlich war Willenbacher überhaupt ihr einziger) sein Kind nicht wollte.

Der beste Freund indessen spazierte um die Erscheinung herum. »Ein Vector!«, rief er mit kindlichem Staunen in der Stimme. »Oder was meinst du?« Hemmungslos spähte der Kollege durch die Fenster ins Innere des Sportwagens.

»Keine Ahnung.« Jetzt stieg sie doch aus. Die Windschutzscheibe war der Wahnsinn, die sah aus wie die glänzende Oberfläche einer Flüssigkeit, etwas Flüchtiges, das dank eines technischen Kniffs im Windkanal erstarrt war. Der schwarze Lack der Lamellen auf der Kühlerhaube vibrierte vor den stumpfen Farben des kalten Vorfrühlingstags; hier auf der schwer zerfurchten Erdscholle wirkte das rassige Gefährt beinahe so unwirklich wie ein Ufo.

»Geil«, huldigte Willenbacher.

»Ja.« Andächtig standen sie und schauten, doch bald schon bemerkte Bettina Schlammspritzer auf dem Lack. Auch die breiten Reifen waren schmutzig, und auf dem lederbezogenen Beifahrersitz lagerte ein ganz gewöhnlicher zerbrochener Blumentopf auf einer ziemlich schmuddeligen Plastiktüte und nebendran ein angerostetes Schäufelchen.

»Komisch«, sagte sie.

»… wurde nur zweimal gebaut«, sinnierte Willenbacher. »Oder

ist das ein W8? Hat was von einem Lamborghini Countach. Aber natürlich schicker. – Was ist komisch?«

»Wer nimmt so ein Auto mit hier raus und parkt es im Eisregen?«

»Jemand, der es eilig hatte, herzukommen«, antwortete eine helle Stimme hinter ihnen.

Das zur Stimme gehörige Gesicht war gleichzeitig Lächeln und Vorwurf. »Und das so grundlos. Sie haben mich dringend bestellt, und jetzt warte ich schon seit anderthalb Stunden auf Sie.« Eine junge Frau, nachlässig in einen schmutzigen Cordherrenmantel gehüllt, stand nun mit verschränkten Armen vor ihnen. »Sie sind doch von der Polizei, oder?«

»Ja. – Boll. Kriminalpolizei.« Bettina reichte der Frau die Hand, die sie kurz und kräftig schüttelte.

»Marny. Sind Sie allein?«

»Der Kollege Willenbacher und ich, ja.«

»Vom BKA?«

»Nein«, sagte Bettina. »Wir sind auch mit den Kollegen hier verabredet.« Sie warf einen unwillkürlichen Blick auf das schwarze Geschoss. »Und Sie? Gehören Sie zur Genfer-Herold-Versicherung?«

Marnys Blick folgte Bettinas zu dem Auto. Sie lächelte fein. Der Genfer Herold mag verdammt gut zahlen, sagte dieses Lächeln, aber nicht *so* gut. »Ich bin eine Privatangestellte von Dr. Ritter.«

»Der Finanzier der Bibliothek und Besitzer des Gebäudes«, sagte Willenbacher sofort halblaut zu Bettina.

Und des Autos, dachte die. »Ist er auch hier?«

Das zauberte echtes Amüsement in Marnys Gesicht. »Im Moment nicht.« Es klang, als pflege Dr. Ritter nur mit einer Leibgarde aus hundert musizierenden Jungfrauen zu erscheinen. »Möchten Sie nicht reinkommen?«

»Tut uns Leid«, sagte Bettina mit ehrlichem Bedauern. »Wir warten auf die Leute vom BKA.«

Nach einer Stunde und etlichen Telefongesprächen, mit denen sie nur die Einsatzzentrale, nicht aber das BKA erreichten, war die Laune im kalten Twingo auf den Nullpunkt gesunken. Da klopfte Marny an Willenbachers Fenster. Er kurbelte herunter.

Frierend beugte sich die junge Frau herab. Ihren Mantel hatte sie sehr eng und dekorativ um sich gezerrt. »Mögen Sie vielleicht warmen Kaffee? Hm?«, lockte sie.

Sie mochten.

* * *

Der Postbote war neu.

»Ich möchte, dass Sie klingeln«, sagte Elisabeth Krampe atemlos, sie hatte den ganzen Morgen auf der Lauer gelegen, um ihn abzupassen, und nun stand er halb abgewandt und mürrisch an ihrem Gartentor, den Blick auf sein Fahrrad gerichtet. »Hat Ihr Kollege Ihnen das nicht gesagt?« Mühsam bückte sie sich, um den Briefkasten am Tor zu öffnen. Er klemmte.

Der Bote versuchte zu verschwinden. Er murmelte etwas und bewegte sich fort.

»Halt!«, rief Elisabeth. »Bleiben Sie mal da!«

Der junge Mann wandte sich unwillig zurück.

»Ich möchte die Post sehen, bevor ich sie annehme«, teilte Elisabeth ihm über den Zaun hinweg mit. »Ich bin prominent. Ich bekomme manchmal Briefe von Verrückten, und ich bin kein Freund von Verrückten.«

Der Bote blickte sie unverschämt an.

»Drohbriefe«, setzte sie hinzu.

Der junge Mann nickte ungläubig.

»Ist Ihr Kollege in Urlaub?«, fragte Elisabeth ohne viel Hoffnung, sie hatte den alten Briefträger schon wochenlang nicht mehr gesehen.

»Nein«, sagte der neue. »Er ist zu Hermes gegangen.«

»Ach je«, sagte Elisabeth. »Also, ich nehme keine Postkarten an, egal von wem, können Sie sich das merken?«

Der Postbote sah genervt aus und sagte nichts.

»Und keine Briefe ohne Absender.«

»Briefe ohne Absender kann ich nicht zurückschicken«, entgegnete der Postbote. »Die müssen Sie selbst entsorgen. Und Postkarten auch.«

»Ich nehme sie nicht an«, sagte Elisabeth bestimmt.

»Wenn Sie meinen«, sagte der Postbote, schwang sich auf sein Rad und ließ sie stehen.

Aufgebracht blickte sie ihm hinterher. Dann riss sie mit einem Ruck, der ihr schmerzhaft in die Bandscheiben fuhr, den Briefkasten auf und sah die Post durch. Rechnungen, ein Buchprospekt, eine Einladung zu einer Lesung, und dazwischen, gut versteckt, die Postkarte. Als hätte sie es geahnt. Elisabeths Atem ging rascher, als sie das glänzende Bild betrachtete: ein Strand, ein Himmel, ein Meer. »Mille saluti del Lido di Ostia« stand grünweißrot darüber. *Ostia.* Mit zitternder Hand öffnete Elisabeth den vereisten Deckel ihrer Mülltonne, um die Ansichtskarte, wie vom Postmann empfohlen, selbst zu entsorgen. Aber zuvor drehte sie die Karte eben doch um. Und natürlich stand dort etwas in Bleistift auf dem Grußfeld. *Munus habe caelum: caelo spectabere sidus*, las Elisabeth, ohne den Sinn zu begreifen. Vorerst sah sie nur die kleine, enge, pingelige Schrift, das mädchenhaft Runde der Buchstaben, in all den Jahren hatte diese Schrift sich nicht geändert, sie war kindlich geblieben. Und natürlich der Bleistift, immer musste mit Bleistift geschrieben werden. Elisabeth fröstelte. Trotzig warf sie die Postkarte in den Müll. Doch die lateinische Botschaft konnte sie nicht mit entsorgen. Die hatte sich in ihrem Gedächtnis eingegraben, die würde sie verfolgen, das war der Fluch der Bildung: Wenn sie auch die Bedeutung der Worte nicht gleich erkannte, würde sie sich doch an den Satz erinnern. Schwerfällig trottete sie zurück ins Haus, das lateinische Wörterbuch suchen.

»Das ist hübsch«, sagte Gregors etwas ungeduldige Stimme am Telefon. »*Nimm den Himmel zum Geschenk: am Himmel wirst du als Sternbild zu sehen sein.* Wirklich hübsch. Hab ich auch schon mal gehört. Kenn ich.« Er verstummte. »Wo hast du es her?«, setzte er desinteressiert hinzu.

»Von einer Postkarte«, sagte Elisabeth ausdruckslos. Die Sache mit den Postkarten hatte sie ihrem Sohn nie näher erklärt. Das war nichts für ihn.

»Hm«, machte Gregor. Seine Stimme klang hohl über das Handy, er sprach von einem Hotelzimmer aus. »Hör mal, Mama, hast du gestern Abend Fernsehen geguckt?«

»Nein.«

»Ich war in einer Talkshow.«

»Ach je«, sagte Elisabeth, die keine Freundin von Talkshows war.

»Ich hab da eine Frau Oberhuber getroffen, eine Wahrsagerin.« Gregor schilderte eindringlich, was geschehen war. »Sie hat ein Buch unter Papas Namen veröffentlicht«, schloss er. »In vollem Ernst. Und sie sagte, du hast ihr das erlaubt, Mama.« Er holte tief Luft. »Wie kann sie so etwas behaupten? Kennst du diese Frau?«

Elisabeth schwieg.

»Kennst du sie?«, fragte Gregor scharf.

»Oberhuber«, sagte Elisabeth mit zittriger Stimme. »Oberhuber. Ja, ich glaube, da war mal ein Manuskript.«

»Mama! Was hast du ihr gesagt? Was hast du ihr erlaubt? Hast du was unterschrieben?!«

»Ach je«, sagte Elisabeth unglücklich. »Ach je. Sie hat das rausgebracht, ja. Aber es ist doch ein ganz kleiner Verlag.«

Am anderen Ende der Leitung herrschte Schweigen. »Erstauflage einhunderttausend Stück«, sagte Gregor dann trocken.

»Ach je«, sagte Elisabeth.

»Hast du was dafür bekommen? Geld? Rechte?«

Erbittert schüttelte Elisabeth den Kopf. Doch sie riss sich zusammen. »Tausend Euro vom Verlag. – Die Ölrechnung«, sagte sie betont einfältig. Gewöhnlich half es ihr, sich einfach dumm zu stellen. Einer älteren Hausfrau nahm das jeder ab, selbst der eigene Sohn. »Du weißt, im Herbst musste ich den Tank vollmachen lassen, und irgendwoher –«

»Mama!«

»Ach je«, sagte Elisabeth.

»Ich komme«, beschloss Gregor. »Ich fahre jetzt sofort los und guck mir alles an, was du hast. – Konntest du wenigstens mit Dr. Herberger sprechen?«

»Nein«, sagte Elisabeth kleinlaut. Eine Rücksprache mit dem Familienanwalt hatte sie wirklich vergessen.

»Oh Gott, Mama!«

Elisabeth dachte an die Postkarte in ihrem Mülleimer. *Am Himmel wirst du als Sternbild zu sehen sein.* »Das ist nicht hübsch«, sagte sie. »Überhaupt nicht hübsch.«

* * *

»Wir haben hier modernste Sicherheitsanlagen«, sagte Marny zu Bettina, vermutlich um höflich ein Thema anzuschneiden, das Polizisten interessierte. Sie war jung, sehr attraktiv, und sie benahm sich wie die Tochter des Hauses. Ungezwungen warf sie Kleidungsstücke über einen Stuhl, ihren Cordmantel, einen Schal, Handschuhe, dann richtete sie ihre braunen Haare und sah Willenbacher und Bettina wichtig an. »Sie brauchen eine Karte mit Chip, um die Türen zu öffnen, und für den inneren Bibliotheksbereich müssen Sie zusätzlich den Code wissen. Das große Magazin erreichen Sie nur über eine Iriskontrolle, und der Safe ist eine Spezialanfertigung. Mit eingebautem Klimaregler. Vierzig Prozent Luftfeuchtigkeit und zwanzig Grad Celsius. Konstant. Pergamentklima.« Zufrieden hob die junge Frau die Hände. »In den meisten anderen alten Bibs ist man froh, wenn die Türen schließen und das Dach den nächsten Winter übersteht. – Wissen Sie, wem wir den Verlust der wunderbarsten Schriften zu verdanken haben?«

»Dem Feuer«, riet Bettina.

»Der spanischen Inquisition«, sprach Willenbacher launig.

»Tauben«, antwortete Marny. »Die hausen in den alten Dächern, kacken alles voll. Deren Scheiße ist das Schlimmste, was einem Buch passieren kann. Die frisst sich durch alles durch.« Anklagend schaute sie Willenbacher an, als betreibe der in seiner Freizeit einen Taubenschlag. »So, dann gucke ich mal nach unserem Kaffee.«

Bettina nickte und sah sich um. Sie befanden sich in einem langen kalten Zimmer mit unbefeuertem Kamin. Bis auf einen riesigen Tisch und ein paar antiquarische Stühle war der Raum leer. Seine Wände strahlten weiß, die Fenster ragten hoch auf. »Ein ganzer Saal«, sagte Bettina, »nur mit einem Tisch drin. An Geld fehlt's hier wahrlich nicht.«

»Das war mal das Refektorium«, vermutete Willenbacher. Er sah zu salopp gekleidet aus in dem edlen Raum, seine Jacke war olivgrün mit einem riesigen roten Kreuz drauf, das war jetzt der letzte Schrei. Willenbacher, der Lebensretter. Der Berner Sennenhund. Von wegen, dachte Bettina. Von wegen.

»Vielleicht war's doch keine so gute Idee, mit reinzukommen«, sagte er. »Wir sollen hier schließlich keine Freundschaften schließen.«

»Wir machen uns ein Bild«, erwiderte Bettina. »Wo wir schon mal da sind. Wir sehen uns alles an, was wir gezeigt kriegen.«

Marny erschien mit einem Teewagen voll silbernem Geschirr. »So«, sagte sie munter. »Wer mag geschäumte Milch?«

Bettina ließ sich Zucker in den Kaffee geben und erkundigte sich nach dem berühmten Ovid-Manuskript.

»Es ist wunderbar«, sagte Marny und zog dabei die Nase ein wenig kraus, was sie noch viel hübscher machte, »wirklich etwas ganz Besonderes. Ein Schatz. Ich hab es einmal sogar im Original gesehen.«

Darauf wollte Bettina hinaus. »Können Sie es uns zeigen?«

Marny blickte belustigt. »Nein.«

»Dieses Buch ist Ihnen anonym gespendet worden.«

»Ja.«

»Wie lief das ab?«, fragte Bettina, obwohl Willenbacher sie inzwischen informiert hatte: Das wertvolle Stück war vor gut einem Jahr in einem einfachen Pappumschlag nach Rosenhaag geschickt worden, zu einem Zeitpunkt, da der Umbau des Klosters gerade erst begonnen hatte.

»Nun«, sagte Marny, »das war im Februar vor einem Jahr. Da kündigte Dr. Ritter in der Presse an, dass die Ritter-Sammlung hier ein neues modernes Gebäude bekommen würde. Und jetzt nach der Renovierung ist es eins der sichersten und technisch aufwändigsten Bibliotheksgebäude überhaupt. Hier bei uns sind wertvolle alte Werke geschützt und zugänglich zugleich. Wir haben einen modernen Katalog, große Datenbanken, und im Sommer werden wir so weit sein, das Gebäude zur öffentlichen Benutzung freizugeben. Wir vermuten, dass der Spender von unserem Konzept einfach überzeugt war.«

Von eurem vielen Geld, dachte Bettina mit Blick auf die versilberte Kaffeetasse. »Aber wieso anonym?«, fragte sie.

Marny zuckte elegant die Schultern und legte den Kopf schräg. »Keine Ahnung.« Sie leistete sich keine Spekulation.

»Ist es nicht wertvoll, dieses Buch? Hätte man dafür keinen hohen Erlös erzielen können?«

»Das kommt drauf an«, antwortete die junge Frau freundlich. »Es war unbekannt und musste erst geprüft werden. Expertisen sind teuer. Außerdem ist der Markt für alte Handschriften überschaubar. Die meisten sind unverkäuflich. Das ist wie mit –« Suchend sah sie sich in dem kahlen Raum um, bis sich ihr Gesicht erhellte. »Nehmen Sie den Speyrer Dom. Sie könnten vielleicht seinen korrekten Wert ermitteln, aber versuchen Sie mal, ihn zu verkaufen.«

»Den Speyrer Dom kann man nicht in ein Pappkuvert packen.«

»Ein Buch ist ein Gedankengebäude«, sagte Marny in heiligem Ernst.

»Das Sie mit vier realen Schlössern sichern«, erwiderte Bettina.

Darauf grinste Marny, ihre kleine Nase kräuselte sich lustig, und Bettina fragte sich plötzlich, wofür diese Frau bezahlt wurde. Sie sah selbst aus wie ein Liebhaberobjekt, charmant, gebildet, aber nicht den ganzen Raum füllend, ein Mensch mit Platz für andere, für Rätsel. »Sie haben recht«, sagte sie, »aber dieses Buch ist wirklich was Besonderes. Und jetzt, wo bald jeder seine Schönheit sehen kann und soll, da muss es geschützt werden. Inzwischen würde es vermutlich einen angemessenen Preis erzielen. Es hat das Zeug zum Star.« Wieder zog sie die Nase kraus. »Es ist sexy.« Sie lächelte, schritt zum Tisch und nahm von einem kleinen Papierstapel, der vornehm ganz in der Mitte lag, ein schmales, hochglänzendes Faltblatt. »Leider kann ich es Ihnen nicht zeigen, aber Sie dürfen gern den Prospekt ansehen.«

Willenbacher nahm das Faltblatt, klappte es auf und pfiff durch die Zähne.

»Was steht denn drin in dem Buch?«, fragte Bettina. Sie stand am Fenster mit dem kahlen Wald im Rücken. »Es ist von Ovid, das weiß ich, aber außer seinem Namen kenne ich nichts von dem.«

Willenbacher blickte auf. »Ein Dichter aus der frühen römischen Kaiserzeit. Er hat uns die gesamte antike Mythologie überliefert. Die *Metamorphosen*.«

Bettina schüttelte den Kopf.

»Aber lesen Sie zuerst *Ars amatoria*. Die Liebeskunst.« Marny schenkte Bettina einen verschwörerischen Blick und reichte auch ihr einen Prospekt. »Und die *Amores*. Sein Frühwerk, die Liebesgedichte. Ovid wusste, wovon er schrieb.« Sie grinste. »Er war ein echter Lebemann. Adelig, ohne übermäßiges Vermögen. Elegant, aber nicht gelangweilt. Und«, Marny beugte sich vor, wobei eine ihrer langen hellbraunen Haarsträhnen hübsch über ihre Wange fiel, »seine *Ars amatoria* wurde von Augustus auf die schwarze Liste gesetzt.« Das klang so stolz, als spräche sie von einer Sendung, die es geschafft hatte, im bayrischen Fernsehen nicht ausgestrahlt zu werden.

»Weswegen?«, fragte Bettina, die auf der Rückseite des Faltblatts las, die Digitalisierung des Manuskripts sei in Arbeit und pünktlich zur Eröffnungsfeier der Bibliothek im Sommer könnten schon einzelne Seiten als hochwertige Faksimiles präsentiert werden. »Ist der Text obszön?«

»Nicht sehr«, sagte Marny. Ihre Augen strahlten goldbraun und kess. »Eigentlich gar nicht«, gab sie zu. »Es war der *Stil*. Ovid benutzte die Liebe, das harmloseste Beispiel, um seinen Mitmenschen vorzuführen, wie freies Denken funktioniert. Eigentlich ist er nur für seine Eleganz bestraft worden. Er wurde sogar verbannt.«

Letzteres führte sie ehrfürchtig an wie einen Nobelpreis. Bettina fragte sich, ob der Dichter selbst auch stolz auf seine Strafen gewesen war. »Wohin?«

»Bitte?«

»Wohin wurde Ovid verbannt?«

»Ans Schwarze Meer. Ins heutige Rumänien. Es hat ihn umgebracht. Das war damals der Arsch der Welt.« Marny grinste kurz. »Allerdings ist unser Manuskript nicht nur von Ovid. Oberflächlich betrachtet enthält es einen Teil der Psalmensammlung aus dem Alten Testament, ist also auch ein Psalter. Das war im Mittelalter eines der wenigen Bücher, die von Einzelpersonen benutzt wurden.« Diesem Satz folgte ein frommer Blick. »Zum individuellen Gebet. Unser Exemplar sieht auch wirklich benutzt aus. Nicht übermäßig prächtig. Nur eine Art besseres Notizbuch. Etwa dreizehntes Jahrhundert, keine sehr aufregende Arbeit, mit vielen Fehlern. Vermutlich ist es deshalb nie in einem Verzeichnis erwähnt worden.« In Marnys goldbraunen Augen staute sich inneres Vergnügen. »Oder weil es mehr Zeit unter Kopfkissen verbracht hat als in Regalen.«

Bettina betrachtete das Foto auf der Vorderseite des Prospekts. Es zeigte ein schäbiges, dunkel gebundenes Buch, eher sogar ein Heft, dessen Größe nicht leicht zu schätzen war. »Und wo ist der Ovid?«

»Auf den Rückseiten«, erklärte Marny. »Der Psalter ist nur die Tarnung.«

»Wie kann das funktionieren?«

»Die Seiten sind zum Aufklappen«, sagte Marny und blickte sich wieder im Raum um, als suche sie an den glatten Wänden eine Erklärung. »Wenn Sie im Sommer noch mal kommen, können Sie es sehen, dann haben wir Faksimiles da, detailgetreue Nachbildungen der Highlights, und die werden zu bestimmten Zeiten zugänglich sein. – Also, einfach gesagt, wurden die alten Pergamentblätter einseitig abgekratzt, gefaltet und neu gebunden.«

»Wie, abgekratzt?«

»Der Text wurde entfernt. Mit Messer oder Bimsstein.« Nun blickte Marny eifrig. »Und dann wieder überschrieben. Das war lange Zeit gängige Praxis. Es gibt sogar einen Namen dafür: *Palimpsest*. Wenn das Material für neue Bücher nicht anders zu beschaffen war, hat man alte Codices auseinandergenommen und das Papier aufbereitet. Pergament ist teuer. Es besteht aus Kalbshaut. Ein Kalb für zwei große Doppelseiten, da können Sie sich vorstellen. Noch bis ins achtzehnte Jahrhundert wurde mit älteren Büchern so verfahren. Zuweilen hat man auch einfach das Material zerschnitten und zur Reparatur von Einbänden benutzt. Fast alle originalen Gutenberg-Bibeln sind auf die Weise zerstört worden.« Sie zog die Nase wieder kraus, diesmal aus Bedauern. »Leider«, sie wies auf den Prospekt, »ist unser Büchlein nur der Rest eines viel größeren Schatzes, nämlich einer illustrierten Werkausgabe von Ovid. Vielleicht aus dem zehnten Jahrhundert, möglicherweise aus Byzanz. Vermutlich inklusive der *Medea*.«

»Was ist das?«, fragte Bettina, als nicht einmal Willenbacher Zeichen des Erkennens gab.

»Das ist ein heute verschollenes Drama. Sein Fund wäre eine Sensation.«

»Sie haben einen Rest davon?«

»Magere Bruchstücke«, sagte Marny. »Äußerst magere. Im Grunde nur ein Bild. Und die Hoffnung auf Textfragmente.« Sie blickte von Bettina zu Willenbacher, warf ihre hübschen braunen Haare zurück und beugte sich wieder vor. »Der Retter«, sprach sie leise, »war ein kleiner Schreiber aus irgendeinem linientreuen Kloster. Vielleicht nicht mal das. Ein Lehrling. Oder Helfer, so stelle ich es mir jedenfalls vor. Er war einer, der kratzen musste. Darum hat er die Ovid-Ausgabe auf den Tisch gekriegt. Um sie auseinanderzunehmen und aufzubereiten. Sein Auftrag war, Material abzuliefern, und das tat er. Den Text hat er gekillt. Bei den Bildern aber bekam er Skrupel. Die Illustrationen waren zu schön. Und auch zu …«, die junge Frau machte eine anzügliche kleine Pause, »anregend. Er konnte nur so viele stehlen«, flüsterte sie nun, »dass es nicht auffiel. Also wählte er die aus, die ihm selbst besonders gefielen.«

Sie sahen sich an.

»Er hat sich eine Wichsvorlage gebaut«, fasste Willenbacher das Unausgesprochene zusammen.

Marny hüstelte. »Nennen wir es das erste *Playboy*-Heft aller Zeiten.«

Bettina schlug den Prospekt auf.

»Sie sehen die Begegnung zwischen Bacchus und Ariadne«, kommentierte Marny.

Auf dem Centerfold – so konnte man die Innenseite des Prospekts mit Fug und Recht nennen – prangte die Reproduktion einer prächtigen, farbigen Szene aus der Mythologie. Ein von Tigern gezogener, üppig geschmückter Wagen mit großem Gefolge trug einen wohlgebauten nackten Mann, der sich zu einer Frau, Ariadne, hinabbeugte. Diese trug offenes Haar über einem tiefblauen, freizügigen Gewand, sie war sehr schön. Die Diener und Dienerinnen des Bacchus benahmen sich teils recht frivol, der nackte Gott selbst wirkte leicht befremdlich, weil sich aus seinem Mund ein Spruchband wand, was aussah, als kämpfe er nebenbei mit einem mächtigen Wurm. »Was sagt er?«, fragte Bettina. Sie konnte die zusammenhängenden, in Großbuchstaben geschriebenen Worte nicht entziffern.

»Er sagt: *Munus habe caelum: caelo spectabere sidus*«, antwortete Marny sofort. »Ist das nicht wunderschön?« Sie lächelte. »Es heißt: Nimm den Himmel von mir zum Geschenk, dann wirst du dort als Sternbild zu sehen sein.«

* * *

Elisabeth legte den Telefonhörer auf und brachte die Post ins Arbeitszimmer ihres Mannes, so wie immer. Es war ziemlich verrückt, das zu tun, wo er doch schon fast zwei Jahre tot war. Elisabeth wusste das gut, sie war ja nicht dumm, aber Zwanghaftigkeit war nun mal keine Frage von Selbsterkenntnis. Sie brauchte Gewohnheiten, um über ihren Tag zu kommen. Gewohnheiten verlängerten das Leben, halfen ihr, den Kopf oben zu behalten und den riesigen Haushalt allein zu bewältigen. Daher lieferte sie täglich treu und brav ihre eigene Post auf dem Schreibtisch ihres Mannes ab, ließ sie dort liegen, wie um ihm Gelegenheit zu geben, die Briefe durchzusehen, und öffnete sie dann tags darauf. Das hatte sie schon vor dem Tod ihres Mannes gemacht, viel hatte sich nicht geändert, denn oft war er sowieso nicht hier gewesen. Es war leicht, sich einzubilden, Georg sei noch am Leben und nur im Keller zum Basteln – oder auf einem seiner vielen Ausflüge. Dieser Gedanke war zwar nicht schön, aber vertraut, und er rettete Elisabeth vor dem Altersheim.

Sie stieß die Tür zu dem hellen kalten Büro auf und stolperte prompt – eben wie immer – über Morton Black, die Katze. Morton Black wohnte in diesem Zimmer, sie war so etwas wie eine Steigerung der Gewohnheit, ein eifersüchtiger Spuk. Sie bewachte die Besitztümer ihres Herrn über dessen Tod hinaus. Auf- oder Umräumen duldete Morton Black keinesfalls. Dann sprang sie wild im Zimmer herum, landete auf Elisabeths Schultern, setzte sich auf die Dokumente, und notfalls pinkelte sie auf den Teppich. So kam Elisabeth mit dem Ordnen von Georgs Privatkram immer nur briefeweise voran. Was andererseits nicht schlimm war, denn der größte Teil davon war Fanpost, und Elisabeth war kein Freund von Fanpost.

»Mistvieh«, knurrte sie die Katze an. Morton Black bedachte die Frau ihres Herrn mit einem verächtlichen Blick und sprang auf den Schreibtisch. Auf das Paket. Elisabeth legte die Briefe hin. Da wäre noch eine Postkarte, sagte sie im Geiste zu ihrem Mann, auch das war eine Gewohnheit, die sie schon vor Georgs Tod angenommen hatte: die inneren Gespräche mit ihm. Vermutlich weil sie angenehmer gewesen waren als die echten. Da ist eine Postkarte, Georg. *Mille saluti del Lido di Ostia.* Ich hab sie weggeworfen, aber denk dir, die Kartenschreiberin gibt es auch noch. Nun schickt sie uns sogar Botschaften. Auf Latein. Vom Himmel und von Sternbildern. Nett, was?

Ihr Blick fiel auf das Paket, das sie gestern hierher gestellt hatte. Und plötzlich konnte sie es gar nicht schnell genug öffnen. Sie schubste Morton Black hinunter und riss das vergilbte Klebeband auf. Unter dem alten Packpapier kam eine Holzkiste zum Vorschein. Morton Black setzte sich auf den Parkettboden an der Tür und beobachtete alles mit ihren grünen Katzenaugen. Und als Elisabeth den kleinen Riegel am Deckel löste, da hob Morton Black lässig ihren alten schwarzen Katzenhintern, stellte den Schwanz auf und spazierte langsam, gemessen, ja befriedigt aus dem Raum.

Am frühen Nachmittag, als das Frühlingslicht schon eine gewisse Kraft gewonnen hatte, die sich aber wenig auf die Temperatur auswirkte, erreichte Gregor die Darmstädter Mathildenhöhe. In deren Nähe, einer Straße, die ruhig, aber kein praller Jugendstil mehr war, stand sein Elternhaus. Das Sträßlein war gewollt schmal und daher störten die drei breiten Feuerwehrautos, die praktisch die ganze Fahrbahn einnahmen, gewaltig. Gregor parkte seinen Citroën, bewegte seine klammen Zehen in den engen Schuhen und sah zwei Feuerwehrleuten zu, die mit methodischen Bewegungen etwas an dem Löschfahrzeug und den angeschlossenen Schläuchen richteten. Es roch nach Rauch. In der Nachbarschaft brannte es. Gregor sah sich nach dem Feuer um, doch die alten Platanen versperrten ihm trotz ihres kahlen Zustands den Rundblick. Er öffnete die Tür, und die Kälte fasste ihn spitz am Nacken. Der Rauchgestank war unangenehm. Der Brandherd musste ganz in der Nähe sein. Er stieg aus und die Feuerwehrleute musterten ihn abweisend. Einer der beiden, die an dem Wagen arbeiteten, richtete sich höher auf und rief ihn an.

»Hier ist gesperrt.«

»Ich bin Anwohner«, sagte Gregor.

»Wo wollen Sie denn hin?«, fragte der zweite.

»Peter-Behrens-Weg 17«, sagte Gregor. Da ließ der ihm am nächsten stehende Feuerwehrmann den Schraubenschlüssel sinken, mit dem er soeben an einer Schlauchverbindung herumgedreht hatte. Und Gregor wusste, wo es brannte.

»Sie kommen also direkt aus Leipzig«, sagte die psychologische Helferin mitfühlend, als sei allein das eine Strafe.

»Ich war beruflich dort«, antwortete Gregor, wie um ihr zu erklären, dass er da freiwillig nie hinfahren würde. »Mehr oder weniger«, fügte er genervt hinzu, dies Gespräch war albern, und er hatte nichts, absolut gar nichts gegen Leipzig. Es war nur so, dass er hier mit dieser Frau Sutter in einem engen Krankenwagen saß, Tee und Decken abgelehnt hatte und nun ihr professionelles Mitleid ertragen musste, weil er der einzige Angehörige des Opfers war und nicht einfach wieder gehen konnte, an einen Ort, wo er die Wände anbrüllen durfte.

»Waren Sie länger dort?«, fragte Sutter, und etwas in ihrem sanften Ton sagte Gregor, dass die Frage bedeutsam war, dass sie im Geiste seinen Tagesablauf nachrechnete, weshalb auch immer. Wo sie ihn doch trösten sollte. Wenn sie einfach still und blondhaarig, wie sie war, neben ihm gesessen hätte, dann hätte sie das vielleicht auch geschafft.

»Nur gestern«, erwiderte er. »Wie konnte in unserem Haus ein Brand ausbrechen? Das ist doch verrückt. Meine Mutter war – ist immer vorsichtig. Sie hasst offenes Feuer.« Man darf nie bei ihr rauchen, setzte er im Geiste hinzu, nicht mal in Notfällen. Er tastete nach seinen Zigaretten.

»Hat sie geraucht?«, fragte die Helferin prompt, und ihr schmales, leicht hängendes Gesicht zog sich noch mehr nach unten. Nicht dass ich persönlich was dagegen hätte, sagte es missbilligend, das nicht, aber es ist ein Aspekt.

»Nein«, sagte Gregor und nahm sich sein Päckchen vor.

»Hier drin ist das verboten«, erklärte Sutter.

Gregor packte die Kippen wieder weg und fühlte sich plötzlich ungeheuer nervös. »Sie wissen doch, was passiert ist«, fuhr er Sutter an. »Sagen Sie es mir. Was hat meine Mutter gemacht? Wie schwer ist sie verletzt? Wie ist das Feuer entstanden?« Er blickte in ihr unnachgiebig sanftes Gesicht. »Bitte.«

Sie wiegte unschlüssig den Kopf, und Gregor dachte schon, dass er jetzt endlich Näheres erfahren würde, doch weit gefehlt: »Ich verstehe, dass Sie sich Sorgen um Ihre Mutter machen«, sagte Sutter mit etwas echter Wärme in der Stimme zum Ausgleich für die vorenthaltene Information, »aber diese Dinge möchte Hauptmann Glückert mit Ihnen besprechen.«

Gregor erhob sich. »Wo muss ich hin?«

Sutter packte ihn erstaunlich fest am Arm. »Er wird kommen, sowie er für Sie Zeit hat.«

»Ich will ihn jetzt sehen«, sagte Gregor und öffnete die Tür des Krankenwagens. Eisiger Rauch drang in die stickige Kabine.

Sutter schauderte und lockerte ihren Griff. Hilflos spähte sie aus dem Wagen. »Da«, sagte sie schließlich und wies auf zwei vermummte Gestalten in Zivil, die ungeheuer beschäftigt aussahen, einer sprach in ein Handy und lief dabei die Straße auf und ab, der andere trug etwas in ein Formular ein, das er auf ein Brett geklemmt hatte. »Das sind die Leute von der Kripo. Reden Sie mit denen.«

»Kripo?«, sagte Gregor.

Sutter zuckte die Achseln und ließ ihn ganz los. »Wenn Sie was brauchen, wissen Sie, wo ich bin«, sagte sie. »Ich schaue nachher noch mal nach Ihnen.« Und damit zog sie die Tür hinter Gregor wieder zu.

Der Typ mit dem Formular presste sich sofort sein Klemmbrett an die Brust, als Gregor sich vorstellte. Vermutlich war das Geschriebene höchst geheim. »Sie sind also der Sohn«, sagte er.

»Wie geht es meiner Mutter?«, fragte Gregor. »Wann kann ich sie sehen?«

»Sie ist schwer verletzt«, sagte der Polizist anklagend.

Das wusste Gregor schon. »In welches Krankenhaus haben Sie sie gebracht?«

»Wo kommen Sie jetzt gerade her, Herr Krampe?«, fragte der Bulle dagegen.

Da öffnete sich die Gartenpforte, neben der sie standen, und eine Frau in Gregors Alter, doch mit mindestens doppeltem Umfang und hochrotem Gesicht trat heraus. »Bist du's, Gregor?«, fragte sie blinzelnd. »Hallo, ach Gott, was für eine Tragödie.«

»Hallo, Ute«, sagte Gregor.

Ute war ein warmer Mensch, innen wie außen, sie brauchte auch bei diesen Temperaturen nur eine Steppweste. Händeringend stand sie vor Gregor, unsicher, ob sie ihn in die Arme nehmen und drücken sollte, was sie offensichtlich wollte, das Schüchterne an der energischen Ute hatte Gregor immer schon reizend gefunden.

»Und Sie sind?«, schnauzte der Polizist sie an.

»Ute Holmes, die Nachbarin«, stellte Gregor vor, ehe Ute sich über den ruppigen Ton des Bullen aufregen konnte.

»Ich hab Sie doch gerufen«, sagte Ute mit leiser Verwunderung zu dem Polizisten. »Ich war der Feuermelder.« Damit zog sie Gregor beiseite und ließ den Bullen stehen, so elegant, wie nur sie das konnte. »Ich war im Garten«, sagte sie halblaut und sehr besorgt. »Ich hab das Licht gesehen. Und den Knall gehört.«

»Eine Explosion?«

»Ja.«

»Aber wir haben kein Gas«, sagte Gregor. »Nicht mal zum Kochen.«

»Ich weiß«, sagte Ute. »Deine Mutter ist kein Freund von offenem Feuer.« Sie blickte zu Gregors Elternhaus hinüber und blinzelte wieder. »Es war auch nicht in der Küche, sondern im ersten Stock, in dem kleinen Erker.« Sie wies vage in die Höhe, sehen konnten sie nichts, der Erker befand sich hinten, zum Garten hin. »Ich hatte meine Brille nicht auf, aber weit entfernte Sachen erkenne ich sehr gut. Das Feuer schlug zuerst aus dem Erker.«

»Aus Papas Arbeitszimmer.«

Ute nickte. »Im ersten Moment dachte ich, Georg ist wieder da und macht eins von seinen Experimenten.« Sie blickte Gregor an und biss sich auf die Lippen. »Oh Gott. Entschuldigung. Ich meine —«

Der Polizist betrachtete sie feindselig und ließ sein Klemmbrett sinken. »Einen Moment, Frau Holmes«, sagte er barsch. »Ich möchte mit Herrn Krampe allein sprechen.«

* * *

Willenbachers Verabschiedung wurde nicht sehr groß begangen, er ging ja nicht für immer weg, ein Jahr Akademie, das war nichts. »Ich werde ruckzuck wieder da sein«, sagte er zu jedem. Alle wussten aber, dass Leute, die auf der Akademie gewesen waren, so gut wie nie in ihre alte Abteilung zurückkamen, und daher war es eben doch ein Abschied, wenn auch ein verlegen klein gehaltener. Sie tranken Sekt und standen in Bettinas und Willenbachers Büro herum, das nun bald auch zwei neue Besitzer bekommen würde, denn ein Büro allein für Bettina, die Halbtagskraft, das war nicht drin.

»Alles ändert sich«, sagte sie zu Ackermann, der extra in seiner Freizeit gekommen war.

Er saß neben ihr auf dem Schreibtisch, baumelte mit den Füßen, die in stahlkappenbewehrten Stiefeln steckten, und beobachtete, wie Willenbachers Schulter von verschiedenen Kollegen geklopft wurde. »Er kommt zurück, Tina«, sagte Ackermann und grinste sie von der Seite an. »Und dann wirst du ihn nicht mehr wollen, wart's ab.« Er beugte sich an ihr Ohr. »Er ist zu klein für dich.«

»Ach«, sagte Bettina, »sei doch still. Findest du das nicht furchtbar? Die Kinder schießen in die Höhe, wann immer ich nicht hinsehe, Willenbacher macht Karriere, und wenn der andere Neue kommt, muss ich aus meinem Büro raus.« Und ein Baby muss vielleicht meinetwegen sterben, setzte sie innerlich hinzu.

Ackermann ließ sich von ihrer deprimierten Stimmung nicht anstecken. »Ich hörte, der andere Neue kommt schon im Mai, und der ist bestimmt netter als der olle Will mit seinen tausend Macken.« Er stieß Bettina kameradschaftlich in die Seite. »Frischfleisch, Bolle!«

Sie schüttelte nur den Kopf.

»He! Ist doch gut, wenn sich am Trott mal was ändert. Willenbacher macht's richtig. Er will sich entwickeln.«

»Hm«, machte Bettina finster.

»Hör mal«, sagte Ackermann, »das Leben ist nicht dazu da, um ewig beleidigt zu sein.« Damit sprang er vom Tisch, klopfte auch Bettina auf die Schulter, als sei das ihre Party, und spazierte in die Ecke, zu Nessa Kaiser, der neuen Kollegin. Zu der Frau also, die Willenbacher ersetzen sollte und die halbe Bettina gleich mit. Ackermann, der Opportunist, stellte sich als Erster fröhlich zu der Neuen und brachte sie zum Lachen. Ein nervöses Lachen, fand Bettina. Eine nervöse Frau, mit rotgefärbter Mähne, in genau dem gleichen Ton wie ihre eigene Haarfarbe, nur benutzte Nessa Kaiser Chemie, man sah es am Ansatz. Und sie lachte zu laut.

Aber immerhin lachte sie. Und sie würde Willenbachers Schreibtisch bekommen.

Montag darauf war am frühen Morgen ein Treffen der Soko *Ovid* angesetzt, an das Bettina nach allen bislang gemachten Erfahrungen nicht glaubte. Trotzdem bemühte sie sich sehr, pünktlich zu sein. Denn sie ahnte, dass Härting, der außer ihr noch nie eine Halbtagskraft in seinem Team geduldet hatte, ihre Anwesenheit überprüfen würde. Und wenn das Treffen ausfiel, hatte sie wenigstens ausreichend Zeit, um die Tagesmeldungen zu lesen. Jetzt, wo Willenbacher nicht mehr da war, musste sie das nämlich selbst tun.

Zu Bettinas Erstaunen jedoch war der große Konferenzraum bereits voll, als sie eintraf, und es drängten weitere Kollegen nach, Leute, die sie nie zuvor gesehen hatte, in eleganten Anzügen. Härting und Ackermann saßen schon am großen Rundtisch und nickten ihr wichtig zu. Bettina setzte sich neben Müller von der Spurensicherung, obwohl Müller es nicht mochte, wenn man sich neben ihn setzte. Bettina wusste aber, dass er *ihre* Nähe eigentlich doch gern hatte, deshalb hatte sie auch kein Problem damit, dass er sofort spontan abrückte, ungemütlich auf seinem Stuhl herumrutschte und ein schlaffes »Morgen« in ihre Richtung murmelte.

»Morgen«, sagte sie fest.

Und dann ging es auch schon los.

Zuerst stellten sich alle möglichen Leute gegenseitig vor. Ihre Namen verschwammen sofort in Bettinas Kopf, und sie vermisste Willenbacher, der sie sich gemerkt hätte. Dann dachte sie, dass Willenbacher mehr behielt, weil er mehr aufschrieb, das war kein Hexenwerk, also kramte sie Block und Stift aus der Tasche und verpasste so die Vorstellung der Soko-Leiterin, einer sehr kleinen, sehr faltigen und sehr dunkeläugigen Frau undefinierbaren Alters.

»Wie heißt die noch?«, fragte sie flüsternd in Müllers Richtung.

»Syra vom BKA«, gab der fast unhörbar zurück.

Frau Syra vom BKA versprach, es kurz zu machen, und tatsächlich verzichtete sie auf einen langen Vortrag zum Thema Liebeskunst. Mit dem lapidaren Satz »Das ist das Buch, um das es geht« reichte sie den Prospekt mit Bacchus und Ariadne herum, den Bettina schon kannte. Launige Bemerkungen zu dem frivolen Bild gab es keine, was vermutlich an Syras strengen schwarzen Augen lag. Sofort darauf wurde das Licht gedimmt, ein Beamer eingeschaltet, Syra drückte einen Knopf ihres Laptops, und an der Wand erschien ein Bild von Gregor Krampe.

»Dies ist Dr. Gregor Krampe, der Hauptbibliothekar und Kurator der Ritter-Sammlung in Rosenhaag bei Ramsen, wo sich das Manuskript befindet. Seine Vita können Sie in unserem Dossier nachlesen. Der Vater war Romanautor, daher kennt sich Krampe mit dem Vermarkten von Büchern aus. Und das tut er, Leute. Er hat seinen Fund nach allen Regeln der Kunst ausgeschlachtet, hat ein Forschungsprojekt gegründet, tritt im Fernsehen damit auf, er produziert Werbematerial«, Syra wies auf das Faltblatt, »kurz, er versucht sein Bestes, um einen echten Medienhype loszutreten, als wär das Buch ein junger Eisbär. Und dafür, dass dies alte verstaubte Schriftstück keine Knopfaugen hat, ist er auch ziemlich gut im Geschäft damit.«

Nun gab es ein paar höfliche Lacher, die sicher auch der Autorität von Syra geschuldet waren. Bettina ertappte sich dabei, wie sie selbst ziemlich laut kicherte.

»Und nicht zuletzt«, fuhr die Soko-Leiterin fort, »schreibt Krampe eine wissenschaftliche Arbeit über unser mysteriöses Manuskript, das zwar angeblich tausend Jahre alt ist, dessen Herkunftsgeschichte aber nach wie vor aus einem bloßen Pappumschlag besteht, und je stärker Krampe die Trommeln rührt, desto mehr Institutionen melden Ansprüche an und umso größere Beachtung wird seine Arbeit finden.« Syras Tonfall wechselte von Ironie zu Bedauern. »Gleichzeitig schrumpft natürlich unsere Chance, den wahren Besitzer zu ermitteln. Denn das Buch ist, wenn überhaupt, als einfacher Psalter erfasst, das ist eine Art Bibel, und die sind in unseren Bibliotheken nicht gerade selten, Leute. Leider führen auch nur wenige umfassende Kataloge. Es fehlen überall die Mittel. Tja, und dann kommt der überaus reiche Sammler Dr. Ritter und kriegt anonym etwas geschickt, das auf fast jedem alten Speicher in ganz Europa gestanden haben könnte. Und sein findiger Bibliothekar lässt sich Expertisen ausstellen und wedelt allen damit vor der Nase herum.«

Syra verschränkte im Halbdunkel missbilligend die Arme und mit ihr taten das ein Dutzend weitere Beamte. Bettina merkte, wie auch sie ablehnend auf dem Stuhl zurücksank.

»Sowieso«, fuhr Syra fort, »ist der Herkunftsnachweis für ein solches Werk, bei allem Vertrauen in Ihre und meine Arbeit, keine Aufgabe für die Polizei, Leute, das ist ein wissenschaftliches Puzzle, Thema für Dissertationen, ein Lebenswerk. Andererseits möchte das Auswärtige Amt die Sache geklärt haben. Die stehen unter Druck, und wir haben den Auftrag, Klarheit zu schaffen. Also müssen wir«, sagte sie trocken, »nach alter Polizistenart die Wirbel und Randerscheinungen dieser unwahrscheinlichen Schenkung beobachten.« Rasch klickte sie sich durch ein paar Seiten ihrer Powerpoint-Präsentation, bis das Bild eines aus mehreren Fenstern rauchenden Hauses erschien. »Und genau so eine Randerscheinung ist jetzt aufgetreten, Leute.«

Bettina beugte sich vor. Sie war überrascht. Sie hatte Kommentare zu Krampes Fernsehauftritt erwartet, zu dem Enthüllungsroman dieser Wahrsagerin, zu irgendwelchen politischen Komplikationen, zu sonst was. Sie hatte, merkte sie, die Angelegenheit unterschätzt, und die Soko und alle beteiligten Kollegen dazu.

»Dies ist das Elternhaus von Gregor Krampe«, erklärte Syra. »In Darmstadt, Peter-Behrens-Weg, zuletzt allein bewohnt von Elisabeth Krampe, der Mutter. In diesem Haus ist am Samstag gegen vierzehn Uhr dreißig eine Bombe explodiert. Der Sprengsatz befand sich in einer Holzkiste im Arbeitszimmer.«

Nun zeigte die Soko-Leiterin in schneller Folge Bilder des teils ausgebrannten Raums und einer verkohlten Kiste. Bettina versuchte, im Geiste die Einrichtung zu rekonstruieren: ein Tisch, der jetzt vom Rauch und Brand geschwärzt, aber immer schon dunkel gewesen war. Das matschige Zeug darauf war verbranntes Papier, Briefe oder Bücher. Ein Stuhl, Tapeten, Vorhänge. Trotz des schlimmen Zustands konnte man erkennen, wie schön der Raum geschnitten war, hoch, groß, mit einem Erker. Und auf einem der Fotos erschien zwischen all dem Schwarz überraschend der weiß gefleckte Kopf einer Katze. Sie war von sehr dunkler Farbe, saß unter dem Schreibtisch und blickte direkt in die Linse des Fotografen, eigentlich waren nur der weiße Fleck und die Reflexe ihrer Augen sichtbar. Auf den nächsten Bildern fehlte die Katze. Dann folgte das Porträt einer energisch aussehenden älteren Frau mit feinen weißen Löckchen und in schwarzer Kleidung.

»Das ist Frau Krampe vor etwa zwei Jahren bei der Beerdigung ihres Mannes.«

Bettina stellte sich vor, wie diese respektable alte Dame den Deckel einer Bombe hob. Es war nicht leicht. Denn Frau Krampe sah harmlos aus, andererseits aber auch nicht dumm. In Bettinas Phantasie wollte sie sich dem Unheil nicht beugen, stand reglos in ihrem noch unversehrten Arbeitszimmer vor der Kiste, beäugte sie wissend und hatte dann Schwierigkeiten mit dem Deckel, der sehr fest aufsaß. Nichts explodierte.

Die Wirklichkeit war anders gewesen. Gregor Krampes Mutter, hörte Bettina nun, lag mit lebensbedrohlichen Verbrennungen an Gesicht, Oberkörper und Händen auf irgendeiner Frankfurter Intensivstation im künstlichen Koma, und man fragte sich, wer die Bombe gebaut und ihr gebracht hatte. Das *Wie* indessen war bereits ermittelt: Amateurarbeit, aber von einem, der Ahnung hatte. Ein Fingerabdruck, der auf einer kleinen Stahlplatte aus dem Inneren der Bombe gesichert worden war, wurde groß herausgestellt, doch leider konnte der Abdruck keinem einschlägig vorbestraften Spezialisten zugeordnet werden und mochte noch aus den unschuldigen Zeiten des Blechs stammen, als es zum Beispiel im Baumarkt lag und darauf wartete, eine brave Verbindungslasche oder Ähnliches zu werden. Bilder von verkohlten Drähten folgten.

»… wurde einfaches Schwarzpulver verwendet, aber mit einem sehr verschachtelten Zünder. Sorgfältige, komplizierte Arbeit,

Leute. Da hat sich jemand lange beschäftigt. Ein Meditativer. Ein Bastler. Einer, dem der Bau dieser Bombe Genuss bereitet hat. Einer«, schloss Syra, »der vielleicht auch am Tatort war, um das Ergebnis seiner Bemühungen zu beobachten.«

Nun zeigte sie Bilder von Vorgarten und Straße, von Menschen, die herumstanden und schauten, von einem Mann, der mit Feuerwehrleuten sprach.

»Gregor Krampe«, warf sie einen Namen in das ahnungsvolle Schweigen, »ist bislang nur verhört, aber nicht verdächtigt worden, denn seine Fingerabdrücke stimmen nicht mit dem auf dem Blech überein. Seine Aussagen können Sie nachlesen. Er ist Frau Krampes nächster Angehöriger, und er ist kurz nach der Explosion am Tatort erschienen.«

Zum ersten Mal hielt Syra in ihrer Rede inne. Durch die Dunkelheit hindurch musterte sie alle Anwesenden genau. Der schüchterne Müller neben Bettina rutschte sofort unbehaglich auf seinem Stuhl herum. Allgemeiner Verdacht gegen Krampe machte sich breit. Selbst Bettina, die ihn doch sympathisch fand, hätte ihn in dem Moment am liebsten wegen Mordversuchs an seiner Mutter hopsgenommen.

»Doch das alles, Leute«, sagte Syra nun sehr sanft, »sind nur die Wirbel und Randerscheinungen zu unserem Fall. Die Herkunft der Bombe ist so ungewiss wie die des Manuskripts, mit dem Unterschied, dass wir den Bombenbauer leichter finden können, und das wird uns einen größeren Überblick verschaffen. Momentan ist Gregor Krampe die augenfälligste Verbindung. Aber nicht die einzige. Wir haben nämlich noch ein sehr interessantes Indiz.«

Nun schlich sich leiser Triumph in Syras Stimme, der auch erhebend auf die Anwesenden wirkte: Man richtete sich auf. Syra drückte die Bombenbilder weg und das Foto einer südlichen Küste erschien. Bettina sah, wie sich Härting, der seine Brille nicht aufhatte, weit vorbeugte und seinen Mund mitbewegte, während er lautlos die muntere Aufschrift las: *Mille saluti del Lido di Ostia.*

Bettina stieß Müller an. »Ist das Italienisch? Was heißt das?«

»Irgendwas mit Grüßen«, flüsterte Müller. »Viele Grüße vom Strand von Ostia.«

»Diese Postkarte haben wir in Frau Krampes Mülleimer gefunden. Sie wurde am Samstag kurz vor dem Anschlag mit der Tagespost gebracht. Und das ist die Rückseite.«

Die Rückseite war handbeschrieben. Alle beugten sich vor, um die Schrift zu entziffern.

»Munus habe caelum: caelo spectabere sidus«, las Syra vor. Die Kollegen begannen zu flüstern. »Das ist Latein, und wir haben für diese Soko einen Berater bestellt, den Herrn Professor Dr. Granz aus der Altphilologie in Mainz –«

»Aber das ist die Aufschrift auf dem Bild«, platzte Bettina laut heraus, nahm ihr Faltblatt vor und zeigte auf die Schrift. »Das ist genau das, was Bacchus zu Ariadne sagt, du wirst am Himmel als Sternbild zu sehen sein, hier auf dem Schriftband, das steht in dem Buch, das wir suchen!« Erfreut über ihr sonst so unzuverlässiges Gedächtnis blickte sie sich um. Alle starrten sie an. Syras schwarze Augen funkelten gefährlich in ihre Richtung. Härtings Mund wurde zum Strich: Seine Halbtagskraft hatte der Frau vom BKA die Pointe versaut.

»Beherrschen Sie denn die lateinische Sprache, Frau Boll?«, fragte Syra ruhig. Müller duckte sich, vermutlich aus Sympathie.

»Ich hatte es in der Schule«, sagte Bettina kleinlaut. Ihr imponierte, dass die Soko-Leiterin tatsächlich ihren Namen kannte, obwohl sie bei der Vorstellungsrunde nur als »Kollegin vom K11« erwähnt worden war. Nun nahm Syra das Faltblatt, schlug es auf und hielt es dicht vor die Augen. Irgendwer sprang hilfreich zum Lichtschalter und drückte ihn. Syra las. Dann blickte sie wieder Bettina an. Alle blickten Bettina an. Nur Müller nicht, der warf sich plötzlich mutig in Position und starrte dem stummen Unmut entgegen. Bettina hätte ihn küssen mögen.

»Nun«, sagte Syra, »Professor Granz hat diese Zeile gestern für mich untersucht und bestätigt, dass es sich um einen Text aus *Ars amatoria* handelt, beziehungsweise handeln könnte, denn er ist kurz und könnte auch Teil anderer Werke sein. Allerdings hätten wir den Herrn Granz nicht bemühen müssen, wenn wir wie Frau Boll das Naheliegende gesehen hätten.«

Alle zogen ihre Faltblätter vor und schauten das Naheliegende an. Bettinas Wangen brannten, am liebsten hätte sie gesagt, dass ihre Kenntnis auf reinem Zufall beruhte, doch Müller lächelte so triumphierend. Und Härting zog erleichtert seinen Schlips gerade.

»Sie kommen nachher gleich mal zu mir, Frau Boll«, sagte Syra streng. »Ich habe spezielle Aufgaben für Sie.«

Die Unterredung mit Syra war kurz. Die Soko-Leiterin stand am Kopfende des großen Konferenztischs, um sie herum erhoben sich die Kollegen, packten zusammen und diskutierten ihre Arbeitsaufträge. Syra richtete etwas an ihrer Tasche. Hauptkommissar Härting schob sich vor Bettina nach vorn und pflanzte sich neben Syra auf. Er überragte die kleine Frau um fast anderthalb Köpfe, dennoch bewirkte ihre hässliche, intensive Erscheinung, dass er bleicher und eckiger aussah denn je. Glücklicherweise war das Härting aber nicht bewusst, er war viel zu sehr darauf bedacht, Bettinas unerwartete Lorbeeren einzuheimsen. Mit einem Lächeln, das sie nicht an ihm kannte, betrachtete er sie, seine blassen, kalt aussehenden Wangen legten sich in dünne Fältchen. Fehlte nur noch, dass er *Unser Böllchen!* sagte.

»Frau Boll«, sagte Syra stattdessen, ohne aufzusehen. »Was Sie gesehen haben, hätte jeder sehen können.«

»Stimmt«, sagte Bettina respektvoll.

»Sie werden mich begleiten.«

»Wohin?«, fragte Bettina.

»Durch diese Ermittlung. Sie bleiben an meiner Seite und schauen.«

Härting strahlte.

»Gern«, sagte Bettina. »Aber ich arbeite nur noch halbtags«, fügte sie hinzu, das hätte sie doch fast vergessen.

Syras schwarze Augen richteten sich direkt auf Bettina. Die fühlte, wie der Boden sich aufzulösen begann. In diesen Augen war die Hölle und die ganze Welt dazu.

»Sie sind doch Polizistin.«

»Ich habe zwei Kinder«, hörte Bettina sich entgegnen.

Nun wandte Syra sich an Härting. »Halbtagsermittler beim K11? Seit wann gibt es das denn, Leute?«

»Frau Boll ist eine Ausnahme«, sagte Härting steif. Sein Lächeln war erloschen.

Syra betrachtete Bettina. Die schwieg und hielt dem Blick stand. Zumindest versuchte sie es.

»Dann kommen Sie eben jetzt gleich mit mir nach Ramsen und wir klären das später.« Syra beugte sich über ihr Laptop.

Bettina warf Härting einen raschen Blick zu. »Jetzt gleich«, sagte sie todesmutig, »wird es nicht gehen.«

Syra fuhr den Computer herunter, ohne aufzusehen. »Und weshalb nicht?«

»Also, Frau Boll!«, sagte Härting mörderisch.

»Ich muss in die Schule meines Sohnes, ein wichtiges Gespräch mit dem Rektor. Und ich habe das auch längst mit Herrn Härting geklärt. Er hat mir letzte Woche schon frei gegeben, nicht, Herr Hauptkommissar?«

»Frau Boll«, wehrte Härting entsetzt ab, »also jetzt setzen Sie gefälligst Prioritäten.«

Das tu ich doch, dachte Bettina.

Syra schloss ihr Laptop mit einem Knall und reichte Bettina gleichzeitig eine Visitenkarte. Es ging so schnell wie ein Zaubertrick. »Also dann, Frau Boll«, beschied sie, »kommen Sie, wann immer Sie Zeit finden. Rufen Sie mich an. Ich werde in Rosenhaag sein.«

Und damit gehörte Bettina so gut wie zum BKA.

* * *

Lisa träumte. Die Sonne hüllte sie ein, es roch nach Kokosöl und fischigem Tang. Der Sand war heiß, der Wind angenehm, man hätte ewig so liegen können. Sie bekam nur die Augen nicht auf. Es ging nicht. Da driftete sie davon.

* * *

Das Licht blendete, als Bettina das Auto verließ, ein Frühlingslicht, viel zu früh und viel zu hell trotz der Kälte, es hinderte die Sicht. Sie hieb die Tür ihres alten Taunus ins Schloss, blinzelte und suchte ihrem Blick einen Halt an der nächsten Wand, die war mit grellorangefarbenen Graffiti bedeckt, und ein paar grüne Spritzer schrien: *Fuck fette Vera.* Dabei war das hier nur eine Grundschule, schmierten die Kleinen schon solches Zeug an die Wände? Sie öffnete das Tor und betrat den Schulhof. Beton in allen Stadien der Verwitterung war hier zu Treppen, Platten, Mauern, Würfeln und Pyramiden, kurz, einem bröckeligen Platz geformt, der planiert und mit ein paar anständigen Bäumen drauf richtig zum Spielen hätte sein können. Der Weg zum Eingang war mit Pfeilen ausgewiesen. Bettina fühlte sich, als sei sie zu spät. Das kleine verträumte Mädchen, das immer getrödelt hatte und nun den nächsten Eintrag ins Klassenbuch bekommen würde. Die Schule über dem Platz blickte ihr höhnisch entgegen. Bettina schaute auf ihre Uhr. Sie war nicht zu spät, im Gegenteil. Vermutlich würde sie warten müssen.

Im Inneren des Gebäudes war es nur wenig wärmer. Kinderbilder hingen herum. Bettina sah sich nach Zeichnungen von Enno um, sie suchte seine Jacke unter denen, die im Flur an den vielen Haken hingen. Als sie an seinem Klassenzimmer vorbeiging, hörte sie eine Jungenstimme, die vielleicht Ennos war. Doch wirklich erkennen konnte sie das nicht. Ob eine leibliche Mutter damit ebenso große Schwierigkeiten hätte? Sie erreichte das Sekretariat. Dort wurde sie einem Stuhl mitten im Durchgang zugewiesen. Und wartete bis zum Klingeln.

»Sie wissen, weshalb Sie hier sind?«, sagte Direktor Schmoll quer durch den ungeheuerlichen Lärm, der seit dem Pausenzeichen das Gebäude erfüllte, ein gemeinschaftliches Gebrüll aus gut fünfhundert Grundschülerlungen. Er schloss die Tür zu seinem Büro und dämpfte den Ruf nach Freiheit auf erträgliches Maß. Dann setzte er sich auf seinen Schreibtisch, erhöht und direkt vor Bettina, die lässige Lehrer nicht mochte.

Sie rutschte so weit auf ihrem Stuhl zurück, wie es ging, ohne unhöflich zu wirken. »Wegen Enno«, sagte sie. Eigentlich mochte sie überhaupt keine Lehrer.

»Ihr Adoptivsohn ist intelligent«, sagte Schmoll wohlwollend. »Das ist er.«

Bettina lächelte schwach.

»Er hat Schlimmes durchgemacht«, fuhr Schmoll fort, und Bettina wurde es angst und bange.

»Aber?«, fragte sie.

Schmoll lehnte sich zurück und verschränkte die Arme. Es sah unbequem aus. Wie eine Yogaübung auf der Tischkante. Der gespannte Schilfstängel oder so. »Er kommt im Unterricht mit, das tut er«, sagte er hinhaltend. »Er hat sogar so etwas wie Freunde.«

Bettina stand auf.

»He!«, sagte Schmoll, dessen Balance nicht standhielt. Er musste sich mit den Händen abfangen. »Wir sind hier nicht bei Kriminellen.«

Bettina trat zurück und lockerte beschämt ihre Fäuste. Was war denn in sie gefahren? Da war sie einmal als Mama gefordert und machte prompt auf Bulle. Sie schaffte es nicht. Sie war keine richtige Mutter. Und auch keine echte Polizistin, als Halbtagskraft. Sie war nichts. Das Oberhaupt von so etwas wie einer Familie mit so etwas wie einem Sohn, der so etwas wie Freunde besaß. »Wieso sagen Sie das?«, fragte sie und überlegte gleichzeitig, ob sie sich ihren drohenden Unterton nur einbildete. »Wieso sind Ennos Freunde bloß ›so etwas wie‹? Wieso sind sie nicht echt?!«

Schmoll hatte sich wieder gefangen und betrachtete sie interessiert. »Sie sind doch in Familientherapie, nicht wahr?«

»Nicht mehr«, gab Bettina zu.

»Das wäre bestimmt eine Hilfe, das wäre es.« Schmoll verschränkte die Hände vor dem rechten Knie und hing wieder in seinem aufreizenden Gleichgewicht. Er sah ihr direkt in die Augen, und Bettina musste sich zusammennehmen, um ihn nicht einfach anzutippen, damit er umfiel. Dieses Gehampel mit Blickemessen ausgerechnet beim Schuldirektor ihres Sohnes regte sie auf. Rasch setzte sie sich wieder und schaute zu Boden, was Schmoll zweifellos als Sieg verbuchte. »Was«, sagte sie zu ihren Händen, »hat Enno angestellt?«

»Enno«, sprach Schmoll sanft, »ist eine unabhängige Persönlichkeit, das hat sich schon in den ersten Tagen gezeigt, die er bei uns war, Sie wissen noch, die Sache mit dem Kaugummi …«

Bettina schwieg. Das Einzige, was sie wusste, war, dass sie nun Ennos Werdegang seit seiner Einschulung vor anderthalb Jahren rekapitulieren würden. Denn einen Pädagogen mit guten Absichten konnte man nicht abkürzen. Jeder Versuch würde den Vortrag nur ausdehnen wie ein mäanderndes Flussbett, auf doppelte, ja vielfache Breite, den Strom verlangsamen, Sümpfe entstehen lassen, mitsamt dem zugehörigen Getier, Mückenplagen würde es beschwören, giftige Dünste, verdunkelte Sonnen, und doch musste am Ende das Wasser ins Meer gelangen, es war nur eine Frage der Zeit. Am besten ließ man sich also vom Strom treiben und räumte nur hier und da etwas Treibgut aus dem Weg.

Oder man lief auf einer Sandbank auf: »Enno schlägt eben auch Mädchen«, sagte Schmoll ernst.

»Er ist ein einziges Mal mit dieser intriganten Alena aus der dritten Klasse zusammengestoßen«, antwortete Bettina, die sich aufregte, wenn Enno als Mädchenprügler hingestellt wurde. Weil sie ganz tief im Inneren fürchtete, ihr Adoptivsohn könnte seinem miesen Erzeuger ähneln, der ihre Schwester Barbara geschlagen hatte. »Die ist viel älter als er und sieht vielleicht niedlich aus mit ihrem Ballettgetue, oder waren es Pferde, jedenfalls ist sie ein Biest, die hat Enno sein neues Scout-Mäppchen kaputtgeschnitten, mit einem Messer, das sie mit in die Schule gebracht hat, in Ihre Schule! Und wir sind nicht so reich, dass wir uns jede Woche neue Scout-Mäppchen leisten können. Enno hat jetzt noch kein neues. Dafür hat sich auch niemand entschuldigt, da hieß es, Querelen unter Kindern, was weiß ich.« Wütend verschränkte Bettina die Arme.

»Es ist nicht heraus, wem das Mäppchen gehört hat«, sagte Schmoll. »Oder das Messer.«

Gott, dachte Bettina, was hab ich da bloß gesagt, dieses Mäppchen hat mich schon Wochen meines Lebens gekostet, und das wird jetzt immer so weitergehen bis zu Ennos Abitur. »Was hat er gemacht?«, fragte sie müde. »Sagen Sie einfach, was er gemacht hat.« Sie hakte ihre Finger fest ineinander und schaute zu Boden und wusste, dass jeder Augenkontakt die Dämme niederreißen würde und sie dann noch am Nachmittag hier säßen, beschäftigt mit jeder Äußerung, die ihr allzu unabhängiger Sohn je innerhalb dieser Mauern von sich gegeben hatte.

»Haben Sie denn gar nicht mit Enno gesprochen?«, fragte Schmoll nun. »Wollten Sie nicht wissen, weswegen wir Sie herbestellt haben?«

Nicht wir, *du* hast mich herbestellt, dachte Bettina. Weil du mir den gespannten Schilfstängel geben willst und meinen Sohn dazu benutzt. »Er hat gesagt, er hat ...«

Eine Penis-Rakete gebaut, hatte er gesagt und gekichert. Ich hab eine Penis-Rakete gebaut, Tina. Und sehr treuherzig: Aber ich hab sie nicht angezündet. Ich bin ja nicht dumm.

»... etwas Komisches gebastelt«, schloss sie. Eine Pause entstand, ein kurzes Schweigen, das nur bedeuten konnte, dass es ernst war, dass da noch irgendwo eine schlimme Pointe aufgespart wurde, ein Knaller, der diese Pause wert war. Unter ihren halb geschlossenen Lidern sah Bettina, wie Schuldirektor Schmoll sich bewegte, wippte, zurückbeugte, etwas auf seinem Schreibtisch weiter hinten suchte. Dann stellte er vorsichtig einen Dildo neben sich auf den Tisch. »Vermissen Sie den?«, fragte er sanft.

Bettina gab ihre Büßerinnenhaltung auf. Das Teil war eine naturgetreue Nachbildung, lang und mächtig, aus orangefarbenem Silikon mit einer Art Gelenk im unteren Drittel, das durchsichtig und mit bunten Kügelchen gefüllt war. Außerdem besaß es an gebotener Stelle einen kleinen spitzen Auswuchs, der wie ein Schwimmer im Kopfsprung geformt war.

»Den habe ich noch nie gesehen«, sagte Bettina wahrheitsgemäß.

Schmoll stieg von seinem Tisch herunter, offenbar kam er sich so direkt neben jener massiven Erektion selbst bedrängt vor. Bettina spürte Wut aufsteigen. Okay, da hatte ihr Sohn irgendwo einen alten vergilbten Vibrator aufgetan und sich in der Schule damit erwischen lassen, das war nicht schön. Zweitklässler sollten nicht mit Pornografie und Sexspielzeug in Berührung kommen, ganz gewiss nicht. Andererseits ging es hier um die Nachbildung eines menschlichen Körperteils, das Enno nicht fremd war. Es stammte nicht aus ihrem Haushalt, Enno hatte es irgendwo gefunden, Gott allein wusste wo, in einer Mülltonne, bei einem Freund. Wie auch immer, jedenfalls war das Interesse eines kleinen Jungen an so einem Ding normal, das hoffte Bettina jedenfalls. Heikel, aber normal. Kein Grund, eine dermaßen hochnotpeinliche Präsentation zu inszenieren. Dies Gespräch hätte sachlich verlaufen müssen, ohne Anspielungen, ohne Blicke und angezogene Knie.

»Wo haben Sie das gefunden?«, fragte Bettina kühl.

»In Ennos Händen«, antwortete Schmoll. »Er saß beim Fahrradschuppen –«

»Allein?«, unterbrach Bettina.

»Mit noch zwei anderen Jungs.«

»Haben Sie deren Eltern auch schon bestellt?«, fragte Bettina. Schmoll schüttelte den Kopf. »Ich wollte erst Sie hören.«

»Wieso?«, fragte Bettina aufgebracht. »Wieso muss immer Enno der Böse sein? Dieses Ding ist nicht von uns, ich kenne das nicht, ich habe es nie gesehen!«

Schmoll blickte sie mitleidig an. »Es geht nicht allein um den Dildo«, sagte er. »Natürlich ist es nicht gut, wenn Zweitklässler so was zu Hause im Nachtkästchen ihrer Eltern finden, ist es nicht, aber Herrschaften, da gibt es Schlimmeres. Das Problem ist, was Enno damit gemacht hat.«

Nun wurde Bettina doch angst. »Was hat er denn gemacht?«, fragte sie flach.

»Er hat etwas hineingesteckt.«

Oh Gott, dachte Bettina, blitzartig von den fürchterlichsten Visionen gepackt.

»Es ist noch drin«, sagte Schmoll süffisant. »Wir haben uns nicht getraut, das anzufassen.« Er schaute Bettina auffordernd an.

Sie nahm den Dildo zur Hand.

»Im Batteriefach«, sprach Schmoll.

Bettina schraubte es auf. Darin befanden sich, fein säuberlich festgestopft, drei Patronen. Neun Millimeter Parabellum. Patronen, wie sie in Bettinas Dienstwaffe passten. Unversehrt, soweit sie sehen konnte, aber scharf. Außerdem war ein Kerzendocht um eine der Patronen gewunden. Er sah aus wie eine Zündschnur, auch deshalb, weil er an seinem freien Ende bereits angesteckt worden war. »Eine Bombe«, sagte Bettina unwillkürlich. Ihr Sohn Enno hatte versucht, eine Bombe zu bauen. In einem Dildo.

Schmoll betrachtete sie mit verschränkten Armen. »Wir haben Sie als Erste hergebeten, weil die Mütter der anderen beiden Jungs Hausfrau und Bankangestellte sind. Wir dachten, die benutzen keine scharfe Munition.«

»Oh Gott«, sagte Bettina.

»Frau Boll«, sagte Direktor Schmoll. »Sie sind noch nicht lange die Mutter von Enno, das wissen wir. Sie hatten eine schwere Zeit, Sie geben sich Mühe, und vor allem lieben Sie Ihren Sohn.«

Sie sahen sich an. Es war mehr eine Frage als eine Feststellung, also nickte Bettina klamm.

Schmoll auch. »Gehen Sie heim, räumen Sie Ihre Wohnung auf und schließen Sie alles weg, was gefährlich und nicht jugendfrei ist.«

»Okay.«

»Ich werde das nicht Ihrer Dienststelle melden.« Er reichte ihr einen Zettel mit einer Adresse darauf. »Aber Sie gehen mit Enno dorthin. Machen Sie eine Familientherapie. Ich habe Ihnen einen Termin ausgemacht. Bei der Familienberatung der Caritas, drüben in Mannheim, Herr Hübner. Der ist gut. Sehr beliebt. Normalerweise muss man ein halbes Jahr warten, um bei ihm dranzukommen.«

Bettina erhob sich. »Danke.«

Schmoll seufzte. »Fassen Sie sich ein Herz. Lassen Sie sich helfen. Es wird Ihnen nicht schaden.«

Auf dem Rückweg wäre Bettina am liebsten in Ennos Klassenzimmer gestürmt. Um ihn auszuhorchen über die Herkunft der Patronen, um zu erfahren, was ihm sonst noch für Ideen für den Dildo gekommen waren, um sich zu versichern, dass ihr Kind aufgeweckt, aber normal war. Sie blieb an der Tür stehen, drin war alles still, dann redete die Lehrerin. Geschlagen trottete Bettina zurück zu ihrem Taunus, der in gleißendem Licht stand. Sie setzte sich hinein und hieb mit beiden Fäusten gegen das Lenkrad. Dann nahm sie ihr Handy und rief Syra an.

Die war am Telefon genauso knapp wie in der Besprechung. »Bleiben Sie zu Hause bei den Kindern, Frau Boll«, sagte sie trocken. »Heute ist es schon zu spät. Seien Sie morgen um neun Uhr in Ramsen.« Damit wurde die Verbindung unterbrochen, und Bettina fragte sich, ob sie sich noch im Zustand der Gnade befand, und wenn ja, was Syras Gnade eigentlich bedeutete. Wie würde ihre Zusammenarbeit aussehen? Musste sie von jetzt ab immer lateinische Übersetzungen parat haben? Sollte sie Gespräche führen, protokollieren, recherchieren oder wirklich nur zuhören und zusehen, wie Syra die Arbeit machte? Weil ihr nichts Besseres einfiel, fuhr sie Richtung Büro. Da waren noch Dossiers zu lesen. Dann dachte sie an Syras Laptop. So eins hatte sie schon immer gewollt. Und ihre neue Aufgabe beim BKA war der beste Vorwand aller Zeiten, Härting teure Ausrüstung aus den Rippen zu leiern.

* * *

Hätte Gregor geahnt, wie viele Kriminalisten nachträglich seine Aussagen studierten, seine Familiengeschichte analysierten und seine Fotos betrachteten, hätte er den Kommissaren Buch und Comtesse vielleicht mehr Respekt entgegengebracht, zumindest hätte er überlegter geantwortet. Doch Buch und Comtesse waren zwei nervige hessische Bullen, voller Misstrauen und Ressentiments, allein sein Doktortitel reizte sie. Und sensibel wie Brechstangen. »Lieben Sie denn Ihre Mutter, Herr Doktor?«, fragte zum Beispiel Buch, als sie in dem feuchten ausgebrannten Arbeitszimmer standen und Gregor das Ausmaß dieser Explosion überhaupt erst begriff. Ihm wurde schwindlig vom Rauchgestank und der Vorstellung, in eine Flamme zu geraten, die einen drei Meter breiten Rußfleck an der Decke hinterließ. Buch indessen stand breitbeinig daneben und forderte Liebeserklärungen von ihm. War es da ein Wunder, dass Gregor im selben Ton antwortete, und zwar Sachen wie: »Jeder liebt seine Mutter, Herr Kommissar«? So ging es durchs ganze Haus: Kennen Sie sich mit Sprengstoff aus, Herr Doktor? Besitzen Sie Schusswaffen? Haben Sie eigentlich gedient, aha, und wo? Gehen Sie auf Reservistentreffen? Ach? Haben Sie was gegen Uniformen? Was machen Sie in Ihrer Freizeit? Haben Sie Feinde?

Sie standen nun in der Küche, die war schmutzig von dem Rettungseinsatz, sämtliche Schläuche und Geräte waren hier durchgetragen worden, denn sie besaß eine Tür zum Garten.

»Nein, ich habe keine Feinde«, sagte Gregor ungeduldig. Und wenn doch, du blöder Bulle, setzte er innerlich hinzu, hast du auf diese bescheuerte Frage je eine andere Antwort bekommen?

Der blöde Bulle betrachtete Gregor milde. Kommissar Comtesse war blondhaarig und feist und jung, einer, der in seiner Freizeit boxte oder bungeejumpte oder Frauen verprügelte oder alles drei zusammen. »Denken Sie mal nach«, sagte er.

»Ein Mann wie Sie, Herr Doktor«, ergänzte Kommissar Buch, der älter und schmächtiger war, aber ebenso gewalttätig aussah, »mit einem interessanten, erfolgreichen Leben, der kann nicht überall lieb Kind sein. Das wär ja langweilig.«

»Viel Feind, viel Ehr«, setzte Comtesse lässig hinzu.

»Wenn überhaupt«, erwiderte ihnen Gregor, »sollte es hier um die Feinde meiner Mutter gehen.«

Comtesse und Buch tauschten bedeutungsvolle Blicke. »Sagen Sie mal, Herr Doktor«, sagte Buch dann, nahm einen Apfel aus dem Obstkorb, der auf der Anrichte stand, rieb ihn an seiner Jacke ab und biss hinein, »waf wollen Fie denn fo vom Leben?« Er schluckte. »Was ist Ihr Ziel? Geld? Frauen? Dieses Haus?«

Gregor starrte den Bullen an. Der Typ wusste mit Sicherheit, wie hoch das alte Gemäuer belastet war. Allein dass er glaubte,

Gregor wolle wegen dieses Kastens seine Mutter töten, war eine Frechheit. »Sie haben sie ja nicht mehr alle«, sagte er.

Und das wurde alles ins Protokoll aufgenommen.

* * *

Lisa träumte. Der Geruch des Meeres drang in ihre Nase, Salz bedeckte ihr Gesicht. Das war angenehm, würziges Seesalz, sie hatte gebadet und ließ es auf sich trocknen, es prickelte und spannte leicht, überall auf dem Körper. Ganz plötzlich aber begann es zu brennen, es brannte entsetzlich, das Salz sengte und ätzte, und sie schnappte nach Luft und atmete glühendes Salz und das tat schrecklich weh, das tat so weh! Lisa wollte sich wegdrehen, doch die Glut saß auf ihr und fraß sie. Es wurde schwarz.

* * *

Im Büro richtete sich soeben Nessa Kaiser, die Neue, an Willenbachers Schreibtisch ein. Seinem *ehemaligen* Schreibtisch, korrigierte sich Bettina im Stillen.

»Ich hab mal den genommen«, sagte Kaiser und klopfte auf den Tisch, er stand ein bisschen ungünstiger als Bettinas, näher an der Tür, und seine Besitzerin hatte keine so schöne Wand im Rücken. Eigentlich hätte Nessa Kaiser der andere Platz zugestanden. Und das, sah man, war ihr wohl bewusst, doch sie wollte nicht gleich offensiv Rechte einfordern. Dafür schien sie zu erwarten, dass Bettina den Tisch, den sie sowieso bald räumen musste, von sich aus anbot. Doch da konnte sie lange warten.

»Gut«, sagte Bettina, ließ sich in ihren Stuhl fallen und sah zu, wie Kaiser ihren Karton weiter auspackte: Schreibtischunterlage, verschiedene kriminalistische Lehrbücher, eine Pflanze.

»Sie arbeiten halbtags?«, fragte Kaiser, deren Hände, wie Bettina bemerkte, ein wenig zitterten.

»Ja.« Bettina sah auf die Uhr. Halb zwölf, bis zwei musste sie hier noch aushalten.

»Das ist ungewöhnlich«, sagte Kaiser. »In unserem Beruf.« Ihre Stimme war klar und ruhig, beherrscht. Sie hatte ein ovales, mädchenhaftes Gesicht, und sie trug die Haare lang, wie Bettina, dazu Männerklamotten, doch irgendwie wirkte sie gestylt. Ihr Outfit sah aus wie das Ergebnis langer Planung, obwohl es Bettinas Aufmachung glich, und die zog morgens bloß das Oberste aus dem Schrank.

»Ich hab Kinder«, sagte Bettina und dachte an Hübner, den sie anrufen musste.

»Oh«, machte Kaiser und hob ihre Pflanze aufs Fensterbrett. Ein Drachenbaum. Sie drehte ihn ein wenig im Sonnenlicht. Dann betrachtete sie Bettinas schattige Fensterbank, wo drei Pappschachteln mit Stiften und diverser Bürokram gammelten. »Er verträgt keine Sonne«, sagte sie nachdenklich.

»Wie schade«, sagte Bettina und wandte sich dem Stapel Umlaufmappen zu, der vor ihr lag, ein dicker Stapel, *das* war ungewöhnlich, Umlaufmappen bekam sie normalerweise nur dann, wenn Urlaube eingetragen oder Geburtstagskarten unterschrieben werden mussten. Sie schlug auf und fand als Erstes die sauber ausgedruckte Stellungnahme von Gregor Krampe zum Sprengstoffanschlag auf seine Mutter. Dann die Aussagen der Nachbarn. Fotos aller Passanten. Die vorläufige Analyse der Brandspezialisten von der Feuerwehr. Vermutungen des polizeilichen Pyrotechnikers zum Aufbau der Bombe. Elisabeth Krampes Krankendiagnose, eine Beschreibung ihrer finanziellen Situation, Familienstand und Lebensläufe aller Beteiligten, kurz: eine komplette, lesbare Akte zum Stand der Dinge. Und die entlockte Bettina doch glatt ein kleines Lächeln, das erste echte dieses Tages. So einen Luxus hatte sie noch nie erlebt. Hier vor ihr lag die Essenz der Arbeit vieler Kollegen, das, was sie selbst sonst mühevoll zusammentragen musste, was ihr niemals in geordneter Papierform begegnete, sondern nur als Sammelsurium von Dateien, die sie sich aus dem Computer ziehen oder schlicht selbst schreiben musste.

»Das hat Hauptkommissar Härting vorhin gebracht«, bemerkte Kaiser etwas säuerlich und zupfte ein winziges Unkräutchen aus dem Topf ihres Drachenbaums.

Bettina starrte sie an. »Der Chef selbst?«

»Er sagte, die Dame vom BKA wünscht, dass Sie auf dem Laufenden bleiben.«

»Wow.« Bettina sank in ihren Stuhl zurück. »Hat er sonst noch was gesagt?«

»Er hofft, Sie würden sich das noch mal überlegen mit der Halbtagsstelle«, sprach Kaiser mit Verachtung.

»Ha!«, sagte Bettina und erhob sich. »Ist er noch da?«

»Ich glaube schon«, sagte Kaiser.

Bettina grinste ihr zu und verließ das Büro. Es war ohnehin mit Drachenbäumen verseucht. Doch das machte nichts. Bald würde sie ein Laptop haben und draußen auf der Parkbank arbeiten können, wenn sie wollte. Sie würde eins kriegen. Das fühlte Bettina genau. Und wenn Härting ihrem Arbeitsmittelantrag zugestimmt hatte, dann würde sie heimgehen und aufräumen.

* * *

Lisa träumte. Eine salzige Brise umfing sie. Das Wasser roch brackig. Die Sonne brannte. Unruhe erfasste sie. Sie musste weg hier, sofort. Sie hatte Angst. Schreckliche, drängende Angst. Und die blieb, auch als Wind, Wasser und Sonne verblassten.

Vier

Der nächste Morgen war so strahlend hell und gleißend, wie es nur ein früher Aprilmorgen sein kann, wenn die Natur noch kahl ist. Licht durchflutete die skelettierten Wälder und alle satten Farben erschienen grell und feierlich. Der Bagger, der die aufgeworfene Erde vor dem Kloster Rosenhaag dröhnend zu einer ordentlichen Miete aufschichtete, wirkte in seinem auffälligen Gelb wie ein Ding aus einer anderen Welt. Bettinas Taunus dagegen passte sich goldbraunmetallisch-verwittert der Landschaft an. Der alte Lack war stumpf und das ganze Gefährt hatte im Lauf der Jahre etwas Erdiges bekommen, Dellen und Kratzer und eine Patina aus Rost und Straßenstaub.

»Hübsches Auto«, sagte dennoch die ältere Dame, die neben

Bettinas Fahrertür auftauchte, kaum dass die geöffnet war. »Sieht man nicht mehr oft.« Sie blickte Bettina freundlich an und wandte sich dann der Leine zu, die sie in der Hand hielt. »Brav, Liesel«, sagte sie. Ein schon leicht ergrauter Rauhaardackel beschnupperte Bettinas Füße und wandte sich dann den interessanteren Gerüchen bei einem modrigen Laubhaufen zu.

»Guten Morgen«, sagte Bettina und stieg aus. »Gehören Sie zu der Bibliothek?«

»Bewahre«, sagte die Dame amüsiert. Sie besaß ein langes, kluges Gesicht mit mehreren Kinnen und einen recht würdigen, aber nicht übertriebenen Körperumfang. Ihre feinen Haare waren braun gefärbt und lagen in gewagten Wellen um ihren Kopf. Eine gewisse respekteinflößende Unordnung umgab sie, ihr Mantel war staubig und ausgebeult, aber aus feiner Wolle, ihre Strümpfe grau und dick, ihr Rock aus Seide, ihre Schuhe solide. Interessiert musterte sie Bettina. »Sie sind von der Polizei, nicht?«

Bettina blickte an sich hinab. »Sieht man das?«

»Margarete hat Sie angekündigt«, sagte die Dame lächelnd und streckte die Hand aus. »Franziska Ballier vom Genfer Herold.«

»Bettina Boll, Kriminalpolizei«, sagte Bettina verwirrt. »Wer ist Margarete?«

»Margarete Syra. Ich dachte, Sie arbeiten zusammen.« Ballier wandte sich dem Haus zu. »Sie ist verhindert. Wichtiger Aktenfund. Hat sie Sie nicht angerufen?«

Bettina zog ihr Handy aus der Tasche und drückte sich durch die Displays. Das Sonnenlicht blendete. Die Situation war wieder mal unübersichtlich. »Nein«, verkündete sie nach ziemlich hektischer Suche. »Moment.« Sie drückte Syras Nummer und lauschte unter dem Brummen des Baggers und Balliers belustigten Blicken auf das Klingelzeichen. Schließlich erreichte sie eine Mailbox. Sie meldete, dass sie nun Frau Ballier von der Versicherung getroffen habe, und kam sich dabei selbst idiotisch vor. Rasch klappte sie das Telefon zusammen und stopfte es in ihre Jackentasche.

»So«, sagte Ballier, deren Hund inzwischen heftig an der Leine zog. »Wie wär's mit einem Rundgang? Jetzt hätten wir mal Gelegenheit, denn die Leute von der Bibliothek sind noch nicht da. Gewöhnlich ist hier ab neun Uhr spätestens offen, obwohl die erst um zehn anfangen – offiziell. Diese Buchmenschen sind so ungeheuer fleißig.« Das letzte Wort dehnte sie ironisch.

»Ich dachte, man kommt nur mit Chip und Iriskontrolle und Codes und Passwörtern rein«, sagte Bettina und schlug ihren Kragen hoch. Der Wind war eisig.

»Sehen Sie diesen Mann?«, fragte Ballier und wies auf den Bagger. »Der braucht das nicht.«

»Der ist ja auch draußen«, sagte Bettina.

Ballier lächelte. »Eben«, sagte sie. »Ist gut, Liesel. Kommen Sie, Frau Boll! Kennen Sie denn die Bücherhalle schon?«

»Nein«, sagte Bettina zu Balliers Rücken. Denn die Versicherungsagentin stapfte schon entschlossen auf das Kloster zu.

Sie drückten sich an dem gefährlich brummenden Bagger vorbei, begegneten zwei weiteren Bauarbeitern und schritten, immer der vorwitzigen Liesel nach, über die rohe, aufgebrochene Erde bis zu einem winzigen Sandsteinhäuslein, das von den Renovierungsarbeiten noch verschont geblieben war. Sein Dach war moosbewachsen, die Fensterläden schief und zugeklappt.

»Das Pförtnerhaus«, kommentierte Ballier. »Das Kloster war in Betrieb bis zu den napoleonischen Kriegen, und danach wurde es von hiesigen Bauern bewirtschaftet.« Sie öffnete eine windschiefe hölzerne Gartenpforte, deren Angeln laut kreischten. »Na los. Kommen Sie. Sie werden staunen.«

Sie erreichten einen Garten, dessen Grün noch mit viel winterlichem Grau und Braun gemischt war, doch immerhin war die Erde hier nicht aufgerissen, sondern bewachsen. Alte Eichen umstanden eine lange Wiese, und linkerhand erhob sich überraschend ein mächtiges gotisches Kirchenschiff, beziehungsweise die Reste davon. Dach und Chor waren zerstört, doch Teile der Seitenwände mit ein paar Spitzbogenfenstern standen noch. Die Ruine des Westgiebels mit einer hohen Sandsteinrosette beherrschte streng die Anlage. Vom Parkplatz aus hatte Bettina ihn nicht gesehen, weil die Wirtschaftsgebäude des Klosters direkt davor standen. Hier jedoch zeigte er sich in all seiner Macht und beschwor einen Raum aus einer anderen Zeit.

»Ruhig, Liesel«, sagte Ballier und betrachtete Bettina von der Seite. »Gotisches Wetter ist das«, sagte sie. »Hell und sonnig. – Wussten Sie, dass die Gotik in einer Warmzeit entstanden ist? Damals war Grönland grün und bis hoch nach Norwegen wurde Wein angebaut. Da haben die Baumeister die dicken romanischen Wände aufgerissen, das Licht in die Kirchen geholt, und die Menschen haben es angebetet.« Sie wies auf das unwahrscheinlichste Bauteil der Anlage, ein flaches, glänzend gläsernes Haus, ein kastiges Ufo auf Stelzen, das in der feuchten Ruine stak und aus dem ehemaligen Chor herausragte wie eine Brücke zur Zukunft. »Und da«, schloss Ballier, »sind wir jetzt wieder angelangt. Es wird warm, es geht uns gut, wir öffnen sogar Bibliotheken, die das viele Licht eigentlich gar nicht vertragen.«

»Geht es uns denn gut?« Bettina fragte sich, ob dies braune Zeug hinter den spiegelnden Fensterscheiben Dämmung oder Sonnenschutz oder sonst was war, und wo die Bücher denn nun standen.

»Wollten Sie in irgendeiner anderen Zeit leben?«, fragte Ballier interessiert.

»Ich weiß nicht«, sagte Bettina.

»Wann, glauben Sie, hätten Sie sonst noch Polizistin werden können?«

»Ich weiß nicht«, wiederholte Bettina, die der Irrealis nervte. »Wie kommt man da rein?«

»Chip, Code und Iriskontrolle«, sagte Ballier. »Oh, sehen Sie mal. Die Arbeit ruft.« Im Innern des gläsernen Riegels tat sich was, schimmerndes Licht flammte in verschiedenen Fenstern auf, Jalousien fuhren hoch, an der Kopfseite öffnete sich die Sicht auf einen Raum mit Tischen und Computerterminals. »Der Unterschied besteht nur in der Richtung«, sagte Ballier, zog an Liesels Leine und wandte sich wieder der Gartenpforte zu. »Heute strahlt das Licht von innen nach außen, damals war es umgekehrt.«

»Hm«, machte Bettina. Nun sah sie einen schlanken Mann

durch einen der Räume des schimmerndes Ufos schreiten, ein hochgewachsener, hellhaariger Typ. »Das ist Gregor Krampe«, sagte sie laut.

Ballier wandte sich zurück und lächelte. »Möchten Sie ihn kennenlernen?«

»Frau Ballier!«, rief Krampe.

»Herr Krampe!«, antwortete Ballier im selben Ton, nur klang sie weit entspannter. Sie standen wieder auf der anderen Seite, am Haupteingang des Klosters, Krampe füllte die Tür wie ein misstrauischer Schweizergardist.

»Sie sind spät heute«, sagte Ballier.

»Ich hab mich schon gewundert, Sie nicht hier auf der Treppe zu finden«, gab Krampe zurück.

Ballier grinste gemütlich, ihre intelligenten Augen blitzten, und das dünne, metallisch-braune Haar bewegte sich im leichten Wind um ihren Kopf.

»Was ist Ihr Begehr?«, fragte Krampe und verschränkte die Arme.

»Ich möchte von dem Besuchsrecht, das Bestandteil unserer geschäftlichen Beziehungen ist und das Herr Dr. Ritter mir freundlicherweise mehrmals bestätigt hat, wieder einmal Gebrauch machen.«

Krampe seufzte und blickte Bettina an.

»Und ich habe Ihnen jemanden mitgebracht«, sprach Ballier. »Frau Boll vom BKA.«

»Guten Tag«, sagte Bettina, das BKA unkommentiert lassend.

Krampes Haltung versteifte sich. »Was suchen Sie hier eigentlich?«, fragte er Ballier. »Wo Sie längst wissen, dass wir vor Ihnen keine Geheimnisse haben?«

»Sie sind ein ungewöhnlicher Bibliothekar in einer ungewöhnlichen Bibliothek«, sagte Ballier charmant.

»Sie verfolgen mich.«

»Ich lerne von Ihnen.«

»Ich weiß, Sie sind die Topagentin Ihres Hauses, aber hier verschwendet der Genfer Herold ausnahmsweise Ihr Gehalt.«

Ballier grinste und schob sich an Krampe vorbei ins Innere. »Ich betreibe das doch nur noch als Liebhaberei«, sagte sie verschwörerisch. »Ihre Bibliothek ist beheizt, Herr Krampe. Und ich mag Sie einfach. Meine Topagentinnenzeiten sind lange vorbei. Davon abgesehen werde ich sowieso nur prozentual beteiligt. Ich habe kein festes Gehalt.«

»Beteiligt woran?«, fragte Bettina.

»Am Schaden, den ich verhindere«, sagte Ballier munter von drinnen.

»Der Hund!«, rief Krampe ihr genervt hinterher und schaute Bettina böse an. »Vom BKA also. Darf ich mal Ihren Ausweis sehen?«

Der Hund wurde rausgebracht und Bettina eingelassen, ihr Ausweis war ja echt, auch wenn nichts Explizites vom BKA draufstand. Auf Krampes Frage, was sie überhaupt hier wolle, sagte sie: »mir ein Bild machen«. Er kenne ja selbst die vielen Anfragen aus dem Ausland, das Ovid-Manuskript betreffend, und das Auswärtige Amt brauche Antworten, möglichst umfängliche und seriöse, solche seien am besten vor Ort mit Fachleuten zu ermitteln. All das hörte Krampe mit Ungeduld, sein hübsches schmales Gesicht war verschlossen, seine Hände in Unruhe, vermutlich erkannte er den rasch gezimmerten Vorwand als solchen, denn er suchte Bettinas Gesicht mit misstrauischen Blicken nach dem wahren Grund ihres Besuchs ab. Doch direkt danach fragen mochte er offenbar auch nicht, er sagte nur »hm« und »ja«, offenbar selbst unschlüssig, was mit dieser so wenig forschen Polizistin zu tun sei.

Als sie kurz darauf gemeinsam durch das kühle Steingebäude wanderten und endlich in dem gläsernen Schlauch standen, der von innen noch höher und spektakulärer wirkte als von außen, ein Steg mit Tausenden angedockter Bücher, umgeben von warmer Luft und raffiniert eingerichtet mit Regalen, Vitrinen und gläsernen Kabinetten, da ließ Krampes Nervosität nach. Er betrachtete Bettina nochmals genau. »Hören Sie«, sagte er autoritär, »Frau, äh, Boll, so wichtig Ihre Ermittlungen auch sein mögen, im Moment habe ich wirklich keine Zeit, einen völligen Neuling in die Bibliothekswissenschaft einzuarbeiten. Aber ich mache Ihnen den Vorschlag, sich an Frau Ballier zu wenden.« Er blickte der dicken Agentin nach, die sich gemächlich weiterbewegte, vor zu dem Raum mit den Tischen und Computern. »Frau Ballier ist *die* Spezialistin, was alte Bücher betrifft, von der können Sie alles erfahren, was Sie interessiert. Frau Ballier hat außerdem, wie Sie vielleicht schon bemerkt haben, im Gegensatz zu mir einen unerschöpflichen Vorrat an Zeit.«

Ballier drehte sich um und blickte Krampe mitleidig an. »Die Hektik der Jugend«, rief sie.

»Und sie hat gute Ohren«, sagte Bettina halblaut zu Krampe.

Der schüttelte leicht den Kopf, wie um die unerfreuliche Situation einfach abzuschütteln, und verschwand mit langen Schritten in einem mit Jalousien verkleideten Glaskasten. Wäre seine Tür eine ältere, ungefederte gewesen, hätte sie laut geknallt, als er sie zuschlug. Doch so hinterließ er nur ein sanftes Knarren und einen schwachen Geruch nach Rauch, den Bettina aus unerfindlichen Gründen besonders attraktiv fand.

»Abgeblitzt«, sagte Ballier nicht ohne Schadenfreude, »tja, warum sollte es Ihnen besser gehen als mir, nur weil Sie jung sind.« Die Agentin hatte es sich in einem Lehnstuhl am Fenster bequem gemacht, ganz vorn im exponiertesten Raum der langen Bibliothek, da, wo man das Gefühl hatte, nur noch zwischen moosigen Eichenstämmen zu sitzen. »Wollen Sie was über Bücher lernen?«, fragte sie Bettina mit einem leisen Lächeln. »Nur so, um mit *ihm* reden zu können? Damit er Sie morgen wieder reinlässt?«

»Ich werde morgen vermutlich nicht da sein«, sagte Bettina von Herzen.

Ballier grinste. Bettina nahm sich nochmals ihr Handy vor und versuchte vergeblich, Syra zu erreichen. Dann lief sie ungeduldig im Raum auf und ab, mit finstersten Gedanken im Kopf – wenn das *ihr* Fall wäre, würde sie Krampe vernehmen und gehen, ganz einfach. Stattdessen hing sie wegen dieser Tussi vom BKA ohne Anweisungen in der Warteschleife. Und das war peinlich, denn ohne Briefing konnte sie sich kaum verstellen: Jeder musste deutlich sehen, wie planlos sie dastand und wie wenig sie außerdem von Büchern wusste.

»Möchten Sie denn was lernen?«, fragte Ballier wieder.

Bettina ließ sich missmutig auf einen Stuhl fallen und seufzte. »Ja.«

»Dann lesen Sie«, sagte Ballier sanft.

»Was denn?«

»Das Erste, was Ihnen an den Hut stößt.«

Sie sahen sich an. Ballier lächelte.

»Sagte Aschenputtel zu ihrem Vater«, sagte Bettina unwirsch, das Märchen las sie dreimal täglich ihrer Tochter Sammy vor.

Balliers Miene wurde nachdenklich. »Sie tun es ja«, sagte sie.

»Was?«

»Lesen.«

»Ja«, sagte Bettina, »aber ich fand es schon immer allerhand, dass dieser Vater nichts für seine Tochter tut, außer ihr einen Haselzweig mitzubringen. Der hat absolut versagt. Meine Meinung.«

Ballier betrachtete sie.

»Ich weiß ja kaum«, fügte Bettina gereizt an, »wie ich das meiner Tochter erklären soll. Dass es solche Väter gibt.«

»Fragt sie denn danach?«, fragte Ballier.

»Nein«, gab Bettina zu. Die weiß gar nicht, wie es ist, einen Vater zu haben, fügte sie innerlich an. Die würde einfach alles glauben. Das ist es ja.

Ballier bückte sich ein wenig mühsam nach vorn, hob ihre Tasche hoch, ein verbeultes, umfängliches Ding, und kramte darin. Dann nahm sie ein Buch heraus und schlug es in der Mitte auf.

Bettina wartete. Darauf, dass Ballier ihr etwas sagen, zitieren, vorlesen würde. »Was tun Sie jetzt?«, fragte sie nach einer Weile, in der nichts weiter geschehen war, als dass weiter vorn im Gang ein elektrisches Gerät zu summen begonnen hatte.

Ballier blickte auf. »Ich lese.«

»Aber unser Gespräch war noch nicht zu Ende«, protestierte Bettina.

»Sie wissen, wie man mit Büchern umgeht«, sagte Ballier und

blickte hinaus in den Gang, wo die gefüllten Regale warteten. »Suchen Sie sich eins aus.«

»Und was lesen Sie?«

Ballier drehte das Buch, sodass kurz ein roter Rücken aufblitzte. Mit goldenen Herzchen drauf. »Tja, wissen Sie«, sagte sie fast entschuldigend, »ich arbeite jetzt schon fast ein Vierteljahr an diesem Fall.«

»Und da haben Sie sich einen Liebesroman mitgebracht, um die Wartezeiten zu überbrücken?«, fragte Bettina, die das von Observationen kannte. Ballier allerdings hätte sie es nicht zugetraut.

Die Agentin blickte ernst. »Nein. Ich bin nach fundierter Analyse zu dem Schluss gekommen, dass hier mit Wissenschaft vorerst nichts auszurichten ist.« Sie hob das Buch höher, sodass Bettina die Aufschrift erkennen konnte: *Georg Krampe* stand da in goldenen Lettern. Und *Carlotta*, das war wohl der Titel.

»In unserem Fall mit dem geschenkten Ovid«, sagte Ballier, »geht es um die Kunst der Liebe und sonst nichts.«

»Am Samstag ist Gregor Krampes Mutter Opfer eines Sprengstoffanschlags geworden, und in ihrem Mülleimer lag ein Ovid-Zitat«, sagte Bettina darauf, ohne es eigentlich zu wollen. Es war ihr nur so herausgerutscht, weil Ballier sie reizte. Sollte sie doch mal versuchen, diese Bombe in ihrer Liebestheorie unterzubringen. Ballier aber nickte bloß, offenbar wusste sie es schon. Und senkte den Kopf wieder über ihr Buch.

Es war peinlich. Schrecklich peinlich. Bettina stand vor den langen Regalen und betrachtete Buchrücken, ohne sie überhaupt wahrzunehmen, sie fühlte sich so fehl am Platz wie nie. Alle möglichen Impulse stritten in ihr: Sie wollte in Gregor Krampes Glaskabinett stürmen und ihn zu dem Bombenanschlag befragen, sie wollte Ballier mehr Infos entlocken, sie wollte mit Syra sprechen, um ihren Arbeitsauftrag zu klären, sie wollte zurück auf die Dienststelle, heim zu den Kindern. Stattdessen stand sie hier und tat, als verstünde sie Latein. Wenn doch wenigstens die flotte kleine Marny da gewesen wäre und ihr Kaffee mit geschäumter Milch gebracht hätte. Aber nichts da, ihr blieb nur trockene Literatur, nehmen Sie die, die Ihnen zuerst an den Hut stößt. Bettina schloss die Augen und streckte die Hand aus. Das Buch, das sie griff, war ledergebunden und hatte ein angenehm kleines Format. Sie schlug es auf. »Sr. Exzellenz, dem Königl. Staatsminister Freiherrn von Zedliz« stand da in Fraktur.

»Sie interessieren sich für Kant?«, fragte Krampe über die Schulter. Er verließ soeben sein Büro, stand mindestens fünf Meter entfernt – wer der Autor des Werkes war, das Bettina in Händen hielt, konnte er nirgendwo gelesen haben, das sah nicht mal sie selbst, er musste es *wissen*. Bettina klappte das Buch erschrocken zu, lief rot an und wünschte, sie hätte es offen gelassen.

Krampe zwinkerte, ganz leicht nur, sie zweifelte sofort daran, es gesehen zu haben. Denn seine Miene war grimmig. Er wandte sich zu dem Brückchen, das den Büchersteg mit dem Klostergebäude verband. Kurz entschlossen stopfte Bettina das Buch zurück in sein Regal und folgte ihm.

An der Sicherheitsschleuse wurde Krampe aufgehalten. »Möchten Sie gehen?«, fragte er hoffnungsvoll, drückte zwei Knöpfe und bleckte die Zähne in Richtung einer winzigen Kamera, die über der Tür hing.

»Ich habe noch ein, zwei Fragen an Sie«, sagte Bettina, die sich inzwischen so über den vertanen Morgen ärgerte, dass sie beschloss, einfach das zu tun, was sie als leitende Ermittlerin getan hätte, egal ob sie Syra damit in die Parade fuhr oder nicht.

Die Tür öffnete sich. Krampe schritt zu. »Können wir das draußen machen?«, bat er. »Ich muss dringend mal an die Luft.«

Die Luft, die Krampe meinte, war nikotinhaltige. Er führte Bettina zu einer schäbigen kleinen Bank vor dem Haupteingang des Klosters, mit Blick auf und in Hörweite zur Baustelle. Dort ließ er sich nieder und zündete aufatmend eine Zigarette an. Bettina tat es ihm gleich. Dann saßen sie und rauchten. Es war kalt und hell und die Luft roch nach Erde.

»Ich hab Sie im Fernsehen gesehen«, sagte Bettina.

»Himmel«, sagte Krampe.

»Sie haben es dieser Tussi gegeben.«

»Nein, sie mir«, sagte Krampe.

Sie schwiegen wieder.

»Ihre Mutter ist fast gestorben«, sagte Bettina dann. »Bei der Explosion dieser Bombe.«

Krampe nickte.

»Es steht schlecht um sie. Falls sie aus dem Koma erwacht, wird sie vor Schmerzen umkommen.«

Er sah auf. »Was wollen Sie?«

»Eigentlich möchte ich nur wissen, wer den Sprengsatz konstruiert hat.«

»Ich auch«, sagte Krampe bitter. »Der einzige Mensch, den ich überhaupt kenne, der sich für so was interessiert hat, war mein Vater.«

Bettina blickte auf.

»Er ist seit zwei Jahren tot«, sagte Krampe rasch und sehr genervt.

»Ich weiß«, sagte Bettina darauf einfach. »Wir fragen uns dringend, wer Ihrer Mutter die Bombe gebracht hat. Es ist ein Rätsel. Sie war in einer Holzkiste, die nicht von der Paketpost zugestellt wurde. Wir haben alles überprüft. Von keiner Post. Und von keinem Parcel-Service.«

Krampe sog Rauch ein.

»Gut, so ein Paket kann man auch einfach vor die Tür stellen«, sagte Bettina.

Schweigen.

»Aber nach unseren Ermittlungen hat Ihre Mutter öfter merkwürdige Sendungen ohne Absender bekommen. Noch am Tag des Anschlags hat sie sich beim Briefträger darüber beklagt. Da fragt man sich doch, ob sie ein anonymes Paket hereingeholt und geöffnet hätte.«

»Vermutlich nicht«, sagte Krampe mit gesenktem Kopf.

»Wissen Sie etwas über anonyme Briefe?«

Krampe seufzte. »Meine Mutter ist leider eigen, was die Post angeht. Sie beschwert sich bei jedem Briefträger. Das ist eine Macke von ihr. Sie reagiert hysterisch auf Fanschreiben.« Er paffte an seiner Zigarette und blies den Rauch langsam aus seinem Mundwinkel. »Sie hatte es nicht immer leicht mit meinem Vater und seinen – Verehrern.«

Oder Verehrerinnen, dachte Bettina. »Aber gerade die schreiben doch nicht anonym«, sagte sie.

»Manchmal schon«, sagte Krampe. »Mein Vater hat sich zuweilen auch darüber aufgeregt. Fanpost kann ohne Absender bedrohlich sein. Das hat Vater gehasst. Einmal hat er sogar eine Vase zerschmissen.« Krampe blickte ins Weite, als sei Vasenzerschmeißen das Ungeheuerlichste, was ein Mensch tun konnte. »Mit Rosen drin«, setzte er hinzu.

»Wann ist das passiert?«

»Vor fünfundzwanzig, nein, ich glaube, siebenundzwanzig Jahren.«

Bettina musterte ihn schärfer, doch Krampe schien völlig aufrichtig. Für einen Menschen, der sich gedanklich im Mittelalter aufhielt, war ein Vierteljahrhundert vielleicht nicht viel. Aber konnte man auch die eigene Lebenszeit so messen? Vor siebenundzwanzig Jahren, wie alt war Krampe junior da wohl gewesen?

»Achtzehn«, sagte er und sah Bettina in die Augen.

Sie lief rot an, hatte sie ihre Frage wirklich laut ausgesprochen? Und dann noch in einem Ton, der so einen Blick provozierte? »In jüngerer Zeit ist das nicht mehr vorgefallen?«, fragte sie mit ungewollt rauer Stimme.

Krampes Blick schweifte ab. »Mein Vater hat eigentlich sowieso wenig Fanpost gelesen. Er mochte keine Kritik.«

»Fanpost ist doch das Gegenteil von Kritik«, sagte Bettina naiv.

Krampe lächelte. »Lieber Johnny Montes«, sprach er plötzlich betont munter, »hier schreibt dein größter Fan. Ich wollte, ich könnte sein wie du, allerdings finde ich es nicht gut, dass du Morton Black verschont hast. Der wird noch großen Ärger machen. Und was Frauen angeht, solltest du dich mäßigen, schließlich bist du ein Vorbild für die Jugend.« Der Blick, den Krampe nun auf sie abfeuerte, war eine volle Breitseite, ironisch, lauernd, sexy.

»Viel gemäßigt hat er sich wohl nicht.« Bettina schaute lächelnd in Krampes graue Augen.

»Nein«, sprach Krampe kühler, sah auf den rauchenden Stummel in seiner Hand, beugte sich hinab und holte unter der Bank einen alten Blumentopf hervor. Auf dessen Rand drückte er die Zigarette aus. »Sehen Sie, und das sind die unheimlichsten. Die an den Helden selbst gerichtet sind.«

»Gibt es das wirklich?«

Er ließ seine Kippe in den Topf fallen und stellte ihn vor Bettina auf den Boden. »Sie würden staunen. Mancher Leser steigert sich dermaßen rein, dass Sie's kaum glauben können. Ich hab mich immer gefragt, wozu so einer fähig ist, wenn ihm ein Buch mal nicht gefällt.«

»Wollen Sie damit andeuten, diese Bombe sei eine Art Buchkritik gewesen?«

»Vielleicht auch nur Prominentenklatschen«, sagte Krampe, und er klang plötzlich müde. »Irgend so was Absurdes wie der Mord an John Lennon.« Er zuckte die Achseln. »Was anderes kann ich mir nicht vorstellen. Ehrlich.«

»Dann müsste ja Ihr Vater der Adressat des Pakets gewesen sein.«

»Und wieso sollte er nicht?«

Bettina räusperte sich. »John Lennon zum Beispiel war noch am Leben, als der Anschlag auf ihn verübt wurde. Das war gewissermaßen die Grundvoraussetzung.«

»Nehmen Sie Johnny Montes statt meinem Vater«, erwiderte Krampe.

»Aber der ist eine Kunstfigur.«

»Wie John Lennon«, sagte Krampe, »unsterblich.«

Das brachte er mit solchem Ernst vor, dass Bettina sich kurz fragte, ob der Verrückte nicht direkt vor ihr saß. Sie drückte ihre Zigarette auch aus. »Nein«, entgegnete sie, »das Tolle an Lennon war seine Sterblichkeit. Die hat diesen Killer, wie hieß der noch? Ich hab's vergessen, jedenfalls hat ihn gerade die angefetzt. Und der Typ war super vorbereitet. Eins können Sie keinem Paranoiden vorwerfen: dass er schlampig recherchiert.«

»Hm.«

»So einem wäre nicht entgangen, dass sein Opfer schon zwei

Jahre unter der Erde liegt. Und einem Johnny Montes wiederum kommen Sie mit Sprengstoff nicht bei. Das weiß ich, das wissen Sie, und einer, der wochenlang an einer Bombe baut, weiß das auch.« Sie beobachtete Krampe, der sich sofort die nächste Zigarette anzündete. Er paffte verlegen. »Gewaltverbrechen«, setzte sie drauf, »sind meistens simpel. Die Mehrzahl aller Kugeln, Messer, Giftbecher und Bomben erreicht die Person, die tatsächlich gemeint war.«

»Aber meine Mutter«, sprach Krampe heftig, »ist langweilig! – Für einen Mörder«, fügte er hinzu, als er Bettinas Blick bemerkte.

»Sagen Sie mir doch mal«, bat die nur, »wie ein Paket aussähe, das Ihre Mutter reinholen und öffnen würde.«

»Weiß ich nicht.«

»Man kann ja jeden beliebigen Absender verwenden. Vielleicht stand einfach die Adresse eines Weinhändlers drauf. Dann würden zumindest Größe und Gewicht der Kiste stimmen.«

Er schüttelte wenig überzeugt den Kopf.

»Dann«, sagte Bettina langsam, »bleibt nur die Möglichkeit, dass ein Nahestehender, dem Ihre Mutter vertraute, das Paket ablieferte.«

Krampe nickte.

»Wie denken Sie darüber?«, fragte Bettina.

»Ich denke, dass Ihre Methode, mich zu fragen, ob ich meine Mutter ermorden wollte, ungleich eleganter ist als die Ihrer Kollegen«, sagte Krampe bitter. »Sie sagen es, fast ohne dass man es hört.«

»Wollten Sie denn Ihre Mutter ermorden?«, fragte Bettina.

»Nein«, sagte Krampe.

»Gut«, sagte sie, »dann würde mich aber interessieren, wer Ihrer Mutter die Postkarte schickte mit der Aufschrift …« Sie zog ihren schon sehr zerknitterten Prospekt des Ovid-Manuskripts hervor, schlug die mittlere Seite auf und las, was aus Bacchus' Mund quoll: »MUNUSHABECAELUM:CAELOSPECTABERE SIDUS.« Die Worte waren sehr schwer zu entziffern, da sie zusammen- und großgeschrieben waren, noch dazu in ungebräuchlichen Buchstaben. Hätte Bettina nicht gewusst, was dort stand, wäre sie nie auf die Idee gekommen, dass sie den Text überhaupt lesen konnte.

»He!« Krampe warf ihr einen ungläubigen Blick zu und nahm ihr kurzerhand den Prospekt ab. »Ich wusste, dass ich das kenne! Mama hat es mir vorgelesen, aber da dachte ich an was ganz anderes – stimmt, das ist mein Ovid! Es steht auf unserem Flyer!« Er lachte unfroh.

»Da ist ein Zusammenhang«, erklärte Bettina.

Krampe schüttelte den Kopf.

»Ein Zusammenhang zwischen einem anonym eingesandten Manuskript, einer anonym eingesandten Postkarte und einer anonym eingesandten Bombe«, sagte Bettina.

Krampe vergrub den Kopf zwischen den Händen. »Das ist ja furchtbar«, sagte er dumpf.

Und Bettina hatte plötzlich das ungute Gefühl, dem einzigen Verdächtigen etwas verraten zu haben, das er zuvor noch nicht gewusst hatte.

Sie fuhr nach Ludwigshafen, denn in den Bücherschlauch konnte sie nicht zurück, nicht ohne einen besseren Plan. Lesen Sie, hatte Ballier gesagt, und das würde Bettina tun, in Ruhe aber, und Fallbezogenes, ihre schönen Akten und Infos, das, was auf ihrem noch vorhandenen Schreibtisch lag, was ihr an den Hut stieß.

Doch ihr Büro fand Bettina in eine Einsatzzentrale verwandelt. Nessa Kaiser hatte den Fall Lohmeier bekommen. Der war schon fünfzehn Jahre alt und wurde immer dann herausgekramt, wenn sie gerade sonst nichts zu tun hatten, eine tragische Geschichte um ein erdrosseltes Mädchen, dessen Tod bis heute nicht vollständig geklärt war, unter anderem deshalb, weil der Hauptverdächtige Selbstmord begangen hatte.

»Der Vater war es nicht«, sagte Bettina zu Kaiser, die grübelnd über dem großen Porträtfoto von Hans Lohmeier saß. Ihren Teil der Wand hatte die Neue mit allem vollgepinnt, was die Akte hergab, Obduktionsfotos, ein Lageplan des Fundorts, Porträts der Familienmitglieder und eins des Nachbarn, Erich Mahler.

Der war fast sicher der Täter, denn er hatte sich drei Tage nach dem Fund der Leiche im Keller erhängt.

»Aber der Vater war schon damals zweimal vorbestraft«, sagte Kaiser.

»Er hat ein Alibi«, sagte Bettina.

»Von seiner Geliebten«, konterte Kaiser. Sie hatte sogar die Kleidung des Opfers aus der Asservatenkammer geholt. Plastiktüten stapelten sich auf ihrem Tisch, und ein großer Karton mit weiteren Beweismitteln wartete noch darauf, ausgepackt zu werden. Offensichtlich war Kaiser eine von den Frauen, die immer etwas auspacken müssen. Bettina dachte an die Holzkiste mit der Bombe.

»Haben Sie denn an dem Fall schon mitgearbeitet?«, fragte die neue Kollegin jetzt, und das klang unverschämt, erstens, als sei Bettina uralt, und zweitens, als hätte sie damals gepfuscht.

Nun hätte Bettina leicht sagen können, dass jeder vom K11 irgendwann am Fall Lohmeier gesessen hatte, als Strafarbeit nämlich, doch sie zuckte bloß die Achseln. »Ich hab mal drübergeguckt.«

Kaiser hob die Augenbrauen, dünn gezupfte und vermutlich gefärbte Augenbrauen. Bettina wusste, dass sie sich davon nur gereizt fühlte, weil sie selbst auch gern so gepflegt gewesen wäre.

»Die Familie des Täters«, sagte sie ruhig und deutete auf Mahler, »ist sehr unangenehm. Es gab vermutlich einen Abschiedsbrief mit Geständnis, den hat seine Ehefrau verschwinden lassen. Und sie hat eine regelrechte Rufmordkampagne gegen den Vater des Opfers gestartet.«

»Wie können Sie das wissen?«, fragte Kaiser.

»Sie ruft ab und zu an und erkundigt sich, weshalb Herr Lohmeier nicht im Gefängnis sitzt«, sagte Bettina müde. »Sie redet viel mit Journalisten. Und sie liebt es, neu befragt zu werden.«

Kaiser zuckte ein wenig zusammen, vermutlich hatte sie genau das vor. »Nein, ich meine das mit dem Abschiedsbrief.«

»Im Büro des Täters –«

»Sie meinen im Büro von *Erich Mahler*.«

»Ja«, sagte Bettina beherrscht.

»In der Stadtverwaltung.«

»Genau. Da hat man zwei Entwürfe gefunden. Die waren nicht sehr aussagekräftig, nur: Liebe sowieso, wie auch immer seine Alte heißt –«

»Elvira«, sagte Kaiser strafend.

Bettina wies auf den Karton. »Graben Sie doch mal da drin, da finden Sie die Dinger. Liebe Elvira, es tut mir unendlich leid, ich habe immer nur dich geliebt. Viel weiter ist er bei den Entwürfen nicht gekommen. Aber es ist unwahrscheinlich, dass er den Brief nicht fertig geschrieben hat.«

Kaiser blickte enttäuscht auf den Karton. Dass Bettina seinen Inhalt kannte, nahm ihm offenbar seinen Zauber.

»Das Problem ist«, sagte Bettina, »so blöd das klingt, dass der Täter das Opfer nicht vergewaltigt hat. Jedenfalls nicht unmittelbar vor der Tat. Es gibt keine DNA-Spuren.«

»Das kann doch nicht sein«, sagte Kaiser und beugte sich über die Kiste.

Bettina seufzte und schnappte sich ihren hübschen dicken Stapel Umlaufmappen, der bereits wieder gewachsen war. Dann ging sie sich einen ruhigeren Platz suchen. Doch während sie noch durch den Gang zu Ackermanns Büro trabte (Ackermann arbeitete so gut wie nie am Schreibtisch), dachte sie, dass irgendetwas an dem unerfreulichen alten Lohmeier-Fall sie an ihren Bombenanschlag erinnerte. Es gab einen Gleichklang. Einen Zugang, der sich eben dank Nessa Kaisers aufdringlicher Arbeitswut kurz gezeigt hatte, ein halb bewusstes Aufblitzen von Erkenntnis, das augenblicklich wieder verloschen war. Einen Moment stand sie da, spürte dem Gedanken nach, doch er floh. Sie ging zurück zu ihrem Zimmer, aber der Drachenbaum auf der Fensterbank hielt alle seine spitzen Blätter gegen sie gerichtet, und Nessa Kaiser murmelte leise über ihren Tüten. Da drin würde sie überhaupt nicht denken können. Also richtete Bettina sich in Ackermanns leerem Büro ein und las Gregor Krampes Personenbeschreibung. Doch auch die konnte ihre verlorene Idee nicht wiederbeleben, höchstens die Erinnerung an Krampes rauchigen Geruch und die rasante Intelligenz, mit der er sprach und lebte. Er steht mir im Weg, dachte Bettina plötzlich. Ich muss um ihn herumschauen. Er ist aufregend und männlich, aber für meinen Fall nicht die Lösung.

Bettina legte sein Dossier weg und holte den neuen Bericht über die Konstruktion der Bombe vor. Es war ein schwieriger Text mit vielen technischen Ausdrücken. Ein guter Text. Präzise, fast poetisch. Und noch dazu interessant: Die Fachleute hatten auf dem verbrannten Packpapier, das die Bombe umhüllt hatte, Spuren einer Schrift ausgemacht, die sie mit einer bestimmten Art von Fotografie sichtbar zu machen hofften. Es schien, als habe auf dem Paket eine Adresse gestanden. Vielleicht sogar ein Absender. Und auf unbestimmte Weise bestärkte dies Bettinas Überzeugung, dass Gregor Krampe mit dem Sprengsatz nicht das Geringste zu tun hatte.

* * *

Herr Hübner von der Caritas hatte noch an diesem Nachmittag Zeit für ein Vorgespräch mit Bettina, vermutlich war ihr Fall als akut bis hoffnungslos dargestellt worden. Sie trat mit Enno und Sammy an, Enno ordentlich gekämmt und Sammys dunkles Gesicht mit Spucke und Tempo von allen Rotz- und Essens-flecken befreit. Die beiden waren ungewohnt still, als Bettina mit ihnen die leeren Flure des Caritas-Gebäudes entlangschritt. Dass Menschen hier wirklich Hilfe erfuhren, bezweifelte sie so-fort. Auf dem Gang der Familienberatung war es besser, aber nicht viel. Immerhin stand da ein Tisch mit Zeitschriften und Malbüchern.

»Was sollen wir denn hier, Tina?«, fragte Enno missmutig und begann die Arme zu schlenkern.

»Uns helfen lassen.«

»Warum?«

»Pass auf, wir reden jetzt mit Herrn Hübner, der will uns ken-nenlernen –«

»Genau!«, rief ein blasser, etwas schlaffer Mann von einer Tür ganz am anderen Ende des Flurs aus. »Du musst Enno sein!«

Enno betrachtete Hübner misstrauisch, so wie er jeden neuen munteren Menschen in seinem Leben betrachtete, davon gab es einfach zu viele. Hübner indessen kam ihnen entgegen und begrüßte Bettina. Sein Händedruck war feucht, sein Blick freundlich, aber verschwommen. Das erleichterte sie irgendwie. Einen energischen Retter hätte sie nur schwer ertragen, merkte sie. Sie gingen in Hübners Zimmer und ließen die Kinder toben. Hübner sah ihnen bloß zu, Bettina ebenfalls. Der Dildo kam nicht zur Sprache. Die Stunde ging schnell herum, und am Ende hatte Bettina zwar nicht das Gefühl, dass ihr geholfen worden war, aber sie dachte, dass sie doch eine relativ normale alleinerziehende Adoptivmutter zweier verschiedenfarbiger Kinder war.

Fünf

Am nächsten Morgen rief Syra an, als Bettina noch mit Enno und Sammy am Frühstückstisch saß. »Es hat sich was ergeben«, frohlockte ihre trockene Stimme aus Bettinas Handy. »Leute! Wir haben einen erstaunlichen Hinweis gefunden. Vermutlich kann ich die Bibliothek, aus der das Manuskript stammt, lokalisieren.«

»Super«, sagte Bettina und versuchte das Telefon zwischen Schulter und Ohr zu klemmen, weil sie soeben Honig auf ein Brot träufelte, doch das Gerät war viel zu klein. »Ist ja toll! Wie ging das denn so schnell?« Dies war ihr Kinderton und zu gönnerhaft für die Vorgesetzte vom BKA, das merkte Bettina zu spät. Syra schwieg. Bettina fluchte innerlich, packte ihr Telefon mit der honigverschmierten Hand und stopfte Sammy kurzerhand den Löffel in den Mund.

»Ich wollte ablecken!«, beschwerte Enno sich lautstark.

Sammy grinste ihn schadenfroh an.

Enno feuerte sein Brot auf den Teller. »Immer darf die ablecken!«, brauste er auf. »Nie ich!«

Bettina blickte ihn böse an und legte den Finger an den Mund, was nicht das Geringste nützte.

»Du hast Sammy lieber als mich!«, schrie Enno. »Weil sie klein und schwarz ist!«

Bettina stand auf, verließ das Zimmer, schloss die Tür und lehnte sich dagegen.

»Du Pups«, hörte sie Sammy drinnen sagen, dann begann ihre Tochter übermütig zu kichern und Enno zu brüllen.

»Haben Sie die Berichte bekommen?«, fragte Syra streng dazwischen.

»Ja.«

»Können Sie irgendetwas von Belang dazu sagen?«

»Gregor Krampe hat die Bombe nicht gebaut«, sagte Bettina spontan, das Gebrüll im Zimmer war so groß, dass sie kaum denken konnte. Sie nahm das Handy in die linke Hand, leckte sich den Honig von der Rechten und dachte dann, dass sich dies für Syra vielleicht befremdlich anhörte. Also ließ sie ab von der Hand und ging mit ihrer Chefin am Ohr raus ins kalte Treppenhaus.

»Wie sind Sie zu dieser Einschätzung gekommen?«, fragte Syra streng.

Da fiel Bettina auf, wie unvorsichtig sie eine Vermutung geäußert hatte, die sie durch nichts belegen konnte. »Er war zwei Monate vor dem Anschlag das letzte Mal bei seiner Mutter«, sagte sie langsam, um Zeit zu schinden. »Und das Paket wurde definitiv nicht verschickt. Wenn er es gebracht hätte, müsste Frau Krampe zwei Monate mit dem Öffnen gewartet haben.«

»Frau Boll«, fragte Syra schneidend, »wollen Sie mich verschaukeln?«

»Wir haben natürlich nur seine Aussage darüber, wann er das letzte Mal in Darmstadt war«, sagte Bettina kleinlaut.

»Sie *glauben* nicht, dass er es war«, mutmaßte Syra.

»Stimmt«, gab Bettina zu, was sollte sie sonst sagen? Sie fror, und im Innern ihrer Wohnung wurden Möbel gerückt. »Der Herr Krampe«, versuchte sie nun doch noch zu retten, »macht nicht den Eindruck, als wäre er so ein Kaputter, der mit gut vierzig noch seine Mutter umbringen will. Ich habe mit ihm gesprochen, und er hat nicht versucht, mir ganz im Vertrauen die *echte* Wahrheit über seine Mama zu erzählen, wie diese krankhaft fixierten Typen das machen. Im Gegenteil. Er sagte: ›Sie ist langweilig.‹ Also wenn er sie töten wollte, dann nur aus Kalkül. Aber was hätte er davon? Und wieso mit einer Bombe?«

Syra schwieg eine Weile. Dann sagte sie völlig überraschend: »Frau Ballier fand ja auch, dass Sie einen einigermaßen begabten Eindruck machen.« Und fügte hinzu: »Ehrlich gesagt, glaube ich das mit dem Sprengsatz ebenfalls nicht. Ich würde Herrn Krampe in Bezug auf das Manuskript alles zutrauen, nur diese Bombe an seine Mutter, die passt nicht ins Bild. Trotzdem erstaunlich, dass Sie das so entschieden äußern.«

»Oh«, sagte Bettina erleichtert. »Finden Sie das auch?«

»Leider können wir die vielen Verdachtsmomente gegen ihn nicht einfach ignorieren«, fuhr Syra ihr über den Mund. »Gehen Sie also hin und sortieren Sie, Frau Boll.«

»Dann möchte ich nach Darmstadt fahren und mir das Haus ansehen«, erwiderte Bettina rasch. »Und die Reste der Kiste, in der die Bombe war. Und vor allem dieses Packpapier mit den Schriftfragmenten.«

Eine kleine Pause entstand.

»Ich würde mir gern ein Bild machen von Frau Krampe«, erklärte Bettina. »Und vom Tatort.«

»Sie bleiben in Rosenhaag und machen *mir* ein Bild von Dr. Krampe. Detailliert. So wie eben.«

»Jawohl«, sagte Bettina vielleicht ein wenig zu untertänig.

Syra holte Luft. »Der Herr Dr. Krampe sitzt genau im Zentrum dieser Geschichte, ohne sich auch nur ansatzweise zu rühren. Er ist das Auge des Sturms. Und er handelt nicht nach rationalen Mustern. Sie kennen ja sein Dossier.«

»Schon …«

»Denken Sie nur an den merkwürdigen Bruch in seinem Lebenslauf.«

»Hm.« Bettina hoffte bei Gott, dass sie nichts Wichtiges überlesen hatte. Doch im Dossier stand nur, Krampe sei ein erfolgreicher Wissenschaftler ohne Anhang und Vorstrafen.

»Dass er die Uni so plötzlich ohne Not verlassen hat, ist einfach seltsam«, sprach Syra nachdrücklich. »Zumal sie auch eine weit solidere Adresse gewesen wäre, um sich selbst einen kostbaren Ovid-Kodex zu schicken.«

»Vielleicht musste er einfach mal raus«, sagte Bettina vage. Die Kinder rumorten inzwischen in ihrem Wohnungsflur. Ein Nachbar kam die Treppe heruntergepoltert, grüßte Bettina zerstreut und polterte weiter.

Syra schnaufte geringschätzig. »Ich bitte Sie. Dr. Krampe arbeitet jetzt für einen Drogeriemarktbesitzer und Hobby-Buchsammler. Mehr kann man den Ritter beim besten Willen nicht nennen.«

»Dort hat er bestimmt mehr Freiheiten.«

»Es war gewagt«, äußerte die Vorgesetzte ungeduldig. »Um nicht zu sagen unprofessionell. Mit der Übernahme der Ritter-Sammlung hat sich Dr. Krampe sein akademisches Fortkommen verbaut. Er hat eine fast sichere Professur aufgegeben. Da waren keine äußeren Umstände, die ihn zu diesem Schritt gedrängt haben. Keine Familie, keine Krankheit, keine Liebesaffäre, nichts. Er hat eine Dummheit begangen oder ein Opfer gebracht. Und so etwas mag ich nicht. So einen unberechenbaren Typen möchte ich nicht mitten im Zentrum meines Falls haben. Das macht mich nervös, Sie nicht auch, Frau Boll?«

»Nun …«, sagte Bettina.

»Gut«, sagte Syra. »Sie werden also diesem Mann nach Rosenhaag folgen und ihn beobachten, bis unser Fall geklärt ist. Schreiben Sie mir Berichte über ihn, je länger, je besser. Halten Sie sich an Frau Ballier. Ich werde heute nicht dort sein. Ich fliege nach Italien.«

»Oh, wie schön«, sagte Bettina lahm, doch die Verbindung war schon unterbrochen.

Bettina hatte wenig Lust, wieder zu dem elitären Bücherkloster zu fahren, doch die direkte (und praktisch einzige) Arbeitsanweisung Syras konnte sie kaum ignorieren. Allerdings zögerte sie ihre Ankunft weidlich hinaus. Sie lieferte ihre Kinder in Schule und

Kindergarten ab, kaufte Brötchen und Getränke für den Tag und schaute dann erst mal im Büro vorbei, für den Fall, dass ihre Akte über Nacht schon wieder angewachsen war. Dank diesem simplen Papierstapel konnte sie sich fühlen wie die Polizeipräsidentin persönlich. So spielend leicht war sie noch nie an wichtige Informationen gelangt, nicht mal Härting hatte einen vergleichbaren Service. Die einzige Gefahr war, sich daran zu gewöhnen. Denn den Luxus verdankte sie allein Kriminalrätin Syra und der geballten Autorität des BKA. Syra aber würde bald feststellen, dass Bettinas Intuition auf Zufällen und Zwängen beruhte, die in jede beliebige Richtung abdriften konnten, und dann würde sie sich eine zuverlässige Arbeiterin ohne Kinder suchen. Eine wie Nessa Kaiser.

Die nahm sich nicht mal Zeit zum Kaffeetrinken. Tief gebeugt stand die neue Kollegin vor Willenbachers Schreibtisch und murmelte halblaut vor sich hin. Ihr magerer Rücken zuckte dabei. Bettina blieb mit ihrer Tasse in der Hand in der Tür stehen. In diesem Büro hatte sich zu so morgendlicher Stunde nie mehr befunden als die Tagesmeldungen, die Zeitung und das Frühstück. Doch nun breitete sich ein Meer aus Klarsichttüten mit Beweismitteln über sämtliche ebenen Flächen, und nicht mal Bettinas Wand war verschont geblieben: Dort prangte einsam und anklagend das Porträtfoto der vierzehnjährigen Sylvia Lohmeier, aufgenommen ein halbes Jahr vor ihrem Tod.

»Es inspiriert mich«, erklärte Nessa Kaiser in einem Ton, der besagte, dass sie es nicht wieder abhängen würde.

Bettina hingegen hatte das Bild schon immer deprimiert. Das Mädchen darauf sah so strahlend aus, so blond und schön. Hübsche Sommersprossen zierten ihre Nase, und sie lächelte breit und unbefangen. Sylvia Lohmeier war klug gewesen, lustig, beliebt, die große Freude ihrer sonst nicht gerade erfolgreichen Eltern. Sie war eine Hoffnung gewesen, ein Glück. Das einzige Kalb des armen Mannes, dachte Bettina, wer hatte ihr noch gleich die Geschichte erzählt? Vom reichen König, der dem armen Untertan aus Neid sein einziges Kalb weggenommen hatte? Sie betrat schweigend das Zimmer, hob Sylvia Lohmeiers eingeschweißtes Sommerkleidchen von ihrer Akte und machte, dass sie rauskam.

Draußen musste sie dann enttäuscht feststellen, dass nichts Neues dazugekommen war. Dabei hatte Syra doch von einem interessanten Hinweis gesprochen. Unschlüssig stand Bettina mit Kaffee und Papieren im Gang, Ackermann saß in seinem Büro und vernahm einen Zeugen, da konnte sie jetzt nicht rein, und in Härtings Nähe mochte sie erst gar nicht kommen, der wollte länger über ihren Arbeitsmittelantrag nachdenken. (»Ein zweiter Computer, Frau Boll?!« – »Nein, ein anderer, Herr Hauptkommissar.«) Also trank sie ihren Kaffee im Stehen, brachte die Tasse zum Automaten zurück und ging. Langsam. Die Vorstellung, eingesperrt in jenem Glasschlauch in der strengen Klosterkirche zu sitzen, machte sie kribbelig, mehr als die Aussicht auf einen Ortstermin in der schlimmsten Schlägerkneipe. Für solche Fälle hatte sie immerhin ihre schusssichere Weste und ihre SIG Sauer und ihr Schieß- und Brülltraining. Etwas Vergleichbares wollte sie jetzt auch. Sie brauchte Rüstung und Munition. Also setzte sie sich in ihren kalten Taunus und sah die Akte nochmals durch. Als Erstes – und mit Bedauern – legte sie die pyrotechnischen Analysen beiseite. Wenn sie nicht nach Darmstadt durfte und der Anschlag auf Elisabeth Krampe nicht das Werk des Sohnes war, dann nützte es auch nichts, diesen zu Details der Bombe zu befragen. Blieben die Lebensdaten seiner Eltern. Bettina meditierte ein wenig über dem altmodisch kurzen Lebenslauf von Elisabeth Krampe: Studium der Kunsthistorie, Heirat, Kind, kein Abschluss. Die klassische Vita einer höheren Tochter, deren Bildung nur dem Nachweis diente, dass sie keine dummen Kinder gebären und einen Baselitz niemals falsch herum aufhängen würde. Wer Baselitz war, wusste Bettina zufällig, weil Willenbacher sie neulich zu einer Ausstellung nach Mannheim geschleppt und endlos schwadroniert hatte über die Kunst des »veränderten Blickwinkels«. Sollte er lieber einen veränderten Blickwinkel auf sein Baby finden, dachte sie. Ich komm vorbei, Will, ich drück dir meine Sammy in den Arm, die soll dich anlächeln mit ihren Grinsebacken, die musst du lieben. Deins wird genauso, noch viel schöner. Sie tastete nach dem Telefon und fand es in ihrer Hosentasche, doch sie zog es nicht hervor. Sie konnte Willenbacher nicht in seine Familienplanung hineinreden. Und, was weit schwerer wog: Er kannte Sammys Bäckchen schon. Er hatte das kleine Mädchen hundert Mal auf dem Arm gehalten. Und es rührte ihn nicht.

* * *

Lisa träumte. Seeluft, warme Sonne auf ihrer Haut, geschlossene Augen. Das war der Beginn. So fing es immer an. Dann kam die Panik. Nicht atmen, dachte sie in höchster Erregung, bloß nicht atmen, sie wusste nicht, wieso, nur eins: nicht atmen, die Luft wird dich fressen. Und bevor sie dann doch atmete und ein weiteres Mal von der Glut gefressen wurde, hatte sie kurz einen merkwürdig kühlen Gedanken: dass da eine Gesetzmäßigkeit war. Dass sie eine Regel entdeckt hatte. Und dass das die Rettung sein konnte.

* * *

Bettina hätte viel darum gegeben, auch nur einen kleinen Ansatzpunkt zu finden. Allein um die Sache mit dem Baby zu vergessen. Irgendeine Winzigkeit, an der sie sich festbeißen, aus der sie eine Theorie entwickeln konnte. Sollte sie Gregor Krampe vielleicht sagen, ätsch, meine Vorgesetzte weiß, wo dein Manuskript her ist? Es war ja nicht mal sicher, ob diese elementare Information weitergegeben werden durfte, wenn sie denn nachgeprüft und bestätigt war. Bettina wurde langsam ganz kirre davon, so viel Wissen zu besitzen, ohne etwas Konkretes damit anfangen zu können.

Ziemlich verzweifelt holte sie die Expertisen des Ovid-Kodex hervor. Die dünnere der beiden schlug sie auf, mittendrin. Sie landete bei einem Vergleich von Hautfarben. Verschiedene Details der Buchmalerei waren abgebildet, Ausschnitte von Gesichtern. Wach blickten sie von den Seiten, Mienen von Menschen, die wirkten, als ob sie keine Zweifel kannten, mit Augen, die Bettina gelassen übersahen, die anderes gewöhnt waren, ein härteres Leben, eine heißere Sonne, einen grausamen Gott. Es waren archaische, schöne Gesichter. Ihre Beschreibung im Text erschien umso nüchterner. Der Autor der Expertise hatte ein bekanntes Manuskript, den sogenannten Pariser Psalter, als Vergleichsdokument für den Ovid-Kodex herangezogen, um einzelne Charakteristika einander gegenüberzustellen. Er vermutete, beide Kodizes seien im Konstantinopel der mazedonischen Renaissance entstanden, was bedeutete, dass sie einer Vorbotin der Neuzeit entstammten und doch noch mittelalterlich und von der griechisch-römischen Antike geprägt, also im Grunde einfach alles waren. Es bedeutete, dass sie gut eintausend Jahre alt sein mussten.

Eintausend Jahre, dachte Bettina, und nur solche winzigen Bildausschnitte. Leider enthielt das dünne Gutachten keine einzige vollständige Abbildung. Also schlug sie das dickere auf.

Auch hier blieb sie sofort hängen, allerdings nicht bei einem Bild, sondern mitten im Text: *»Sie tötete ihre beiden kleinen Söhne und floh allein nach Athen.«*

Bettina starrte den Ordner an, den sie in Händen hielt. Da ging es um Mord. Dabei sollte das geheimnisvolle Ovid-Palimpsest doch angeblich nur aus luftigsten Liebesromanzen bestehen. Sie blätterte vor und erfuhr, dass sie beim Kapitel über das Drama der Medea gelandet war. Das war doch die Frauenfigur, die Gregor Krampe erforschte, deretwegen er sogar eine wissenschaftliche Gesellschaft gegründet hatte: ein Monster. Medea hatte ihre eigenen Kinder getötet, ihren Bruder zerstückelt und den Onkel ihres Ehemannes gekocht. Bettina las:

»Die Medea entstieg dem Dunkel vorklassischer Zeiten. Ihre Mütter waren Magierinnen, die in verschiedenen Küstenregionen des Schwarzen Meers den Kult um eine weibliche Gottheit oder Zauberin versahen. Wir kennen sie nur durch den Zerrspiegel griechischer Überlieferung: Ihre Grausamkeit ist vermutlich das Abbild kriegerischer Auseinandersetzungen, vielleicht aber auch nur Zeugnis tiefen Misstrauens gegenüber einer mächtigen matriarchalen Kultur.«

Der Legende zufolge, erfuhr Bettina, war Medea die Tochter des Königs von Kolchis. Sie verliebte sich in Jason, den größten griechischen Helden seiner Zeit. Der war in ihre Heimat gekommen, um dort den wertvollsten Schatz, das Goldene Vlies, zu stehlen. Medea half ihm mit ihrer Zauberkraft. Anschließend flohen beide gemeinsam. Dabei zogen sie eine schreckliche Blutspur hinter sich her. Als aber alle Feinde besiegt waren und Jason sesshaft werden wollte, bedurfte er keiner entwurzelten Magierin mehr. Er beschloss, Medea zugunsten einer jungfräulichen korinthischen Prinzessin zu verstoßen.

Das, dachte Bettina sofort, war dumm von ihm. Schließlich musste gerade Jason klar sein, dass Medea sich nicht einfach vor die Tür setzen ließ. Der Kriegsheld aber glaubte naiv an seine neue bequeme Altersversorgung. Vor den Augen Medeas feierte er Hochzeit mit der kleinen Korintherin und besiegelte damit deren kurzes Schicksal: Medea bewirkte, dass ihre Rivalin in einem vergifteten Brautkleid verbrannte. Dann aber tötete sie nicht etwa Jason, sondern ihre gemeinsamen Söhne. Bettina fröstelte. Und las doch weiter:

»Das Schicksal der Medea erfuhr von der Antike bis zur Neuzeit verschiedene Deutungen in mehreren Bearbeitungen, von denen die interessanteste das Drama des Publius Ovidius Naso gewesen sein dürfte. Ovid war ein äußerst genauer Kenner menschlicher Natur, der antike Überlieferung in allgemeingültige Psychologie übersetzte. Es sei hier daran erinnert, dass unsere Kenntnis der klassischen Mythologie zum großen Teil auf seinem Werk beruht. Von der augustäischen Zensur an allzu aktuellen Bezügen gehindert, verlieh er den Sagengestalten seiner Kultur jene monumentale Individualität, die sie zu Figuren von zeitloser Bedeutung machten. Ovids Arbeit überstand mehrere verlustreiche Medienwechsel, die religiöse Restriktion des Mittelalters und den Tod seiner Sprache. Bis heute sind Ovids Gedanken aktuell. Die Geschichte der Medea hat er gleich mehrfach bearbeitet (vgl. Metamorphoses 7, Heroides 12). Sein heute verschollenes Drama wurde seinerzeit von namhaften Kollegen erwähnt und hoch gelobt.«

Hier folgte eine Aufzählung der Kollegen und was sie gesagt hatten. Und dann äußerte der Autor der Expertise die vorsichtige, trocken formulierte, doch für ihn spürbar überwältigende

Vermutung, das aufgefundene Manuskript sei Teil einer einstmals kompletten Ovid-Werkausgabe gewesen, und man sah das Wörtchen »komplett« regelrecht sprühen vor Bedeutung.

»Eine der im vorliegenden Kodex aufgefundenen Miniaturen könnte ein Hinweis auf das verschollene Medea-Drama sein.«

Miniatur, das bedeutete Buchmalerei. Bettina blätterte sofort weiter und erblickte endlich ein vollständiges Bild in wundervoll satten Farben. Es wurde fast ganz von der Darstellung eines Gebäudes ausgefüllt, an dem eine Menge festlich geschmückter und freizügig tanzender Menschen vorbeizog. Im Innern des Hauses dagegen herrschte sichtliche Beklemmung. Dort stand, weit größer als die Tanzenden dargestellt, eine schöne, ganz in Blau gekleidete Frau mit schwarzen Haaren. Vor ihr saß eine Menschengruppe in braunen und grauen Gewändern mit zwei Kindern. Bettina betrachtete das Gesicht der Schwarzhaarigen genau, als könnte sie auf die Art etwas finden, was deren Söhne noch retten würde. Doch Medea blieb rätselhaft. Sie trug nur leicht melancholische Züge, während die Menschen in den braunen Kleidern offensichtlich trauerten und die Tänzer vor dem Haus vor obszöner Fröhlichkeit fast platzten.

»So hat Ovids Medea die fast schon Ikonoklasmus zu nennenden Verluste der Spätantike möglicherweise allen Befürchtungen zum Trotz im ehemals griechischen Sprachraum überstanden«, schloss der Gutachter sein Kapitel in spürbarem Triumph.

Bettina aber fragte sich, ob dieser Jubel angebracht war. Allzu lebendig blickte Medea aus ihrer Expertise heraus und haarscharf an Bettina vorbei. Nachdenklich klappte die den Ordner mit dem Gutachten zu und startete den Wagen. Aber nach Rosenhaag zog es sie immer noch nicht. Erst musste sie zur nächsten Buchhandlung. Wenn sie Medea beikommen wollte, brauchte sie ein Fremdwörterlexikon.

Denn unter anderem wusste sie nicht, was ein Ikonoklasmus war.

* * *

Die Arbeit, die Gregor nebenher zu Hause machte, war kaum anders als die in der Bibliothek. Sie ähnelte dem Verfassen einer Dokumentation: Er suchte Daten zusammen, las Texte, bewertete widersprüchliche Informationen, und dann zauberte er aus dem Wust von handschriftlichen Notizen, Fotografien und mies archivierten Computerdateien eine Geschichte. Das Ergebnis musste sich natürlich saftiger lesen als eine wissenschaftliche Abhandlung, doch das war reine Stilsache und für Gregor nicht sehr schwierig. Mühe hatte bislang nur der Auftraggeber gemacht: Freestone war verdammt eitel. Seine Autobiografie musste großartig werden, ein Meisterwerk, ein Faulkner, nein, ein Hemingway, nobelpreisverdächtig jedenfalls. Auf Preise war Freestone absolut geil, Preise hatte er nie bekommen, und das nahm er der Welt übel. Dabei war Freestones Arbeit natürlich nicht geeignet, Auszeichnungen einzufahren – um die zu bekommen, hätte er ehrlich sein müssen. Dieser Zusammenhang wurde von seinem Ego allerdings ausgeblendet, er war ein Genie, ihm gebührte Bestätigung und basta. Schließlich hatte er ein ganz unvergleichliches Leben geführt, Abenteuer von Geburt an, seine Coups waren Legende und sogar seine Schulzeugnisse brillant. Daher war es auch so mühsam, Freestone vom Kürzen zu überzeugen. Denn dem Mann war nur theoretisch klar, dass insgesamt dreizehn Kilogramm Tagebücher, Notizen und Computerdisketten nicht auf die sechshundert Seiten passten, die eine Autobiografie gewöhnlich fasste. Er kämpfte um jeden Satz und jedes Bild. Nur die Erinnerung daran, dass er mit seinem Projekt bereits bei mehreren Verlegern gescheitert war, die ihm jeweils einen horrenden Vorschuss und einen Ghostwriter angeboten hatten, brachte ihn gewöhnlich zur Einsicht. Es war schon erstaunlich, dachte Gregor, als er den Reisekoffer voll mühsam geordneter Unterlagen vor seinem Schreibtisch betrachtete, dass ein Mann, der zweifellos begnadete Arbeit in seinem Fach geleistet hatte, so völlig versagte, wenn es ums Schreiben ging. Vielleicht lag es aber auch am Thema. Nicht umsonst galten Selbstbildnisse als schwierig, und Autobiografien konnten die peinlichsten Machwerke sein. Wenn es um die eigene Person ging, verlor man rasch jedes Maß. Da war Freestones Methode sogar richtig: Er hatte sich professionelle Hilfe geholt. Einen Ghostwriter, ja, aber einen, den er sich zum persönlichen Sekretär schönreden konnte. Ein Stiller, der seinen Namen garantiert nicht auf dem Deckblatt sehen wollte, den kein Verleger ausgesucht hatte, der nicht auf Partys mit der Freestone-Biografie prahlen würde. Zu Gregor Krampe würde es niemals offizielle Verbindungen geben. Das war Bestandteil ihres Geschäfts.

Prüfend sah Gregor sich im Zimmer um, dann untersuchte er seine Schubladen und sah sogar hinter den Schreibtisch. Die Unterlagen sollten alle zurückgegeben werden. Nichts durfte hierbleiben, nicht mal der Computer, auf dem er geschrieben hatte. Morgen würde er zu einem letzten Besuch bei Freestone aufbrechen, und dann musste diese Arbeit beendet sein, dann hatte er endlich den Kopf frei für anderes. Ohne Bedauern betrachtete Gregor Freestones Laptop, mit dem er die Nächte des letzten halben Jahres verbracht hatte. Diese Abendunterhaltung war er bald los. Dann stutzte er. Und dann legte er eine CD ein und brannte Freestones Leben darauf.

Denn vielleicht würde er es doch noch einmal brauchen.

* * *

Die Buchhandlung war klein und eng, also ambitioniert. Doch auch hier wollte man Geld verdienen: Direkt neben der Kasse war ein Reißer aufgebaut, glänzende Stapel des Machwerks, das Gregor Krampe im Fernsehen so unfreiwillig beworben hatte: *Johnny Montes' erste Mission.* Neunzehn fünfzig, dachte Bettina, dann kannst du lesen, wie eine Irre den alten Krampe durch den Kakao zieht. Sie legte den Fremdwörterduden auf die Theke. Der kostete einundzwanzig Euro und fünfundneunzig Cent. Die Buchhändlerin tippte den Betrag in die Kasse. Bettina schaute in ihr Portemonnaie. Darin befanden sich noch genau fünfundzwanzig Euro und etwas Kleingeld. Die Spesen für ein Fremdwörterlexikon würde sie nicht ersetzt bekommen, niemals. Wozu haben Sie eigentlich Abitur gemacht, würde der abiturlose Härting sagen, warum zahle ich Steuern, was machen die Schulen mit unserem Geld. Und wozu gibt es Leihbüchereien.

Bettina lächelte der Buchhändlerin entschuldigend zu. »Wissen Sie, was das Wort Ikonoklasmus bedeutet?«

Ein Paar dicker Brillengläser richtete sich auf Bettina. Die Augen dahinter waren grau und sahen grotesk vergrößert aus. »Bildersturm«, war die Antwort. »Religiös motivierte Kulturschändung. Das, was in Afghanistan mit den Buddhastatuen passiert ist, das war Ikonoklasmus. Oder denken Sie an die Französische Revolution, da hat man den Heiligenstandbildern in den Kirchen die Köpfe abgehauen.«

»Und was war in der Spätantike?«, fragte Bettina.

»Meinen Sie den byzantinischen Bilderstreit?«

Die Frage kam schnell und nüchtern und machte Bettina nervös. Hilflos blickte sie in die glänzenden Brillengläser, die funkelten abschätzig zurück. So ist das, sagten sie, wenn du mitspielen willst, dann musst du auch Einsatz bringen. Bettina aber hatte keinen Nerv, auch hier noch um Wissensvorsprünge zu pokern. Wieder lächelte sie, ein wenig verzweifelt, und holte die dicke Expertise hervor. Sie schlug das Medea-Kapitel auf und legte es der Buchhändlerin vor. »Hier«, sagte sie hilfesuchend. »Das meine ich.«

Die Verkäuferin neigte gnädig ihr Haupt und las. »Nein«, war ihr Urteil nach fünf endlosen Minuten, »den Bilderstreit meinen Sie nicht.«

»Was dann?«, fragte Bettina.

»Ich vermute, hier geht es um die Bücherverluste aus der Zeit der Christianisierung. Damals verschwand fast der gesamte Literaturbestand des Abendlandes. Kurzfristig. *Sehr* kurzfristig.«

»Warum? Und wie?«

»Das wüssten wir alle gern.« Die Buchhändlerin fasste Bettina schärfer ins Auge, beziehungsweise in die runden Brillengläser. Sie hatte etwas von einem Lindwurm. Ihr Hals war sehr lang und trug einen kleinen Kopf, der fast nur aus dem kriegerisch blickenden Augenpaar bestand. Ob sie stand oder saß, war nicht auszumachen, denn ihr breites Hinterteil füllte den winzigen

Raum hinter der Kasse gänzlich aus, es wirkte, als sei sie dort festgewachsen, ein urtümliches Wesen, das vielleicht zufällig an dieser Stelle und vor langer Zeit aus einem Buch geschlüpft war. »Die Antike war voller Bücher«, erklärte sie und verschränkte die kurzen, dünnen Arme auf der kompakten Brust. »Es gab wissenschaftliche Werke, bändeweise Kommentare dazu, praktische Ratgeber, Lehrbücher, Dichtung, Dramen, Prosa –« Sie stützte ganz plötzlich die Hände auf die Theke und beugte sich vor: »Trivialliteratur.«

»Oh«, sagte Bettina erschrocken.

»Die Leute haben alle gelesen«, sagte der Bücherwurm streng. »Bis hin zu den einfachsten Menschen.«

»Aber der Buchdruck war noch nicht erfunden«, wagte Bettina einzuwenden. »Wie konnten die einfachsten Menschen sich das leisten? Musste nicht alles von Hand geschrieben werden?«

»Man hatte doch Sklaven«, sprach der schmale Mund der Buchhändlerin trocken. »Da setzte der Verleger – die gab es! – zehn Leute in einen Raum und diktierte ihnen, sagen wir, die *Ars Poetica* von Horaz. Das ging ruckzuck, und die Texte wurden auf Papyrusrollen geschrieben, die waren erschwinglich. Ein Buch kostete den Tageslohn eines Arbeiters.« Die herrischen Augen linsten über die Gläser hinweg. »Was denken Sie denn, damals existierte eine richtige literarische Kultur. Augustus erfand die Dichterlesung, und bald hat man so viele davon gehalten, dass Glossen darüber verfasst wurden. Jede Stadt besaß eine Bibliothek, und deren Leitung war ein hoch angesehenes Ehrenamt.« Sie musterte Bettina mit einem kaum deutbaren Ausdruck. »Erstaunlich, nicht wahr, dass all diese Millionen Bücher wirklich verschwunden sind.«

»Stimmt«, sagte Bettina.

»Einem Zeitgenossen von Augustus wäre diese Aussicht so absurd erschienen, wie wenn Ihnen heute einer erzählen würde, dass es in fünfhundert Jahren keine Autos mehr geben wird und die Menschheit sich dann wieder auf Pferden und Eselskarren fortbewegt. Doch wer weiß? Vielleicht wird es genau so kommen.«

»Wo sind die Bücher alle hin?«, fragte Bettina.

»Sie sind zerstört worden«, sagte die Buchhändlerin mit Grabesstimme. »Niemand weiß genau, wann und wie. Nur so viel ist klar: Der Brand der Bibliothek von Alexandria war nicht die Katastrophe, als die sie immer hingestellt wird. Es stimmt nicht, dass ihr Bestand alles war, was die Welt hatte. Im Gegenteil. Jeder kleine Haushalt besaß Bücher. Doch die Zeiten wurden so schlecht, der Aberglaube so stark und die neue Religion so mächtig, dass die Literatur ihren Eigentümern nichts mehr wert war. Die Leute müssen ihre Bücher selbst verbrannt und vergessen haben. Jeder Einzelne von ihnen. Anders kann es nicht gewesen sein.«

Bettina blickte in die starren Lindwurmaugen und fühlte sich hypnotisiert. »Das ist ja entsetzlich«, sagte sie.

»Ja, nicht wahr?«, sagte die Buchhändlerin. »Einundzwanzig fünfundneunzig bitte.«

Bettina blickte den Duden an, als sei er ohne ihr Zutun auf den Tresen geflogen. »Ähm«, sagte sie.

Die Buchhändlerin fummelte an ihrer Kasse.

»Tut mir leid«, sagte Bettina schnell, bevor sich die großen Augen wieder auf sie richteten und sie kein Wort mehr herausbrachte, »ich möchte ihn doch nicht haben.« Sie schob den Duden von sich weg. »Ich möchte lieber das.« Sie nahm eins der dicken schwarzen Bücher von dem großen Stapel.

»Neunzehn fünfzig dann«, sagte die Buchhändlerin, ohne aufzusehen.

»Ich muss schnell zuschlagen, bevor es eingestampft wird«, sagte Bettina.

Rasch versenkte die Verkäuferin das Buch in einer braunen Tüte ohne Aufschrift. Dann hob sie ihr Reptilienhaupt. »Sie brauchen sich nicht zu entschuldigen«, sagte sie feierlich. »Die Existenz von Trivialliteratur ist ärgerlich, aber ein Zeichen für kulturelle Blüte.«

Verlegen schob Bettina ihren Zwanziger rüber. »Gut.«

»Das ist mein Ernst.«

»Okay«, sagte Bettina.

»Sie müssen sich nicht schämen«, sagte die Buchhändlerin.

»Tu ich nicht«, sagte Bettina und spürte, wie sich ihre Wangen rot färbten.

»Das wäre dumm.«

»Ja«, sagte Bettina. Und nahm ihre Tüte und machte, dass sie aus dem Laden kam. Doch draußen setzte sich ein kleines Lächeln auf ihr Gesicht. Vergnügt schaute sie in ihre Tüte und fuhr los, zum Kloster Rosenhaag.

* * *

Gregor fühlte sich leer, das war das Loch nach einer anstrengenden Arbeit, danach folgte immer ein Tief. Und dann natürlich die Sache mit seiner Mutter. Leider konnte er sich jetzt aber keine lange Pause leisten und stundenlang an ihrem Bett sitzen. Er musste seine Konzentration behalten. Doch in dem hellen kalten Aprillicht, das alles so gnadenlos ausleuchtete, war das schwierig. Er fühlte sich einsam in dem kahlen Wald, die Straße war löchrig, die Bäume düster und überall lag Bauschutt am Straßenrand. Außerdem prangte ein frischer Kratzer auf der Kühlerhaube des Citroën und das Armaturenbrett war von dicken Staubschichten bedeckt. Das alles musste geändert werden, am besten sofort, noch während der Fahrt. Gregor pustete in den Staub, wurde von leuchtenden auffliegenden Teilchen geblendet, musste niesen und fuhr in ein Schlagloch. Er fluchte und fand sich selbst unausstehlich. Das Leben bestand nun mal aus Unzulänglichkeiten, Unglücken und Rätseln, die Natur hatte ihre kahlen Perioden. Staubfreie Armaturenbretter und makelloser Lack waren eine Legende der Automobilwerbung, jede Mutter starb und ein Eigenheim mit herziger Ehefrau und Kind war auch nicht der Himmel. Der Himmel, das war allerhöchstens ein Vector W8. Achtzehn Stück davon gab es auf der Welt. Und einer davon kauerte rassig auf einer Erdscholle vor dem Kloster.

Bianca war da.

Gregor parkte seinen Citroën direkt neben dem Vector, eng und hübsch parallel, obwohl der Platz so weit und frei war wie ein Fußballfeld. Dann folgte er Biancas Spur ins Haus.

Er fand sie im Zellentrakt des Klosters, sie hatte alle Türen und Fenster aufgerissen, Licht flutete den sonst finsteren Gang, kalte Frühlingsluft strömte herein. Es roch nach Erde und aufbrechenden Knospen und nach Biancas süßem Jasminparfum. Mit einem Handy am Ohr lief sie auf und ab, sprach leise hinein, fuhr mit dem Finger über den Rahmen eines der Gemälde, die in dem breiten Flur hingen, und runzelte die Stirn. Als Gregor sie erreichte, hielt sie ihm anklagend den staubigen Finger hin und küsste ihn flüchtig auf die Wange. »Am Wochenende«, sprach sie mit gesenkter Stimme ins Telefon, »haben wir *den* Empfang. Alle werden da sein, Hannelore. Dr. Ritter, seine Frau, der Bürgermeister, der Abgeordnete, der Kultusminister –« Sie lauschte. »Oh«, sagte sie dann. »Gut. Bringen Sie viel Zeit mit, Hannelore. Und am besten noch Ihre Freundin, die Frau – natürlich. Hier ist Großreinemachen angesagt. Frau Dr. Ritter legt großen Wert auf Sauberkeit. Darin zeigt sich der wahre Adel. Ach wie gut. Dann bis gleich, Hannelore.« Sie drückte einen Knopf und lächelte Gregor zu.

»Bianca, mein Schatz.« Er reichte ihr einen geblümten Schal, den er auf der Treppe in der Halle gefunden hatte.

Bianca hängte ihn lässig über ihre Schulter. »Hallo, Gregor. Tja, am Wochenende ist Party. Du bist der Ehrengast.«

»Nein«, sagte Gregor sofort.

Bianca lächelte breit. »Auf unseren Starbibliothekar können wir aber nicht verzichten. Du ziehst dir was Schwarzes an, einen Rolli oder so, ein bisschen Bohème, du bist der Künstler, verstehst du? Dr. Ritter wird die Leute herumführen, du sagst kluge unverständliche Sachen. Sie sollen sehen, dass wir einen echten Intellektuellen haben.« Sie grinste und betrat eines der leeren Zimmer. Dort legte sie ihren Schal auf die Fensterbank.

»Wer soll das sehen?« Gregor ging ihr nach.

»Bürgermeister, Abgeordneter und Kultusminister.«

»Aus welchem Anlass?«

»Weißt du doch. Der Ovid kommt zurück von der Restauratorin.«

»So wie jedes Wochenende.«

»Aber dieses ist ein besonderes.« Bianca drehte sich zu ihm und lächelte sonnig.

Gregor wurde ein wenig schwummerig. »Wieso?«, fragte er vorsichtig.

»Hör mal, du bist doch der Kurator. Du hast befohlen, dass unser armer Ovid auseinandergenommen werden soll, erinnerst du dich?«

»Natürlich. Aber das passiert doch erst in vierzehn Tagen.«

»Schon«, sagte Bianca und zog einen winzigen Kalender aus ihrer Tasche. »Aber kurz drauf geht das Buch in die Faksimilierung und wird jahrelang auseinandergepflückt bleiben. Dr. Ritter will es noch mal im vollständigen Zustand sehen, weißt du? Medea und überschriebene Ovid-Texte sind wunderbar spannend und weltbewegend, das wissen wir alle, aber das eigentlich Lustige sind doch die Bilder, stimmt's?« Sie zog die Nase kraus. »Und wie sie vor dem bösen Abt in diesem kleinen frechen Büchlein versteckt wurden. Damit kann man die Leute rühren. Und das müssen wir, denn wir wollen diesen Zuschuss vom Kultusministerium. Dann kannst du noch viel mehr spannende Bücher kaufen, Greg, mein Schatz.« Bianca strahlte.

»Okay«, sagte Gregor ohne Begeisterung. »Samstag ist ein bisschen kurzfristig.«

Bianca seufzte charmant. »Wem sagst du das. Zwanzig Übernachtungsgäste und wir haben noch keine Möbel.«

»Verschiebt es doch«, bat Gregor inbrünstig.

»Na ja, du hast den Termin vorgegeben, Greg, und Dr. Ritter hat auch nicht jeden Tag Zeit. Die nächsten vierzehn Tage sind voll.« Sie blätterte im Kalender. »Da wären zwei Vorstandssitzungen, eine wichtig, die andere lästig, eine Aktionärsversammlung, eine Filialeröffnung, das normale Tagesgeschäft und nicht zu vergessen der achtundfünfzigste Geburtstag von Frau Dr. Ritter.« Bianca lächelte unschuldig. Sie nannte die Gattin ihres Chefs immer mit *seinem* Titel. »Wir müssen am Wochenende feiern. Es wird alles ganz spontan und einfach. Exklusiver Rahmen, Klosteratmosphäre. Kein Klimbim. Das Manuskript kommt heim in seinen Safe, das ist alles.« Sie maß das Zimmer mit den Augen, holte einen schicken weißen Katalog aus ihrer Handtasche und schlug ihn auf, sodass Gregor mit hineinsehen konnte. »Was hältst du von dem Sofa? Drei davon kann ich heute noch kriegen. In Rot.« Kritisch trat sie mit dem Heft einen Schritt vor in die Sonne.

»Hübsch«, sagte Gregor, der auf Biancas glänzende Haare blickte.

Sie lächelte offen. »Weißt du, interessant sind diese Faksimile-Verlage schon. Ich war mit in Luzern, in London und in Wien, ist das nicht nett, wie ich herumkomme? – Aber am gruseligsten ist der in Grenoble. Warst du mal da?«

Gregor blickte in ihre goldenen Augen und merkte, dass er näher getreten war. Stumm schüttelte er den Kopf.

»Ein Schloss am See. Teppiche, so dick.« Bianca zeigte es mit Daumen und Mittelfinger. »Aus Seide, ist das nicht furchtbar? Und buntes Glas in jedem Fenster. Samtvorhänge. Originale, also *originale* Arts & Crafts-Tapeten. Natürlich Champagner im Salon. Besser als jeder Puff, sag ich dir. Na ja, bei den Preisen. Die Leute haben alle weiße Handschuhe an.«

»Vielleicht wollen sie keine Fingerabdrücke hinterlassen«, sagte Gregor dunkel. Zu seinem eigenen Erstaunen legte er seine Rechte auf Biancas Hüfte.

Sie lachte und schmiegte sich an ihn. »Du hast recht, vielleicht drucken sie nachts heimlich Banknoten. Das Werkzeug hätten sie ja.«

Biancas Duft war wundervoll, süß und leicht. Gregor wollte sie an sich reißen. Doch er lachte nur rau. »Du bist die einzige Frau, die einen Vector fährt, ständig drei Möbelkataloge bei sich hat und es trotzdem fertigbringt, sich über Seidenteppiche aufzuregen.«

»Ach! Stell dir nur all die kleinen Raupen vor! Und den Vector fahre ich nicht, den bewege ich nur. Das ist wie mit Pferden. Man kann sie nicht ewig im Stall stehen lassen.« Ihre Augen glänzten spitzbübisch.

»Stimmt genau«, flüsterte Gregor und beugte sich hinab, um sie zu küssen, doch er flüsterte und küsste ins Leere, denn

Bianca war plötzlich nicht mehr da. Sie stand drei Schritte entfernt und blickte ihn mit schräg gelegtem Kopf bedauernd an. Gregor schluckte und räusperte sich. »Dr. Ritter wird sich nie von seiner Frau trennen«, brachte er dann hart hervor.

»Von mir auch nicht«, erwiderte Bianca.

Sie starrten sich an, eine Ewigkeit, bis es an der Tür klingelte.

»Meine Putzfrauen«, sagte Bianca sanft. Und ging.

Bettina fand, dass die knuffige Marny heute etwas fiebrig wirkte. »Ach, Sie sind es, Frau – äh – Boll!«, rief die junge Frau laut und blickte über Bettinas Schulter auf den Parkplatz. »Möchten Sie wieder aufs BKA warten?«

»Eigentlich«, sagte Bettina, ihre Tüte mit dem Buch fest im Griff, »bin ich das BKA.«

»Oh«, sagte Marny und warf eine lange Haarsträhne zurück.

»Ist Doktor Krampe zu sprechen?«

»Ich denke schon«, sagte Marny unschlüssig. »Kommen Sie.« In der Mitte der kleinen Eingangshalle blieb sie stehen und rief laut: »Gregor!«

»Schrei doch nicht so«, sagte der von der Treppe aus, lächelte Bettina gemessen zu und stieg die Stufen hinunter, dabei zog er seine schmale Krawatte zurecht. »Hallo, Frau Boll, was kann ich für Sie tun?«

Bettina lockerte den Griff um ihre Tüte. Hier brauchte sie nichts zum Festhalten. Krampe und Marny sahen erregt aus. Offenbar war sie in eine Auseinandersetzung geraten. Die Privatsekretärin hielt Schultern und Blick gesenkt, und Krampe fixierte die junge Frau aus den Augenwinkeln. Heute wirkte er mager, wie ein Schauspieler, der unversehens aus seiner strahlenden Heldenrolle gefallen war. Dabei kam er falsch lächelnd auf Bettina zu und packte ihre Hand zu fest.

»Wollten Sie zu mir?«

Marny wandte sich ab.

»Genau«, sagte Bettina. »Ich dachte, vielleicht haben Sie mal Zeit, mir die Bibliothek zu zeigen.« Rasch versteckte sie die Tüte hinter ihrem Rücken.

»Na klar!«, rief Krampe in Richtung Marny. Hastig zog die junge Frau ein Handy aus der Tasche und betrat wortlos einen Nebenraum. Sogleich wirkte Krampe blasser. »Also machen wir eine Führung.«

Bettina hätte ihn am liebsten getröstet. Doch natürlich durfte sie nichts dergleichen tun, im Gegenteil, diese Situation gehörte ausgenutzt. »Schlechte Nachrichten für Sie«, verkündete sie nun doch ihren einzigen Trumpf, »vermutlich können wir den letzten Besitzer Ihres Ovid-Manuskripts bald finden. Es gibt eine heiße Spur.«

»Wieso sollten das schlechte Nachrichten sein?«, fragte Krampe.

»Na, da, wo es her ist«, erwiderte Bettina, »wird man das Manuskript vermissen.« Sie folgte ihm durch einen hohen hellen Flur mit vielen Fenstern. Das Frühlingslicht knallte herein und ließ das Gesicht des Kurators knittrig wirken. Er sah niedergeschlagen aus, bleich wie etwas, das zu lange im Keller gelegen hatte.

»Der Vorbesitzer hat es dieser Institution geschenkt«, antwortete er kühl. »Er vermisst es nicht, er weiß es am rechten Platz. Es ist ja schließlich nicht so, dass wir die einzelnen Seiten meistbietend versteigern, Frau Boll. Wir arbeiten mit dem Buch. Wir dienen der Wissenschaft und der allgemeinen Bildung.«

Bettina blickte ihn ernst an. »Wieso war die Schenkung anonym?«, fragte sie. »Welchen legalen Grund kann es dafür geben?«

Krampe seufzte. »Hunderte.«

»Nennen Sie mir einen.«

»Der Besitzer möchte sein Buch in guten Händen wissen, aber selbst in Ruhe gelassen werden.«

»Das hätte er ja zur Bedingung machen können.«

Krampe musterte Bettina von der Seite. »Wir hätten ihn trotzdem belagert. Nicht nur wir. Jeder Buchwissenschaftler in ganz Europa hätte versucht, in seine Bibliothek zu kommen. Der Vatikan hätte sich eingeschaltet, das orthodoxe Patriarchat, alle cis- und transalpinen Bibliotheken, die Kulturausschüsse, das Auswärtige Amt und schließlich unsere Polizei. Am Ende wären vermutlich *Sie* diejenige gewesen, die seinen Keller gestürmt hätte.« Jetzt grinste er fast. »Und Sie arbeiten ja noch daran.«

»Mit Hochdruck«, sagte Bettina.

»Falls Sie je dazu kommen, nehmen Sie mich mit, ja?«

»Wenn das Buch aber gestohlen wurde?«, fragte Bettina nur.

»Dann geben wir es zurück.«

»Und ziehen beispielsweise in den Vatikan und betteln jeden Tag um Einsichtnahme, um Ihre Forschungen fortsetzen zu können.«

»Nein.«

»Sie brauchen dieses Buch hier.«

Krampe blieb stehen. Sie waren in der gläsernen Schleuse angekommen, dem Übergang zum Bücherschlauch, vor der Tür, die man nur mit Code und Chip öffnen konnte. Draußen, hinter den dicken Glaswänden, zitterten Bäume im kalten Frühlingswind. Das Licht war milder und Krampe gewann an Farbe. Und Energie. »Frau Boll«, sagte er. »Diese Spur zum Vorbesitzer unseres Ovid, von der Sie reden, würde ich sehr gerne mal sehen. Wirklich.«

Bettina schüttelte den Kopf.

Er kratzte sich im Nacken. »Sehen Sie, ich kann daran nicht glauben. Wir arbeiten selbst intensiv an der Herkunftsanalyse. Und wir haben null Anhaltspunkte. Es ist schon schwierig genug, einen gewöhnlichen unbekannten Kodex zuzuordnen, aber hier geht es ja noch dazu um das geheime Projekt eines Einzelnen. Sie müssten das Ding mal sehen –«

»Gern!«

»... von außen ist es nur ein Heft. Es hat selbstredend keine Signatur, unbekannte Schreiberhand, ein kleines, fehlerhaftes und dilettantisches Schriftbild. Alles von gezielter Oberflächlichkeit. Der Macher dieses Buches wollte nicht entdeckt werden, und das ist ihm gut gelungen, Frau Boll.«

»Kann ich es denn mal anschauen?«, fragte Bettina.

»Nein.« Höflich fügte Krampe hinzu: »Es ist im Moment nicht da, aber wir werden bald über ein Faksimile verfügen, das dem Publikum zugänglich ist.«

»Ich würde gern das echte Buch sehen.«

Er seufzte. »Wissen Sie, was ein modernes Faksimile leistet? Es ist völlig naturgetreu. Jede Naht, jedes Loch, jeder Fleck des Originals ist abgebildet. Selbst für den Großteil der Forschungsarbeit reicht es völlig aus.«

»Aber der Kodex ist tausend Jahre alt. Ich hab noch nie ein so altes Buch gesehen.«

Krampe seufzte. »Am Samstagabend gibt Dr. Ritter hier einen kleinen Empfang, um das Manuskript ein paar Freunden zu zeigen. Wenn Sie möchten –« Er brach ab und sah aus, als überlege er, ob er noch Herr seiner Rede war.

»Ist das eine Einladung?«, fragte Bettina überrascht. »Würden Sie mich mitnehmen?«

Krampe nickte wortlos.

»Am Samstagabend?« Bettina hörte selbst, dass ihre Worte zu erfreut klangen, zu vorsichtig, zu sehr nach Date – aber ein Treffen am Samstagabend war nun mal ein Date, wie auch immer man es nannte.

Krampe wand sich. »Rufen Sie mich vorher an«, sagte er barsch. »Meine Telefonnummern haben Sie ja – ermittelt.«

»Stimmt«, sagte Bettina.

»Ach so, ja, und wenn es irgendwann doch politisch notwendig werden sollte, werden Sie Dr. Ritter sicher überzeugen können, das Manuskript zurückzugeben. Dann dürfen Sie es wieder auf den alten Speicher verfrachten, auf dem es die letzten paar Jahrhunderte gelegen hat. Dr. Ritter wird es schmerzen, aber unserer Arbeit tut das wenig.« Krampe tippte eine Zahl in das Codeschloss. »Nur das Buch könnte Schaden nehmen.«

»Was ist es wert?«, fragte Bettina.

Er ließ seine Hand sinken und wandte ihr langsam den Kopf zu.

Sie dachte, er habe sie nicht verstanden. »Was würde der Ovid auf einer Auktion bringen?«

»Klar«, sagte er heftig. »Sie sind eine Frau. Sie messen in Cash.« Er breitete die Arme aus.

Bettina wich einen Schritt zurück.

»Was könnte er wert sein, unser Ovid –«

»Soll ich schätzen?«, fragte da eine belustigte, aber wache Stimme aus dem Hintergrund, und eine alte Dame mit komisch braunen Haaren, staubigem Mantel, solidem Schuhwerk und einem kleinen Dackel an der Leine betrat die helle Schleuse.

»Frau Ballier!«, rief Bettina.

»Guten Tag. Ruhe, Liesel. Also, als nicht ganz Unbeschlagene im Büchergeschäft würde ich sagen«, sie zog genüsslich ihren Mund schief, »viereinhalb.«

»Tausend?«, fragte Bettina.

Krampe rollte die Augen.

Ballier lächelte mitleidig. »Millionen. Ich sag Ihnen das jetzt so, privat, meine Gute, denn wir vom Herold sind vorsichtig und gehen von nicht ganz so hohen Summen aus.« Sie lächelte Krampe an, der biestig zurückschaute. »Natürlich darf ich die konkrete Versicherungssumme nicht nennen, auch wenn Sie vom BKA sind. Aber wir reden hier ja nur über Hypothesen, nicht wahr? Bei einer realen Auktion ist sowieso alles ungewiss. Nach Herrn Dr. Krampes offensivem Werbefeldzug könnte sogar gut und gerne das Dreifache hereinkommen.«

Bettina starrte den Bibliothekar an. Dreizehneinhalb Millionen für ein Buch. Er warf ihr einen hasserfüllten Blick zu, dann sah er den Dackel. »Was macht der hier?!«, explodierte er.

Ballier musterte amüsiert ihren Hund. »Sie sind nervös, Herr Doktor«, sagte sie eine Spur anzüglich, »genauso übrigens wie die unvergleichlich charmante Frau Marny. Die war so zerstreut, dass sie glatt vergessen hat, meine Liesel auszuweisen.«

»Raus mit dem Vieh«, sagte Krampe kalt. »Und Sie, Frau Boll, haben Sie noch Fragen?«

»Ja«, sagte Bettina.

»Dann fragen Sie Frau Ballier. Die weiß es sowieso besser.« Er drückte in Windeseile den Rest seines Codes in das Tastenfeld, schnappte sich seine Karte und verschwand hinter der Glastür, die sich sofort schloss.

»Ts«, machte Ballier und sah ihm aufmerksam hinterher. »Haben Sie ihn geärgert?«

»Er war schon sauer, als ich kam«, antwortete Bettina.

»Was ist passiert?«

»Ich glaube, Marny und er haben sich gestritten. Dann hab ich ihm gesagt, dass wir eine heiße Spur haben und das Manuskript vielleicht bald zurückgegeben werden muss. Richtig böse ist er aber erst geworden, als ich ihn nach dem Wert des Buches gefragt habe.«

»Tja, der Wert eines Buches.« Ballier warf ihr einen raschen Blick zu und zerrte an der Leine ihres Hundes. »Ist natürlich selten identisch mit dem Preis. – Übrigens, Frau Boll«, sagte sie dann ein wenig lauernd, während sie neben Bettina zum Ausgang schritt, »möchten Sie denn gar nichts über den interessantesten Preis dieses Liebesmanuskripts erfahren?«

»Welcher soll das sein?«

Ballier blieb stehen. »Der Schwarzmarktpreis.«

»Oh. Doch, natürlich.«

»Frau Boll, Frau Boll«, sagte Ballier. »Der Schwarzmarktpreis dieses Werks steht nach meiner Einschätzung zwischen einer viertel bis gut zwei Millionen – je nachdem.«

Sie sahen sich an.

»Nach was?«, fragte Bettina.

»Wen man alles anspitzen konnte und wer noch alles mit verdient. Die Nachfrage steigt jedenfalls. Auf diese wunderschöne kleine Liebeskunst werden, angestiftet von Herrn Krampe, überall auf der Welt die Leute heiß.«

»Glauben Sie, das Buch ist in Gefahr?«

Die Agentin betrachtete Bettina mit leisem Spott. »Gefahr ist so ein großes Wort, nicht wahr?«

»Will es jemand stehlen?«, korrigierte Bettina.

Ballier lächelte. »Haben Sie das Buch gesehen?«

»Kopien davon.«

»Wie finden Sie es?«

Bettina blickte verständnislos.

»Ist es hübsch?«

»Ja.«

»Ja, es ist in Gefahr, Frau Boll.«

Sie befanden sich am Übergang zur Halle. Liesel zog ihre Herrin weiter in den Schatten des Foyers. In dem halbdunklen Raum bewegte sich Marny mit ihrem Handy am Ohr raschen Schritts auf und ab. Dann blieb sie plötzlich stehen und klappte das kleine Gerät zu. »Der Hund, Frau Ballier!«

»Ich weiß«, sagte die alte Agentin friedlich.

Bettina folgte. In diesem Moment sah sie wenig, weil die Düsternis der Halle sie zu schnell umfing. »Haben Sie Anhaltspunkte?«, fragte sie Balliers Schemen.

Ein schmaler, katzenhafter Schatten näherte sich. Marny. »Anhaltspunkte wofür?«

»Dass der Ovid gestohlen werden soll.«

Der Blick der jungen Sekretärin schnellte zu Ballier.

Die lächelte. »Nicht mehr als die überaus attraktiven Illustrationen.« Sie hielt die Leine ihres Hundes fester. »Ruhe, Liesel. Gucken Sie nicht so, alle beide. Es ist eine Tatsache, dass hundert Leute die Mona Lisa klauen wollen, aber niemand den Hexensabbat von Goya. In meinem Beruf ist Schönheit der zuverlässigste Wegweiser. Dass irgendwer es fertigbringen sollte, sie leidenschaftslos zu betrachten, wie Ihr Freund Kant das postuliert, Frau Boll, halte ich für Mumpitz. Nach meiner Erfahrung ist sie – und nur sie – der Auslöser für eine Menge Dummheiten.« Nachdenklich musterte sie die attraktive Marny.

»Sie kommen nicht jeden Tag hierher, nur weil das Buch schön ist«, sagte Bettina.

»Doch. Sie übrigens auch.« Ballier erlaubte sich ein kleines Grinsen. »Man sieht deutlich, wie wenig Ihnen das passt – Kant hätte seine Freude an Ihnen –, aber genau darum sind Sie hier.«

Kant ging Bettina auf die Nerven. »Nehmen wir an, das Buch ist morgen fort. Wo suchen Sie als Erstes?«

»Morgen«, erwiderte Ballier, »wird das Buch nicht gestohlen, nicht wahr, Frau Marny?«

»Ich glaube nicht.« Marny betrachtete die Agentin mit einer Mischung aus Nachsicht und Interesse. »Im Moment ist es zum Fotografieren bei der Restauratorin. Die wird es sich bestimmt nicht klauen lassen.«

»Im Gutenberg-Museum ist es vermutlich sicher«, stimmte Ballier zu. »Spannend wird es erst, wenn das Manuskript aus Mainz zurückkommt.«

»So wie immer am Wochenende.« Marny lächelte milde. »Aber Sie unterschätzen sich, liebe Frau Ballier. Bei uns wird ein potenzieller Dieb vollends verzweifeln. Immerhin haben wir neben unseren Sicherheitssystemen, die ja ein klein wenig moderner sind als im Gutenberg-Museum, eine besorgte und wachsame Spezialistin zur Seite. Ihretwegen, Frau Ballier, traut sich kaum jemand auch nur in die Nähe des Ovid, schon gar nicht mit unlauteren Absichten.«

»Wenn es aber doch passiert?«, fragte Bettina.

Marny neigte den Kopf, sodass ihre braunen Haare sich über die rechte Schulter wellten. Sie sah aus wie eine Madonna. »Dann«, sagte sie todernst, »sollten Sie sich zuallererst den blonden Typen vorknöpfen, der draußen den Bagger fährt.«

»Wieso?«, fragte Bettina, auf die Gefahr hin, dass sie verschaukelt wurde.

»Weil er ins Haus kommt«, sagte Marny verträumt. »Er ist ein Bauarbeiter, aber er kommt in die Bibliothek. Er will aufs Klo, er will ein Schwätzchen mit mir halten, er will hier rein. Das wollen die anderen nicht, im Gegenteil. Die halten sich von uns fern. Die gewöhnlichen Arbeiter haben Respekt vor der Wissenschaft.« Sie kräuselte amüsiert ihre Nase. »Politisch unkorrekt, nicht wahr?«

»Aber zutreffend«, sagte Ballier nachdenklich.

»Passiert das öfter?«, fragte Bettina.

Marnys Handy klingelte. Sie sah es an, als sei es ein böser Fluch. »Na, so drei, vier Mal hab ich ihn hier getroffen. Oder selbst reingelassen. – Er zieht sich sogar saubere Schuhe an.« Sie drückte einen Knopf.

»Andere als draußen?«, fragte Bettina in die wartende Stille nach dem Klingelton hinein.

Nicken. »Draußen schwarze mit Stahlkappen, hier drinnen helle Sneakers. Ist das nicht erstaunlich?« Damit wandte die hübsche Sekretärin sich ab, ging ein paar Schritte fort und sprach mit völlig veränderter, ehrerbietiger Stimme in ihr Handy: »Hallo? Herr Bürgermeister! – Ja …«

Ballier blickte ihr kopfschüttelnd hinterher und zog Bettina mit sich durch die große Eingangstür nach draußen. »Die Marny«, sagte sie leise. »Eine echte Femme fatale.«

»Und der Bauarbeiter«, erwiderte Bettina, während ihnen Licht und Kälte entgegenschlugen.

»Ja, das ist merkwürdig«, sagte Ballier.

»Vor allem das mit den Schuhen«, sagte Bettina.

Ballier blickte verständnislos.

»Wir sollten diesen Mann überprüfen.«

»Oh, sicher«, sagte Ballier. »Überprüfen Sie ihn.«

Bettina musterte die alte Agentin von der Seite. »*Sie* glauben doch, dem Ovid könnte was passieren.«

»Schon«, sagte Ballier. »Aber nicht von einem Bagger aus.« Sie sah Bettinas Gesicht und lächelte entschuldigend. »Nun bin ich die Unkorrekte.«

»Nur zu«, sagte Bettina.

»Wissen Sie, interessant an dieser Bauarbeitergeschichte finde ich – wie soll ich sagen –, dass sie gerade jetzt auftaucht. Und dass *Marny* sie erzählt hat.« Ballier überlegte. »Man fragt sich, was in der nächsten Zeit hier so alles geplant ist.«

»Party am Samstag«, sagte Bettina.

»Ach.« Ballier kniff kurz die Augen zusammen. »Mehr aber noch wundert mich, dass Marny plötzlich Streit mit Herrn Krampe haben soll.«

Bettina hob die Achseln. »Die beiden waren eben sehr angespannt.«

Ballier fuhr sich geistesabwesend mit der Hand durch ihre komisch braungefärbten Haare, sodass sie steil nach oben abstanden. »Tja, bei dem Baggerfahrer wiederum könnte ich mir sogar vorstellen, dass er seine Scheu vor der Wissenschaft ganz spontan überwunden hat. Für unsere kleine Marny. Die ist ja ein bisschen knackiger als so ein altes Buch, besonders vermutlich in den Augen eines rohen Proletariers.« In ihren Augenwinkeln saß schon wieder der Spott. Sie tätschelte Bettinas Arm. »Aber gehen Sie auf jeden Fall seine Schuhe überprüfen, meine Gute. – Und jetzt mal unter uns, was verstecken Sie eigentlich in dieser Plastiktüte? Etwa ein Buch?«

Bettina blickte verwirrt auf die Tüte. Die hatte sie ganz vergessen.

»Na?«

»Ein Fremdwörterlexikon«, log sie.

Auf dem Parkplatz sah sie sich der Ballier'schen Spöttelei zum Trotz sofort nach dem blonden Baggerfahrer um. Doch die grellgelbe Maschine stand verlassen auf einem Erdhügel in der Sonne. Der Wind blies in Bettinas Nacken und zerrte an ihrer kurzen Jacke. Sie klappte den Kragen hoch, drehte ihre Haare zusammen und stopfte sie hinein, dann wanderte sie frierend umher. Das Anwesen war groß. Eines der alten Wirtschaftsgebäude, eine Art Scheune mit halb offener Längsseite und einer kleinen Galerie, die ein sehr schönes hölzernes Geländer besaß, befand sich offensichtlich im Umbau. Teile des Hauses waren eingerüstet, eine Palette mit bräunlichen Steinen stand davor, zwei Spitzhacken und zwei Spaten lehnten daran. Aus der Scheune selbst drang blecherne Musik. Bettina folgte ihr und landete in einem düsteren hohen Raum mit Lehmboden. In einer der Ecken saß eine Gruppe von Männern um einen kleinen Campingtisch. Ein Transistorradio plärrte.

»Hallo!«, rief Bettina.

»Mahlzeit!«, grüßten die Männer zurück. Es waren fünf Leute, mit Zeitungen und Brotdosen vor sich. Mittagspause.

»Arbeiten Sie hier?«, fragte Bettina, schniefte und rieb sich die Hände, hier drin blies kein Wind, aber kühl war es trotzdem.

Die Leuten nickten, man sah ohnehin, dass sie vom Bau waren. »Abb un zu« sagte einer und grinste.

»Boll vom Bundeskriminalamt«, stellte Bettina sich vor.

Die Männer schauten nur vage neugierig. Einer biss in sein Brot, ein anderer schenkte sich aus einer Thermoskanne Kaffee nach, ein dritter blätterte seine Zeitung um. Der einzige Blonde in der Runde betrachtete Bettina aufmerksam, doch dann beugte er sich zurück und kramte in einem Rucksack. Sie sah einen leeren Stuhl und zog ihn heran, setzte sich aber nicht.

»Wir machen hier eine stichprobenartige Sicherheitsprüfung, weil in der Bibliothek wertvolle Kulturschätze untergebracht sind, deren Erhaltung im besonderen Interesse der Bundesrepublik liegt«, improvisierte sie und zog ihren Polizistinnenausweis hervor. »Darf ich daher um Ihre Namen und Adressen bitten? Das ist eine reine Routinesache. Es wird nicht lange dauern. Ich möchte nur exemplarisch Ihre Personal- und Sozialversicherungsausweise sehen und wissen, für wen Sie arbeiten.«

Die Männer taten sofort wie geheißen und kramten unter Gemurmel Ausweise aus Hosentaschen und Jacken hervor. Niemand stellte Bettinas Autorität in Frage. Es war fast unheimlich: Sie konnte sich nicht erinnern, dass ihr eine Gruppe von Männern je dermaßen selbstverständlich gehorcht hätte. Entweder waren die Leute vom Bau Kontrollen gewöhnt oder es stimmte eben doch, dass eine gewisse Terrorhysterie im Land die Polizeiarbeit erleichterte. Man bot ihr den Stuhl an, den sie sich geholt hatte, sie bekam eine schmutzige Tasse voll Kaffee geschenkt und dann fraglos sämtliche Ausweise präsentiert. Und während sie die Personalien der Leute notierte und den schrecklich bitteren Kaffee trank, betrachtete sie verstohlen die Schuhe des Blonden, Marc Schneider hieß er. Es waren schmutzige Lederstiefel, mindestens Größe 46.

»Vielen Dank«, sagte sie, als sie fertig war, und kippte die letzten Tropfen aus ihrer Tasse herunter. »Jetzt möchte ich noch Ihren Aufenthaltsraum sehen.«

Die Männer blickten verständnislos. »Des isser«, sagte einer.

»Haben Sie keinen geheizten Unterstand, wo Sie sich mal aufwärmen können? Und Ihre persönlichen Sachen wegschließen? – Wir interessieren uns besonders für Schließfächer«, fügte Bettina bedeutungsvoll an und wies mit dem Finger gen Decke. »Beziehungsweise die da oben.«

Die Männer sahen sich an. Einer kratzte sich am Kopf.

»In den Bauwagen könnten wir was einschließen«, sagte Marc Schneider. »Aber hier ist es gemütlicher. Und wir kennen uns.

Wir sind ja alle vom Berger. Wir kommen morgens zusammen hierher. Wir tun unsere Sachen einfach ins Auto.«

»Darf ich den Bauwagen sehen?«, fragte Bettina.

Das war nun doch ein bisschen zu viel Theater. Die Männer seufzten, nahmen ihre Brote wieder zur Hand und blickten dann den Kollegen Schneider an: Du hast das Ding zur Sprache gebracht. Schneider erhob sich zögernd.

»Nur für den vollständigen Bericht«, sagte Bettina freundlich.

Also führte Schneider sie aus der Scheune, über den Hof und zu einem kleineren Parkplatz hinter den Wirtschaftsgebäuden, wo ein blauer Toilettencontainer, ein schmutziger weißer Bus mit einem Berger-Firmenaufkleber und ein neuer Bauwagen standen.

»Damit kommen Sie alle gemeinsam von der Firma?«, fragte Bettina und wies auf den Bus.

Schneider nickte. Er schloss das Fahrzeug auf und suchte einen Schlüssel aus dem Handschuhfach. Mit diesem öffnete er den Bauwagen. Dessen Inneres war einfach eingerichtet mit einem Tisch, einem Stuhl und einem kalten, rostigen Ofen. An einer Wand hing ein Auto-Kalender, ein aktueller, wie Bettina sah.

»Waschgelegenheiten?«, fragte sie und hob eine schmutzige Stofftasche, in der sich tatsächlich ein helles Paar Leinenschuhe befand. Größe 45 stand drin.

»Haben wir im Betrieb«, sagte Schneider, dessen Blick auf der Tasche klebte.

»Ins Bibliotheksgebäude dürfen Sie nicht?«

Schneider zuckte die Achseln. »Eigentlich schon, aber das ist nicht nötig. So dreckig werden wir hier auch nicht.«

»Gehen Sie manchmal dort rein?«

»Selten.«

Bettina hielt ihm die Tasche hin. »Wer braucht denn da Ausgehschuhe?«, fragte sie mit mehr Belustigung in der Stimme, als der kleine Scherz wert war.

Schneider lächelte misstrauisch. »Das sind meine. Wenn's wärmer ist, kann ich den Bagger besser damit bedienen. Mehr Gefühl.«

»Hm.« Bettina dankte ihm und stellte die Tasche zurück. Nachdenklich folgte sie dem Mann hinaus und sah zu, wie er die Hütte und das Auto wieder absperrte. Nichts an ihm wirkte verdächtig, er war ein bisschen schwerfällig, das Gesicht von gesundem Braun, nicht Bettinas Geschmack, aber ein hübscher Kerl. Er konnte sehr wohl ein natürliches Interesse für das Gebäude haben, an dem er arbeitete, oder eine Vorliebe für Marny, vielleicht auch nur eine Abneigung gegen chemische Klos. Er konnte sogar aus Höflichkeit und Ordnungsliebe saubere Schuhe anziehen, wenn er in die Bibliothek ging, und er konnte zu prüde sein, um mit Bettina über seine Toilettengewohnheiten zu reden. Das konnte alles sein.

Oder aber er hatte einen anderen Grund.

* * *

Lisa träumte. Inzwischen hatte sie verschiedene Dinge übers Atmen gelernt. Erstens: Sie konnte nicht darauf verzichten. Zweitens: Es richtig zu machen erforderte höchste Konzentration. Ein tiefer Atemzug zum Beispiel beförderte sie augenblicklich ins Tal der Schmerzen. Wirklich erträglich war nur das flachste, sanfteste Hecheln durch die Nase, das aber konnte sie nicht ewig durchhalten. In den Momenten des Hechelns war sie zwar schmerzfrei, aber hoch angespannt und bestand ausschließlich aus Nase und Zwerchfell. Außerdem herrschte jederzeit die Gefahr, plötzlich von der eigenen Gier nach Sauerstoff übermannt zu werden und dann umso tiefer nach Luft zu schnappen. Daher versuchte Lisa, sich langsam an ein moderates Luftholen und die brennenden Schmerzen zu gewöhnen. Das war zwar ein trauriges Unterfangen, doch nur so konnte sie ihre dünne, dunkle Existenz aufrechterhalten. Nur so kam sie an jenen sonnenbeschienenen Meeresstrand. Und konnte denken. Lisa musste denken. Denn sie wollte wissen, wo sie sich befand. Welcher Strand und welches Meer dies waren. Wie sie hergekommen war, was sie hier wollte. Und ob es möglich war, durch die schweren Augenlider hindurchzublicken.

* * *

Fast wäre Bettina gar nicht ins Büro gefahren, denn auf die Leichenfledderei an der kleinen Lohmeier war sie nicht scharf. Aber ihr Bericht musste geschrieben werden, sie wollte noch Marc Schneider überprüfen, die Uhr zeigte erst halb eins, und die Alternative wäre gewesen, sich unter irgendeinem Vorwand zurück in die Bibliothek zu schmuggeln. Für heute aber fiel ihr beim besten Willen keiner mehr ein. Stattdessen befielen sie auf der Rückfahrt plötzlich Kopfschmerzen, und die zu ignorieren kostete ihre ganze Kraft. In Ludwigshafen war ihr schwindelig vor Schmerz. Sie fürchtete, dass sie etwas vergessen hatte, denn ihr Unterbewusstes schickte ihr zuweilen solche drastischen Erinnerungen. Leider kam sie nicht darauf, was es war. Irgendetwas hatte sie versäumt, übersehen, etwas Wichtiges oder auch ganz Banales. Eine Weile stand sie ganz still auf dem Flur der Dienststelle, doch das Pochen in ihrem Kopf blieb das Einzige, was sie wahrnahm. Schließlich betrat sie ihr Büro.

»Das wurde vorhin abgegeben.« Nessa Kaiser hob kaum den rotgefärbten Kopf, so sehr war sie mit einer ihrer vielen Plastiktüten beschäftigt. »Die von der IT-Abteilung haben heute Nachmittag Zeit, Sie einzuführen, falls Sie das brauchen.«

IT-Abteilung? Bettina verstand nicht. Und bei all den Dingen, die inzwischen von Nessa Kaisers Tisch auf ihren geschwappt waren, konnte sie auch nicht ausmachen, was das Abgegebene sein sollte. Alles war voller Tüten, Bilder, Notizen. Kaisers Computer brummte gefährlich, es roch nach billigem Parfum, was Bettina reizte, und auf ihrer – Bettinas! – Fensterbank stand der Drachenbaum.

Ein Baum, dachte Bettina mit dem Kopf voll Schmerz. Es ist nur ein Baum. Eine unschuldige Pflanze. Der Topf nahm nicht mal viel Platz weg, nur eine kleine Pappschachtel voller Stifte war seinetwegen beiseitegeräumt worden, die stand nun auf einem Stapel anderer Pappschachteln, die ebenfalls Schreibgeräte enthielten. Nicht schlimm. Stiftekisten waren ohnehin nichts, womit Bettina sich länger beschäftigte, in die unterste hatte sie vermutlich seit drei Jahren nicht mehr reingeguckt. Sie war nicht ordentlich, eher eine Träumerin, die höchstens

Spesenabrechnungen für ihren Taunus sortierte. Alles andere, vom Büromaterial bis zu Klamotten, befand sich bei Bettina in einer Art natürlichem Erosionsprozess. Das Obere wurde benutzt, das Untere bedeckt und vergessen, ja von den nachfolgenden Objekten zusammengepresst, wobei manchmal eine Art Versteinerung erfolgte, wenn Filzschreiber ausliefen und zusammenbuken, zum Beispiel, und selten brachte eine große Eruption die Schichten durcheinander. Dann kamen Dinge zutage, die Bettina so fremd waren wie ein Haufen Dinosaurierknochen. Kurz: Sie war eine untypische Polizistin, eine, die auch gedanklich nie mit allen Fakten arbeitete. Aus bloßer Faulheit und der Unfähigkeit, gründlich aufzuräumen, hatte sie ein Gefühl für Oberflächen entwickelt, das im Lauf ihrer Arbeit so fein geworden war, dass sie aus wenigen offensichtlichen Fakten tiefgründige Schlüsse ziehen konnte. Doch das Prinzip hatte einen Haken: Es funktionierte nur mit einem Helfer. Sie brauchte ihren kleinen Pedanten an der Seite, der verhinderte, dass sie wichtige Details einfach vergaß. Willenbacher fehlte ihr. Ohne ihn hatte Bettina keine Rückmeldung, keine Absicherung, arbeitete ohne Netz in schwindelnder Höhe. Da war nur dieser Kopfschmerz, der aber nicht verriet, was nicht stimmte, und dazu ein künstlich verwüstetes Zimmer voller Plastiktüten, in dem kein Mensch einen klaren Gedanken fassen konnte. Und ein fieser stacheliger Drachenbaum auf ihrer Fensterbank.

»Er braucht Schatten«, sagte Nessa Kaiser, die aufsah und Bettinas Blick folgte. »Ich hoffe, es stört Sie nicht«, fügte sie der Höflichkeit halber an, kritzelte jedoch schon wieder an ihrem Plänchen und fummelte dann mit ihrer Computermaus herum, den Blick konzentriert auf den Bildschirm gerichtet.

Bettina schob ihren Stuhl beiseite.

Nessa Kaiser arbeitete weiter.

Bettina stemmte beide Beine fest in den Boden, packte ihren Tisch und zog ihn mit einem Ruck zu sich. Viele, viele Zettel und Plastiktüten stürzten in die entstandene Lücke zwischen den beiden Tischen. Wohltuende Leere entstand. Auch in Nessa Kaisers Gesicht.

»Ich brauche Platz«, sagte Bettina. Eins hatte sie nie: das Chaos zelebriert. »Was ist für mich abgegeben worden?«

Kaiser erhob sich langsam von ihrem Stuhl und starrte ihren Beweisstücken hinterher. Wortlos wies sie auf einen großen braunen Karton, der jetzt auf Bettinas Tisch sichtbar geworden war. Und da wusste Bettina plötzlich, was die Neue mit »IT-Abteilung« gemeint hatte: den Ansperger, ihren Computerfritzen. In dem Karton war das neue Laptop. Plötzlich hatte Bettina ihre Kopfschmerzen vergessen.

Ansperger umgab etwas Schokoladiges. Sein Blick war schmelzend, seine Haare mokkabraun, und insgesamt war er einfach süß. Leider vermutlich auch schwul. »Du schaffst jetzt fürs BKA?«, fragte er anerkennend.

»Vorübergehend«, sagte Bettina bescheiden. Sie saßen in Anspergers Büro-Werkstatt, einem hellen Raum mit trockener Luft, dem einzigen der ganzen Dienststelle, in dem offen ein Pin-up-Kalender hing. Nur Ansperger durfte das. Und nur Ansperger hielt treu und brav zu Miss Juli 2003, wieso, das wusste kein Mensch. Vielleicht kannte er die Frau auf dem Bild, vielleicht hatte er auch nur vergessen, sie abzureißen. Auf jeden Fall war ihre Anwesenheit so fragil wie ihre Pose gewöhnlich, und Bettina begrüßte sie jedes Mal mit einem gewissen innerlichen Aufatmen: Du bist auch noch da, altes Haus. Dann ist die Welt ja im Lot.

»Ha!«, sagte Ansperger vergnügt. »BKA, das ist toll! Onlinedurchsuchungen ohne Limit!«

»Wir haben keinen Terrorverdacht«, winkte Bettina ab.

»Wieso?« Ansperger packte ihr Paket aus, und sie sah zu. Der Computer war gut, so viel hatte sie schon raus, sonst wusste sie nichts. Sie ließ Ansperger machen. »Ich habe munkeln hören«, sagte der, »dass es in diesem supergeheimen BKA-Fall, bei dem vom ganzen Haus wieder mal nur die Boll –Bettina! Boll! – mitmachen darf, um eine fette Paketbombe geht, also wenn das kein Terror ist.« Er wühlte in einem Haufen kleiner Tüten mit Kabeln drin. »Ich wette eine Dose bretonische Butterkekse mit Meersalzkristallen, dass unser BKA jeden Fall mit Bombe als Terrorfall betrachtet, allein aus Prinzip. Die wären ja blöd.« Er schenkte ihr einen durchtriebenen Blick, Bettina grinste, Ansperger fabulierte weiter: »Vermutlich reicht auch schon ein Koffer. Fall mit Koffer, das heißt Terrorverdacht, das heißt europaweites Surfen mit Europol, und das heißt Freiheit.« Er hängte sich ein Kabel um den Hals und legte den Kopf schräg. »Stell dir mal vor: Keine Amtshilfeanträge mehr! Kein halbes Jahr warten, wenn du nur die Telefonnummer von deinem mysteriösen, hm …«

»… bretonischen Keksbäcker«, sagte Bettina.

Ansperger strich sich Haare aus der Stirn. »… französischen Langustenlieferanten willst.«

»Du hast einen französischen Langustenlieferanten?«, fragte Bettina.

»Meeresfrüchte aller Art«, sagte Ansperger und seufzte tief. »Jetzt denk dir, du gehst ins Netz und kommst direkt bis in die Präfektur oder die Melderegister vor Ort. Und alles, was du brauchst, sind ein paar kleine Fremdsprachenkenntnisse. Hach!«

»Ich kann nicht mal richtig Latein«, sagte Bettina.

»Ts«, machte Ansperger und blickte sie aus braunen Augen treuherzig an.

»Ja, du lachst, aber das war der Grund, weshalb die mich überhaupt wollten beim BKA.«

»Weil du kein Latein kannst?«

»Weil ich so getan habe, als ob.«

»Süße, so sind wir doch alle an unsere Jobs gekommen.« Elegant zog Ansperger das Kabel über seine rechte Schulter und verband es mit einem anderen. Es sah nicht aus, als ob er nur so tat, dass er seinen Job konnte. »Hast du eine Maus?«

»Oben an meinem Computer.«

»Mit USB-Anschluss?«

Bettina zuckte die Achseln.

»Nein«, sagte Ansperger, »ihr K11er habt keine USB-Mäuse. Ihr seid ja eh nie an euren Plätzen. Euch fällt das gar nicht auf. Moment.« Mit elegantem Schwung rollte er auf seinem Stuhl zu einem Schränkchen. »Tadaa!« Er hielt eine graue Computermaus in die Höhe.

»Super«, sagte Bettina.

Ansperger schloss das Laptop an, begutachtete die aufgespielten Programme und erklärte ihr die Navigation. »Mit dem Notebook kannst du über jeden Internetanschluss in unser Intranet«, sagte er. »Du darfst jetzt auch zu Hause schaffen.«

Bettina schnitt ihm eine Grimasse. Ansperger grinste und klickte sich zu der Eingabemaske, die das Passwort für PolRP, das Intranetportal der rheinland-pfälzischen Polizei anforderte. Dann schob er Bettina das Gerät hin, rollte auf seinem Stuhl weg und schaute in die Luft. Sie tippte *enno1sammy2* ein. Sofort erschien die Seite mit dem Rheinland-Pfalz-Wappen im blauen Balken, mit der sie morgens ihre Arbeit begann, beziehungsweise beginnen sollte.

»So«, sagte Ansperger. »Das war's. Jetzt hast du ein mobiles Büro. Eigentlich ist es ganz einfach.« Er ließ sich in seinem Stuhl zurücksinken, verschränkte seine hübschen gebräunten Arme und blickte fast verliebt von dem Bildschirm zu Bettina.

Die lächelte etwas schief, weil sie wusste, dass jenes Einfache zu wiederholen sie mehrere verzweifelte Abende kosten würde, und dass Telefonleitung und Internetzugang bei ihr zu Hause völlig anders reagierten als im Büro, und dass sie Ansperger eigentlich mitnehmen müsste, aus diesen und verschiedenen anderen Gründen. Sie wollte nicht weg aus seinem schönen ordentlichen Büro, sie wollte sich ausruhen bei ihm und seiner fröhlichen Art, sie wollte eine Arbeit wie seine, die logisch war und sonst nichts, sie wollte Rätsel, die lösbar waren und sich nicht tief unter die Haut brannten. Einen Moment saß sie nur da und blickte den Kollegen an, der lächelte und sich in seinem Stuhl lümmelte und aussah wie ein Stück Konfekt, und beinahe hätte sie etwas Dummes getan und ihm genau das gesagt. Dann aber wäre es vorbei mit der Ungezwungenheit und dem ausführlichen Support.

»Danke«, sagte sie also nur.

»Ach Süße«, sagte Ansperger.

Und Bettina packte zusammen und ging nach Hause zu ihrer störrischen DSL-Leitung.

Am Nachmittag mussten sie wieder zur Caritas, diesmal sprachen sie über den Dildo. Bettina war es schrecklich peinlich, nicht wegen dem sanften, konturlosen Herrn Hübner, der sowieso nur zuhörte, sondern wegen Enno. Er äußerte sich intuitiv und dafür umso trotziger über den Gebrauch eines Vibrators. »Den steckt man einer Frau unten rein«, behauptete er im Ton tiefster Verachtung. Sie hatten das Ding dabei, aber nicht ausgepackt, dafür war Bettina Hübner dankbar: dass er kein Theater machte.

Enno hingegen schlug blind um sich. »Das weiß doch jeder.« Er sah Bettina an, wurde rot und reckte sein schmales Kinn.

»Das hast du aber nicht gemacht?«, fragte Hübner ernst.

»Ich bin doch kein Spanner«, antwortete Enno wegwerfend.

Bettina fühlte sich furchtbar. Obwohl ihr kleiner Sohn das große Wort führte, war ihr, als ob sie ihn belästigte. Der Fremde störte eben doch, und ihre Hilflosigkeit trieb Enno in die Opposition. Zum Glück war wenigstens Sammy nicht dabei, die wartete bei der neuen Babysitterin.

Hübner sah aus dem Fenster. »Was hast du eigentlich mit dem Dildo gemacht?«, fragte er beiläufig.

»Ach, das war nur Quatsch«, sagte Enno, stand von seinem Platz auf und spähte auf den Schrank, wo verschiedene Pappmasken lagen. »Heute will ich mal das Krokodil ausprobieren.«

»Was für eine Art Quatsch?«, sagte Hübner.

Enno seufzte. »Quatsch halt. Wir wollten es dem Maurice zeigen, der ist so blöd. Wir dachten, er kriegt einen voll krassen Schreck, wenn sein dämlicher Käptn-Sharky-Ranzen wegfliegt. Käptn Sharky ist doch voll was für Babys.«

»Maurice«, sagte Hübner langsam, während Bettina nur entsetzt ihren Sohn anstarrte. Der Junge war ein Ekel, das andere Kinder mobbte.

»Maurice ist doof«, sagte Enno und blickte auf den Schrank.

»Warum?«, fragte Hübner.

»Ach, der mit seiner blöden Schwester.«

»Was ist mit ihr?«, fragte Hübner.

»Die holt ihn von der Schule ab. Er isst zu Hause.« Enno

dehnte das »zu Hause« verächtlich, dann fing er an, am Schrank hochzuspringen, um an die Maske zu gelangen.

Hübner ignorierte das. »Und du isst in der Schule.«

Enno blieb stehen und drehte sich um. »Natürlich.«

»Ist das Essen gut?«, fragte Hübner sehr neugierig.

»Na ja«, sagte Enno, dann fiel sein Blick auf Bettina und er fügte großzügig an: »Die Gemüselasagne ist toll. Und der Pudding. Und die Nudeln mit Fisch ess ich auch gern. Eigentlich kocht die Frau Kamal sehr gut. Sie ist ja auch eine Köchin.« Er schaute treuherzig. »Das ist ihr Beruf. Deswegen kocht sie gut. Aber Tinas Essen mag ich auch.«

Hübner lächelte. »Maurice«, sagte er dann.

»Ach der«, sagte Enno. »Der sagt, er hat jetzt einen neuen Papa. Das ist voll dumm. Ich hab ihm gesagt, er kann keinen neuen Papa kriegen, er kann nur einen Stief-Vater kriegen, so wie ich Tina gekriegt habe, sie ist eben meine Stief-Mutter. Ist doch klar. Meine Mama ist im Himmel. Und einen Papa hab ich nicht. Aber wenn Tina heiraten würde, hätte ich einen Stief-Vater. So wie Maurice. Aber Maurice hat gesagt, er soll nicht Stief-Vater sagen, sondern Papa, und sein neuer Papa ist auch toll, weil er ein Cabrio hat und Maurice ein Leichtmetallfahrrad für achthundert Euro gekauft hat und weil er ihm alles Käptn-Sharky-Zeug schenkt, was Maurice will, und das ist voll doof, weil Käptn Sharky was für Babys ist.«

»Käptn Sharky, wie sieht der aus?«, fragte Hübner.

»Ach, das ist so 'n Babykram«, sagte Enno. Und erreichte mit einem Satz die Krokodilmaske.

Nach der Stunde gab Hübner Enno was zum Malen und ging mit Bettina in eine leeres Nachbarbüro. »Wo ist denn Ennos leiblicher Vater?«, fragte er.

»Weiß ich nicht«, sagte Bettina.

»Sie haben überhaupt keinen Kontakt?«

»Er war gewalttätig«, sagte Bettina. »Wir sind froh, dass wir ihn los sind.«

Hübner reagierte darauf anders als erwartet. »Wie gewalttätig?«

»Er hat meine Schwester misshandelt.«

»Waren Sie dabei?«, fragte er.

»Dann wäre der Kerl jetzt tot«, sagte Bettina.

»Und Sie im Gefängnis«, sagte Hübner gelassen.

»Wer weiß«, sagte Bettina

»Wissen Sie, wie er heißt?«, fragte Hübner.

»Agazio«, sagte Bettina.

»Und weiter?«

Sie schüttelte den Kopf.

»Wo lebt er?«

»Vermutlich liegt er längst mit einem Klumpen Beton um die Füße in irgendeinem italienischen See. Der Typ war ein Verbrecher.«

»Er ist der Vater Ihres Sohns«, sagte Hübner, und sein Gesicht war so harmlos wie je. Er saß auf einem grauen Sessel vor einem unbenutzt aussehenden Schreibtisch, Bettina ihm gegenüber auf einem hölzernen Stuhl, das Zimmer war so leer, dass es fast schmerzte. Die Luft schmeckte nach Staub, und Bettina fragte sich kurz, ob Hübner vielleicht der einzige Angestellte dieser langen stillen Caritas-Niederlassung mit den vielen Türen war, der letzte menschliche Überlebende in einem Flur voller Geisterbüros. »Vielleicht sollten Sie ihn ausfindig machen.«

»Damit er mich schlägt?«

»Würden Sie das zulassen?«

Bettina verschränkte die Arme. »Glauben Sie, so jemand würde sich ändern? Und überhaupt, das hieße ja, meine Schwester war selber daran schuld, dass sie misshandelt wurde. Sie kennen sich mit gewalttätigen Personen wohl überhaupt nicht aus, was?«

»Ich kenne mich mit Geschichten aus«, sagte Hübner. »Und die von Ennos Vater hört sich an wie ein Märchen.«

Bettina erhob sich von ihrem Stuhl.

Hübner blieb locker. »Ich sage ja nicht, laden Sie ihn zum Kaffeekranz mit Ihren Kindern ein, Frau Boll«, winkte er ab. »Ich sage nicht mal: Reden Sie mit ihm. Ich sagte nur: Machen Sie ihn ausfindig. Sie sind doch Polizistin, oder?« Nun schlich sich ein winziges Lächeln in seine Augenwinkel.

Bettina sank auf ihren Stuhl zurück.

»Sie können herausfinden, wo er lebt. Und Sie können ihn sich ansehen. Aus der Ferne. Das geht, hab ich recht?«

»Vielleicht«, brummte Bettina.

»Enno braucht seinen Vater«, sagte Hübner ernst. »Oder eine bessere Geschichte von ihm. Und Sie haben es ja gehört: Ein Stiefvater ist kein Ersatz.«

Auf der Heimfahrt und während des Abendessens war Bettina so wütend, dass die Kopfschmerzen keine Chance mehr bei ihr hatten: Finden Sie Ennos Vater! Suchen Sie Ihrem gefährdeten Kind, das knapp vor einem Gewaltproblem steht, ein Vorbild, dem es nacheifern kann! Bringen Sie mehr Drama in Ihr Familienleben! Holen Sie Ihrem Sohn seinen Stalker zurück, den Sie mit Mühe und Not losgeworden sind! Tausend Dinge fielen Bettina ein, die sie Hübner hätte sagen sollen. Sie würde die Therapie abbrechen. Auf solche Tipps konnte sie verzichten. Das war ja genau der Grund, weshalb sie diese blöden Therapeuten so hasste: weil ihre Ratschläge niemals unverbindlich waren. Wer Termine ausmachte und hinging, um sich helfen zu lassen, konnte anschließend die Worte des Meisters nicht mehr unbeachtet lassen. Die setzten sich fest, man musste darauf reagieren, und sei es mit einem Wutanfall oder einem schlechten Gewissen. Auf jeden Fall kostete es Energie, und die kam Bettina gerade abhanden. Als die Kinder etwas später endlich im Bett lagen, saß sie eine halbe Stunde lang nur starr auf der Couch und betrachtete einen einzelnen Punkt auf Barbaras alter Italienkarte, einen kleinen Punkt irgendwo vor Neapel, im verblassten Blau des Mittelmeers, ganz weit weg.

Dann klingelte ihr Handy und Bettina hob nur müde den Kopf und sagte: »Nicht da.«

Doch es klingelte weiter und weiter, also holte sie es aus ihrer Tasche, ganz langsam, und es klingelte, und sie drückte den grünen Knopf und als Syra bellte: »Frau Boll!«, da stand sie fast stramm.

»Was macht der Herr Krampe?«, fragte Syra, ohne eine Begrüßung abzuwarten.

»Wird nervös«, sagte Bettina.

»Warum?«, fragte Syra.

»Ich bin mir nicht sicher«, sagte Bettina ehrlich. »Frau Syra, ich würde wirklich gerne nach Darmstadt fahren, um mir das Haus von Frau Krampe anzusehen. Bitte. Das halte ich für elementar.«

»Frau Boll«, sagte Syra, »wenn Sie kein Vertrauen in die Kollegen haben, können Sie diese Arbeit nicht machen. Sie bekommen sämtliche Berichte. Das reicht. Konzentrieren Sie sich auf die Bibliothek.«

Bettina seufzte. »Ich kann dort nichts ausrichten«, klagte sie. »Ich finde kaum einen Vorwand, um hineinzukommen. Ich habe mit Herrn Krampe über die Bombe gesprochen, und ich habe ihm gesagt, dass sein Ovid-Manuskript vielleicht bald dahin zurück muss, wo es her war, und beides hat ihm nicht gefallen, aber Informationen hat das nicht gebracht. Er hat sich nur komisch benommen. Wenn ich wirklich rauskriegen soll, was passiert ist, muss ich raus aus der Bibliothek und mit den Leuten in Darmstadt reden. Ich will das Haus sehen. Ich will mir die Kiste angucken, in der der Sprengsatz lag.«

»Sie bleiben in der Bibliothek.«

»Ich weiß nicht, was ich dort soll«, sagte Bettina heftig, und es war ihr egal, dass sich das aufsässig anhörte. Sie war so müde und genervt, dass sie ein Rausschmiss beim BKA auch nicht mehr geschockt hätte. »Ich kenne mich mit all dem Bücherkram nicht aus, ich stehe die meiste Zeit total dumm da, ich kriege ständig die Türen vor der Nase zugeschlagen, und ich habe nicht das kleinste Druckmittel gegen irgendwen. Im Grunde fahre ich dorthin, werde rausgeschmissen, fahre wieder nach Hause und das war's.«

Syra blieb längere Zeit stumm. Jetzt isses vorbei, dachte Bettina und ärgerte sich doch über ihre Ehrlichkeit, jetzt wird sie sagen, na gut, wenn Sie selbst meinen, dass Sie fehl am Platze sind …

»Sie sollen«, sagte Syra da überraschend freundlich, »genau das tun, was Sie gerade machen, Frau Boll. Sie sollen anwesend sein, sich umgucken und ein bisschen bohren. Mehr wollen wir gar nicht von Ihnen. Sie sind doch nur eine Halbtagskraft. Sie müssen den Fall nicht alleine lösen. Sie sollen sich mit den Ermittlungsergebnissen beschäftigen und zusehen, dass wir keine naheliegenden Verbindungen übersehen. Das mit dem lateinischen Sternbild, Frau Boll, das machen Sie mit der gesamten Akte. Deswegen kriegen Sie die ja. Das Lesen schaffen Sie in einem halben Tag, oder nicht? Außerdem sollen Sie noch den Herrn Krampe im Auge behalten und ihn ein wenig unter Druck setzen. Das scheint bislang alles hervorragend zu klappen. Frau Ballier ist voll des Lobes über Sie.«

»Tatsächlich?«, sagte Bettina.

»Frau Boll«, sagte Syra, »ich weiß, vorher haben Sie selbständig Ermittlungen geleitet, und es ist nicht leicht, so eine Verantwortlichkeit wieder abzulegen, aber trauen Sie sich wirklich zu, meine Arbeit zu machen?«

»Im Moment nicht«, sagte Bettina finster. Am anderen Ende der Leitung hörte sie ein kleines Hüsteln, das fast belustigt klang. »Wie haben Sie denn den ehemaligen Standort des Manuskriptes gefunden?«, fragte Bettina rasch, bevor Syra einfach wieder plötzlich auflegen konnte.

»Wir prüfen das noch«, war die Antwort. »Aber die Spur ist vielversprechend.«

»Und wo führt sie hin?«, fragte Betina.

»Vermutlich in eine kleine Bereichsbibliothek der *Sapienza*, das ist die größte Universität von Rom.«

Etwas raschelte am anderen Ende. Bettina fragte sich plötzlich, was Syra gerade machte. Vielleicht saß sie auf einer warmen Piazza, trank einen Cappuccino und wickelte einen Keks aus? Oder sie hockte in einem kahlen Hotelzimmer und zog ein billiges Sandwich aus Cellophan? Bettina hätte nicht entscheiden können, was wahrscheinlicher war. »Wie sind Sie darauf gekommen?«

»An diesem Fall arbeiten viele fähige Leute, Frau Boll.« Es raschelte wieder. Bettina war plötzlich überzeugt, dass Syra alleine war. Die Frau Kriminalrätin saß in einem Hotelzimmer oder einem Taxi zum Flughafen und langweilte sich. Sonst würde sie nicht auf diese Art mit Bettina reden. »Wir haben herausgefunden, dass Georg und Elisabeth Krampe im Sommer 1966 nach Rom gereist sind. Es war ihre Hochzeitsreise. Krampe war damals noch freier Journalist. Er arbeitete für verschiedene Zeitschriften.«

»Aha«, sagte Bettina.

»Es sieht so aus, als hätte Krampe einen Rechercheauftrag vom *Spiegel* gehabt. Man weiß nicht, worum genau es ging und was daraus wurde. Uns interessiert sowieso nur, dass er sich damals mehrere Male mit einem Interviewpartner in dieser Bibliothek getroffen hat. Ich war heute dort. Die Räumlichkeiten sind erhalten. Bis vor zwanzig Jahren gab es einen kleinen Handschriftensaal ohne ständige Aufsicht. Der war ideal für konspirative Treffen. Still und einsam. Wer rein wollte, musste nur seinen Ausweis vorlegen. Die Bücher wurden nicht groß geschützt, denn die Bibliothek war schwach frequentiert. Öffentlich, aber klein und praktisch nur Universitätsangehörigen bekannt. Der Bestand ist auch nur selten geprüft worden. Erst 1968 wurde nach einer Inventur Strafanzeige wegen Diebstahls gestellt, weil seit ungewisser Zeit ein kleiner, pergamentgebundener Psalter aus dem dreizehnten Jahrhundert fehlte. Im Archiv der Bibliothek existiert heute noch ein Durchschlag der Anzeige. Ich hab ihn kopiert. Der damalige Bibliothekar hat sich die Mühe gemacht, alle gemeldeten Besucher des Handschriftensaals aufzulisten – für fünf Jahre! Die Liste ist eindrucksvoll. Und raten Sie, welcher Name draufsteht.«

»Wahnsinn«, sagte Bettina, ohne zu raten. »Wie konnten Sie das herausbekommen? Sie haben die Nadel im Heuhaufen gefunden.«

»Wir haben unsere Mittel«, sagte Syra.

»Georg Krampe hat das Buch gestohlen.«

»Vermutlich.«

»Und Gregor hat es an sich selbst geschickt.«

»Beweise sind das aber noch nicht, Frau Boll.«

»Soll ich ihn darauf ansprechen?«

»Sonst würde ich es Ihnen nicht erzählen.«

Der Satz dämpfte Bettinas Begeisterung. Die interessanten Sachen bekam sie vermutlich erst gar nicht gesagt. »Man fragt sich allerdings, was die Bombe sollte«, sagte sie etwas angefressen.

Syra seufzte. »Glauben Sie immer noch, dass Gregor Krampe nichts damit zu tun hat?«

»Ich kann mir nicht vorstellen, was er davon hätte.«

»Seine Mutter kannte das Buch sicher, wenn es so lange in ihrem Haushalt herumlag. Vermutlich wusste sie vom Betrug ihres Sohnes. Vielleicht drohte sie, ihn auffliegen zu lassen.«

»Das wäre ganz schön fies für eine Mutter. Und sie würde sich selbst mit reinreißen.«

»Meine Mutter«, sagte Syra in demselben trockenen Ton wie zuvor, »hat mich einmal mit einer gestohlenen Puppe in unseren Spielzeugladen gebracht, und ich musste vor allen Kunden zugeben, was ich getan hatte. Unsere Stadt war sehr klein. Danach wussten alle, dass ich eine Diebin war, und wir sind nie wieder in diesen Laden gegangen, obwohl es das einzige Spielzeuggeschäft weit und breit war.«

Bettina traute sich nicht zu antworten. Schließlich räusperte sie sich und trat die Flucht nach vorn an: »Aber wenn das Buch wirklich aus dieser römischen Bibliothek stammt, hat nicht Gregor Krampe es gestohlen.«

»Möglicherweise hat sich Elisabeth erst später zusammengereimt, was geschehen war. Und als ihr Sohn Nutzen aus der Unmoral seines Vaters ziehen wollte, gefiel ihr das nicht.«

Gegen diese Deutung konnte Bettina wenig vorbringen. »Und was ist mit der Postkarte?«, fragte sie unzufrieden.

»Die Karte«, erwiderte Syra, »war ja nicht direkt bei der Bombe, Frau Boll. Was da zusammengehört, ist noch die Frage. Aber sie ist in der Tat interessant. Auch wegen dem Bild, das vorne drauf ist. Ostia, das ist praktisch ein Vorort von Rom.«

»Dann stammt sie vielleicht von der Person, die sich damals mit Georg Krampe in der Bibliothek getroffen hat«, sagte Bettina. »Als Liebesgruß und Souvenir.«

»Sie ist an Elisabeth Krampe adressiert«, antwortete Syra trocken. »Und in Würzburg abgestempelt.«

Da hatte Bettina einen Geistesblitz. »Ha!«, rief sie. »Ich wette, sie ist von dieser fränkischen Wahrsagerin.«

* * *

Lisa träumte. Manchmal waren die Schmerzen jetzt ganz fort, dann galt es, möglichst lange den Meeresgeruch und die Möwenschreie und das Rauschen festzuhalten. Das Ufer dieser nahen See war ihr Ausgangspunkt, hier sollte sie nackt und neu beginnen. Diesmal schaffte sie es, den Atem leichter kommen zu lassen und die Augen, ja, anzuschalten. Schauen konnte man es nicht nennen. Es handelte sich um eine Art Innensehen, ein Erkennen durch die geschlossenen Lider hindurch, ein Filtern schwärzester Erinnerungen, bis sie einen grauen Himmel erkannte, verblasst vom Alter wie eine Postkarte, er wurde heller und blauer und er hatte einen Horizont. Da merkte Lisa, dass sie nicht lag, sondern stand, sie sah Wasser und die Luft darüber, ein stilles Meer unter einem bleiernen Himmel, und sie trug ihr schönstes Kleid, das rote mit den Tupfen.

* * *

»… vielleicht möchte diese Oberhuber ja wirklich nur ein Mordsaufsehen und mit einem berühmten Namen Geld verdienen«, schloss Bettina, die inzwischen *Johnny Montes' erste Mission* aus seiner braunen Tüte geholt hatte und das Buch von allen Seiten betrachtete, während sie Syra die Fernsehdiskussion mit Krampe und Oberhuber schilderte. »Aber ich hatte die ganze Zeit das Gefühl, dass diese Frau, na ja, spielt, verstehen Sie? Da war irgendwas zwischen ihr und Krampe, was Persönliches. Das mit dem verrückten Buch, das ihr angeblich vom alten Krampe aus dem Jenseits eingegeben wurde, ist natürlich *strange,* aber viel komischer war die Frau selber. Mit der stimmt irgendwas nicht.«

Am anderen Ende der Leitung klapperte etwas, dann hörte Bettina eine leise Tonfolge, die vermutlich bedeutete, dass Kriminalrätin Syra ihren Computer hochfuhr. »Oberhuber, Oberhuber«, sagte sie ziemlich laut in den Hörer. »Diesen Namen kenne ich. Die haben wir, glaube ich, überprüft. Ein anderer Kollege hat die Sendung auch gesehen. Haben Sie das nicht in der Akte?«

Bettina ließ das Buch fallen und eilte in die Küche, wo sie die Papiere auf dem Küchenschrank deponiert hatte. »Ich glaube nicht, aber ich schau mal«, sagte sie.

»Da«, sprach Syra indessen. »Ich hab sie. Anna Oberhuber, wohnhaft in Haßfurt am Main, das ist in –«

»Franken«, sagte Bettina, die inzwischen alle Papiere aus der Akte hektisch über den Küchentisch verteilt hatte, ohne eine Spur von Anna Oberhuber zu finden.

»Genau«, sagte Syra. »Alleinstehend, kinderlos, Besitzerin eines Biohofs, außerdem tätig als freie Autorin und Persönlichkeitstrainerin, erkennungsdienstlich behandelt, vorbestraft wegen Inanspruchnahme und Begünstigung von Schwarzarbeit und Steuerhinterziehung in minderschwerem Fall, es wurde auch mehrfach gegen sie ermittelt wegen Betrugsverdachts. Also sie scheint das sein, was sie vorgibt, Frau Boll.«

»Tja, schade«, sagte Bettina, die immer noch fieberhaft in den Papieren suchte. »Aber vielleicht sollte man doch mal mit ihr reden. Ich könnte das über–« Sie fand das gesuchte Blatt und überflog es.

»Frau Boll?«, fragte Syra und raschelte wieder.

»Ich hab hier einen richtigen Meldebogen von Frau Oberhuber«, sagte Bettina erstaunt. »Haben Sie das auch? Mit Angehörigen und allem?«

»Ich bin in der *Polis*-Datei.«

»Da sehen Sie das aber auch.«

»Was?«, fragte Syra kauend. Sie dinierte wohl tatsächlich allein in ihrem Hotelzimmer.

»Ihren Geburtsort!«

Eine Pause entstand. Dann sagte Syra: »Langsam werden Sie mir unheimlich, Frau Boll.«

»Anna Oberhuber, geborene Ritrovato«, las Bettina. »Geboren 1959 in Rom, Italien. Staatsbürgerschaften: deutsch und italienisch bis zu ihrem achtzehnten Lebensjahr, danach gab sie die italienische auf. Eltern: Corinna Oberhuber und Vespasiano Ritrovato, Geschwister: Angelina Ritrovato. 1968 kam Anna mit ihrer Mutter in die Bundesrepublik. Zu der Zeit wurde ihr Name in Oberhuber geändert, und sie behielten dieselbe Adresse bis zu Corinna Oberhubers Tod vor vier Jahren.«

»Ja«, sagte Syra in einem komischen Tonfall. »Sie sagten, Sie haben den Meldebogen?«

»Genau. – Morgen fahr ich nach Haßfurt und rede mit ihr«, erklärte Bettina spontan.

»Sie fahren morgen nach Rosenhaag und bleiben sonst brav bei Ihren Kindern, Frau Boll«, sagte Syra. »Erstens werden Millionen von Menschen in Rom geboren. Auch Deutsche. Und zweitens kann ein Kollege vor Ort die Befragung von Frau Oberhuber erledigen. Wir sind schließlich das BKA. Unsere Verbindungen reichen bis nach Bayern.«

Nachdem Syra das Telefonat beendet hatte, war Bettina so fahrig, dass sie sich mitten in der Küche eine Zigarette ansteckte, obwohl sie eigentlich schon ewig nicht mehr in der Wohnung rauchte. Sie merkte es erst, als ihr plötzlich ein Aschenbecher fehlte. Da nahm sie kurzerhand dem Basilikum den Untersetzer weg und stellte ihn vor sich auf den Tisch. Anschließend sortierte sie sorgfältig die Akte neu und rauchte noch drei Zigaretten dabei. Sie ging einen Stapel weiterer Personenbeschreibungen durch, doch entdeckte nichts von Belang. Dann dachte sie kurz darüber nach, die gesamte Küche aus- und wieder neu einzuräumen, um zumindest einen Raum gründlich nach alter versteckter Munition abgesucht zu haben, doch diese Arbeit schien ihr dann doch zu gewaltig für eine schlaflose Nacht. Außerdem ließ sie eigentlich nichts Gefährliches herumliegen. Enno hatte ihr gebeichtet, er habe eines Nachts den Schlüssel zu dem kleinem Stahlspind genommen, in dem Bettina ihre Waffe verschloss, und sich so mit Patronen bedient, und leider war das eine Möglichkeit, die ihm Bettina nur schwer nehmen konnte, denn wo immer sie auch etwas einsperrte, den letzten Schlüssel musste sie doch bei sich behalten, und im Schlaf konnte sie darauf nicht aufpassen. Heute aber war zumindest das nicht ihr Problem: Sie saß hellwach da und konnte nur auf den Morgen warten. Ergeben nahm sie ihre letzte Zigarette aus dem Päckchen, legte sie vor sich auf den Küchentisch, um jederzeit die Gewissheit zu haben, dass noch Nikotin vorhanden war, dann schaltete sie das Radio ein, stellte es leise und griff sich *Johnny Montes' erste Mission*. Wenn sie Anna Oberhuber schon nicht besuchen durfte, dann würde sie wenigstens ihr Buch lesen und auf die Art ein Gefühl für die Frau bekommen.

Sechs

Der nächste Morgen begann sowohl für Bettina als auch für Gregor Krampe an einem Küchentisch: Bettina dämmerte mit dem Kopf auf dem schwarz glänzenden Schmöker und wurde geweckt, als ihre süße Sammy sie am Ärmel zupfte, um dann einfach schlaftrunken auf Bettinas Schoß zu klettern. Gregor dagegen war mitten in der Nacht aufgewacht und tigerte seither zwischen der Couch und seiner unbenutzten Junggesellen-Edelstahl-Kochnische auf und ab und ruhte nur zuweilen an der hohen Frühstücksbar, um einen Schluck aus einer schweren Mokkatasse zu nehmen. Er hatte fertig gepackt, die Tickets organisiert und musste nur noch die Zeit bis zur Abfahrt totschlagen. Trotzdem war Gregor nervös und ungeduldig und hätte am liebsten sein Gepäck genommen und wäre raus auf die Straße gerannt. Er musste etwas tun, um nicht zu denken. In dieser Nacht hatte er von Johnny Montes geträumt, dem blonden, pfiffigen Johnny, der nie versagte. Johnny hatte ihm ungefragt mitgeteilt, dass *er* die süße Bianca rumgekriegt hätte. Und auch wie: Er hätte sie gepackt und ganz fest gehalten. Das funktionierte immer. Die kleine Zicke hätte in seine Arme sinken *müssen*. Bestimmt hätte sie sich gewehrt, doch das taten sie alle. Er hätte ihr sein zynisches Agentenlächeln entgegengehalten und seine Lippen fordernd auf ihre gedrückt und dann hätte Gregor mal sehen sollen, was da passiert wäre! Eine Sorge weniger, eine Weide mehr abgegrast.

Sehnsüchtig dachte Gregor an die ferne Bianca, die nicht seine war, die charmanteste Frau, das Luftwesen, und er hielt sich den Kopf. Johnny Montes war eine verdammte Landplage.

Genau dasselbe sagte sich zur gleichen Zeit auch Bettina, deren sämtliche Glieder von der Nacht am Tisch schmerzten. Hundert Seiten hatte sie mit Johnny Montes verbracht, und sie hatte ihn nicht lieb gewonnen. Er dachte komische Dinge. Er sagte Sachen wie: »Gnädigste« und »Flossen hoch«, er explodierte ständig vor Lust, ließ seine Gegner unter ihrer Sonnenbräune erbleichen, dann wieder wurde er sentimental angesichts endloser Sonnenuntergänge am Meer, die »wunderschön« und »magisch« waren, aber von einer unterschwellig unbehaglichen Atmosphäre getragen wurden. Und schließlich war da noch das kleine Mädchen, eine gewisse Angelina, die von Johnny aus der tosenden Brandung des Tyrrhenischen Meers gerettet wurde, ein blondes, altkluges Wunder von vier Jahren, die immerhin ihre lichten Momente hatte, wenn sie zum Beispiel zu Johnny sagte: »Du riechst aus dem Mund!« Das war mal ein authentischer Satz, den eine Vierjährige bedenkenlos jedem noch so aufgeblasenen Schnösel vor den Latz knallen würde! Andererseits riss das Thema Körperausdünstungen eben nicht unendlich lange mit, auch wenn es sich um die gleichsam veredelten eines Superagenten handelte. Und kein Mundgeruch der Welt konnte einen Kerl, der nur mit gezogener Knarre oder herabgelassener Hose auftrat, liebenswerter machen, fand jedenfalls Bettina. Sie schickte Sammy Zähne putzen, räumte das Buch fort, gähnte und schüttelte die Nacht ab. Dann schaltete sie die Kaffeemaschine an und deckte den Frühstückstisch.

Gregor indessen schaltete seine Kaffeemaschine aus. Die Lösung war einfach: Er würde das Haus verlassen. Er hielt das Warten nicht aus, also musste er gehen. Er brauchte bessere Luft und besseren Kaffee und eine dicke Zeitung, dann saß er nicht wie bestellt und nicht abgeholt am Fenster herum. Er schnappte sich seinen Mantel, seinen Schlüssel und sein Portemonnaie und ging hinaus auf die kalte Straße.

Nach der langen Nacht fühlte Bettina sich wie unter einer Glasglocke. Erstaunlicherweise machte das aber die täglichen Verrichtungen einfacher: Die Kinder waren folgsamer, der Taunus machte keine Mucken beim Anspringen, und im Büro waren Bettinas Tisch und Fensterbank und sogar ihre Wand wunderbar aufgeräumt, beziehungsweise in dem Zustand, der vor Nessa Kaiser geherrscht hatte. Auch die Kollegin selbst fehlte. Umso eiliger suchte Bettina aus der untersten Schublade eine alte abgewetzte Tasche für ihren neuen Computer und ging, um Mona, der Sekretärin, mitzuteilen, dass sie mit ihrem Laptop nun alle wichtigen Dateien mobil empfangen konnte. Anschließend fuhr sie unter einem riesigen Himmel durch eine helle Landschaft, die ihr in der Ferne vor den Augen verschwamm.

Draußen dann im engen Wald vor dem Kloster Rosenhaag ließen die Gefühle der Taubheit und des Schwimmens ein wenig nach. Die Luft hier war so kalt, dass sie in die Lungen schnitt, doch anders als zuvor wärmten nun zumindest die Sonnenstrahlen, und über den schwarzen Baumgerippen lag ein kaum merklicher hellgrüner Schein. Vor dem Kloster herrschte rege Tätigkeit, der Bagger brummte, verschiedene Lieferwagen standen auf dem Besucherparkplatz, Männer schleppten Pakete, der Wagen eines Elektroinstallateurs stand eng neben den Vector gequetscht, und Frau Ballier entstieg soeben gemessen einem geräumigen alten Benz.

»Da ist die Party«, sagte sie zu Bettinas Begrüßung, sowie die in Hörweite war, und wies auf die Lieferanten.

»Das sieht sogar nach einem rauschenden Fest aus«, sagte Bettina, die beiseitetrat, um drei Männern mit einem riesigen, in Noppenfolie verpackten Sofa Platz zu machen.

»Sind Sie denn auch eingeladen, Frau Boll?«

»Tja.« Bettina blickte den Monteuren hinterher. »Ich weiß

nicht recht. Ich denke schon. Ja, in der Tat. Ich bin eingeladen.«

Ballier sah sie seltsam an und schnaufte ein wenig. »Komm, Liesel. Wollen mal sehen, ob wir heute zusammen reindürfen.«

Der Dackel wurde wie üblich ausgeschlossen, doch Ballier und Bettina hatten keine Probleme, in die Bibliothek zu gelangen, denn vor all den fremden Möbelpackern wirkten sie fast wie Teil der festen Belegschaft. An der Tür wurden sie von der hübschen Marny freundlich und etwas zerstreut begrüßt und fraglos einer anderen Dame übergeben, die sie ohne weitere Umstände durch die Schleuse in den langen gläsernen Bücherschlauch führte. Dort wurden sie gebeten, im vorderen Lesebereich Platz zu nehmen und zu warten. Herr Krampe verspäte sich. Ballier nickte, packte sofort ein Buch aus und machte es sich in einem Sessel mit Blick auf die Eichen bequem. Bettina hingegen stand unschlüssig herum mit ihrer schweren Tasche und dem Kopf voller Montes'scher Abenteuer. Nicht zum ersten Mal verfluchte sie diese Bibliothek und Syra, die ihr nicht erlaubte, nach Darmstadt oder Haßfurt zu fahren, um die Arbeit zu machen, die sie konnte. Und Ballier verfluchte sie auch. Die linste so spöttisch über ihren Buchdeckel zu ihr hinüber. Möglichst würdevoll legte Bettina ihre Tasche auf einen freien Tisch und packte ihren Computer aus. In der Tischplatte war eine Steckerleiste mit Telefonanschluss eingelassen. Belauert von Balliers Blicken schloss sie das Laptop an, so wie Ansperger es ihr gezeigt hatte. Und siehe da: Es funktionierte. Alles lief wie geschmiert. Und da ihr sonst nichts einfiel, las Bettina, vermutlich zum ersten Mal in ihrer Karriere, die kompletten Tagesmeldungen von vorne bis hinten durch.

* * *

Es war zehn Uhr vormittags, der Hof soeben gekehrt, da bretterte ein schwarzer BMW mit Wiesbadener Kennzeichen mitten hinein in die Hühnerschar, die friedlich vor Anna Oberhubers Küchentür gescharrt hatte. Gackernd stob das Federvieh auseinander, das Auto hielt an, und ihm entstieg ein kleiner Mann mit schütterem braunem Haar. Er sah sich um und setzte schnell eine Fliegersonnenbrille auf, die er in dem schattigen Hof nicht brauchte, jedenfalls nicht, um seine Augen vor Licht zu schützen. Anna wich von ihrem Küchenfenster zurück, hinter dem sie den Einzug des Fremden beobachtet hatte. Ein Klient war das nicht, auch kein Journalist. Dieser Typ sah aus, als wollte er ihr Haus versteigern. Ungeniert wanderte er umher und blieb kurz vor der großen rostigen Stahlskulptur einer dicken Frau stehen, die Anna ihrer Kundschaft zuliebe vor dem Haupthaus aufgestellt hatte, vermutlich taxierte er deren Wert. Dann betrachtete er die dezenten handgeschriebenen Schilder, auf denen Anna ihre hausgemachte Biobutter, den Quark und einen sehr guten Silvaner von einem benachbarten Winzer bewarb. Vielleicht doch ein Kunde?, dachte sie ohne große Hoffnung. Da drehte er sich um und kam stracks auf die Küchentür zu. Anna erschrak und verzog sich weiter in den rückwärtigen Teil des Raums. Kein Kunde. Vielleicht ein neuer Gerichtsvollzieher? Nun hieb er energisch gegen die verschlossene Tür. Annas Herz klopfte ebenfalls heftig. Sie blieb im Schatten ihres Fliegenschranks stehen und öffnete nicht.

* * *

Die erzwungene Ruhe im Glasraum unter den Eichen machte Bettina schläfrig. Nach der Nacht. Und wieder grub etwas hinten in ihrem Kopf herum. Irgendeine wichtige oder auch nur besonders vorwitzige Information dümpelte ganz unten in den Tiefen ihres müden Gehirns und sandte SOS. Doch Platz für sie schaffen und gar nichts denken ging auch nicht, dann würde Bettina hier mitten im Raum einschlafen. Eine Weile sinnierte sie also über die Meldung von einem Einbruch in eine Molkerei bei Lautringen – wer machte denn so was? – und merkte erst nach Minuten, dass sie denselben Satz schon mehrere Male gelesen hatte, ohne ihn überhaupt wahrzunehmen: »Die Täter entkamen ungesehen.« Das durfte nicht ihr Omen für diese Ermittlung werden. Bettina stand auf, streckte sich und ließ die

Schultern kreisen, dann setzte sie sich wieder hin. Sie hatte noch Arbeit. Sie rief die *Polis*-Seite auf und tippte *Marc Schneider* ein, den blonden Bauarbeiter hatte sie gestern vernachlässigt. Doch Marc Schneider hatte keine Polizeiakte. Arbeit erledigt.

Bettina seufzte so tief, dass Ballier aufblickte. Rasch beugte sie sich wieder über den Monitor und tippte weiter: *Anna Oberhuber*, das war der erste Name, der ihr einfiel. Von der Wahrsagerin wusste das Programm einiges, allerdings nicht mehr als Bettina. Die spröde Maschine gab einfach keine persönlichen Details weiter. Es existierte nur eine einzige Person, über die Bettina hier noch etwas herausbekommen konnte. Und an diese Person wollte sie nicht denken. Doch nach ein paar weiteren leeren Minuten in dem stillen Raum sagte sich Bettina, dass sie Agazio ja tatsächlich nicht aufsuchen musste. Nur ansehen. Zögernd tippte sie seinen vollen Namen ein. Denn natürlich wusste sie den noch, sogar seine ehemalige Anschrift, seinen Ex-Arbeitsplatz, alles. Genau dieselbe Überprüfung hatte sie schon einmal gemacht, vor Jahren, als der finstere Italiener Tag und Nacht um Barbaras Wohnung geschlichen war und sie zermürbt hatte. Eines Tages hatte Bettina sich den Typen heimlich geschnappt, ihm die Pistole auf die Brust gesetzt und seinen Namen erfahren, den Barba nicht rausrücken wollte. Etwas so hart Erkämpftes vergaß man nicht. Und Agazio würde sie zumindest wach halten.

* * *

Der Mann aus Wiesbaden ging nicht. Er wanderte durch den Hof, riss Türen auf, schaute in den Stall zu den Kühen und würde demnächst den Weg ins Haus finden. Aber in ihrer Küche konnte Anna ihn nicht empfangen. Diesem siegesgewissen Fremden musste sie es schwer machen. Der sollte im Seminarraum mit ihr reden. Anna fuhr sich mit der Rechten durch die blonden Haare, zog ihre Arbeitshose zurecht – Umziehen ging jetzt nicht mehr – und verließ das Haupthaus durch den Keller. Der war eng, aber weitläufig, ein rechtes Labyrinth, er führte unter dem ganzen Gehöft hindurch. Eine sehr steile, baufällige

Treppe im allerhintersten Teil brachte sie hoch in die ehemalige Werkstatt auf der anderen Seite des Hofs. Anna wischte sich die Spinnweben aus dem Gesicht, öffnete eine kleine verzogene Tür und stand in einem halbdunklen Raum, der einen Esstisch, mehrere Stühle und einen wuchtigen Schrank enthielt. Alle diese Möbel waren sehr alt und hätten im Tageslicht einer modernen Wohnung schäbig ausgesehen, hier jedoch in der Düsternis des kleinen Anbaus und auf dem durchgelaufenen Steinfußboden wirkten sie edel und sogar ein wenig einschüchternd.

Draußen brüllte der Fremde: »Hallo! Ist da wer?!«

Schnell schaltete Anna einen Elektroheizkörper an und entzündete eine der vielen Kerzen auf dem Tisch. Dann ging sie und öffnete die Tür. Ohne hinzusehen, sagte sie ruhig in den Hof: »Kommen Sie doch herein! Ich habe Sie erwarrtet!«

Rasch begab sie sich zum Kopfende des Raums, wo das Waschbecken hing. Als der Fremde, nun nicht mehr ganz so forsch, endlich den Kopf zur Tür hereinstreckte, drehte sie das Wasser auf und wusch sich mit professionellen Bewegungen die Hände. Seltsamerweise wirkte diese kleine Geste ausgesprochen respekteinflößend, auch bei ganz schwierigen Klienten. Und sogar der unbefangene Fremde wagte nun nicht mehr, sich allzu ungeniert umzuschauen.

»Frau Oberhuber?«, fragte er.

»Schließen Sie die Tür«, befahl Anna.

Er gehorchte.

»Setzen Sie sich.« Sie sah ihn nicht an, trotzdem tat er wie geheißen. Er wählte sogar freiwillig den schlechtesten Platz, mit dem Rücken zur Tür. Anna fühlte sich jetzt viel ruhiger. Sie trocknete ihre Hände ab, ging zum Tisch, setzte sich und blickte ihm fest auf seine dunkle Brille. »Sie sind voller Frragen«, sagte sie ruhig.

»Ach, kommen Sie«, erwiderte der Mann gereizt. »Lassen Sie den Hokuspokus. Kriminalkommissar Jaecklein vom BKA. Falls Sie Frau Oberhuber sind, hätte ich tatsächlich Fragen an Sie.«

* * *

Agazio Maldestro war offiziell ein fast unbeschriebenes Blatt, und Bettina glaubte nach wie vor nicht daran. Doch das *Polis* gab auch über ihn nichts Neues her, nur ein altes Delikt, das Bettina ebenfalls schon kannte: *Erschleichen von Leistungen*, das konnte von Schwarzfahren im Zug bis zum unberechtigten Kassieren von Sozialhilfe alles Mögliche sein und klang so gar nicht nach dem fiesen Agazio. Die Überprüfung seiner alten Adresse ergab nur, dass er Deutschland vor knapp zwei Jahren verlassen hatte. Vermutlich war er nach Italien zurückgekehrt. Der Typ wurde wider Erwarten nicht gesucht. Und das war's, dachte Bettina. Vorbei. Niemals würde sie Agazio Maldestro treffen, und ihr kleiner Enno erst recht nicht. Der Mann würde seine armselige Existenz anderswo und ohne sein Kind fortsetzen. Er würde keine Gelegenheit bekommen, Enno etwas zu tun.

Von Balliers Sessel hörte Bettina einen kleinen Schnarcher. Das machte sie selber müde. Die Zeit schlich, die Bücher im Gang lachten sie aus, Krampe kam nicht, sie saß hier untätig mit einem ungeklärten Fall, ihr Privatleben war dürftig, ihre Erziehung ein Chaos und Agazio Maldestro ein Gespenst, an das sie sich tatsächlich nicht mehr richtig erinnern konnte. Sie blickte sein Bild auf dem Computerbildschirm an, dort wirkte er schmal und düster und fremd. Nie hätte sie ihn wiedererkannt. Für sie war er nur der kleine zitternde Wicht, dem sie die Knarre an die Brust gehalten hatte. Er hatte ihrer Schwester Schlimmes getan, jawohl, so wie all die anderen.

Leider aber wusste Bettina nicht mehr, was genau Agazio Böses verbrochen hatte, da hatte der farblose Hübner fatalerweise recht. Barbas Männer hatten so schnell gewechselt. Sie waren Nichtsnutze gewesen, allesamt. Der Schlimmste war John, der Vater von Sammy. Er *hatte* Barba geschlagen, Bettina war dabei gewesen. John konnte einer Frau aus dem Stand mit aller Macht ins Gesicht treten, und er hatte es getan. Bei Bettina. Sie hasste es, daran zu denken. Vermutlich war es sogar ein Glück, dass sie an diesem Tag ihre Pistole nicht bei sich gehabt hatte, denn dann hätte sie gezogen und gezögert zu schießen, und dann hätte das Biest sich die Waffe geschnappt und in wüster Raserei ein Blutbad angerichtet. Dann wären sie alle gestorben, Bettina, Barba und die Kinder dazu. Die Begegnung mit John war das Brutalste, was Bettina je persönlich erlebt hatte. Sie waren ihn losgeworden, doch ohne Pulsrasen und Schweißausbrüche konnte sie nicht daran denken. Und sie mochte keinesfalls daran denken, niemals. Er war eins dieser bösen gleißenden Lichter in der Seele, die man nicht anrühren durfte. Doch nun tat sie es und erkannte, dass sie mit John auch die Erinnerung an seine Nebenmänner fast ausgelöscht hatte. Seinetwegen war Agazio nur eine weitere Gefahr gewesen, ein Name, den sie aufgeregt in Erfahrung gebracht hatte, eine Straße, ein Ort, ein kleines Vorstrafenregister und – wie sie jetzt erst merkte – höchstens ein mutmaßlicher Säufer, Schläger, Kleinkrimineller und Versager. Sie wusste es nicht wirklich. Bettina dachte an Ansperger und seinen bretonischen Langustenfischer. Wenn sie richtig beim BKA wäre, dann könnte sie Agazio in Italien suchen. Er war es nicht wert. Das ahnte sie. Aber wenn sie ihn fände, dann wüsste sie es sicher.

* * *

»Wieso möchten Sie des wissen?«, fragte Anna im Ton einer Therapeutin, die einem verwirrten Patienten auf die Sprünge half. Ihre Augen hielt sie gesenkt. Sie saß in dem alten Lehnsessel am Kopfende des Tischs. Die Atmosphäre war entspannt, obwohl Kommissar Jaecklein sich ungeduldig gerierte. Doch seine Bewegungen waren nicht mehr so schroff, und er lehnte sich auf seinem Stuhl zurück.

»Sind Sie irgendwann im Lauf der letzten Woche in Darmstadt gewesen?«, wiederholte er seine Frage.

»Nein«, sagte Anna. Dann fügte sie träumerisch an: »Darrmstadt, des ist in Rheinland-Pfalz, oder?«

»Hessen«, sagte Jaecklein unwillig. »Wo waren Sie denn am Samstag, dem zwölften? Was haben Sie an diesem Tag gemacht?«

Anna erklärte, sie sei am Freitag spätabends aus Leipzig gekommen, besser gesagt samstagmorgens, dann schilderte sie das Kühemelken in der Frühe und ließ kein Tier aus, dem sie tagsüber begegnet war. Klienten hatte sie auch gehabt. Ihr Terminkalender könne es beweisen. »Aber da muss ich Diskrretion walten lassen«, sagte sie ernst. »Die Leute haben ein Vertrrauensverhältnis zu mir. Des is fei sensibel, bevor ich Ihnen da Namen nenne, müssen Sie mir schon erklärrn, wozu ich des Alibi überhaupt brrauche.«

Kurz wurde die Fliegerbrille runtergeschoben, ein knapper Blick über den Rand streifte Anna, hier im Seminarraum war es viel zu dunkel, um damit zu sehen, doch Kommissar Jaecklein hielt sich lieber bedeckt. Schon saßen die Gläser wieder am alten Platz. Unsicher, dachte Anna.

Nun zog er eine Farbkopie aus seiner Aktenmappe, stand auf und legte sie vor ihr auf den Tisch. »Kennen Sie diese Postkarte?«, fragte er.

Anna fand sich gut. Sie war völlig beherrscht. Nur ihre Hand zitterte ein wenig, als sie nach dem Papier griff. »Ich hab fei meine Brrille net da«, sagte sie und hielt sich die Kopie dicht vor die Augen.

»Ist auch ein bisschen dunkel hier«, sagte Jaecklein süffisant.

Anna lächelte und ließ das Papier sinken. »Warrum sind Sie hergekommen?« Sie wusste, dass ihre hellen Augen in diesem Raum besonders gut wirkten, die waren das Schärfste an ihr, blickten aus der künstlich vertraulichen Atmosphäre heraus wie ein Feldstecher. Jaecklein verzog verächtlich den Mund und setzte dann seine Brille ab. Guter Junge, dachte Anna.

»Am Samstag«, sprach er, »wurde die Adressatin dieser Postkarte Opfer einer Paketbombe.«

»Oh«, machte Anna.

»Mordversuch«, setzte Jaecklein drauf. »Die Karte kam am gleichen Tag wie der Sprengsatz. Es steht was Komisches über Sterne drauf, ein aufgedonnerter esoterischer Spruch. Jemand wie Sie könnte das ohne Weiteres geschrieben und ernst gemeint haben.«

Anna hob sich die Kopie wieder vor die Augen. »Des ist Latein«, sagte sie schließlich. »Was heißt des?«

»Wissen Sie es nicht?«

»Nein.«

»Nimm den Himmel zum Geschenk, dort wirst du als Sternbild zu sehen sein.«

»Hübsch«, sagte Anna.

»Gespenstisch«, sagte Jaecklein.

Sie sah ihn spöttisch an. »Aber net von mir.«

* * *

Bettina gierte nach einer Zigarette, doch sie mochte die Bibliothek nicht zum Rauchen verlassen, weil sie nicht sicher war, wieder eingelassen zu werden. Aus lauter Verzweiflung stand sie auf, zappelte herum und sah sich Buchrücken an. Sie fragte sich, wann Krampe endlich kam. Es war nicht auszuhalten in diesem engen Schlauch. Die Sandsteinwände der Kirchenruine warfen grünliche Schatten über sie, die Bäume draußen bewegten sich im Wind und trieben aus, nur hier drin bei den Büchern standen Luft und Zeit. All diese Worte, die hier aufbewahrt wurden, waren so schrecklich alt. Niemand konnte sie mehr spontan verstehen, es waren bloß Reste, farblose Zeugen versunkener Welten, Gräber und Nachrufe. Bettina hatte Lust, die Fenster einzuschlagen und Luft einzulassen.

»Geht's Ihnen gut, Frau Boll?«, fragte Ballier hinter ihrer Lektüre hervor.

»Bestens«, sagte Bettina.

Ballier streckte sich behäbig. »Ich geh mal eben nach Liesel schauen. Kommen Sie mit raus?«

So gern Bettina gefolgt wäre, mochte sie es doch nicht, dass Ballier ihr haargenau ansehen konnte, wie sie sich fühlte. »Nein, ich muss da noch was überprüfen«, sagte sie mit Blick auf den Computer.

Ballier lächelte und ließ Bettina noch unzufriedener zurück. Sie zwang sich zurück an ihr Laptop und dachte neidvoll an die Kommissare aus den amerikanischen Krimis, die nur den Vornamen einer Person (»Bob«) brauchten, um vom Schulabschluss bis zu körperlichen Merkmalen einfach alles zu erfahren. Dabei war die Vision gar nicht mal so unrealistisch: New Yorker Cops mussten einen Verdächtigen tatsächlich nur auf den

Scanner ihres Palms fassen lassen, um innerhalb von Minuten einen automatischen Vergleich mit allen gespeicherten Fingerabdrücken aus den gesamten Vereinigten Staaten zu bekommen. Nicht alles war schlecht in den USA. So ein Wunderpalm war echt was anderes als die langen Anträge, die sie wegen eines einzelnen Fingerabdrucks an die Spurensicherung und das LKA schreiben musste. Nur die Leute vom Bundeskriminalamt, die hatten sich vielleicht schon das eine oder andere von den Kollegen drüben abgeguckt. Das BKA wusste mehr.

Bettina seufzte.

Und dann ahnte sie, dass auch sie mehr wusste. Plötzlich war sie hellwach, zog ihre dicke Akte aus der Tasche und breitete die Papiere neben dem Computer aus. Aufgeregt schob sie Blätter herum, beugte sich stehend über den Tisch wie Nessa Kaiser. Sie besaß doch Anna Oberhubers Meldebogen! Kein spektakuläres, doch für eine normale Polizeiakte ungewöhnliches Dokument. Denn der Meldebogen war lediglich die Grundlage für die Datenerfassung der Polizei. Er wurde vom jeweiligen Einwohnermeldeamt geführt und von dort aus in den polizeilichen Datenpool *Ewois* eingespeist. Für normale Beamte war der Meldebogen nur theoretisch einsehbar. Er enthielt zwar kaum mehr Informationen als *Ewois*, doch in diesem Fall waren sie wesentlich: Ein Meldebogen führte die nächsten Angehörigen auf. Samt Geburts- und Sterbedaten. Geschwister, stand dort auf dem Papier, das Bettina in Händen hielt. Angelina Ritrovato, geboren 27.7.1962 in Rom, Italien, gestorben 12.6.1966 ebenda.

Anna Oberhuber hatte die kleine vorwitzige Buchheldin nach ihrer Schwester Angelina genannt. Und Angelina war im Sommer 1966, als sich zufällig auch das Ehepaar Krampe in Rom aufhielt, ausgerechnet vierjährig dort gestorben.

* * *

»Sie werden«, zischte Jaecklein bedrohlich, »mir erzählen, wie das mit der Bombe war. Und zwar haarklein.«

Er wirkte auf einmal viel größer und baute sich gefährlich vor Anna auf. Ihr psychologischer Vorteil war dahin. Sie befürchtete, dass er sie trotz der Dunkelheit im Raum zittern sah. »Ich weiß nichts davon«, sagte sie ängstlich.

»Frau Oberhuber. Wir haben Ihre Fingerabdrücke auf der Postkarte identifiziert. Sie wurden schon vor Jahren erkennungsdienstlich behandelt. Vorbestraft sein ist sauschlecht fürs Karma.« Jaecklein grinste bösartig. »Haben Sie denn gar nicht gewusst, dass ich heute komme? Sie sind doch Hellseherin, oder?«

Anna schluckte und setzte sich gerader hin. Haben Sie mich nicht vorausgesehen, den Hohn kannte sie. Er bedeutete, dass Jaecklein nicht ganz so sicher war, wie er tat. »Ich hab es befürrchtet«, erwiderte sie ruhiger.

Rasch beugte Jaecklein sich tiefer zu ihr, sodass die Kerze flackerte und komische Schatten an die Wand warf. »Und dazu brauchten Sie nicht mal Hellseherei, was?«

Anna sah seine dunklen Augen und die Goldkronen seiner Backenzähne. Er hielt den Mund ein wenig geöffnet und nickte. Es sah gruselig aus.

»Wir wissen eine Menge über Sie, Frau Oberhuber«, zischte er in ihr Gesicht. »Neunzehnhundertsechsundsechzig im Juni, da haben Sie am Strand von Ostia Ihre Schwester verloren. Angelina.« Den Namen dehnte er genüsslich. Dafür hätte Anna ihn am liebsten geschlagen. Jaecklein schien das zu ahnen. Er richtete sich auf und sah auf sie herab. »Angelina und Anna. Ihre Schwester war vier Jahre alt, als sie starb, Sie sieben, und davor waren Sie glücklich.« Seine Wange zuckte. »Ihr Leben war nett. Das beste. In Italien scheint den ganzen Tag die Sonne. Aber nach Angelinas Tod trennten sich Ihre Eltern. Sie mussten mit der depressiven Mutter nach Deutschland. Ihre Schwester war ertrunken, Ihr Vater verließ sie, und plötzlich fanden Sie sich hier in einem kalten fremden Land, wo Sie auf Almosen von Verwandten angewiesen waren. Vermutlich sind Sie's jetzt noch. Schauen Sie sich an: Wahrsagerin! Sie sind vorbestraft und versuchen sich auf einem überschuldeten alten Hof mit diesem Personality- und Bioquatsch durchzubringen. Sie sind eine verdammt armselige Existenz.« Wieder beugte er sich herab und bohrte seinen starren Blick in den ihren. »Doch Sie hätten es anders haben können, nicht wahr? Sie hätten die süße Tochter Ihres erfolgreichen Vaters bleiben können. Ein Kind mit normaler Familie, ein Mädchen mit Chancen, eine glückliche Frau. Jemand hat Ihnen dies Leben gestohlen, als Sie sieben waren. Und dieser Jemand sollte jetzt endlich dafür bezahlen, hab ich recht?«

Anna fühlte sich schwindelig. Ihr war, als ob sie einen Meter entfernt neben sich stünde. »Nein«, sagte sie und spürte ihre Lippen nicht beim Reden.

»Frau Oberhuber«, sagte Jaecklein, »wir bei der Polizei können nicht hellsehen, aber dafür umso besser Brandspuren lesen. Zum Beispiel von dem Packpapier, in das Sie die Kiste mit dem Sprengsatz verpackt haben. Sie haben Ihren Absender draufgeschrieben, Frau Oberhuber.«

Er schüttelte den Kopf und seufzte mitleidig. Aber er sah sich auch rasch und unwillkürlich über die Schulter. Angst, dachte Anna. Dieser Mann war so aggressiv, weil er sich fürchtete. Vor ihr.

»Es war Ihnen vielleicht ein Anliegen, weil Sie bei der Detonation nicht dabei sein konnten, aber leichtsinnig war es auch. Wir haben Verfahren, mit denen Tinte auf verkohltem Papier wieder sichtbar wird. Wir konnten Ihre Adresse einwandfrei zuordnen. Es ist vorbei, Frau Oberhuber. Sie kommen jetzt besser mit uns.«

Uns. Bei dem Wort wanderte Annas Blick zu den Fenstern. Sie konnte nicht viel sehen, denn die Gläser waren klein und verschmutzt, doch einen Schatten, der sich bewegte, nahm sie wahr.

»Genau.« Jaecklein kam ihr eine Spur erleichtert vor. »Die Kollegen sind mitgekommen. Sie stehen im Verdacht, die Bombe gebaut zu haben. Falls Sie hier irgendwo noch mehr explosives Material lagern, sagen Sie es besser gleich, das kommt vor Gericht sympathischer rüber.«

Anna schüttelte den Kopf.

Er sah sich wieder um, als warte er insgeheim auf eine Explosion. »Frau Oberhuber, hier habe ich den richterlichen Durchsuchungsbeschluss für Ihr Haus samt Nebengebäuden und allen Kfzs.« Rasch legte er ein Papier vor sie hin. »Außerdem bitte ich Sie, mich auf die Wache zu begleiten. Wir möchten den Anschlag auf Elisabeth Krampe genauer mit Ihnen besprechen. Ich rate Ihnen, mitzukommen.«

Anna versuchte, Kraft in ihren Blick zu legen. »Ich habe keine Bombe gebaut. Ich kann keine Bombe bauen. Ich habe keine Ahnung, wie das geht.«

»Sie sind doch Landwirtin«, antwortete Jaecklein. »Sie haben in Ihren Schuppen sicher alles, was man braucht. Aber keine Sorge, das kriegen wir raus.« Er reichte ihr die Hand. »Na los. Erzählen Sie mir von den Krampes. Wie es wirklich war. Mich würde das interessieren. Und Sie wollen es auch loswerden, nicht wahr? Sonst hätten Sie nie dieses Buch geschrieben, das jetzt überall in den Läden rumsteht.«

Anna übersah die Hand und blieb sitzen. »Sie irren sich«, sagte sie bitter. »Ein Paket mit meinem Namen drrauf hätte die nie aufgemacht.«

* * *

Bettina stand in der einsamen Bibliothek und sprach laut und aufgeregt in ihr Telefon. »Hier ist eine Nachricht für Kriminalrätin Syra«, tönte sie, obwohl sie nur mit Syras Mailbox sprach, die weder Namen noch Titel ihrer Besitzerin benötigte. »Bettina Boll am Apparat. Ich habe eine bedeutsame Verbindung entdeckt.« Sie schilderte dem Anrufbeantworter die Lebensdaten der kleinen Angelina und die Figur des Mädchens im Buch der Hellseherin. Natürlich konnte der Apparat die Information nicht schneller weitergeben, nur weil sie Bettina wichtig erschien, und darum forderte sie die abwesende Vorgesetzte umso dringender auf, Angelinas Todesumstände genauestens überprüfen zu lassen! Den Kollegen in Haßfurt zu informieren! Die gesamten Oberhuber-Ritrovato'schen Familienverhältnisse zu durchleuchten! Alte Verbindungen zwischen den Krampes und diesen Leuten zu finden! Anna Oberhubers Fingerabdrücke auf der Postkarte und den Resten der Bombe zu suchen! Die

Schrift auf dem verkohlten Papier mit Oberhubers Handschrift vergleichen zu lassen! Einen Durchsuchungsbeschluss für Oberhubers Anwesen zu erwirken! Sprengstoffspürhunde mitzunehmen! Als sie das alles gesagt hatte, konnte sie sich nur mühsam zurückhalten, es nochmals und dringlicher zu wiederholen. Sie unterbrach die Verbindung, stand in dem stillen Raum und sah vom Telefon zum Computer und von dem zu ihrer Akte und überlegte, was sie tun würde, wenn das ihr Fall wäre, und ob die Oberhuber ihr wie eine Bombenbauerin erschienen war oder nicht.

Da hörte sie ein kleines »Ping« aus ihrem Laptop. Eine Mail. Von Mona. Es dauerte eine Weile, bis Bettina den Anhang gespeichert hatte. Dann war sie fast enttäuscht, weil die neuen Daten natürlich keine Antwort von Syra waren, so schnell konnte es nicht gehen. Es handelte sich bloß um ein weiteres pyrotechnisches Gutachten. Fast hätte Bettina es gar nicht gelesen, jedenfalls nicht an Ort und Stelle. Pyrotechnik war kompliziert, Fremdwörter, die beruhigend wirkten, aber eben Fremdwörter. Nichts für eine zappelige Ermittlerin, die gerade eine umwerfende Schlussfolgerung gezogen hatte und jetzt Bestätigung brauchte. Nur weil sie sonst rein gar nichts tun konnte und der Computer so neu war, öffnete sie die Datei. Die aber hatte es in sich. In wenigen, nicht allzu komplizierten Sätzen stand da, dass der Polizeifotograf es mithilfe ultravioletten Fluoreszenzlichts geschafft hatte, die Schrift auf dem verkohlten Packpapier der Bombe lesbar zu machen:

… nna Oberhuber

… ochushof

97437 Haßfurt

Bettina sank auf ihren Stuhl und merkte erst in diesem Moment, dass sie die ganze Zeit gestanden hatte. Sie war gut. Sie schaffte es auch ohne Fluoreszenzlicht. Leider aber, dachte sie dann, war sie einen Tick zu langsam gewesen. Vielleicht war der Fall schon gelöst, und sie hatte Syras Mailbox umsonst mit dringenden Arbeitsanweisungen vollgetextet. Leicht beklommen überlegte Bettina, wie ihre aufgeregten Meldungen geklungen hatten. Fachkundig? Ernsthaft? Oder doch eher überdreht und selbstherrlich?

Letzteres, sagte ihr eine innere Stimme. Sie vergrub ihr Gesicht in den Händen und hörte die automatische Tür der Schleuse. Die Ballier, dachte sie und hob den Kopf.

Doch es war die Dame, die sie hereingeführt hatte. Sie trug einen blonden Pagenkopf und wirkte hanseatisch-vertrocknet. »Herr Krampe wird heute nicht mehr kommen.« Mit unverhohlener Neugier linste sie auf Bettinas Laptop, wo noch die Seite mit dem Pyro-Bericht prangte. »Er hat soeben angerufen.«

»Ach«, sagte Bettina und klappte den Computer zu. »Ist er krank?«

»Er musste geschäftlich verreisen.«

»So plötzlich?«, fragte Bettina argwöhnisch.

»Das war schon länger geplant«, war die Antwort.

»Wohin?«

»Nach Pisa.«

»Was macht er denn da?«

»Soviel ich weiß, geht es um ein Buch.« Die Hanseatin verzog ihren Mund zu einer Art Lächeln, das hauptsächlich aus gespitzten Lippen und einem ironischen Funkeln in ihren wasserblauen Augen bestand.

»Das er dorthin zurückverfolgt?«

»Das er möglicherweise für uns erwerben wird«, antwortete die Hanseatin mitleidig. »Wir sind eine Bibliothek mit Kapazitäten.«

Sie sahen sich an.

»Wann kommt er denn wieder?«, fragte Bettina.

»Morgen Nachmittag voraussichtlich.« Ein auffordernder Blick traf Bettinas Akten: Räum das weg und verzieh dich. »Sie werden ihn aber vermutlich erst nächste Woche wieder hier antreffen«, setzte sie schadenfroh hinzu. »Ob er am Freitagabend noch mal reinschaut, ist fraglich.«

»Okay«, sagte Bettina und stopfte ihre Papiere schwungvoll in die schäbige Tasche zurück. »Würden Sie mir bitte sein genaues Reiseziel nennen?«

»Ich weiß nicht«, sagte die Blonde mit herablassendem Misstrauen.

Bettina holte ihren Polizistinnenausweis hervor.

»Ich weiß es wirklich nicht«, sprach die andere gereizt. »Er ist irgendwo in der Nähe von Pisa.«

»Hat er seinen Flug und sein Hotel selbst gebucht?«

»Ja, macht er immer.«

Bettina packte ihr Laptop ein und schwieg abwartend.

»In Pisa steigt er im *Giotto* ab. Und der Antiquar, bei dem wir gewöhnlich kaufen, heißt Venturi. Leicht zu finden. Unmittelbar neben dem Campo Santo. Soll ich Herrn Dr. Krampe bestellen, dass Sie ihm nachreisen?« Wieder standen die wasserblauen Augen voll gepflegter Ironie.

»Danke, falls nötig, werde ich ihn überraschen.«

»Bestimmt nicht«, versetzte die Hanseatin darauf trocken. »Falls nötig, wird der Herr Doktor Sie erwarten.«

* * *

Lisa träumte. Die See war träge an diesem Tag, glatt und brackig. Und tiefblau. Nie war dies Meer heller als sein Himmel gewesen, es nahm nicht den Schein an, der die Strände in der schweren Luft der Tropen so unwirklich und exotisch machte. An diesem Meer wusste man, woran man war. Lisa erkannte es. Das Wasser, das Kleid, das sie trug, und die Hitze des Sommertags. Das kleine Mädchen, das am Ufer stand. Das Kind war verstört. Seine Locken waren nicht mehr frisch gekämmt, sein Lächeln verschwunden, doch nicht ganz dahin. Man konnte es wiedererwecken. Denn das Mädchen lebte noch nicht lange in diesem ungekämmten, vernachlässigten Zustand. Ihre Schönheit war unversehrt. Ans Alleinsein glaubte sie noch nicht. Komm, wir spielen Ball, sagte Lisa. Das Mädchen nickte. Lisa ließ den Ball auf ihrem ausgestreckten Zeigefinger kreiseln. Da lächelte das Kind und folgte ihr.

* * *

»Frau Boll!«

Kaum stand Bettina in der kalten Luft des Klosterhofs, da stürzte Ballier schon auf sie zu. »Kommen Sie mit!«, zischte die Agentin und zog sowohl Bettina als auch ihren Dackel mit sich auf den Parkplatz.

»Was ist denn?«, fragte Bettina. »Geht es um Krampe? Seine Italienreise?«

»Nicht direkt.«

»Es ist schon merkwürdig, dass er ausgerechnet jetzt nach Italien fährt, wo auch Frau Syra dort ist.«

»Ach, der ist öfter dort.« Ballier bezog an ihrem alten Benz Posten und suchte etwas in ihrer Tasche, vermutlich den Schlüssel. »Bücher kaufen. Das ist sein Job. Hören Sie, Frau Boll, Sie gehen doch auf diese Party.«

»Ich weiß noch nicht«, sagte Bettina. »Ich bin mir nicht ganz sicher, ob Krampe mich wirklich mitnehmen will.«

»Er hat Sie gebeten?«

»Ja.«

Ballier warf ihr einen tiefen, strafenden Blick zu. »Und Sie mit Ihren Haaren trauen sich nicht zu, einen Junggesellen, der Sie schon eingeladen hat, beim Wort zu nehmen?! Also Frau Boll, das ist nicht der Zeitpunkt, um sich zu zieren!«

»Ich zier mich nicht«, sagte Bettina beleidigt. »Ich renne Krampe, wenn's sein muss, hinterher bis nach Italien.«

»Gut.« Ballier fand den Schlüssel und entriegelte mit einem Knopfdruck die Schlösser ihres Autos. Liesel bellte erfreut.

»Braves Mädchen.« Bei diesen Worten sah die Agentin Bettina an. »Passen Sie auf. Das Event am Samstagabend ist ein Abschiedsfest für den Ovid. Dr. Ritter wird ihn ein letztes Mal seinen Freunden und Gönnern vorführen. Danach wird das Buch faksimiliert.«

»Aber damit ist es doch nicht weg«, sagte Bettina, die die Aufregung nicht ganz verstand.

»Doch, Frau Boll, eine Faksimilierung dauert ewig. Sie wird im entsprechenden Verlag vorgenommen. Parallel dazu soll der Kodex auch noch restauriert werden, das ist eine wissenschaftliche Arbeit für sich. Man muss das Buch auseinandernehmen. Natürlich wird es hinterher wieder zusammengesetzt, aber –«

»… es ist nicht dasselbe«, vervollständigte Bettina.

»Nicht ganz. Außerdem bedeutet Faksimilierung auch eine Vervielfältigung. Die Auflage soll bei einhundert Stück liegen. Dann kann sich jeder gewöhnliche Reiche so einen charmanten kleinen Ovid kaufen, und vorbei ist's mit der Exklusivität.«

»Oh.«

»Ja.«

Sie sahen sich an.

»Der wahrscheinlichste Termin«, sagte Ballier sehr leise und eindringlich, »für einen Raub oder Diebstahl ist der kommende Samstagabend. Wenn da nichts passiert, dann wird das Buch nie geklaut und ich kann nach Hause gehen.«

»Dann werde ich sicherheitshalber ein paar Kollegen anfordern«, sagte Bettina.

»Das können Sie gern versuchen, aber der Herr Dr. Ritter wird das nicht unterstützen«, bedauerte Ballier. »Sicherungsmaßnahmen akzeptiert er nur in persönlicher Abwesenheit. Als Kunde ist er ein Desaster, das sag ich Ihnen, meine Liebe. Der würde seinen Ovid am liebsten abends mit ins Bett nehmen. Und Ihre Vorgesetzten werden den Teufel tun, Gelder und Arbeitskräfte bereitzustellen, wenn schon der Besitzer keinen Bedarf für Polizeischutz sieht.«

»Okay«, sagte Bettina und zog ihr Handy aus der Tasche.

»Was machen Sie da?«, fragte Ballier.

»Ich rufe Herrn Krampe an und frage, wann er mich Samstag abholt.«

»Haben Sie denn seine Privatnummer?«, fragte Ballier mit einer Spur indiskreter Neugier in der Stimme.

Bettina sah auf.

»Verzeihen Sie. Sie zieren sich nicht, ich stelle keine persönlichen Fragen.«

»Die Nummer steht in meiner Akte.« Bettina öffnete ihre vollgestopfte Tasche und blickte hinein.

»Moment.« Ballier zog hilfreich eine zerknickte Visitenkarte hervor. »Ich hab sie.«

Krampes Handynummer war mit der Hand auf die Rückseite geschrieben. Bettina verzichtete auf einen Kommentar und tippte die Nummer schweigend ab. »Ist nur die Mailbox«, sagte sie nach einer Weile.

»Vermutlich sitzt er gerade im Flieger.«

»Ich versuch's weiter«, versprach Bettina. »Kommen Sie auch?«

»Ich arbeite daran«, sagte Ballier würdig. Sie sah sich um und senkte die Stimme. »Was hat eigentlich Ihre Überprüfung ergeben? Glauben Sie immer noch, Marnys hübscher Bauarbeiter will das Buch klauen?«

»So hübsch ist er gar nicht«, sagte Bettina.

Ballier zog die Brauen hoch.

»Keine Ahnung, aber es ist wirklich schwer vorstellbar, dass er mit dem Buch was anfangen kann. Vermutlich wollte die Marny sich wichtig machen.«

»Sag ich doch.« Ballier packte Bettina am Arm und sah sie aus klugen Augen an. »Hören Sie. Wenn das unauffällig machbar ist, versuchen Sie, eine Gästeliste zu kriegen und mit den Anwesenden zu vergleichen. Wenn nicht, müssen Sie eben alle Personen beobachten. Auch das Personal.«

»Okay«, sagte Bettina.

»Und, Frau Boll?«

»Ja?«

»Achten Sie besonders auf Herrn Krampe.« Balliers Augen waren nun sehr dunkel.

»Selbstverständlich«, sagte Bettina und wand sich aus Balliers Griff. Besonders auf Krampe achten, das hätte sie in jedem Fall getan.

* * *

In einem leeren Büro des Polizeipräsidiums Unterfranken in Würzburg wanderte Kriminalkommissar Jaecklein vom BKA mit seinem Handy am Ohr auf und ab und erstattete seiner Vorgesetzten Syra Bericht. »Die Postkarte gibt sie zu«, sagte er. »Sie gibt hundert Postkarten zu. Diese Frau hat ein Zimmer voller Krampe-Romane und drei Ordner Zeitungsausschnitte und alle möglichen sonstigen Devotionalien von ihm. Die Arme ist besessen.« Er schwieg und lauschte eine Zeitlang, dann sagte er: »Ja. Nur wo sie diesen Ovid-Spruch herhat, das will sie nicht sagen. Nicht von dem Kodex, jedenfalls –«

Er fuhr sich mit der freien Hand übers Gesicht.

»Schon. Ich weiß, da besteht irgendeine Verbindung. Aber dieses Ovid-Manuskript hatte nicht sie. Da springt sie nicht drauf an. Kein bisschen. Und diese Frau ist echt sensationsgeil, die würde – ja. Eben. Mit der Bombe ist es anders, über die weiß sie Bescheid, aber da bleibt sie stur, das war sie nicht, aber fei niemals net. Tja, und leider haben die Hunde auf ihrem Anwesen wirklich nichts gefunden. Da ist nichts, und wenn da was war, hat sie gut geputzt. Nur, so sauber sieht es da gar nicht aus. Außerdem hat die Oberhuber Alibis für die ganze letzte Woche. Klar, irgendwann nachts kann sie in Darmstadt gewesen sein. Mit dem Auto, sogar mit der Bahn. Kann sie. Aber –«

Wieder lauschte er.

»Ich würde nicht ausschließen, dass sie die Wahrheit sagt«, sagte er dann. »Im Gegenteil. Weil – ihre Aussagen sind schlüssig. Zumindest können wir ihr rein gar nichts nachweisen, und ich weiß, das hören Sie nicht gern, aber bei allem, was wir über Krampe und unseren – hm, Mitarbeiter wissen, könnte ich mir zehn Organisationen vorstellen, die vielleicht Interesse hätten, seinen Schreibtisch zu sprengen.«

Pause.

»Ich weiß, die Krampe hat es selbst aufgemacht«, sagte Jaecklein dann seufzend. »Ja. Natürlich. Bewegungsinduziert. Kein Zeitzünder. Ja, klar, diesen Bericht kenne ich. Natürlich. Darüber reden wir seit Stunden mit ihr. Die Mutter hatte eine Affäre mit Krampe und die Schwester ist ertrunken. Aber wenn Sie mich fragen, ist die Hellseherin trotzdem nur der willkommene Sündenbock. Ihre Adresse draufschreiben, das kann schließlich jeder.«

Lauschen.

»Okay, ich werde sie drauf ansprechen. Ja, ich bin vorsichtig. Nein, den werde ich nicht erwähnen. In Ordnung. Ja. Eine Runde noch, dann lasse ich sie gehen. Nein. Nein, sie muss heim zu ihren Kühen.«

* * *

Gregor kam aus Frankfurt, und jedes Mal, wenn er dort abgeflogen war, erschien ihm der Pisaer Flughafen wie ein besserer Dorfbahnhof. Souvenirshops und Autovermietungen waren geschlossen, *riposo pomeridiano*, Mittagsruhe, das sollte man sich in der riesigen Frankfurter Abfertigungsmaschinerie nur mal vorstellen! Er kaufte sich in der einzig geöffneten Cafeteria eine Cola und ein eingeschweißtes Panino mit Mozzarella, setzte sich raus in die Halle und wartete auf die Rückkunft der Autovermieter. Und auf die Maßstabsanpassung in seinem Kopf. In Pisa war nicht nur der Flughafen klein. Dennoch überragte die geschichtsträchtige alte Stadt in Gregors Vorstellung Frankfurt um das Vielfache. Allein der überlaufene Campo Santo wog so viel wie zehn Paulskirchen. Daher empfand er bei jeder Ankunft die niedrige Stadtsilhouette und die überschaubare Abfertigungshalle des Flughafens als schmerzlich unangemessen.

Später dann, in seinem geliehenen Fiat auf dem Weg ins Hinterland, wurde er vom umgekehrten Phänomen genarrt: Die Ausfallstraßen waren zu viele, zu groß und vor allem zu breit, um in seiner Vorstellung als italienische durchzugehen, es waren Rennbahnen mit verwickelten Abfahrten, einem hässlichen Schilderwald und großen Einkaufszentren. Mediterran, wie er es kannte und wollte, wurde es erst wieder in den Apuanischen Alpen. Etwa zwei Stunden fuhr Gregor vorbei an Marmorsteinbrüchen durch kleine Städtchen und staubige Dörfer, dann hatte er sein Ziel erreicht. Der Ort lag lang gedehnt über der Kuppe eines kleinen Hügels. Gärten und Bäume waren bereits grün, Verschiedenes blühte, rundherum vibrierte das Summen von Insekten. Der Duft von Fenchel und Thymianblüten hing über allem. Katzen spazierten durch goldenen Sonnenschein. Die beiden *Osterie* des Örtchens lagen sich am Marktplatz gegenüber.

Beide hatten keine erkennbaren Namen, vor der einen standen ein paar Plastikstühle, die Sitzgelegenheiten der anderen bestanden aus Korbgeflecht. Gregor spähte in beide Kneipen hinein, dann wählte er einen Korbstuhl, weil der in der Sonne stand. Er war zu früh. Er würde wieder warten müssen. Seinen schweren Koffer hatte er bei sich.

* * *

Natürlich gab es im kalten Würzburger Polizeipräsidium keinen Johanniskrauttee. Dabei hätte Anna jetzt dringend was Heißes und Starkes gebraucht. Ihr inneres Zittern hörte gar nicht mehr auf und sie sah sich bereits drei Beamten gegenüber, einem drahtigen Mittvierziger, der aussah wie ein Jagdhund, einer jungen verächtlich blickenden Brünetten und natürlich Jaecklein. Der wirkte hier in dem Vernehmungsraum viel entspannter, doch Anna war nicht sicher, ob sie darüber froh sein sollte. Es bedeutete, dass er sich in ihrem Haus nur vor unbekannten Fallen und Sprengstoff gefürchtet hatte. Für die Macht ihrer Persönlichkeit dagegen war er taub. Nun sprach er fast fürsorglich mit ihr, neigte den Kopf beim Reden nach rechts und sah ihr aufmerksam ins Gesicht.

»Erzählen Sie mir von Ihrem Vater«, bat er.

»Er ist vor zwanzig Jahrren an Krrebs gestorrben«, erwiderte Anna kurz. Sie hatte schon so viel erzählt. Fast alles. Nur das Eigentliche nicht. Denn das, so war ihr auf der Fahrt hierher bitter klar geworden, durfte sie nicht sagen. Ihre eigene Waffe, die Wahrheit, hatte sich gegen sie verkehrt. Falls sie erzählte, wie alles gewesen war, hatte sie ein fettes Motiv für den Bombenanschlag am Hals.

»Da haben Sie doch jetzt bestimmt regen Kontakt zu ihm«, konnte der Jagdhund sich nicht verkneifen, und die Brünette grinste unverschämt.

Jaecklein aber blickte seine Kollegen strafend an und wandte sich wieder Anna zu. »Haben Sie ihn noch regelmäßig gesehen, nachdem Ihre Eltern sich getrennt hatten?«

»Nein«, sagte Anna. »Er hat wieder geheirratet. Er wollte von meiner Mutter nichts mehr wissen.«

»Was wissen Sie über seinen beruflichen Werdegang?«

»Er war Jurrist«, sagte Anna zögernd.

»Wo hat er gearbeitet?«

»Auf einem Amt.«

»Welchem?«, fragte Jaecklein.

Anna schämte sich, weil sie von ihrem Vater so wenig wusste. »Wir haben versucht, ihn zu vergessen«, sagte sie entschuldigend.

»Sie waren erst neun, als Sie nach Deutschland kamen«, sagte Jaecklein. »Zu der Zeit hat Ihr Vater für die allgemeine Militäranwaltschaft in Rom gearbeitet. Palazzo Cesi. Sagt Ihnen das was?«

Anna schüttelte den Kopf.

»Wissen Sie, wie Ihre Eltern und die Krampes sich kennengelernt haben?«, fragte Jaecklein.

»Meine Mutter«, sagte Anna, »hat den Georrg gekannt.«

»Aus Deutschland?«

»Nein, es war in einer Bibliothek, in Rom, da haben sie sich getrroffen.« Sie richtete sich auf. »Aber rumgetrrieben hat meine Mutter sich net. Eine Bibliothek ist schließlich kein Flirrtlokal. Und man weiß fei schon, was der für einer war, der Georrg. Ein Don Juan. Das stand in jeder Zeitung. Meine Mutter war naiv und nur ein kleiner Spaß für ihn, und das –«

»Frau Oberhuber.« Jaecklein beugte sich über seine Notizen und hielt einen Stift hoch. »Im Moment geht es nur um seinen Kontakt zu Ihren Eltern. Hat Ihre Mutter Ihnen mehr davon erzählt, wie die Verbindung zu Georg Krampe zustande kam?«

Anna setzte an zu sprechen – natürlich, Herr Kommissar, das kann ich Ihnen sagen, das war so – und merkte erst in dem Moment, dass sie es eben nicht konnte. »Die beiden haben sich in der Bibliothek kennengelerrnt«, wiederholte sie.

»Es gibt Tausende von Bibliotheken in Rom«, sagte der Jagdhund darauf halblaut und grinste von einem Ohr zum anderen.

»Sie haben recht.« Jaecklein ignorierte den Kollegen einfach. »Die beiden trafen sich in einer Bibliothek. Das ist erwiesen.«

Anna lächelte ihn spontan an, doch er blieb ernst.

»In einer ausgegliederten kleinen Bereichsbibliothek der *Biblio-*

teca della Facoltà di Lettere e Filosofia der *Sapienza* im rückwärtigen Gebäude eines römischen Häuserblocks. Das ist in der Tat kein Flirtlokal, Frau Oberhuber. Man kann es kaum einen öffentlich zugänglichen Ort nennen. Und es ist auch kein Raum, in dem sich eine römische Hausfrau und ein hochzeitsreisender Journalist mal eben so über den Weg laufen und verlieben, auch wenn sie beide deutscher Herkunft sind.« Jaecklein verschränkte die Hände direkt vor Anna auf dem Tisch. »Um sich dort zu treffen, muss man sich verabreden.«

Anna starrte den Kommissar an. Das innere Zittern wurde stärker und griff auf ihre Hände über. Ihr ganzes Leben hatte sie mit der Bewältigung dieser Geschichte verbracht, und nun saß da dieser Fremde und brachte mit wenigen Sätzen alles ins Wanken.

»Haben Ihre Mutter und der Herr Krampe sich nicht schon aus Deutschland gekannt?«, wiederholte Jaecklein.

»Nein, sie hat ihn in der Bibliothek kennengelerrnt«, beharrte Anna.

»Und Ihr Vater? Kannte der den Herrn Krampe?«

»Wohl kaum.«

»Hatten Sie, Ihr Vater oder Ihre Mutter jemals Kontakt zu der Organisation Deutsche Aktionsgruppen?«, fragte Jaecklein.

»Nein, wer ist denn das?«

»Eine terroristische Vereinigung.«

Anna schüttelte den Kopf.

»Und wie steht es mit Propaganda Due, genannt P2?«

»Nie gehörrt.«

»Ròte Brigaden?«

»Auch nicht.«

Jaecklein beugte sich vor und flüsterte fast: »Gladio?«

»Nein«, sagte Anna. Was auch immer Gladio war, es schien der Gipfel des Bösen zu sein.

»Hatten Sie mal das Gefühl, bei einem Klienten vielleicht, dass Sie ausgehorcht werden? Über Georg Krampe?«

Darüber dachte Anna länger nach. »Nein«, sagte sie dann.

»Wurde je bei Ihnen eingebrochen?«

»Ja.«

»Und etwas gestohlen?«

»Meine neue Melkmaschine«, sagte Anna.

Jaecklein ließ sich auf seinem Stuhl zurücksinken. »Gut, Frau Oberhuber«, sagte er müde. »Ich möchte Sie bitten, Ihr Anwesen erst wieder zu betreten, wenn unsere Durchsuchung abgeschlossen ist. Das kann vielleicht noch bis morgen dauern. Falls Sie uns eine Nummer geben können, unter der wir Sie erreichen, werden wir Sie benachrichtigen. Die Tiere dürfen Sie natürlich versorgen. Vorerst wäre das dann alles. Sowie Sie Ihre Aussage unterschrieben haben, können Sie gehen.«

Anna spürte die Freiheit wie einen Schlag in die Magengrube. »Ich kann gehen?«, wiederholte sie ungläubig.

»Bitte«, sagte Jaecklein. »Oder haben Sie uns noch etwas mitzuteilen? Möchten Sie Ihre Aussage ergänzen?«

Schnell stand Anna auf. »Oh. Nein.«

* * *

Erst als der Schatten des Kirchturms bis zu Gregors Stuhl reichte, kam der Engländer, ganz so, als hätte er nur auf diesen dunklen Pfad über den allzu lichten Platz gewartet. »Krampe«, sagte er.

»*Good evening, Mr. Freestone*«, entgegnete Gregor.

Freestone setzte sich und lächelte an Gregor vorbei. »Ach! Warum versucht ihr Deutschen immer, mit jedem in seiner Muttersprache zu reden? Sogar im Ausland?«

»*Preferisce parlare Italiano? Quindi non deve neanche adattarsi al mio idioma*«, fragte Gregor kühl. Die Gespräche mit Freestone hatten immer diesen absurden Unterton. Der Mann schraubte sich um seine Themen und Begegnungen herum. Für den Biografen war das anstrengend.

»*Non posso*«, sagte Freestone und grinste über seinen hintergründigen Witz. »Jetzt ist er also fertig, mein kleiner Lebenslauf.« Er schob seinen Hut ein wenig aus der Stirn. »Meine Geschichte: ein echter Krampe! Das hat was, ja, das ist groß. Niemand kennt meine Identität, und jetzt bin ich der Johnny Montes der Gegenwart.«

Gregor nahm eine Olive. Der Johnny Montes der Gegenwart war mit Sicherheit genauso eine arme Sau wie der aus den Büchern. »Die Idee hätte meinem Vater bestimmt gefallen«, sagte er kauend.

»*Sera.*« Das war die dunkle Stimme der Wirtin. Unaufgefordert stellte sie ein Glas Pastis vor Freestone.

»*Grazie.*« Der Engländer blickte die schwarzgekleidete junge Frau nicht an, goss sofort Wasser aus einem kleinen Krug in sein Glas, und die klaren Flüssigkeiten mischten sich zu einem milchigen Getränk. »Ihr Vater«, sprach er und lächelte böse, »war ein sentimentaler Narr.«

»Mein Vater«, entgegnete Gregor nüchtern, »hielt Sie für ein Genie. Das weiß ich aus seinen Notizen.« Ein Genie und Aufschneider, dachte er. Freestone ist der Größte, hatte sein Vater nach einem Treffen mit dem Engländer geschrieben. Er erfasst jeden Stil, den Aufbau jeder Zeichnung, den Fluss der Striche, die Bewegungen des Künstlers, sein innerstes Prinzip. Er kann malen wie Rembrandt, wie Dürer, wie Malewitsch und Picasso. Aber man darf ihm kein Wort glauben: Danach hinge in jedem Museum ein Bild von ihm. Er ist größenwahnsinnig und sehr überzeugend. Einem Zweifler würde er noch die Sixtinische Kapelle als sein Werk verkaufen.

»Ihr Vater war ein blonder Hans«, erklärte Freestone indessen. Das Genie hatte er mit einem eitlen Grinsen geschluckt. »Ein Guter in einer Welt aus schwarz und weiß. Interessant war nur seine Wirkung auf andere. Die allerdings war großartig. Er hat jeden, sein ganzes Land, manipuliert, wie er es brauchte. Sodass jeder Satz von ihm wie eine Bombe fiel.«

Gregor dachte an seine Mutter, trank einen Schluck Rotwein und fragte sich, ob Freestones Eifersucht für ihn gefährlich werden konnte. Es stimmte: Sein Vater hätte auch diesen unbekannten Ort sofort in eine Bühne verwandelt. Menschen wären um ihn herumgesprungen und hätten ihn nach fünf Minuten beim Namen gekannt. *Und genannt.* Der Engländer hingegen war klein und unauffällig. Er würde als Statist in jedem Film, als Möblierung für jeden Platz durchgehen. Sicher lebte er schon

Jahre hier und hatte es gerade mal zu einem »Sera« und einem unaufgeforderten französischen Drink gebracht. »Mein Vater bewunderte Sie«, sagte er trotzdem und meinte es ehrlich.

Freestone nippte an seinem Aperitif.

»Er besaß ein Bild von Ihnen. Aus der Galerie Sox.« Sox war der einzige Ort, an dem Freestones Gemälde je legal und unter seinem eigenen Namen vertrieben worden waren.

»Da wäre er einer von dreien«, sagte Freestone wegwerfend. »Das ist eine fromme Lüge, die ich Ihnen nicht glaube, schon gar nicht, wenn Sie so schauen mit Ihrem un-gemutlichen *German death look.*« Er grinste. »Ihr Vater hätte nie die alte Sox ausgegraben, um mir zu schmeicheln. Er war ein Egomane. – Sie brauchen mich sehr, nicht wahr?«

»Sie mich auch«, sagte Gregor.

Freestone lächelte falsch. »Das ist ein Irrtum. Ich will Sie. Brauchen tu ich Sie nicht. Sie sind für mich nur ein Luxus, ein *folly*, sagt man das bei Ihnen auch?«

»Eine Verrücktheit.« Gregors Ton war nun kalt.

»*Well*, eine Verrücktheit.« Freestone grinste gehässig. »Meine Autobiografie ist nur ein kleines Geschenk fürs Alter. Ein Denkmal.« Er verschränkte die Arme. »Wer braucht schon ein Denkmal?«

Du, dachte Gregor. Und holte seine Zigaretten hervor.

»Haben Sie alles dabei?«, fragte Freestone.

Gregor wies mit dem Feuerzeug auf seinen Koffer.

Freestone winkte der blinden Fensterscheibe der Osteria. Die Bedienung kam überraschend schnell.

Sie fuhren mit Freestones Jeep, einem schmutzigen, schlamm-farbenen, verbeulten Gefährt, erst eine Straße, dann einen Feld-weg, dann ein holperiges Stück durch grüne, summende Büsche, die in vierzehn Tagen und für den Rest des Jahres bräunliche, stachelige Macchia sein würden. Auf einer Lichtung, die Gre-gor auch nach hundert Besuchen nicht wiedergefunden hätte, stoppte Freestone sein Gefährt, sagte »*Follow me*«, stieg aus dem Auto und verschwand in einem Gebüsch.

Gregor packte seinen Koffer, zerrte ihn aus dem Wagen und folgte. Schließlich stand er völlig zerkratzt auf einer kleinen Wiese, die eine uralte Kapelle umgab. Das Kirchlein war grau und verwittert, doch von klarer Form, mit einer ungeheuer dicken Holztür und alten bemoosten Alabasterfenstern zur Südseite. Einen Moment verschnaufte er und bewunderte den mächtigen Imperativ, der von dem kleinen Bauwerk ausging: Glaube!

Es war Gregor immer schon passend vorgekommen, dass Freestones Versteck ausgerechnet eine Kirche war.

Im Innern war das Bauwerk heller, als es von außen wirkte, da die Fenster der Nordseite vergrößert und verglast waren. Es herrschte Arbeitsatmosphäre. Eine große verkleckste Staffelei ersetzte den Altar, Tische mit Farbtiegeln waren überall aufgebaut, umgedrehte Leinwände lehnten an den Wänden, ein Bett und eine kleine Küche zeigten, dass hier auch gewohnt wurde. Auf einem Holzstuhl, der ganz genau in der Mitte des Raumes stand und zur Tür hin gerichtet war, als erwarte er einen Gast, lag ein einzelnes Buch.

»Haben Sie alles fertig?«, fragte Gregor und ging darauf zu.

Freestone hatte seinen Hut abgenommen und beobachtete Gregor lauernd. Er nickte kurz.

Gregor blätterte. »Hervorragend.« Er sah auf. Freestones Augen leuchteten. »Was ist mit den andern?«

»Erst will ich das Manuskript sehen«, sagte Freestone. »Ach ja, und ich hoffe, Sie haben genug Cash dabei, *old boy*. Das Material war teuer.«

»Fünfzehntausend«, sagte Gregor.

»Das reicht nicht.«

»So viel war ausgemacht«, sagte Gregor.

Freestone schüttelte den Kopf. »Ausgemacht war, dass Sie das Material übernehmen.« Er wies auf das Buch. »Für mich ist das hier auch neu. Es war aufwändig. Pergament ist nicht leicht zu bekommen. Codices hab ich noch nie gemacht. Und schon gar keine Palimpseste.«

»Und ich noch keine Autobiografie«, erwiderte Gregor.

Freestone grinste in sich hinein und machte sich an seiner Küchenspüle zu schaffen. »Was würde nur Ihr Vater sagen! – Dreißigtausend.«

»Fünfzehn«, sagte Gregor.

Freestone blickte zu Boden und schüttelte den Kopf. »Es ist doch alles in diesem Koffer, nicht wahr? Alles hier bei mir. Zu Hause haben Sie sicher gut aufgeräumt.«

Gregor verschränkte die Arme und schwieg.

»Glauben Sie, ich lasse Sie damit wieder fort?«, fragte Freestone und lächelte den Boden an.

Gregor verschränkte die Arme. »Wollen wir das jetzt jedes Mal spielen?«

»Nur heute noch«, sagte Freestone, »aber diesmal richtig.« Er sah Gregor amüsiert an.

Den fröstelte. »Gut«, sagte er ruhig, »Sie möchten mehr Geld. Jetzt lassen Sie mich kurz überlegen, was passiert, wenn ich nicht zahle.«

»Sie wollen nur die Hälfte zahlen, also bekommen Sie nur die Hälfte der Ware.« Freestone grinste. »Ganz einfach.«

»Sie wollen mein Geschäft kaputtmachen«, sagte Gregor.

»Ich will nur meine Auslagen, *old German death.*«

»Dann muss ich umdisponieren und anderweitig Geld verdienen.«

»Blattgold«, sagte Freestone. »Und Lapislazuliblau. Wissen Sie, was das kostet? In der Güte und dem Alter?«

»Ich könnte Biografien verfassen. Ich kenne eine Menge interessante Menschen.«

Freestone warf ihm einen Blick zu. »Sie sind doch Wissenschaftler.«

»Die Hälfte der Ware bedeutet für Sie nur die Hälfte des Ruhms«, sagte Gregor rasch. »Ich habe eine Kopie Ihres Textes zu Hause. Und bessere Kontakte zur Buchbranche allemal.«

»Ruhm!«, sagte Freestone und lachte lauthals.

Gregor zuckte die Achseln. »Ihr Leben, Ihre Skandale – Sie sind eine interessante Persönlichkeit. Ihre Biografie wird vielleicht ein Bestseller. Aber wenn mein Name mit draufsteht, ist sie der Kracher. Mich verwechselt jedermann mit meinem Vater. Außerdem habe ich Ihre Geschichte aus erster Hand. Dafür finde ich zehn Verleger. Und mindestens einen, der das Risiko eines Urheberrechtsverfahrens eingeht. Wobei«, Gregor grinste falsch, »allein so eine Klage von Ihnen die abgefahrenste Werbung aller Zeiten wäre.«

»Krampe, *dear*. Sie drehen sich im Kreis. Sie sind doch der Typ mit der weißen Weste, der einen Ruf zu verlieren hat! Sie sind mir ausgeliefert! Ich muss Sie nur öffentlich – wie sagt man? – duzen! Ruhm! *Excuse me*!«

»Der Text ist schön geworden«, sprach Gregor. »Authentisch. Sie kommen klar rüber und haben Ihre Kanten. In Autobiografien verschwimmen die sonst oft, und das tut der Sache nie gut.«

Freestone blickte argwöhnisch. »Ihre Karriere ist vorbei, wenn nur rauskommt, dass wir uns kennen!«

»Meine tolle Karriere«, sagte Gregor bitter.

»*Yes, dear*«, versetzte Freestone, »Sie wollen forschen, nicht wahr? Sie wollen zu Ihren Symposien fahren und über Ihren alten Büchern schmoren und Kommentare dazu verfassen und der klügste Mann auf Erden sein! Der fade Sohn eines überschätzten Prolo-Intellektuellen. Sie kommen ja nicht mal an Ihren Vater heran!«

»Sie auch nicht«, sagte Gregor.

»Ha! Ha!« Freestone guckte böse und lachte laut und falsch. Mit der freien Hand machte er eine Bewegung, die den gesamten Raum umfasste. »Wissen Sie, wie lange ich das hier schon mache? Und wie gut?«

»Und doch«, sagte Gregor, »wollen Sie Ihr Buch lieber selbst geschrieben haben. Sie wollen Ihren Namen gedruckt sehen und einmal ganz vorn auf der Bühne stehen. Wie mein Vater.«

Freestones Gesicht wurde hart.

Gregor sah auf die Uhr. »Kommen Sie, Freestone. Sie haben eine Nacht. Fangen Sie an zu lesen.«

»Und wenn ich mir nicht gefalle?«

»Dann ändere ich Sie.«

Da lachte der Engländer wieder, echter diesmal, und bückte sich zu seinem Spülenschrank. »Das haben mir bisher nur Frauen gesagt.« Er holte eine Rotweinflasche ohne Etikett hervor, nahm ein schmutziges Glas aus der Spüle und schenkte sich ein. Erst nachdem er getrunken hatte, hielt er die Flasche hoch. »Wollen Sie auch?«

* * *

An diesem Nachmittag gab es keine Termine. Bettina saß mit ihren Kindern in der Küche, sie hatten sich Kuchen besorgt, und erst, als sie ihn ausgepackt und auf einem riesigen Teller arrangiert hatten, fiel ihr auf, dass sie das noch nie gemacht hatten: echten, teuren Kuchen in einer richtigen Konditorei kaufen, einfach so. Das Abendessen würde ausfallen, denn sie hatten viel zu viel, Holländer-Sahne-Kirsch, Waldbeerentorte, Punschkuchen, Schokoladenbiskuit und Eclairs. Bettina hatte sich ruiniert dafür. Sie fragte Enno nicht, ob er seine Hausaufgaben gemacht hatte. Sie fragte nicht nach dem Dildo und nicht nach den Patronen und Maurice und Käptn Sharky. Sie nahm sich ein Eclair und schaute ihren Sohn an und dachte, dass er Ähnlichkeit mit Agazio hatte. Vielleicht musste sie ihm seinen Vater gönnen. Sie sollte den Mann suchen. Unauffällig und legal. Es würde ungerecht sein. Denn die süße Sammy konnte ihren brutalen Erzeuger tatsächlich niemals sehen. Sie musste die Tochter von John bleiben und froh sein, wenn sie nur Märchen über ihn hörte. Sie musste sogar damit leben, sein Erbgut zu tragen und eine Stiefmutter zu haben, die sich an seine Schläge und Tritte erinnerte und Gott weiß was für unbewusste Rachegelüste mit sich herumtrug. Das war eine schwere Bürde. Sie aber auch Enno aufzuhalsen, nur damit der es nicht besser hatte, war nicht fair. Ihre Kinder waren nicht beide die Abkömmlinge von Gewaltverbrechern. Ihre Kinder waren die Abkömmlinge einer wunderbaren Frau, eines Gewaltverbrechers und eines Fremden.

Bettina sperrte den Rachen weit auf und bewies ihren Kleinen, dass sie ein halbes Eclair in ihrem Mund unterbrachte. Enno machte dasselbe mit dem Rest seines Schokoladenkuchens. Und

Sammy wollte sich ausschütten vor Lachen. Einen Moment lang fühlte Bettina sich ausgelassen und gut. Und mit dem Mund voller Vanillecreme und Zuckerguss dachte sie übermütig, dass, falls sich je einer fände, zumindest für Sammy ein Stiefvater eventuell doch ein Ersatz sein könnte.

Als die Kinder im Bett waren, rief sie Krampe an. Der meldete sich kurz angebunden und hörte sich sehr nah an, dafür zumindest, dass er vielleicht noch in Italien war.

»Sie sind in Italien, nicht?«, fragte Bettina.

»Die Frau Boll«, sagte Krampe. Und etwas leiser: »Ich mach mal eine Pause. Moment. Bin draußen.«

Jemand murmelte etwas, es raschelte, schließlich klickte es, und Krampe sog ganz nah an ihrem Ohr Luft ein. Automatisch tastete Bettina nach ihren Zigaretten.

»Stimmt, wir haben uns heute nicht gesehen«, sagte er. »Und da rufen Sie mich gleich an. Sie werden mir bald so lieb wie meine Freundin Ballier.«

»Ich wollte Sie an unsere Verabredung erinnern«, sagte Bettina, der nichts Besseres einfiel als die Wahrheit.

»Sie wollten den Ovid sehen«, sagte Krampe.

»Sie wollten mich mitnehmen«, sagte Bettina. »Am Samstagabend.« Krampe schwieg und Bettina war froh, eine Mission zu haben. Es musste ihr nicht peinlich sein, wenn sie aufdringlich war, denn sie wollte zur Party. Krampe war bloß das Vehikel dazu. Wenn er sie nicht mochte, war das egal. Sie stand auf, um auch vor die Tür zu gehen, eine rauchen. »Oder sind Sie dann etwa immer noch in Italien?«

»Nein«, sagte Krampe. »Ich fliege morgen früh um halb elf. Ich überlege nur gerade, wie – tja. Wollen Sie wirklich dahin? Das wird echte Arbeit. Lauter wichtige Menschen. Klassische Musik. Trockener Wein. Und ich werde nicht viel mit Ihnen reden können, denn ich bin neben dem Ovid die Zweitattraktion.«

»Dabei sehen Sie sicher viel besser aus«, sagte Bettina spontan und hätte sich am liebsten auf die Zunge gebissen.

Krampe lachte leise. »Das ist nicht schwierig. Aber ich nehme es als Kompliment, Frau Boll. Und wenn das so ist ... Vielleicht finden wir ja doch Zeit, den Ovid gemeinsam anzusehen. Dann können Sie detaillierte Vergleiche anstellen.«

»Oh«, sagte Bettina, deren Wangen glühten. »Gut.« Sie stand im kalten Treppenhaus, doch fror nicht. Dafür ließ sie das Feuerzeug fallen, mit dem sie soeben ihre Zigarette anstecken wollte. »Mist! Ich – Entschuldigung. Wann und wo sollen wir uns treffen?«

»Am besten kommen Sie einfach hin«, sagte Krampe belustigt. »So wie Sie's gewöhnt sind. Ich werde vermutlich schon den ganzen Tag da sein. Um acht Uhr geht's offiziell los. Aber falls die Reden und Vorstellungsrunden Sie nicht interessieren, können Sie auch erst um halb zehn kommen.«

»Oh«, sagte Bettina wieder. Sie suchte im Halbdunkel des Treppenhauses nach ihrem Feuerzeug. »Doch, das interessiert mich auch. Ich –«

»Geht's Ihnen gut?«, fragte Krampe.

»Bestens«, sagte Bettina und bückte sich. »Ich hab nur mein Feuer fallen lassen.« Endlich konnte sie die Zigarette anstecken. »Die Sucht«, sagte sie entschuldigend.

»Kenn ich«, sagte Krampe, und sie hörte, wie er Atem ausstieß. Einen Moment rauchten sie bloß, dann fingen sie gleichzeitig an zu reden. »Was machen Sie eigentlich in Pisa?«, fragte Bettina, und »Wissen Sie etwas Neues von meiner Mutter?«, wollte Krampe wissen.

Sie lachten. Dann sagte Bettina ernst: »Nein, tut mir Leid.«

Und Krampe: »Einen Buchhändler besuchen.« Er räusperte sich. »Ich muss jetzt auch wieder rein. Also dann, Frau Boll.«

»Ja«, sagte die. »Bis Samstag.«

Krampe zögerte. »Richtig«, sagte er. »Samstag.«

Als Bettina auf den Aus-Knopf ihres Handys drückte, ließ sie prompt wieder das Feuerzeug fallen, obwohl sie sich gar nicht aufgeregt fühlte. Eher in Hochstimmung und ein klein wenig peinlich berührt wegen ihrer Ungeschicklichkeit. Sie setzte sich auf die Treppe und rauchte ihre Zigarette fertig, ehe sie das

Feuer aufhob und in die Wohnung zurückging, die ihr erstaunlich warm vorkam. Dann machte sie eine Flasche Rotwein auf und zappte sich durch die Abendprogramme. Und erst, als sie im Bett lag und fast eingeschlafen war, stieß ihr vage auf, dass Krampe mit seinem Pisaer Buchhändler seltsamerweise Deutsch gesprochen hatte.

* * *

Lisa träumte. Das rote Kleid kratzte. Es war schön, aber nicht schön genug. Dabei war es das Beste, das sie überhaupt hatte kriegen können. Und ein schwieriges Kleidungsstück. Es passte nicht jeder, und es erforderte Haltung. Also richtiges Gehen, Schuhe mit Absätzen, den passenden BH und knalligen Lippenstift in dem einen besonderen Farbton, der über dem roten Stoff völlig natürlich aussah. Lisa konnte dieses Kleid tragen. Obwohl sie Autodidaktin war. Alles, was sie dafür brauchte, hatte sie sich selbst beibringen müssen, denn da, wo sie herkam, hielt man nichts von gewollter Schönheit. Nie hatte sie zu Hause anderes Feedback bekommen als: Ja, die Lisa, die hat die Augenbrauen von der Müllerseite, da kann man nichts machen. Erst als Georg in ihr Leben trat, entdeckte Lisa, dass man eben doch etwas machen konnte, und zwar eine Menge! Für Georg hatte sie rasend schnell gelernt. Zu gehen, zu reden, passende Lippenstifte und Parfums auszusuchen, die Haare zu toupieren, Absätze und gewagte BHs zu tragen. Ach ja, und eine Pinzette zu benutzen. Hübsche Kleider nicht nur im Schrank zu horten, die dann beim seltenen Tragen kniffen oder hingen und jedenfalls übertrieben wirkten, wie an ihrer Mutter. Jeden Tag musste man das Schönste anziehen, was man gerade hatte, das war das Geheimnis! Aber immer gelassen bleiben in dem Wissen, dass im Notfall ein gutes Paar Schuhe und ein strahlendes Lächeln auch ausreichten.

So war Lisa an das rote Kleid gekommen. Sie hatte es in einer französischen Boutique gekauft, einem kleinen, sehr edlen Laden, bei dem sie sich früher kaum getraut hätte ins Schaufenster zu gucken. Die Verkäuferin war begeistert gewesen, keine Spur von Arroganz, und sie hatte nur bestätigt, was der Spiegel ohnehin hinausschrie: Das Kleid sah einfach umwerfend an ihr aus. Lisa konnte es ganz und gar ausfüllen. »Ideal für den Honeymoon«, hatte die Verkäuferin geseufzt. »Meine Liebe, Sie sind die schönste Braut!«

Schönste Braut. Ha!

Sieben

Den nächsten Vormittag verbrachte Bettina an ihrem Schreibtisch im Büro. Sie wartete ungeduldig auf eine Rückmeldung von Kriminalrätin Syra, doch die kam nicht. Einfach gar nichts. So saß Bettina auf glühenden Kohlen, beziehungsweise unbehaglich gegenüber von Nessa Kaiser. Die Lücke zwischen den Tischen klaffte nach wie vor, und die Neue schmollte. Sie hatte ihre Beweise zurück in den großen Pappkarton gepackt und kramte ständig raschelnd darin herum. Die Kiste stand nun im Durchgang zwischen den beiden Tischen, sodass Bettina jedes Mal drüber stolperte, wenn sie vorbei wollte. Doch besser als auf ihrem Arbeitsplatz war das Zeug allemal gelagert. Sie stolperte also gewissermaßen mit innerem Triumph, während Nessa Kaisers sparsame Kommunikation einen gefährlichen, rachsüchtigen Ton angenommen hatte. Die Frau würde sich zweifellos bei nächster Gelegenheit beschweren oder eine Mobbing-Kampagne gegen Bettina starten. Vielleicht hatte sie es bereits getan. Es war keine gute Atmosphäre zum Arbeiten. Und doch hatte Bettina gerade dann, wenn sie Kaiser und ihren Tüten gegenübersaß, ein besonders starkes Gefühl von Déjà-vu. Irgendetwas Bedeutsames war in diesem Raum, etwas Einfaches und Kleines, ein Ding, das Kaiser mitgebracht, ein Satz, den Bettina gedacht hatte. Ein Zeichen. Das Gefühl war so stark, dass Bettina ihre Akte ein hundertstes Mal durchblätterte, genau hier im Zimmer, unter dem bösen Blick ihrer neuen Feindin. Vielleicht fand sie so die Übereinstimmung, die den Fall löste. Oder sie sonst weiterbrachte. Doch das passierte nicht. Zumindest nicht vor der Frühstückspause.

Ab zehn Uhr ließ sie das Lesen und versuchte es mit freiem Nachdenken. Allerdings führten die aufdringlichen Fotos und Diagramme an Nessa Kaisers Wand sie immer wieder auf Abwege, um nicht zu sagen in Abgründe, ins Spintisieren über das Böse an sich und die unfassliche Starre der Schicksale. Das hübsche, zu junge Mädchen, der brutale geile alte Kerl, seine eifersüchtige Frau. Das war der Fall Lohmeier. Banal und doch letztlich ein Rätsel. Nie würde ein Außenstehender verstehen, was sich in den Köpfen und Körpern dieser scheinbar soliden Mitbürger abspielte. Wie konnte ein Mann sich in ein Kind verlieben? Es darum schänden? Und töten? Und wie brachte dann derselbe rücksichtslose Psychopath die Verzweiflung auf, sich selbst zu hängen? Was bewog seine Frau, ihn nach dem verräterischen Freitod noch zu decken, sein Bekenntnis zu vernichten und das Unrecht fortzusetzen, indem sie den Angehörigen des Opfers die Schuld zuschob? Bettina versank so sehr in der Betrachtung des Fotos der unseligen Elvira Mahler, dass sie zu spät merkte, wie ebendiese Frau, um Jahre älter als auf dem Bild, aber sehr rüstig und mit genau dem gleichen gezierten Lächeln auf den Lippen, den Raum betrat.

Nun hatte Bettina über die Jahre mehrere Befragungen dieser Person protokollieren müssen und sich geschworen, ihr keine Sekunde mehr zu opfern. Sie erhob sich. Mahler deutete das prompt als höfliches Aufstehen und nickte Bettina zu. Nessa Kaiser, die ihrer Zeugin vorausging, schubste derweil den Kasten mit Beweismitteln direkt vor Bettinas Füße, zog einen breiten hölzernen Lehnstuhl an dessen Stelle und machte eine einladende Handbewegung. »Frau Mahler. Wie schön, dass Sie gekommen sind. Setzen Sie sich bitte.«

Sie rückte ihr noch den Stuhl zurecht. Bettina wollte sofort raus. Doch in dem engen Durchgang richtete sich Mahler auf ihrem Platz ein, stellte ihre Füße hübsch gerade vor sich, packte ihre Handtasche auf die Spitze der Knie, die Henkel akkurat nach oben, und musterte Nessa Kaiser mit ihrem Katzenlächeln. »Ich hab mal die *Rheinpfalz* angerufen«, teilte sie ihr in gewohnheitsmäßig weinerlichem Ton mit. »Ich kenn da jemanden, der macht immer was mit mir, wenn sich was Neues ergibt.« Vielsagend blickte sie von Kaiser zu Bettina und wieder zurück. »Aus der Kulturredaktion.«

Auf die Kultur war sie offensichtlich stolz. Bettina stieg über den Karton und zwängte sich rüde an der Witwe vorbei.

»Passen Sie doch auf!« Ein böser Blick traf Bettina, Mahler tätschelte ihre festen grauen Wasserwellen und wandte sich zurück an Kaiser. »Der Herr Dr. –«

Bettina wollte nicht hören, warum Mahlers Doktorfreund aus der Kulturredaktion der *Rheinpfalz* sie so mochte und warum er nicht schon längst für die *Zeit* oder die *Süddeutsche* schrieb, was er eigentlich müsste. Sicher hinderten ihn widrige Umstände, die nichts mit Talent zu tun hatten. Bettina versuchte, sich auch an Nessa Kaiser vorbeizudrängeln. Doch die stand breit im Weg und sagte: »Ihre Kooperationsbereitschaft wird man Ihnen vor Gericht zugute halten.«

»… ein feiner Mann«, schloss Mahler und lächelte spitz. »Gericht?«, sagte sie dann und reckte ihren Kopf freudig nach oben. »Sagen Sie mir bitte, der Lohmeier ist überführt.« Sie erhob sich halb von ihrem Stuhl. »Ich bin ja so erleichtert, junge Frau, ich bin ja so –«

»Frau Elvira Mahler, ich verhafte Sie wegen Mordes an Sylvia Lohmeyer«, sagte Nessa Kaiser in einem Ton, der nicht mehr erlaubte, dass man sie einfach übertönte.

Augenblicklich senkte sich tiefes Schweigen über den Raum. Mahlers Po schwebte zehn Zentimeter über der Sitzfläche des Stuhls, sie war erstarrt in einer Haltung, die eine normale Frau ihres Alters keine zwei Sekunden ausgehalten hätte. Bettina merkte, dass sie zurückgestolpert war und sich gegen den Rollschrank presste. Sie wagte kaum zu atmen.

»Sie«, sagte Nessa Kaisers Stimme klar und hart neben ihr, »haben für die Tatzeit nie ein befriedigendes Alibi bringen können. Sie haben Sylvia Lohmeier aus Eifersucht erdrosselt. Ihr Ehemann hatte eine Affäre mit dem Mädchen. Es gibt in Sylvias Tagebuch eine kurze Notiz darüber, dass Sie vermutlich Verdacht geschöpft hatten. Das traf zu. Sie haben Sylvia aufs angrenzende Feld gelockt, zur Rede gestellt und ermordet. Dann ließen Sie

Ihren Ehemann wissen, was Sie getan hatten. Er war ein depressiver Mensch, verschlossen, sentimental und labil. Bei Sylvia hatte er schon fast alle Kontrolle über sich verloren, doch Ihr Mord an dem Mädchen schockierte ihn vollends. Er erhängte sich tags darauf in Ihrem Keller. Seinen Brief haben Sie zerstört, weil er Sie verraten hätte. Doch seine Entwürfe sind vielsagend genug. Er schreibt zwar ausführlich, welche Schuld er auf sich geladen hat, ein so junges Mädchen zu verführen und ihren gewaltsamen Tod zu verursachen, aber interessanterweise sagt er auch, dass er Sie zu etwas trieb. Die Entwürfe sind alle an Sie adressiert, Frau Mahler. Ihr Mann schrieb: *Ich habe dich dazu gebracht.* Das hat mit Sylvia gar nichts zu tun. Die kommt in dem Brief als Person nicht vor, nur als Objekt. In diesem Satz ging es nie um den Sex, es ging um den Mord.«

Mahlers Augen funkelten. Langsam, kaum merklich, hob sich ihr Po nach oben, eine gemächliche Bewegung, die gleichwohl enorme Energie kosten musste. An der alten Dame sah das unwirklich aus. Und unheimlich. Bettina drückte sich rasch an Nessa Kaiser vorbei zur Tür, lockerte die Knie und sammelte Kraft in den Fäusten. Man konnte nie wissen.

Die Kollegin hingegen stand aufrecht wie ein Fels. »Wir hatten nie verwertbare Spuren«, sagte sie laut. »Das bedeutet aber nicht, dass keine da sind. Im Gegenteil. Es gibt viele. Und die Technik hat sich in den letzten Jahren sehr verbessert. In der Spurensicherung haben sie es fertiggebracht, aus minimalen Hautfetzen unter Sylvias Fingernägeln Fremd-DNA zu isolieren. Die DNA des Mörders, Frau Mahler.« Wie durch einen Taschenspielertrick hielt Nessa Kaiser plötzlich ein Speichelprobestäbchen in der Hand. »Darf ich bitten?«

In dem Moment sprang Mahler los. Sie verpasste Nessa einen regelrechten Tatzenhieb, fuhr ihr mit scharfen, hart lackierten Fingernägeln übers Gesicht und landete gleich darauf in Bettinas Armen. Die versuchte den Ellbogen der Kämpfenden zu fassen und zu verdrehen, wie sie es gelernt hatte, doch die alte Dame war ungeheuer kräftig und roch gleichzeitig zart nach Rosen und Jasmin. Das verwirrte Bettina und verschaffte der Gegnerin einen

Vorteil. Rasend schnell hatte sie die Türklinke in der eigentlich fixierten Hand und drückte mit dem Ellbogen des anderen Arms Bettinas Kopf zur Seite. Deren Blick wurde kurz auf die Wand gelenkt. Von dort aber lächelte ihr die kleine Sylvia zu, hübsch und strahlend. Da riss Bettina hart die Hand der alten Dame hoch und kugelte mit hässlichem Knacken irgendein Gelenk aus. Mahler schrie schrill auf, rutschte zu Boden, doch noch im Sinken trat sie mit erstaunlicher Wucht gegen Bettinas Fußknöchel. Das tat so weh, dass ihr kurz weiß vor Augen wurde.

Kaum war sie aber wieder klar, stand das Zimmer schon voller Kollegen. Ackermanns Eisenarme packten die jammernde Mahler. Alle redeten auf Bettina ein, und die begriff erst gar nicht, dass man *sie* fragte, was passiert sei und wie mit der Festgenommenen verfahren werden sollte. »Fragt Nessa«, sagte sie schließlich. Sie ging zu der neuen Kollegin und reichte ihr die Hand. »Das war – inspirierend.«

Nessa blutete aus fünf langen Kratzern im Gesicht. »Danke«, sagte sie erstickt.

»Das solltest du gleich einem Arzt vorführen.« Bettina wies auf Nessas rot verschmiertes Taschentuch, um nicht auf ihr Gesicht zu zeigen. »Das gibt sonst Narben.«

Nessa nickte.

Bei Ackermann entstand ein kleines Handgemenge. »He, he, bleiben Sie ruhig, gute Frau, dann ist alles easy. – Also, Mädels, bevor ihr euch jetzt wochenlang krankschreiben lasst, was habt ihr hier eigentlich gemacht?«

»Nessa hat den Fall Lohmeier gelöst«, sagte Bettina.

Eigentlich wollte Bettina sich rasch abseilen, doch das war gar nicht so einfach, weil jemand sich um Mahlers Unterbringung kümmern musste, während Nessa verarztet wurde. Sie also. Und anschließend brauchte die Neue Hilfe bei den Formalien. Nach dieser Superleistung konnte man sie kaum allein nach Zimmern, Zuständigen und Papieren suchen lassen. Bettina spielte also Patentante und Tutorin, schrieb zwischendurch ihre Zeugenaussage über den Kampf im Büro auf, und brachte fast den ganzen

Mittag damit zu, Mahlers Verwahrung zu organisieren, ihr einen Anwalt zu besorgen und die richterliche Anordnung für die Entnahme von Speichel- und Blutproben einzuholen. Irgendwann gegen zwei saß sie dann endlich wieder allein in ihrem Büro. Da wunderte sie sich, dass die Wand noch voller Bilder hing, der Karton nach wie vor im Weg stand und alles, was heute geschehen war, tatsächlich erst in den letzten drei Stunden passiert sein sollte. Und obwohl ihre innere Unruhe sie die ganze Zeit getrieben und gemahnt hatte, mit der eigenen Arbeit fortzufahren und die Lösung für den Krampe-Fall zu erhaschen, solange sie noch greifbar in diesem Raum zu stehen schien, brauchte sie jetzt nur einen kurzen Blick auf den Computer und ihre Akte zu werfen, um zu wissen, dass sie heute nicht mehr das Geringste ausrichten würde. Genauso gut konnte sie zum Friseur gehen. Und da sie am nächsten Tag ein Date hatte, kein wirklich echtes, aber das erste seit Jahren, tat sie das auch.

Der Salon, in dem sie zuletzt gewesen war, existierte nicht mehr. »Die sind schon seit drei Jahren drüben in Mannheim«, sagte der Angestellte des Reisebüros, in dem sich einst das *Haarstudio Locke* befunden hatte. Er betrachtete Bettina von oben bis unten und seine Gedanken konnte man regelrecht hören: dass ihr Outfit unheimlich gut zur Frage passte. Schäbige Jeans, abgestoßene Schnürstiefel, viel zu dünne Jacke und bunt geringelter Schal – so sah eine Frau aus, die den Umzug ihres Friseurs verpasste. Bettina stolperte hinaus und fand sich vor einer Boutique mit einer wunderschönen bestickten cognacfarbenen Lederjacke im Schaufenster wieder. Erst deren Anblick machte ihr richtig bewusst, was Krampe gesagt hatte: Es kommen wichtige Leute. Ein Millionär und seine Freunde aus Politik und Kultur.

Sie brauchte dringend was zum Anziehen.

Zwei Stunden später war ihr Bankkonto leer, ihr Gewissen in hellem Aufruhr und in der edlen schwarzen Papptüte neben ihrem Spiegel ruhte wohl verpackt die Lederjacke und noch so einiges andere. Bettina saß auf einem bequemen Stuhl in der

Hairlounge Dina unter einem ihr bis dato unbekannten Gerät, das ihren Kopf wärmte. In den Haaren hatte sie eine wohlriechende Creme, die »erst mal einwirken muss«, und so wartete sie und lauschte dem Klappern der Scheren und dem Brummen der Föhns und den Gesprächen ringsum. Es ging um Stufen und Strähnchen und Kinder und Urlaube. Bettina dachte an Italien, sie schloss die Augen und träumte. Von einem alten Buch voller Geheimbotschaften. Eine davon war teilweise auf Deutsch geschrieben. Sie lautete: Bring mich zurück in die Strada Imboscata an der Piazza di Rimpiattino, Hausnummer 68, zweite Tür, dritter Stock im Hinterhaus, Roma.

Als das Gerät zu summen begann und sie aufweckte, dachte sie ganz erschrocken, dass sie da wohl an verbotenes Wissen gerührt hatte, eine höchst private Quelle ihrer Vorgesetzten. Und während sie den Kopf gewaschen bekam und wieder richtig wach wurde, fragte sie sich, warum sie eigentlich so erschrocken gewesen war. Sie hatte im Traum nichts Verbotenes getan. Sie war nur auf eine interessante Frage gestoßen: wie Syra es geschafft hatte, die Herkunft des Ovid-Kodex an der Wissenschaft vorbei in eine bestimmte römische Bibliothek zurückzuverfolgen. Denn in Rom, das wusste Bettina inzwischen, unterhielten neben dem Vatikan zahllose Kirchen, Klöster und Privathäuser mittelalterliche Büchersammlungen, ganz zu schweigen von der *Sapienza*, einer der ältesten und größten Universitäten der Welt, die allein über 4000 einzelne Bibliotheken besaß. In Rom war es nicht schwierig, ein altes Buch zu stehlen. Es dem richtigen Besitzer zurückzubringen hingegen schon. Ohne Hinweis konnte Syra das nicht geschafft haben. Doch woher war der gekommen?

»Wasser so recht?«, fragte die Friseurin.

»Oh«, sagte Bettina. »Ja.« Und dann sprachen sie über Stufen und Strähnchen und Urlaube und Kinder. Bettina vergaß das Rätsel um die Herkunft des Ovid.

Aber nur für eine Weile.

Acht

Aschenputtel auf dem Weg zum Ball, so fühlte sich Bettina am Samstagabend, und das war albern, denn sie war keine siebzehn mehr und sie sollte hier arbeiten. Doch mit hochgestecktem Haar und in einem Rock zu erscheinen war eben etwas anderes. Auch das Kloster sah verwandelt aus, alle Baumaschinen waren verschwunden, und das alte Gemäuer schimmerte moosig und märchenhaft in der Dämmerung. Dem angrenzenden Wald traute man im Zwielicht sofort alles zu, Wegelagerer und Wölfe, unheimliche Gewässer, verführerische Undinen und die rasende wilde Jagd. Auch die steil aufragende Kirchenruine mit den spitzen, leeren Fenstern schien nicht ganz geheuer, doch woanders als ins Kloster konnte man nicht hin. Es war das einzig Helle weit und breit. Die Sandsteinwände wurden flächig von unsichtbaren Spots bestrahlt, Fackeln beleuchteten den Vorhof, und aus der offenen Tür der Eingangshalle drang ein warmer Schein.

Auf dem Parkplatz entstiegen derweil Menschen in Kaschmirmänteln dicken schwarzen Autos und wurden vom Parkwächter in Richtung Eingang komplimentiert. Bettina fragte sich, wo Ballier sein mochte. In der Nähe? Ihr Benz stand jedenfalls nicht auf dem Platz. Sie wartete ein Weilchen und genoss ihre neue Jacke. Die war so schön warm, dass sie am liebsten noch ewig hier gestanden und der Ankunft der Gäste zugesehen hätte. Doch dieses Zögern war pure Angst. Du gehst jetzt da rein, Tina, befahl sie sich. Und es funktionierte. Sie ging rein.

Drinnen nahm man ihre warme Jacke und gab ihr dafür einen kalten Sekt, in einem hauchdünnen glänzenden Kristallglas, das sofort beschlug. Klaviermusik perlte.

»Wie gut, dass sie nicht diese mittelalterlichen Tröten haben«, sagte eine Dame zu ihrem Begleiter, der Bettina offen anstarrte.

Sie lächelte ihm zu.

»Verzeihung«, sagte er ohne die leiseste Verlegenheit und reichte ihr sofort die Hand. »Gauch, CDU. Sie erinnern mich an diese Schauspielerin. Sind Sie etwa …«

Die Dame neben dem CDU-Mann setzte ein hübsches Lächeln auf, das zu freundlich war, um echt zu sein. Bettina lächelte ebenfalls und fragte sich, ob man hier zur Begrüßung seine Parteizugehörigkeit nannte.

»Nein«, sagte sie. »Boll. Ich arbeite für die Polizei. Darum bin ich auch neutral.«

Der Mann lachte schallend, seine Begleitung höflich. Bettina schüttelte ihr ebenfalls die Hand und erfuhr dabei auch ihren Namen sowie den weiterer Leute, mit denen sie sprach und trank, und stellte nach kurzer Zeit fest, dass eine Party mit wichtigen Leuten weit einfacher war, als sie gedacht hatte. Hier gab es keinen »Mädelstisch« wie auf den Richtfesten und Polterabenden ihrer Kollegen, wo sich überarbeitete Hausfrauen schweigend anstarrten, weil sie sich für nichts als die eigenen Kinder interessierten, während die Männer mit unverhohlenem Misstrauen (beziehungsweise unmäßig erfreut) reagierten, falls eine Unbekannte das Wort an sie richtete. Die wichtigen Leute mochten zu reich sein, zu mächtig und sonst was, aber sie beherrschten den Smalltalk. Bettina entspannte sich, stellte sich der Gastgeberin Frau Ritter vor und ging Krampe suchen.

Sie fand ihn umringt von Bewunderern in dem hohen weißen Raum, der einst das Refektorium gewesen war. Allerdings war der Saal jetzt nicht mehr weiß, vielmehr strahlte er golden und festlich, wie von bloßem Kerzenlicht erhellt, obwohl nicht das kleinste Kerzlein zu sehen war. Der lange Tisch war verschwunden, stattdessen erhob sich an der Kopfseite eine Art Bühne, auf der ein schmales Pult von einem einzelnen Lichtspot in der Decke beschienen wurde. Vor diesem Pult sprach Krampe mit einer kleinen Gruppe von Menschen, die ihm gebannt lauschten. Nur der in tiefes Schwarz gekleidete Gorilla, der an der Seite aus dem dunklen Holz des Bühnenpodests wuchs, hatte keine Muße zum Zuhören. Er machte ein finsteres Gesicht, während er eifrig mit verschränkten Armen wachte. Die Wände zierten winzige, doch üppig gerahmte fotografische Ausschnitte aus den Ovid-Illustrationen: das Haupt der Medea, eine Hirschkuh mit angstvoll nach hinten gewandtem Kopf, eine Blume, verschiedene menschliche Körperteile, zuletzt ein kopulierendes Paar, das allerhöchstens zwei Quadratzentimeter maß.

»Sehen Sie das Violett?«, fragte ein älterer Herr im dunklen Anzug, der plötzlich neben Bettina stand. Er blickte sie interessiert an. Seine Haare waren sehr schwarz, sein Gesicht rund und blass.

»Nein«, sagte Bettina einsilbig. Sie mochte nicht mit einem Fremden eine pornografische Darstellung betrachten. Und violett war sowieso nichts an dem Bild, mit viel gutem Willen konnte man höchstens das hochgeschobene Kleid der Frau so nennen.

»Das Gewand der Frau«, sagte der Herr und musterte Bettina mit wässrigen Augen. »Das ist Purpur.«

»Aha«, sagte Bettina und wandte sich ab, um von der Intimität der winzigen Darstellung wegzukommen.

»Ja, und Purpur an dieser neuralgischen Stelle ist einfach hochinteressant.«

Bettina verstand nicht, was an dem Gewand neuralgisch sein sollte, und auch die Farbe schien ihr nicht wirklich spektakulär. »Für mich sieht das eher dunkelrot aus«, sagte sie immer noch abwehrend. »Wie altes Blut.«

Sie erntete einen ernsten Blick. »So soll es ja auch aussehen. Dunkel, wenn das Licht reflektiert wird, aber klar und leuchtend, wenn es hindurchscheint. Schreibt Plinius. Purpur changiert. Das ist sein Geheimnis.«

Widerwillig schaute Bettina etwas näher hin. Sie sah zwei Menschen, die Spaß hatten. Und ein zurückgeschlagenes Gewand in Dunkelrot. »Es changiert nicht.«

»Weil es gealtert ist. Und vor allem, weil es sich um eine Fotografie handelt. Kommen Sie, ich zeige Ihnen das Original.«

»Ich glaube, das sollten wir nicht anfassen«, sagte Bettina mit einem Blick auf den finsteren Gorilla.

»Machen Sie sich keine Sorgen.« Der Herr versetzte ihr einen überraschenden kleinen Schubs, und schon fand sie sich auf dem Podest vor dem Pult wieder. Dort blätterte er nachlässig in dem Schatz, der mit so viel Mühe präsentiert war, unter einem

Kegel aus weichem Licht auf schwarzem Samt und mit kostbaren keilförmigen Buchstützen, die verhinderten, dass das Buch ganz aufgeschlagen wurde.

»Muss man da keine Handschuhe anziehen oder so was?« Bettina sah sich nervös nach dem Wächter um, doch der hatte eine verbindliche Miene aufgesetzt und schaute in die Luft.

»Nein, nein«, sagte der Herr zerstreut. »Pergament ist unverwüstlich. Das ist ja das Gute daran. Wo war es denn – hier.« Er schlug eine braune, weiche, sehr schäbig aussehende und (für Bettina) unleserlich beschriftete Seite um, klappte sie von innen nach außen auf – und vor ihnen erschien ein Bild, wie Bettina noch keins gesehen hatte. Auf dem altersfleckigen Untergrund standen leuchtende Farben, die so flächig aufgetragen waren, dass sie fast plastisch wirkten. Abgetönt oder gemischt war fast nichts, und dennoch erschien die Malerei alles andere als naiv. Das lag in gewissem Sinne am Motiv: Auf dem Bild vergnügten sich drei Paare, eins im Stehen vor einer Tür, eins in einem üppigen Bett dahinter und ein weiteres in einem offenbar weit entfernten prächtigen Gebäude. Das anregende Sujet hatte den Künstler allerdings nicht von seiner eigentlichen Arbeit abgelenkt. Die war unleugbar meisterlich. Und dann die Farben! Der Typ hatte recht. Diese Farben besaßen Tiefe und Schimmer, eine Lebendigkeit, die dem Betrachter sofort klarmachte, dass er etwas außergewöhnlich Kostbares vor sich hatte.

»Sehen Sie?«

Bettina nickte, schaute auf und blieb mit dem Blick an Krampe hängen. Der stand unter ihr, vor dem Podest, und sein Mund redete weiter zu den Partygästen, während seine Augen sie fixierten. »... entschuldigen Sie«, sagte er seinen Leuten.

Der ältere Herr neben Bettina dagegen war ganz in die Betrachtung des Buches vertieft. »Und das Bemerkenswerteste an diesem Bild –«

»... ist für die Naturwissenschaftler unter uns ganz klar die Anatomie des Herrn links.« Schon stand Krampe neben Bettina. »Frau Boll!« Er lächelte sie an. »Wie schön, dass Sie kommen konnten! Ich hoffe, Sie haben durchschaut, dass Dr. Ritter seinen Lieblingspurpurfleck absichtlich dort vorn hat aufhängen lassen. Von da aus kann er jede beliebige Dame bequem zu dieser idyllischen Szene locken.«

Alle drei warfen einen kurzen Blick auf die verschiedenen Schäferstündchen, dann tauschten die beiden Männer ein mehr oder minder freundschaftliches Zähnefletschen.

»Ich dachte mir schon, dass Sie der Gastgeber sind«, sagte Bettina zu Dr. Ritter, gab ihm die Hand und fragte sich dabei, wieso Krampe so verändert aussah. Er wirkte nervös. Und verkleidet. Vielleicht war es sein alter dunkelgrüner Pulli, der Bettina irritierte. Sie hatte den Kurator bisher nur im Anzug gesehen.

»Sie sind Naturwissenschaftlerin?«, fragte der blasse Dr. Ritter unterdessen.

»Ich arbeite mehr im angewandten Bereich.«

»Frau Boll ist fürs BKA hier«, verriet Krampe. »Man ist dort etwas in Sorge um die Kulturgüter unseres Landes.«

Dr. Ritters kurzsichtige Augen wurden argwöhnisch. Sofort sah er vollkommen unecht aus, als bleiche er sich die Haut und färbe sich die Haare und schneide sie sich dann selbst mithilfe eines Blumentopfs. Er trat einen Schritt zurück und holte Luft.

»Ich bin hier«, sagte Bettina und benutzte absichtlich Krampes Vornamen, »weil *Sie* mich eingeladen haben, Gregor. Rein privat.« Sie strahlte ihn an. »Sie wollten mir den Ovid zeigen«, setzte sie unschuldig hinzu, und das bedurfte angesichts der offen liegenden Bilder keines Kommentars mehr. Krampe verschränkte die Arme und musterte Bettina ungläubig.

Dr. Ritter ließ die Luft wieder raus und drohte Krampe mit dem Finger. »Mein lieber Gregor!«

Bettina neigte den Kopf zu ihrem neuen altväterlichen Freund und grinste Krampe an. Doch sie hatte nicht viel Zeit, sich zu freuen, denn schon wurde sie unerwartet fest am Arm gepackt und zu dem Buch gezogen. »Jetzt schauen Sie sich das Violett an! Hat es nicht etwas von einer Brombeere?«

»Doch.« Bettina beugte sich über die unzweideutigen Bilder und sah aus den Augenwinkeln, wie Krampe die Bühne hinunterstapfte, sich kurz nach ihr umdrehte und den Raum verließ. Sie wäre ihm gern gefolgt, doch Dr. Ritter hielt ihren Arm beharrlich umklammert. Also diskutierte sie artig die Nuancen des echten Purpurs und erfuhr, dass es aus stacheligen Meeresschnecken gewonnen worden war, wehrhaften räuberischen Mollusken, die auf eine heute nicht mehr bekannte Art zerschmettert oder schlicht gemolken werden mussten und dann ein grünliches Sekret ausspien, das sich an der Luft leuchtend violett färbte. Dies Violett war die Farbe der Kaiser. Cäsar hatte es einst im Palast seiner Geliebten Kleopatra bewundert, er brachte es von dort nach Rom und begründete einen heute nicht mehr vorstellbaren Kult um die blutige Farbe. Alle römischen und byzantinischen Kaiser trugen Purpur. Und zwar exklusiv. Unter bestimmten Herrschern war es bei Todesstrafe verboten, sich darin zu kleiden, manche Kaiser erlaubten ihn ausschließlich Frauen und Generälen, und nur wenige dachten pragmatisch: Sie erhoben Steuern auf den Purpur und förderten seinen Verkauf. Denn der Farbstoff war so unermesslich teuer und begehrt, dass sich gute Geschäfte mit ihm machen ließen. Bei der Erläuterung dieses letzten Aspekts glänzten Dr. Ritters wässrige Augen, sein rundes Gesicht bekam ein kindliches Strahlen und Bettina fragte sich, ob er nachts von einem Purpurgroßhandel träumte.

»Begreifen Sie nun?«, fragte er Bettina drängend. »Erkennen Sie, was diese Frau ist?« Mit der freien Hand wies er auf das kleinste Paar der Seite. »In einem Buch aus einer Zeit, da es in Konstantinopel noch Kaiser gab?«

Bettina sah die Frau, sie lag unten. »War sie eine Kaiserin?«, riet sie verlegen.

»Ich bitte Sie, wer würde denn eine Kaiserin so darstellen?«

»Ja, eben«, sagte Bettina, die wünschte, Dr. Ritter würde ihren Arm loslassen.

»Sie ist ein Witz«, sagte Dr. Ritter. Seine Augen erforschten Bettinas Gesicht. Er war sehr nah und sehr hässlich, schwarz und weiß. Sie wusste nicht, was er suchte. »Eine kleine böse Ironie am Rande.«

Bettina lächelte mühsam. Dr. Ritter wandte sich wieder dem

Buch zu. Und den vielen Umstehenden, die inzwischen *ihm* lauschten.

»Diese Frau in Purpur«, sagte er schnurrend, »ist ein höchst pikantes Detail, ein winziger Seitenhieb auf Kaiserhaus und Adel. Und das in einem Buch, das sich nur ein Mitglied der Herrscherfamilie überhaupt leisten konnte.« Er ließ Bettina los, hielt sich am Pult fest und blickte seine Gäste der Reihe nach an. »Diese Ovid-Ausgabe ist die Hinterlassenschaft eines Libertins. Eines witzigen Freidenkers. Eines Genießers, eines Gelehrten, vielleicht sogar eines Literaten – eines potenten, mannigfach interessierten und unkonventionellen Mannes.« Schon tastete seine Hand wieder nach Bettina.

Vergebens. Sie befand sich längst an der Tür.

»Na, haben Sie Ihre Lektion in Farbenlehre gelernt?«, fragte Krampe, als sie endlich wieder in die Halle zurückfand. Er musste auf sie gewartet haben. »Hier.« Er reichte ihr ein frisches Weinglas mit blassgoldener Flüssigkeit darin.

»Danke.« Bettina grinste. »Tja, mein Sohn würde sagen: Purpur ist eine *voll geile* Farbe.« Sie strahlte Krampe an und verstand nicht, weshalb der so entsetzt guckte.

Er nahm einen ordentlichen Schluck Wein aus seinem Glas. »Sie haben ein Kind?«, fragte er dann vorsichtig.

»Zwei«, sagte Bettina ernüchtert. Natürlich. Kinder durfte man beim Flirten nicht erwähnen, ebenso wenig wie Ehepartner oder Geliebte. »Ich bin alleinerziehend«, setzte sie rasch hinzu, wohl wissend, dass sie damit nicht viel gutmachte. Dass die Babysitterin bis zum nächsten Vormittag gebucht war, sagte sie natürlich erst recht nicht. Aber sie dachte es. Es ging nicht anders. Es hing mit ihrem Rock und den getuschten Wimpern und dem Wein und Krampes grimmigen Blicken zusammen. Eine winzige Sekunde nur ließ sie den Gedanken zu, doch die reichte, um ihr Gesicht gehörig zu erwärmen.

Krampe schien das nicht zu bemerken. »Sie haben Eindruck auf Dr. Ritter gemacht«, sagte er und zog eine melancholische Miene. Überhaupt wirkte er an diesem Abend womöglich noch ernster und angespannter als sonst. Der elegante Intellektuelle, den Bettina im Fernsehen gesehen hatte, war völlig verschwunden, stattdessen stand ein fahriger blonder Junge vor ihr. »Sie sehen so anders aus als sonst«, sagte er, als könne er obendrein nur noch das wiederholen, was sie gerade dachte. Bettina fragte sich, ob er betrunken war.

»Und Sie sehen aus, als ob Sie vergessen hätten, sich umzuziehen«, sagte sie, ohne nachzudenken.

Worauf Krampe schrecklich beleidigt guckte, etwas Unverständliches murmelte und in der Menge verschwand. Bettina blieb konsterniert zurück. Sie trank einen Schluck Wein und wurde sofort wieder von der Seite angesprochen.

»War das Ihr Freund?«, fragte ein kleiner glatzköpfiger Herr, außer Krampe der Einzige weit und breit, der keinen Anzug trug. Stattdessen war er in ausgefranste Jeans und ein blusenartiges dunkellila Hemd aus billigem Kattun gekleidet, mit einem Ausschnitt zum Binden.

»Nein«, sagte Bettina und seufzte unwillkürlich.

»Ts.« Der Glatzkopf blickte amüsiert. Er hatte sehr klare braune Augen und ein kleines, rundes Gesicht. »Nur Mut. Er wird es werden.« Er grinste. »Es sei denn, *Sie* entscheiden sich für jemand anderen.«

Bettina lächelte. »Das könnte vielleicht passieren.«

»Dass Sie sich für jemand anderen entscheiden?«

Bettina nickte und seufzte wieder.

»Darauf trinke ich.« Ihr Gegenüber sah ihr in die Augen und hielt sein Glas hoch. Darin befand sich kein Wein, sondern eine klare braune Flüssigkeit.

»Was ist das?«, fragte Bettina und deutete auf sein Getränk.

Er antwortete nicht. Er trank und lächelte sie bloß an.

»Ich weiß nicht, was er hat«, sagte Bettina und drehte sich nach Krampe um.

Der Glatzkopf hatte ein Einsehen. »Er mag Sie«, sagte er.

»Nein.«

»Ja.«

»Wie kommen Sie darauf?«

Der Glatzkopf beugte sich vor und blickte Bettina tief in die Augen. »Es ist die Farbe seines Pullovers«, sagte er mit gesenkter Stimme.

»Was ist damit?«, fragte sie irritiert.

»Na, das sieht man doch.«

Bettina sah es nicht.

»Das war genau die Komplementärfarbe zu Ihren Haaren. Paare, die sich so kleiden, funktionieren. Darauf kann man achtundneunzigprozentige Wetten abschließen.«

Sie blickte an die Stelle, wo die Menge Krampe verschluckt hatte. »Aber den Pullover hat er sicher nicht wegen mir an.«

»Egal wieso. Solche Dinge passieren unbewusst. Er hat ihn an, das reicht.«

»Meinen Sie?«, fragte Bettina.

Der Glatzkopf tätschelte ihre Schulter. »Na los. Hinterher.«

»Und was ist mit den übrigen zwei Prozent?«, fragte Bettina, die nicht wusste, was sie Krampe sagen sollte.

»Das sind die, die sich nicht trauen«, sagte Glatze mitleidig und drehte sich von ihr weg.

Also ging sie Krampe hinterher.

Sie gelangte in ein enges, weiß gekalktes Zimmer, in dem Essen angeboten wurde, winzige, mit Frühlingsblumen geschmückte Häppchen auf grauen Steinguttellern und schweren Leinenservietten, ein elegantes Crossover von Mittelalter und Nouvelle Cuisine. Bettina nahm sich ein Glas mit einem Rosenblatt, ließ sich vom Koch versichern, der Pudding darin sei *die* originale hochmittelalterliche Weißspeise, und dann wurde sie schon wieder hinausgetrieben in die Halle, die sich plötzlich leerte. Vermutlich sollten nun Reden gehalten werden. Also war Krampe sowieso vorerst unabkömmlich. Bettina sah den Leuten zu, die sich in Richtung Refektorium bewegten, und tauchte ihren zierlichen Silberlöffel in das Portiönchen Brei. Er schmeckte nach Mandeln, Grieß, Milch und Rosenwasser. In der Nähe des Eingangs sah sie die hübsche Frau Marny, die mit einer Gruppe von Leuten sprach. Soeben trat noch ein später Gast herein, ein auffälliger

Mann, das Gesicht gerötet vor Kälte. Irgendwie kam er Bettina bekannt vor, sicher ein Prominenter. Mit derselben Eile, mit der er das Haus betreten hatte, stürmte er zur Mitte des Raums und sah sich suchend um, offenbar nach der Gastgeberin. Das veranlasste Frau Ritter, eine zarte, etwas verhuschte Brünette, ihren Gesprächspartner stehen zu lassen und auf den Neuankömmling zuzugehen. Der wiederum erblickte Marny und bahnte sich sofort mit aller Energie einen Weg zu ihr, schuf Raum um sie, machte sie lächeln, schüttelte ihre Hand und wurde schließlich von ihr ins Refektorium gewiesen. Die eigentliche Hausherrin blieb brüskiert zurück. Verlegen drängten sich nun andere Gäste, die dank der aufsehenerregenden Erscheinung des Mannes die kleine Szene mitverfolgt hatten, an Frau Ritter vorbei. Sie aber stand da, mit einem sehr hässlichen Ausdruck auf dem Gesicht, und starrte die nichtsahnende Marny sekundenlang an. Und plötzlich fand Bettina, dass es nachlässig von ihr war, von der Marny nichts zu wissen, nicht einmal den Vornamen, wo sie doch selbst die Arbeiter draußen auf der Baustelle überprüft hatte. Sie beschloss, zur Abwechslung etwas zu arbeiten.

»Frau Marny!«

Die junge Frau drehte sich um, musterte Bettina kurz von oben bis unten – und lächelte charmant. »Frau Boll! Welche Überraschung! Ich muss vergessen haben, Sie einzuladen. Wie nett, dass Sie trotzdem gekommen sind.«

»Ich bin beruflich da«, sagte Bettina knapp. Marny trug eine umwerfende Seidenbluse in exakt der Farbe von Bettinas Haaren.

Die junge Frau grinste. »So wie immer?«

»Frau Marny, Sie haben dieses Fest organisiert?« Bettina fragte sich, was in der Komplementärfarben-Paartheorie mehr zählte: das Kleidungsstück oder der Körperteil? Handeln oder Sein?

Marny sah sich in der inzwischen fast leeren Halle um und seufzte zufrieden. »Ja.«

»Das heißt, Sie können mir eine Gästeliste geben.«

»Nein.« Marny wandte sich ab. »Das geht jetzt nicht.«

»Wieso nicht?«

Marny blickte groß zu Bettina zurück. »Soll ich etwa mitten auf der Feier ins Büro? Ich habe zu tun. Außerdem ist das eine Privatveranstaltung von Dr. Ritter. Die Gästeliste ist nicht für die Öffentlichkeit bestimmt. Die Journalisten kriegen sie auch nicht. Was wollen Sie überhaupt damit?«

Sie haben, wenn ich sie brauche, dachte Bettina. »Sie möchten also nicht kooperieren«, sagte sie ernst.

Marny blickte sich in der Halle um, warf eine seidige Haarsträhne zurück und sagte mit winzigem Zögern: »Ganz recht.«

»Gut«, sagte Bettina. »Dann werde ich Frau Ritter bitten.«

Sie sahen sich an. Marnys cognacfarbene Augen waren klar – und ein wenig starr. »Fein«, sagte sie.

»Frau Ritter wird mir diese Liste mit Sicherheit organisieren, wenn sie erfährt, dass Sie, Frau Marny, nicht dazu bereit waren.«

Da drehte Marny sich auf dem Absatz um und ging. Die Treppe hoch. Bettina folgte ihr.

Eine halbe Stunde später war sie im Besitz aller Informationen, die sie brauchen würde, falls dem Kodex etwas passierte. Gäste, Belegschaft, Größe, Lage und Sicherheitsstandard der benutzten Räume, Zahl der privaten Wachmänner (vier) und Marnys Adresse und Vorname (Bianca). Zum Glück sprach die kleine Privatsekretärin gern über Sicherheit. Sie sah dann aus wie ein Rehlein, mit ihrem Augenaufschlag und der rotbraunen Bluse und dem hinreißenden Metallschimmer auf dem Haar. Nachtragend war sie auch nicht. Sie führte Bettina ganz stolz und freundschaftlich in eins der neu gestalteten Schlafzimmer, ein frivoler Mix aus karger Klosterzelle, schweren düsteren Holzrahmen und roten Stoffen.

»Purpur«, sagte Bettina unwillkürlich, und Marny sah sie von der Seite komisch an.

»Ist das Dr. Ritters Zimmer?«, fragte Bettina.

Marny verschränkte die Arme, legte den Kopf schräg und sah ihr gerade ins Gesicht. »Das *alles* sind Dr. Ritters Zimmer.«

»Natürlich«, sagte Bettina und dachte an den Vector. »Vermutlich gibt es nichts hier, was ihm nicht gehört.«

Marny lächelte fein.

»Haben Sie eigentlich diesen Bauarbeiter noch mal hier drin gesehen?«, fragte Bettina.

»Oje, der Arme.« Die Sekretärin schüttelte den Kopf. »Ehrlich gesagt, wollte ich Sie mit dem nur ein bisschen auf den Arm nehmen. Sie sind so unglaublich eifrig. Und so überzeugt, dass etwas ganz, ganz Schreckliches passieren wird.« Bedauernd zog Marny die Nase kraus. »Nun wird der Mann sicher von Ihnen verfolgt und ausspioniert, nur weil er sich mal unsere Bib von innen angucken wollte. Und dabei dachte ich, das ist der Unwahrscheinlichste von allen.« Sie schenkte Bettina einen Augenaufschlag, der an eine Frau im Grunde verschwendet war. »Der Gärtner, der immer der Täter ist. In unserem mysteriösen Fall des ungestohlenen Ovid.« Ein unwiderstehliches Grinsen schlich sich auf ihr hübsches Gesicht.

»Des *noch* ungestohlenen Ovid«, sagte Bettina und kam sich dabei selber albern vor.

Marny seufzte nachsichtig. »Sie glauben wirklich, dass das Manuskript geraubt wird? Heute?«

»Die Gelegenheit ist günstig«, antwortete Bettina.

»Stimmt.« Marny warf einen Blick auf ihre winzige, diamantenbesetzte Uhr. »Falls Sie Hunger haben jedenfalls. Wir müssen jetzt runter. Der Hauptgang wird gleich serviert.«

Unten strömten inzwischen die Gäste in die Halle zurück, nahmen die Sessel in den Nebenzimmern in Beschlag, belegten die Plätze am Kamin und machten sich über das Buffet her. Dr. Ritters schwarzes Haupt schwebte über einem großen Teller voll kleiner Häppchen, zwei ältere Herren standen bei ihm und redeten, doch er hörte ihnen nicht zu. Seine Augen blickten suchend umher, während er aß. Bettina duckte sich unwillkürlich und machte, dass sie ungesehen die Treppe hinunterkam. Dies war vermutlich der allerbeste Zeitpunkt, den Ovid-Kodex einmal allein zu sehen. Rasch schob sie sich durch die Menge in Richtung Refektorium. Es war tatsächlich fast leer bis auf ein Paar, das die Fotos an der Wand studierte, und zwei schwarze

Wachmänner, die rechts und links von dem Buch auf der Bühne Posten bezogen hatten. Bettina wollte zu ihnen hinaufsteigen und wurde sehr höflich aufgefordert, das zu lassen. Den Hinweis, dass sie Polizistin war, sparte sie sich, der würde höchstens Dr. Ritter auf den Plan rufen. Sie wanderte also ein wenig bei den Fotografien herum und gerade, als sie dachte, dass es vielleicht netter wäre, mit etwas zu trinken in der Hand zu wandern, kam Krampe zur Tür herein.

»Da sind Sie!« Das klang vorwurfsvoll.

»Und Sie auch!«, sagte Bettina.

»Also kommen Sie«, sagte er kurz angebunden.

»Wohin?«, fragte Bettina.

»Sie wollten doch den Ovid sehen.« Er schaute sie an. »Oder reicht Ihnen der Exkurs in Purpurrot?«

Bettina blickte seinen grünen Pullover an. »Natürlich nicht.«

»Also dann – Bettina.« Er reichte ihr den Arm.

Bettina hakte sich ein. »Woher kennen Sie meinen Vornamen?« Er zuckte die Achseln. »Sie kennen meinen ja auch.«

»Aber ich bin Polizistin.«

Er ließ sie los. »Wollen Sie den Ovid jetzt sehen oder nicht?«

Krampe wurde nicht ganz so anstandslos auf die Bühne gelassen wie Dr. Ritter, er musste erst ein Gespräch mit dem Wächter führen. Ein kurzes allerdings. Dann nahm er Bettinas Hand und half ihr auf das Podest. Und dann standen sie gemeinsam vor dem Buch. Es war unschuldig zugeklappt und sah auf dem schwarzen Samt sehr armselig aus. Man hatte weniger den Eindruck von Alter als von Dürftigkeit, das ganze Ding wirkte wie ein großes, schmutziges braunes Heft. Nur dass es aus Pergament statt Papier bestand, konnte sogar Bettina irgendwie erkennen, wenn sie auch nicht genau wusste, woran. Das Material sah ein wenig samtiger und ledriger aus. »Darf ich es anfassen?«, fragte sie.

Krampe nickte.

Bettina schlug das Buch auf. Viel anders als Papier fühlte es sich nicht an, vielleicht etwas weicher. Auf der ersten Seite stand nichts.

»Das ist das Vorschlagblatt«, sagte Krampe. »Falls das Buch eine Bibliothekssignatur hätte, müsste sie hier sein. Oder ganz hinten, aber da steht auch nichts.«

»Vielleicht fehlt ein Stück. Da sind ein paar ausgerissene Stellen«, sagte Bettina und wies auf den Rand.

»Die sind überall«, antwortete Krampe leichthin und blätterte weiter. »Eine der tollsten Sachen an diesem Buch ist, wie es sich tarnt.« Er warf Bettina einen Seitenblick zu. »Hier. Das sind Psalme. Ganz ordentlich, der richtigen kanonischen Reihenfolge nach. Der Schreiber geht gleich in die Vollen, keine Vorrede, kein Kalender, keine Initiale, nichts. Alles sehr klein geschrieben. Unleserlich. Abweisend geradezu. Trotzdem ist das authentisch, denn ein Psalter ist ein Andachtsbuch, das auch zum privaten Gebet genutzt wurde. Psalter existierten in jeder Ausstattungsform, von der Prachtausgabe bis zum sparsamsten Gebrauchstext. Da. Sehen Sie?« Er schlug den Kodex wieder zu. »Er hat nur einen Pergamenteinband, keine Holzdeckel, nie gehabt. Die Bindung ist noch original aus dem dreizehnten Jahrhundert. Vermutlich hat es Hunderte dieser schlichten Art gegeben, die haben bloß die Zeiten nicht überdauert. Die wurden einfach verbraucht.«

»Nur dieser hat überlebt«, sagte Bettina. »Weil er gar nicht echt ist. Er hat ein Geheimnis.« Sie gab den Seitenblick zurück.

»Das nicht leicht zu finden ist.« Um Krampes Mund zuckte ein unruhiges Lächeln. »Wenige Menschen haben es bisher geschafft. Sonst wäre er nicht hier.«

»Es musste die richtige Person kommen, ihn zu finden.«

Sie sahen sich an. Einen Moment waren Krampes graue Augen von flehentlicher Tiefe. Dann schaute er auf das Buch und sagte finster: »Vermutlich wird niemand je alle seine Geheimnisse entschlüsseln. Es sind zu viele. Sie sind zu alt, zu verschieden und vielleicht auch zu banal.« Er seufzte.

Bettina betrachtete seine schlanken Hände, die das Pult umfassten. »Frau Ballier sagte, bei diesem Buch ginge es nur um eins.«

»Den Preis, den es erzielen kann«, sagte Krampe sofort.

»Die Liebe«, widersprach Bettina.

Krampe lachte leise. »Die Frau Ballier. Von Geld hat sie nichts gesagt?«

Bettina schüttelte stumm den Kopf.

»Also«, sagte Krampe und begann wieder in dem Buch zu blättern. »Zunächst sind das Psalme. Schauen Sie, Psalme. Seitenlang.«

Bettina rückte näher und schaute die Psalme an und Krampes schmale Hand, die sie wendete, und sie sah, dass er zittrig war, sie roch seinen Wollpullover und sein holziges Aftershave und wusste nicht, was ihn umtrieb.

»… auf altes Pergament geschrieben, das zuvor abgekratzt wurde. Das ganze Material inklusive dem Einband stammt aus einem einzigen älteren Kodex, der besagten Ovid-Prachtausgabe. Wir glauben, dass sie im Konstantinopel der ersten Jahrtausendwende entstanden ist. Dort herrschte für kurze Zeit ein relativ liberales Klima.«

»Ein interessanter Libertin hat sie gemacht«, sprach Bettina gedehnt. »Ein reicher, superattraktiver Mann.« Sie senkte die Stimme. »Und Purpurfetischist.«

Krampe ließ das Buch los und sah sie belustigt an.

»Der sich vielleicht sogar die Haare gefärbt hat.« Bettina grinste.

»Pst!«, machte Krampe. »Nicht doch. Ihr Spott ist ungerecht.«

»Wieso?«

»Ganz so doll durfte man sich auch nicht austoben. Und Ihr Libertin kann das Buch nicht allein gemacht haben. Damit war eine ganze Werkstatt beschäftigt. Mönche. Die dazu zu bringen, ein so – weltliches Buch dermaßen reich auszustatten, war erstens nicht billig und zweitens vermutlich gar nicht ohne Weiteres möglich. Es ist tatsächlich gewagt und ungewöhnlich.« Krampe schlug ein neues, höchst unspektakuläres Blatt mit Psalmen auf und klappte dann vorsichtig die rechte Seite von innen nach außen. Auf dem ausgeklappten Blatt zeigte sich ein düsteres Bild. Die wenigen leuchtenden Farben blieben einem schwer gerüsteten jungen Mann vorbehalten, der sich erst links unten durch ein unwirtliches, verschneites Gebirge kämpfte, dann mittig an einem kahlen Baum auf der Erde ruhte und rechts oben den Altan eines strengen Gebäudes erklomm. Dort erst kam er – weidlich erschöpft aussehend – zu seinem Recht: Im Innern des Hauses erwartete ihn eine zarte, leicht gewandete Blondine.

»Das Buch hat einer sehr mächtigen Person gehört«, sagte Bettina.

»Oh ja.«

»Dem Kaiser?«

Krampe zuckte die Achseln. »Wer weiß?« Erstmals an diesem Abend sah er gelöst aus. »Eher seinem Bruder, wenn Sie mich fragen. Irgendeinem Angehörigen dieser unübersichtlichen mazedonischen Feldherrensippe, die damals über Ostrom herrschte. Ein gescheiterter Militär, der Kaiser anstelle des Kaisers werden wollte, aber nie zu Potte kam, den man mit Privilegien ruhigstellte und der sich den Ausschweifungen weltlicher Literatur hingab. Ovid ist der richtige Autor dafür. Er stammte selbst aus einer großen Kriegernation, in der er nichts zu sagen hatte. Daher orientierte er sich um. *Militiae species amor est.*« Das sagte Gregor Krampe mit einem kleinen Funkeln im Auge. »Die Liebe ist ein Kriegsdienst, Bettina.«

»Der arme Ovid.«

»Oh, er wird es wissen.« Kaum sichtbar spielte ein Lächeln um Krampes Lippen. »Da steht es: *Amor odit inertes,* Amor hasst die Trägen.« Er beugte sich vor und wies auf einen langen Text, der links von dem Bild in zwei zierlichen Spalten geschrieben stand, und zwar in völlig anderer, weit kunstvollerer Schrift als die Psalmen. Für Bettina war er allerdings ebenso unleserlich. *»Nox et hiems longaeque viae saevique dolores mollibus his castris et labor omnis inest.«* Er hielt inne, den Finger am Text, und blickte zu ihr zurück.

Bettina rückte noch näher. »Was heißt das?«

»Nacht und Sturm, lange Wege sowie wilde Schmerzen und alle möglichen Arbeiten gehören zu – na ja, zur Liebe dazu.« Das klang ergeben und so, als sei Krampe wohlwissend zu alledem bereit. Seine Augen strahlten. Aus dieser Nähe, wo ihre

Arme sich berührten und die Linien seines Gesichts weicher waren, schien es weit natürlicher, über Lächerliches, Pathetisches, die Liebe zu sprechen. Das Wort klang besser, wenn es seinen Glanz nicht selbst mitbringen musste. Alle Worte aus Krampes Mund klangen hier wunderbar, auch wenn Bettina nicht wusste, was sie bedeuteten: »*Si tibi per tutum planumque negabitur ire atque erit opposita ianua fulta sera, at tu per praeceps tecto delabere aperto, det quoque furtivas alta fenestra vias.*«

»Ich verstehe Sie nicht.« Sie räusperte sich, weil ihr die eigene Stimme plötzlich in den Ohren hallte.

»Oh doch«, erwiderte Krampe leise.

»Ich kann kein Latein.«

»Ist es dir versagt, auf sicherem und ebenem Weg zu wandeln«, sprach er auswendig, »und ist die Tür verschlossen und der Riegel vorgeschoben, so …«

»So …?« Plötzlich hatte sie das Gefühl, nicht mehr gerade zu stehen. Gleich würde sie vom Podest fallen. Sie sollte sich besser an jemandem festhalten.

»Brich bei ihr ein«, flüsterte er, und sie konnte die Worte spüren, sie streiften ihre Wange und kitzelten ihr Ohr. »Gleite du senkrecht hinab durch die Öffnung im Dach.«

»Ach, da sind Sie«, sagte Dr. Ritters trockene Stimme aus dem Hintergrund. »Nun reißen Sie sich mal von dem Buch los, Gregor, wir brauchen Sie hier.«

Gregor riss sich von der Frau los und drehte sich um. »Lieber Roland«, sagte er in einem Ton, den er nicht kontrollieren konnte und der vermutlich zu barsch war, »das Buffet werden Sie doch sicher ohne mich leerkriegen.«

Dr. Roland Ritter, Besitzer von mehreren tausend Drogeriemärkten, drei Landhäusern, einem Schloss in den Pyrenäen, einem Gestüt in Holstein, einer Yacht vor Antibes, einer mittelalterlichen Bibliothek, einem Doktortitel, einer Familie, einem Fuhrpark mit Vector W8 und einer entzückenden Privatsekretärin, also dieser mutmaßlich rundum befriedigte Mann stand mit einem schmutzigen leeren Teller in der Hand an der Tür des

Refektoriums und schaute begehrlich auf die Frau an Gregors Seite. »Ich vergaß, Sie essen ja nie«, sagte er abfällig, ohne den Blick von der rothaarigen Gestalt zu wenden. »Aber die Frau Boll muss zumindest probieren, darauf bestehe ich.«

Gregor sah aus den Augenwinkeln, wie der schwarze Rock neben ihm zurückschwang, wie die Füße in den Pumps sich in Bewegung setzten, als wollten sie tanzen. Sie wird zu ihm gehen, dachte er panisch. Sie wird sein neues Projekt. Sie wird ihre eigene Detektei bekommen, einen Pistolenladen, Stipendien in Salem für ihre Kinder, was immer sie will. Dann ist Bianca frei. Er versuchte sich zu freuen. Da spürte er Bettinas Schulter an seiner. Sie war näher zu ihm gerückt.

Sein Chef aber hob einladend den Teller und lächelte jungenhaft unter seinen komischen schwarzen Haaren hervor. »Täubchen in Weinsoße«, sagte er bedeutungsvoll. »Ein venezianisches Rezept aus der Zeit des Dritten Kreuzzugs. Mit Rosmarinblüten und bitterem Honig von der adriatischen Küste. Das können Sie sich nicht entgehen lassen. Die Tauben stammen exklusiv von –«

»... der Piazza San Marco«, raunte Gregor ins warme Rot neben sich. Es gluckste.

»... und aus garantiert biologischer Aufzucht«, schloss Ritter. »Na wie wär's?«

»Oh«, machte Bettinas rauchige Stimme neben Gregor. »Tja, danke. Aber ich habe gar keinen Hunger. Und der Herr Krampe spricht gerade so interessant.«

»Worüber denn?«, fragte Ritter und trat näher.

Gregor hörte, wie Bettina Luft holte. »Hm ...«

»Bindungen«, improvisierte er. Wieder hörte er dies unterdrückte Glucksen neben sich.

Ritter zog die Brauen hoch.

»Wir hatten es vom gemeinen Quaternio«, sprach Gregor trocken. »Ich habe ihr gezeigt, wie die Palimpsest-Seiten vierfach ineinandergelegt und geheftet sind, im Gegensatz zu den einzelnen Bifolien mit den Miniaturen.«

»Ach so«, sagte Ritter und kam heran. »Das ist auch wirklich hochinteressant.« Er bestieg die Bühne, drückte kurzerhand einem der Wachmänner seinen Teller in die Hand, wischte sich die Finger an seinem 10 000-Euro-Jackett ab und griff nach Bettinas Arm. Sie zuckte zusammen. »Hat er Ihnen gezeigt, wie die Bilder versteckt wurden? Das ist raffiniert und einzigartig. Kommen Sie mal her.« Ritter zog seine rothaarige Beute zu dem Buch zurück. Gregor hörte sie ergeben seufzen. Ritter offenbar nicht. Er dozierte wacker drauflos. »Hier, erkennen Sie das? Vier Blatt ineinander, das einzelne heißt Bifolio, vier zusammen Quaternio, das kommt vom lateinischen *quattuor*, vier, ist ja klar, und hier die Bilderseiten, sehen Sie nur, wie die versteckt wurden! Da hat man das einzelne Bifolio aus dem Original nur an der Rückseite ausgekratzt, am äußeren Bildrand beschnitten und am inneren neu gefalzt.« Ritter schlug Seiten um und fand zielsicher diejenige mit dem Purpurpaar. Er klappte auf und zu. »Man kann es einfach einschlagen. Dann sieht man gar nichts Verräterisches mehr. Nur einen etwas dickeren Rand außen …«

Gregor stellte sich hinter Bettina, an ihre freie Seite, und griff nach ihrer Hand.

»… und wieder auf. Das Bild selbst ist gänzlich unbeschädigt, es definiert nur die Buchbreite. Und das neue Buch ist einfach ein bisschen kleiner. Wirklich brillant gemacht. Von rechts aus erst die Miniatur, dann ein Knick, links daneben die alte Falz mit den alten Bindungslöchern, dann eine Seite mit altem Text, aber den lassen wir dem Herrn Krampe, nicht wahr?« Ritter blickte schelmisch von Gregor zu Bettina. »Dann die eigentliche, neue Falz mit der neuen Bindung, natürlich nur eine Lage, ist ja klar, und ein kleiner Pergamentstreifen, der übersteht. Den sieht man aber nicht, weil die Bildseite einfach drübergeklappt wird.«

Dr. Ritter machte es vor. Auf und zu, auf und wieder zu, Gregor wurde ganz schwindelig von dem Wechsel aus nacktem Sex und engem Text und vom Geruch dieser roten Haare sowieso. Bei jedem Aufklappen schien ihm Bettina näher und der Wink aus dem Buch deutlicher, und er dachte fast gar nicht mehr daran, dass er sowieso vorgehabt hatte, in dieser Nacht eine Polizistin abzuschleppen.

»Stopp«, sagte Bettina plötzlich, und sofort ließ Krampe ihre Hand los. Dr. Ritter dagegen klappte die Purpurseite, die er gerade zugeschlagen hatte, wieder auf, dabei hatte Bettina es genau umgekehrt gewollt: Hand behalten und Ritter stoppen.

Letzteres aber war nicht einfach. Der Hausherr ließ sich nicht aus dem Konzept bringen. »… das Werk ist definitiv nicht für die Nutzung durch den Klerus geeignet. Aber es muss trotzdem irgendwie in ein Kloster gelangt sein, wo es dann zur Weiterverarbeitung freigegeben wurde, nur dass einer von den Mönchen nicht ganz so keusch war, wie die Ordensregel vorschrieb, und dafür eine gute Portion Lebensart besaß.« Dr. Ritter tätschelte Bettinas Arm, was sie reizte, genau wie sein verschwörerisches Lächeln. Lebensart, hieß das, wir beide wissen, was das ist.

»Klar, nackte Frauen gehen immer«, sagte sie nüchtern, worauf Ritter zumindest ihren Arm in Frieden ließ. »Aber da! Haben Sie das gesehen? Da stand etwas!« Sie klappte die Seite wieder zu.

»Psalme«, schnaubte Ritter. »Eine wirkungsvolle Tarnung. Die Gefahr, dass jemand das lesen will, ist nicht groß.«

»Nein, da am Rand.« Bettina beugte sich tiefer über das Buch. Dort stand etwas, kaum sichtbar, in dünnen Bleistiftlettern geschrieben.

»Sie meint die zeitgenössischen Kommentare«, sagte Krampe in ihrem Rücken zu seinem Chef.

»Ach das.« Nun klang Ritters Stimme abweisend. »Das ist nichts.«

»Das ist deutsch!«

»Zeitenmüll«, sagte Ritter wegwerfend. »Schmutz.« Schon schwebte seine Hand wieder über der Seite. »Schauen Sie sich lieber die Zirkusszene an, die ist köstlich.«

Bettina legte ihre Hand auf die blasse, warme von Dr. Ritter. »Nein, bitte«, sagte sie lächelnd.

Er blätterte trotzdem weiter. Doch neben dem Psalm, den er aufschlug, stand wieder etwas. Jetzt, da sie wusste, wonach sie schauen musste, sah Bettina es sofort. »Da!«

»Das ist banales Zeug«, erklärte Ritter ungehalten. »Von

Schmierfinken ohne Respekt. Wie geht es dir, mir geht es gut, lass uns vögeln. Das werden wir ignorieren. – Sehen Sie den Zirkus.«

Er klappte die Seite um. Ein wunderbares Bild sprang ihnen entgegen, geschmackvoll, leuchtend farbig und herrlich gemalt. Doch Bettina hatte nicht den Nerv, auch das noch zu bewundern. »Ich möchte den Kommentar sehen«, sagte sie bestimmt.

Dr. Ritter sah sie entgeistert von der Seite an.

»Ich hab Sie gewarnt: Sie ist vom BKA«, flüsterte Krampe in Theaterlautstärke hinter ihr seinem Chef zu. Es klang amüsiert.

»Tja«, sagte Ritter beleidigt. »Bitte.«

Er verschränkte die Arme, was vermutlich der Mehrheit aller Menschen in seiner Umgebung kalten Angstschweiß auf die Stirn getrieben hätte. Bettina jedoch beugte sich nach vorn und las. Endlich fand sie in diesem Buch etwas, das sie sofort entziffern konnte. In verblasster, runder, sehr mädchenhafter Schrift stand auf dem breiten freien Rand neben den Psalmen: *Neues Angebot akzeptiert. Aber, wie gesagt, Schwierigkeiten beim Beschaffen. V. braucht mehr Zeit. Geduld. Neues Treffen frühestens Montag.*

Die Nachricht schloss grußlos. Darunter befand sich kaum sichtbar eine zweite, in einer weit reiferen und leichten Handschrift verfasst: *Montag, 14 Uhr.*

Es folgte ein Absatz, dann eine Notiz in derselben Schrift: *Montag. Sie sind nicht da … Muße, das Buch anzusehen. Begeistert und erstaunt. Phänomenales Werk. Haben Sie es absichtlich ausgesucht? Für mich …?*

Die rund geschriebene Antwort lautete: *Keine Fortschritte. Bitte Geduld. Aufgabe ist nicht leicht. Welches Buch meinen Sie? Freitag 14 Uhr Neues.*

Am Freitag schien man sich getroffen zu haben, denn damit war der kurze Briefwechsel beendet. Zumindest auf dieser Seite.

»Was ist das?«, fragte Bettina und blätterte weiter.

»Da hat sich jemand Nachrichten geschrieben«, antwortete Krampe. »Ziemlich albern, aber daran sieht man, dass so ein Buch auch ein Gebrauchsgegenstand ist. Eigentlich handelt es sich um mutwillige Beschädigung, aber wir haben das Buch so bekommen. Irgendwie hat es sogar eine gewisse Poesie.«

Ritter schnaubte.

»Das ist aus neuerer Zeit«, sagte Bettina.

»Ja.«

»Wer hat das geschrieben?«

»Jugendliche«, sagte Ritter abfällig.

»Wir wissen es nicht«, sagte Krampe.

»Aber das muss doch ein Hinweis auf die Herkunft des Buches sein!«

»Welche Herkunft?« Ritters Stimme hatte einen drohenden Unterton angenommen.

Krampe seufzte warnend.

Bettina sah auf. »Nun, ein Hinweis auf den Vorbesitzer. Sie werden zugeben, dass eine anonyme Schenkung keine besonders solide –«

»Dieses Buch befindet sich unter dem Schutz und im Besitz der Ritter-Sammlung«, unterbrach Ritter sie barsch. »Ich halte Ihnen Ihre Jugend zugute, Frau Boll, aber künftig sollten Sie Rücksprache mit Ihren Vorgesetzten halten, bevor Sie meine Integrität in Zweifel ziehen. Das ist ein persönlicher Rat von mir. Befolgen Sie ihn. Zu Ihrem eigenen Besten. Und nun seien Sie mein Gast und genießen Sie den Abend.« Er packte wieder ihren Arm. »Vergessen Sie diesen Schmutz.«

Bettina sah den Millionär an, seine Frisur war lächerlich, sein Männergesicht bleich, zornig und seltsam kindlich. Und doch hatte er große Macht. Die Macht, ihr zu verbieten, sein Buch weiterzulesen. Also nahm sie sich zusammen, zog die Nase kraus, legte den Kopf schräg, lächelte charmant und sagte: »Aber ich wüsste doch so gern, wie es weitergeht.«

Damit war sogar der ignorante Ritter für zwei Sekunden außer Gefecht gesetzt. Rasch beugte Bettina sich über den Rand neben dem neu aufgeschlagenen Psalm. Dort stand in der reifen, fliehenden Schrift: *Habe ich zu viel versprochen? Ist es nicht großartig? Schön, dich gesehen zu haben. Denke die ganze Zeit an dich, während ich das Buch anschaue. Mach dir keine Sorgen*

wg. Abreise. Bleiben noch länger hier. Dann vielleicht bis Diens-
tag!

Und darunter in derselben Schrift: *Dienstag. Wieder allein*
mit dem Buch. Stelle mir vor, du wärst da. Habe mir alle Bilder
angesehen. Deine Schuld. Da! Schritte! Bist du's? Nein, nur der
Dottore, der hier Wache schiebt. Ob er von dem Buch weiß? Wann
kommst du? Freitag 14 Uhr? Hier? Oder wieder G. d. V.?«

»Der *Dottore*, der hier Wache schiebt«, sagte Bettina laut. »Was
bedeutet das?«

Ritter machte eine abfällige Handbewegung. Krampe sah
Bettina ironisch an, schüttelte den Kopf und sagte: »Leider kann
ich dies Bleistiftgeschreibsel ohne Brille nicht lesen.«

»Jemand schreibt von einem *Dottore*, der Wache schiebt. Und
dann ist da eine Abkürzung. Der Schreiber will eine Verabredung. *Wieder G. d. V.?* – Was könnte das heißen?«

»Jetzt ist es aber gut«, sagte Ritter unwirsch und legte beide
Hände auf sein Buch. »Diesen Unsinn lassen wir bei der Res-
taurierung entfernen. Davon will ich nichts mehr hören. Die
Frau Boll mag also keinen Zirkus. Zu heiter für eine Polizistin, will ich meinen. Dann nehmen wir doch ...«, er blätterte,
»... das.«

Bettina rückte unwillkürlich nach rechts, Richtung Krampe.
Das Bild kannte sie schon. Düsterer Hintergrund, tapferer Soldat. Krampe an ihrer Seite bewegte sich unruhig und berührte
ihre Schulter.

Dr. Ritter sah sie derweil prüfend an. »Hier passt der Text
ausnahmsweise zum Bild. Ist ja meistens leider nicht so, was,
Dr. Krampe? Die Gesetze der Bindung. Der gemeine *Quaternio*.
Also, was sehen Sie, Frau Boll?«

Bettina räusperte sich. Es war kein Versehen: Krampe hielt
ihre Schulter umfasst. »Ich –«

»Gleich draußen vereint«, sagte Krampe.

»Bitte?«, sagte Bettina. Ritter schaute ungnädig.

»Wieder G. d. V.«, sagte Krampe und drückte Bettinas Schulter. »Das heißt bestimmt: Gleich draußen vereint.«

»Quatsch«, sagte Ritter. »Das ist ein Ort. Irgendein schäbiger

Treffpunkt. *Gabinetto della Venere*, Venuszimmer, irgendwas in der Art.«

Krampe grinste. »Sie müssen mich jetzt entschuldigen, ich werde mich doch mal um eins von diesen Täubchen kümmern.«

»Die sind bestimmt schon alle weg«, sagte Ritter misstrauisch. »Sie haben drei Tage im Honig gelegen. Die Leute sind ganz wild drauf.«

»Ich brauch ja nur eins«, sagte Krampe halblaut in Bettinas Ohr, sodass ihre Knie bedenklich weich wurden. Er sprang von der Bühne und verschwand.

Ritter sah ihm nach. »Wissenschaftler. Tja. Ein Menschenschlag für sich. So, Frau Boll.« Wieder packte er eisenhart ihren Arm. »Das ist ein Bild nach Ihrem Geschmack, nicht wahr? Können Sie denn auch ein bisschen Latein? Im Original klingt Ovid einfach viel besser: *militiae species amor est …*«

Draußen im Hof hielt sich Gregor von den anderen Rauchern fern, weil er fürchtete, in ein Gespräch verwickelt zu werden und Bettina zu verpassen. Es war kalt, das Kloster ragte steil und dramatisch beleuchtet in den Nachthimmel. Nach der dritten Zigarette bekam er Angst, sie würde ihn gerade darum nicht sehen, weil er sich so einsam in den Schatten herumdrückte. Er begann herumzuwandern, zündete sich einen neuen Glimmstängel am alten an und versuchte dabei, das Zittern seiner Hände zu unterdrücken. Jetzt erst merkte er, wie wenig er daran geglaubt hatte, dass sein Plan wirklich gelang. Dass diese fremde Frau ihm folgen würde. Noch hatte sie es ja auch nicht getan. Noch konnte alles passieren. Noch war er frei. Da sah er eine Gestalt im schwingenden Rock in den Hof treten. Sie sah sich suchend um und wurde sogleich von einem dicken älteren Herrn angesprochen. Gregor straffte sich, warf seine Zigarette fort und trat aus dem Dunkel. Mit älteren Herren war jetzt ab sofort Schluss.

* * *

Lisa träumte. Sie war mit Georg auf der Promenade unterwegs. Die Sonne strahlte. Sie trug ihr rotes Kleid. Männer lächelten ihr zu. Es war später Sonntagnachmittag, in den kleinen Bars an der Straßenseite roch es nach Cinzano. Alle hatten sich herausgeputzt, Familien, würdige Signoras, junge Männer, glückliche Paare. Georg marschierte wohlgelaunt an ihrer Seite. Er sprach von Kindern. Ein kleines blondes Mädchen, Schatz. Mit Locken. Und ein aufgeweckter Junge. Viele davon. Er küsste sie, vor allen Leuten. Lisa wurde bestimmt so rot wie ihr Kleid dabei. Und dann war da dieser Mann mit dem Spazierstock. Er hatte ein feines Gesicht, wirkte etwas zerstreut. Er sah Lisa nicht an wie die anderen Männer. Er hielt ein kleines blondes Mädchen an der Hand, ein wunderschönes Kind. Mit Locken. Ihre Schönheit war ernst und überströmend, verlieh der ganzen Familie Glanz, dem stolzen Vater, der älteren Schwester, vor allem aber der Mutter, in deren Zügen man die Tochter wiederfand. Lisa sah die Fremde an und wurde plötzlich ganz fröhlich. Sie griff nach Georgs Arm. Kinder machten nicht älter, sondern hübscher. Diese Frau war der Beweis. Sie wurde von den Locken und der zarten Haut ihrer Tochter nicht in den Schatten gestellt, sondern profitierte noch davon. Und ihr liebevolles Lächeln rückte die überirdische Erscheinung des Kindes nachsichtig ins Menschliche zurück. Das ist es, dachte Lisa. So muss es sein. So wird es werden.

Da aber löste sich das Mädchen, das eben doch kein Standbild war, sondern echt, von der Hand seines Vaters, drehte eine Pirouette und hüpfte vergnügt auf sie zu. Lisa lächelte erfreut, doch das Kind meinte nicht sie. »Ge-org, Ge-org!«, rief es und wandte sich zu seiner Mutter zurück. »Mama, da ist Georg!«

Neun

Es roch nach Heu und Holz und Kaffee und Liebe. Fremde, verheißungsvolle Geräusche hatten Bettina geweckt, vermutlich das Zischen einer Espressomaschine, zum Duft würde es passen und zu der Nacht auch. Das Geräusch einer Espressomaschine war eigentlich das Beste, was einen überhaupt wecken konnte. Bettina blinzelte – es war schon hell draußen – und schloss die Augen rasch wieder. Dieses Bett war herrlich, bequem, warm und riesig, das Leinen schwer und weiß, frisch aufgezogen und sogar gebügelt, ein Junggesellenluxus, der für Bettina mit ihren bunten, abgewetzten Biberbezügen an Leichtsinn grenzte. Sie streckte sich aus, ganz lang, so weit sie konnte, und stieß an keine Kante. Das Bett war unendlich. Sex war herrlich. All das hier schien geradezu auf sie gewartet zu haben. Sie hörte ein feines Klirren, Schritte, und der Duft nach Kaffee wurde stärker. Jemand setzte sich aufs Bett. Sie dachte an ihre Frisur und ihr möglicherweise unzureichendes Gesicht, aber eher belustigt, ohne wirkliche Beunruhigung. Sie zog sich die Decke bis zur Nasenspitze und öffnete die Augen. Gregor war hellhäutig, nackt und hübsch. Er lächelte sie an. Auf seiner Rechten balancierte er eine kleine braune Tasse. Bettina dachte, dass sie das alles nur träumte.

»Morgen«, sagte Gregor liebevoll.

»Morgen«, sagte Bettina unter der Decke hervor. Da hörte sie ein gedämpftes Geräusch, das sie kannte.

»Es ist deins«, sagte Gregor und reichte ihr die Tasse. »Das dritte Mal schon. Soll ich es dir bringen?«

»Nein.« Bettina stöhnte und lachte und setzte sich und schüttelte ihre Haare und nahm den Kaffee und sah Gregors Blick und zog die Decke höher und das Handy klingelte in einem fort.

»Ich bin gut im Handykaputtmachen«, erbot sich Gregor.

Bettina lachte wieder und trank einen Schluck Kaffee. Dann stand sie auf. »Ich muss da dran.«

»Ich lass dich aber nicht hier raus.«

Als der Anrufer es nach zwei viel zu kurzen Pausen zum fünften Mal probierte, schaffte Bettina den Weg ins Nebenzimmer zu ihrer Jacke. »Boll«, rief sie noch etwas atemlos in das kleine Telefon.

»Frau Boll!«, sagte Kriminalrätin Syras zuvor so heiß ersehnte Stimme. »Sie sind nicht zu Hause!«

»Stimmt.« Bettina sah das Handy an und hielt es wieder ans Ohr. Sie setzte sich nackt auf Gregors Ledercouch. Er kam ins Zimmer und schenkte ihr einen schmelzenden Blick. Bettina sah ihn an und schüttelte den Kopf.

»Wo sind Sie? Warum gehen Sie nicht ans Telefon?«

Gregor kam auf sie zu. Sie schüttelte heftiger und fuhr sich mit einem Finger über die Kehle. Er grinste.

»Ich, nun, es ist Sonntag. Ich habe keine Bereitschaft und –«

Gregor schob ihre Haare fort und küsste sie auf den Nacken.

»Gut, Ihre Privatsache«, sagte Syra frostig. »Die muss jetzt mal hintanstehen. Wann können Sie in Rosenhaag sein?«

Bettina fragte sich kurz und ernstlich, ob wirklich Sonntag war. Mit den Augen suchte sie das Zimmer nach einem Kalender oder einer Uhr ab, doch entdeckte nichts davon. Gregor setzte sich auf die Rückenlehne der Couch und küsste ihre Schulter.

»Hm«, machte sie hinhaltend und unterdrückte das Kichern, das tief aus ihrem Bauch aufstieg. »Also das – das wird heute schwierig.« Soeben fiel ihr ein, dass ihr Auto mit den Kindersitzen noch in Rosenhaag stand, während sie sich in Gregors Frankfurter Wohnung befand und Enno und Sammy um spätestens elf Uhr in Ludwigshafen abgeholt werden mussten, was möglicherweise nicht mehr lange hin war.

»Frau Boll!«, gellte Syras Stimme da durchs Telefon. »Nach meinen Informationen habe Sie gestern eine private Party von Dr. Ritter besucht und das Fest in Begleitung von Gregor Krampe verlassen. Ich muss Ihnen gewiss nicht sagen, *wie* unprofessionell das ist. Ein Verdächtiger! In aller Öffentlichkeit! Ihr Auto steht noch in Rosenhaag vor der Tür!« Syra atmete durch und wurde noch um einiges lauter. »Dafür ist *erstaunlicherweise* der Ovid-Kodex verschwunden! Auf den aufzupassen

Sie sich bemüßigt fühlten! Also! Sie richten sich jetzt irgendwie her und schwingen Ihren verdammten Arsch nach Rosenhaag zurück! Und zwar pronto! Und dem Herrn Krampe können Sie bestellen, er wird dort ebenfalls gebraucht. Bis gleich.« Die Verbindung brach ab. Bettina ließ das Handy sinken und die Schultern gleich mit.

»Was?«, sagte Gregor, der zumindest Tonfall und Lautstärke dieser Worte mitbekommen haben musste. »Was ist passiert?«

Lautes Schrillen hinderte Bettina an der Antwort. Ein alter, stylisher Apparat mit Wählscheibe, der auf seinem staubfreien Tischchen wirkte wie aufgedonnerter Junggesellen-Nippes, funktionierte tatsächlich. Durchdringend meldete er einen Anrufer. Und als sei es zur Loyalität verpflichtet, fiel Bettinas Handy sofort mit ein. Seufzend wies sie mit ihrem kleinen Telefon auf Gregors großes. Seine Nachrichten würden dieselben sein. Dann drückte sie den Annahmeknopf und hatte – natürlich – Härting am Apparat.

Als sie dann, von Gregor mit einer neuen Zahnbürste versorgt, in dessen gepflegtem weißem Bad stand, begann Bettina nachzudenken. Diese Wohnung war ein bisschen sehr aufgeräumt. Geputztes Bad, frisches Bettzeug, neue Zahnbürste. Sie setzte sich auf den Badewannenrand und schrubbte gedankenvoll ihre Zähne. Wenn der Ovid-Kodex wirklich heute Nacht gestohlen worden war, dann hatte Gregor das allerbeste Alibi der Welt.

Für das, was sie tat, als Gregor im Bad war, hätte sich eine andere Frau vermutlich geschämt. Doch Bettina besaß nicht die geringsten Skrupel, sich im Arbeitszimmer ihres Liebhabers umzusehen. Sie fand volle, staubige Bücherregale und einen leeren, nachlässig geputzten Schreibtisch. Ein unbestimmtes Gefühl sagte ihr, dass etwas fehlte, dass es hier gewöhnlich anders aussah und dass in diesem Raum gelebt wurde, während die anderen tatsächlich eher Durchgangszimmer waren. Vielleicht lag es am Nippes. Der war hier so viel persönlicher und unvollkommener. An der Wand hing ein Tennisschläger, und auf einer niedrigen Kommode stand ein gerahmtes Gemälde, das zehn Zentimeter höher wesentlich besser ausgesehen hätte, doch offensichtlich hatten Zeit und Muße gefehlt, es aufzuhängen. Rasch durchsuchte Bettina die Schubladen des Schreibtischs. Sie waren leer bis auf ein paar Stifte und CDs. Das war merkwürdig. Nicht mal Härting in seiner sturen Ordnungssucht besaß leere Schubladen. Dann fiel ihr Blick auf Gregors Aktentasche, die neben der Tür auf einem Stuhl lag. Darin fand sie einen Notizkalender. Eilig blätterte sie in dem ledergebundenen Büchlein und suchte nach dem vorgestrigen Datum, um zu sehen, was Gregor sich für seine Italienreise eingetragen hatte. Da. Dort standen eine Zeit, vermutlich für den Abflug, und die hingekritzelten Worte *Mona Lisa*. Gregor und seine Frauen. Erst die Medea und nun die Mona Lisa. Ob das eine echte Person war? Eine Freundin? In Italien? Sie hörte Gregor im Bad pfeifen, stopfte den Kalender rasch in die Tasche zurück und verließ, plötzlich vorsichtig, den Raum. Im Wohnzimmer suchte sie ihre Kleidungsstücke zusammen und zog sich an.

Er pfiff. Etwas herzergreifend Fröhliches. *Es grünt so grün, wenn Spaniens Blüten blühen* – woher war das noch mal?

War der Sex wirklich so gut gewesen?

Ja!, dachte Bettina, während sie ihren hübschen neuen Rock zumachte. Doch die Stimme der Vernunft sagte ihr, dass ein echter Wissenschaftler, der soeben sein Forschungsobjekt verloren hatte, keine alberne Arie aus *My Fair Lady* pfeifen würde, neue Liebe hin oder her. Und ein Wissenschaftler, der soeben sein Forschungsobjekt verloren hatte *und* dessen Mutter im Sterben lag, erst recht nicht.

Auf der Fahrt schwiegen sie. Vorerst. Ihr Schweigen war aber nicht unangenehm, ein wenig gespannt, doch freundlich, das lag vielleicht an der Musik: Tom Waits, der passte zum Morgen nach einer verluderten Nacht weit besser als das grüne Grün. Es war ein Zigarettenmorgen, diesig, mild, mit einsamen, schmutzigen Straßen und einem süßen Gefühl ganz tief im Bauch. Dennoch brauchte Bettina kein Nikotin, sie saß ruhig an Gregors Seite. Waits' Stimme war rauchig genug, kratzte an Bettinas Misstrauen, sang von verblassenden Sternen und schmuddeligen Bars, dass die Welt eine lange, öde Piste war, mit Schlaglöchern, so weit das Auge reichte, und schrillen Amüsierschuppen hier und dort, dass sie alle kleine Gauner waren und Liebe eine Illusion, käuflich und trügerisch und viel zu schön. Der Verdacht gegen Gregor schien ihr zugleich richtig und völlig absurd: War sie benutzt worden? – Herrgott, und wie! Nur ein Alibi? – Mochte sein, aber welch kleinlicher Gedanke! Gregor saß derweil am Steuer und lächelte ihr zu. Ja, es gab sie, diese Leute, denen man nichts ansah. Soziopathen, die gelernt hatten, sich anzupassen. In gewisser Weise lernte das jeder.

»Kennst du einen Marc Schneider?«, fragte Bettina in Klaviermusik und Motorenlärm hinein. Eine Autobahnbrücke sauste vorbei. Sie fuhren Richtung Mannheim.

Gregor schüttelte den Kopf und drehte den CD-Player leiser. »Nein, warum?«

»Ich frage mich nur, wer das Buch gestohlen hat«, sagte Bettina. »Du warst es ja offensichtlich nicht.«

Gregor lachte verhalten. »Genau.«

»Warum bist du so fröhlich?«

Er sah sie an. »Ich habe mich verliebt.«

Sie ließ es nicht zu, dass ihr Herz aufging. »Aber dein Ovid ist gestohlen worden.«

»Wart es ab. Vermutlich hat Ritter ihn mit aufs Zimmer genommen und mit irgendeiner gefärbten Rothaarigen einen billigen Abklatsch der Purpurszene nachgestellt.«

Bettina mied seinen Blick. »Meine Chefin hätte das herausbekommen.«

»So. Wie gut, dass du bei *mir* warst. Das hat entschieden mehr Stil.«

Gegen ihren Willen musste sie grinsen. »Du meinst, der Hauptverdächtige ist immer noch besser als der reiche alte Knacker?«

Gregor hustete. »Ich bin der Hauptverdächtige?«

»Immer gewesen.«

»Dann bist du eine leichtsinnige Polizistin.«

Bettina seufzte.

Wieder blickte Gregor herüber, ernst diesmal. »Okay. Ich erzähl dir was, leichtsinnige Polizistin.«

»Gut«, sagte Bettina.

Erst überholte Gregor einen Audi. Dann trommelte er mit den Fingern aufs Lenkrad. »Wie soll ich es sagen …«

Bettina lehnte sich in ihrem Sitz zurück. Sie hatte zu wenig geschlafen, um eine lange Geschichte zu erfragen. Heute würde man ihr die Details auf dem Silbertablett servieren müssen.

»Dr. Ritter hat dieses Buch sehr ins Herz geschlossen, wenn du verstehst.«

»Das habe ich gemerkt.«

»Es ist für ihn weit mehr als ein Blick in die Vergangenheit. Er ist Sammler.«

»Tja«, machte Bettina.

»Einer von der angenehmen Sorte«, sagte Gregor sofort. »Er verliebt sich in Dinge, aber er schließt sie nicht weg. Er benutzt sie. Und er teilt mit anderen. Er wollte dieses Buch auf eigene Kosten der Öffentlichkeit zugänglich machen. Das ist bei Sammlern nicht gerade die Regel.«

Bettina nickte ein wenig beschämt.

»Ein guter und gerechter Mann«, sprach Gregor trocken. »Aber irgendwo ist natürlich Schluss. Ritter würde nie dulden, dass man ihm etwas wegnimmt.« Er schenkte Bettina einen tiefen, ernsten Blick.

Ihr Gesicht wurde warm.

»Leider«, fuhr er fort, »ist das Buch aber ein Bastard und könnte von irgendwem stammen. Es könnte gestohlen sein.«

»Ist es ja jetzt auch.«

»Tja.« Er trommelte wieder aufs Lenkrad. »Okay. Also, Ritter war von Anfang an stark beunruhigt wegen der unsicheren Besitzverhältnisse. Jede neue Anfrage machte ihm Angst. Und du hast ja gesehen, wie unermüdlich die Ballier bei uns herumhängt. Die Versicherung traut der anonymen Schenkung nicht.«

»Verständlich«, sagte Bettina.

»Schon, aber das rechtfertigt keine Dauerbelagerung. Die Ballier ist nur da, um uns nervös zu machen, genau wie du.«

»Und ich hatte Erfolg, zumindest bei dir«, sagte Bettina gedehnt. Waits sang von einem Frühstück mit Eiern und Würstchen. Sie bekam Hunger.

»Stimmt.« Gregor blieb bei seinem Thema. »Ritter hat alles Mögliche unternommen, um Landesmittel für die Erforschung des Kodex zu bekommen, denn das wäre eine Anerkennung seines Besitzerstatus. Leider hat es nie geklappt. Wir haben nur Zuschüsse für die neue Bib gekriegt. Der Kodex ist offiziell nicht erwähnt worden, nirgendwo.«

»Worauf willst du hinaus?«

Unruhig fuhr sich Gregor durch die Haare. »Hör zu. Wir waren besorgt, weil es trotz aller Investitionen nie gelungen ist, öffentliche Anerkennung zu erreichen. Das Finanzielle war gar nicht so wichtig, wir wollten nur, dass irgendeiner mal sagt: Okay, hier ist der Kodex gut aufgehoben, hier darf er vorerst bleiben. Denn stell dir doch mal vor, was passieren würde, wenn er zum Beispiel in die *Vaticana* käme.«

»Was würde denn dann passieren?«, fragte Bettina.

»Na, die *Vaticana* ist eine Schatzkammer. Da kommt nichts mehr raus. Im besten Fall wäre unser Ovid eine von vielen schwer zugänglichen Schriften. Aber ganz sicher würde niemand versuchen, den Text hinter den Psalmen zu entziffern.«

»Wo doch schon die Bilder schlimm genug sind.«

»Eben.« Gregor seufzte. »Verrückterweise wird aber gerade das Argument der Zugänglichkeit immer gegen uns verwendet. Es heißt, eine private Sammlung sei ein Grab für jedes alte Buch, gegen das Vorurteil kommen wir einfach nicht an. Es hat schon mehrere Versuche gegeben, den Ovid zu beschlagnahmen. Und dann musste noch ein Verrückter meiner Mutter eine Bombe schicken.« Er machte eine Handbewegung zu Bettina hin. »Schwupps, taucht das BKA bei uns auf. Als hättet ihr nur drauf gewartet.«

»Quatsch«, log Bettina.

»Ach, komm. Auch ihr belagert uns. Mit der offenen Absicht, den Ovid zu kassieren und im Namen der Diplomatie für alle Zeiten in irgendeine Asservatenkammer zu verbringen.«

»Nein.«

»Doch. Die Polizei hat in Dr. Ritters Bibliothek gar nichts zu suchen. Eine anonyme Schenkung ist keine Straftat, da gibt es keinen Ermittlungsbedarf. Wenn ihr trotzdem kommt, noch dazu von oberster Stelle, geht es um Politik. Euer Ziel ist nicht Aufklärung, sondern die Demonstration guten Willens nach außen.«

Darauf konnte Bettina wenig erwidern.

»Ihr steht unter großem Druck, das ist uns allen sehr klar«, fuhr Gregor fort. »*Ich* muss es wissen. Ich habe die Korrespondenz zum Teil selbst bearbeitet. Der Vatikan hat Ansprüche angemeldet, das orthodoxe Patriarchat, die Türkei und dann natürlich auch Griechenland und noch hundert andere. Jeder, dem mal ein alter Psalter geklaut wurde, pocht auf Rechte. Du weißt ja, wie viele das sind.«

Bettina wusste es nicht. Gregor überholte unaufmerksam einen Porsche von rechts. Der hupte und zog davon.

»Es ist nicht ganz so«, sagte sie schwach. »Wir haben eine vielversprechende Spur.«

Gregor schnaubte. »Entschuldige. Ich habe mit Ritter und mehreren Kollegen über deinen Vorstoß mit dieser römischen Bibliothek gesprochen. Alle haben dasselbe gesagt: Ihr *könnt* nichts wissen. Es ist ein Bluff. Ihr habt nur dem Druck von oben nachgegeben und einen Grund erfunden, um den Kodex endgültig zu beschlagnahmen.« Ohne es vermutlich zu merken, wechselte er auf die linke Spur, gab Gas und verfolgte den Porsche.

»Warum sollten wir?«, fragte Bettina mit einem nervösen Blick auf den Tacho.

»Ist doch klar. Wenn das Buch erst mal zur Prüfung in irgendeinem Polizeimagazin liegt, werden Vatikan, Patriarchat und die Türkei es gnädig vergessen. Sie wollen es nur, solange wir Erkenntnisse daraus ziehen. Wenn ihr es uns wegnehmt, habt ihr Ruhe. Die triviale Lösung: Keiner kriegt es. Traurig ist das nur für den echten Besitzer.«

Bettina ließ das eine Weile sacken. Tom Waits sang *Waltzin' Matilda*. »So«, sagte sie dann. »Und was willst du mir mit alldem sagen?«

Sie erhielt keine Antwort.

»Dass wir Ignoranten sind, die der Forschung im Wege stehen? Klar, die Polizei hat andere Interessen als die Wissenschaft. Das geht bestimmt nicht immer zusammen.«

Schweigen.

Bettina verschränkte die Arme. »Das ist es also nicht.«

Gregor bedrängte den Porsche.

Bettina sah ihn an. »Du willst mir sagen, dass Dr. Ritter sich den Ovid selbst geklaut hat.«

Er drückte fest aufs Gas.

Sie seufzte tief. »Du bist gut. Wenn du recht hast, reden wir von Versicherungsbetrug in Millionenhöhe. Du zwingst mich, den alten Ritter von Kopf bis Fuß zu filzen, denn nun habe ich einen konkreten Verdacht. Soll ich etwa das Buch bei ihm finden?«

»Nein, du sollst das Buch bei ihm *nicht* finden«, erwiderte Gregor leise.

Bettina rieb sich die Stirn. »Ich leite diese Ermittlung nicht«, sprach sie dumpf. »Mehr kann ich nicht dazu sagen.«

Der Porsche vor ihnen gab nach, zog nach rechts und öffnete ihnen die linke Spur. Gregor beschleunigte bis zum Anschlag. Der Motor seines Citroën begann komisch zu klackern.

»Jetzt werde ich dir mal sagen, was ich glaube«, erklärte Bettina, als er endlich langsamer fuhr.

»Bitte.«

»Ich glaube, dass *du* den Ovid-Kodex an Dr. Ritter geschickt hast.«

Die CD war zu Ende. Die Musik verstummte, und das Dröhnen des Automotors klang plötzlich schrill in Bettinas Ohren. Gregor zog das Auto auf die rechte Spur. »Nein.«

»Doch. Er war im Besitz deiner Familie. Dein Vater hat ihn vor Jahrzehnten in dieser römischen Bibliothek gestohlen. Sein Eintrag wurde auf der Besucherliste ihres Handschriftensaals gefunden. Ganz einfach. Das *können* wir wissen. Das ist solide, unpolitische, zwischenstaatliche Polizeiarbeit. Das, wozu das BKA da ist. Es ist erwiesen, dass Georg Krampe dort war, und ebenso, dass da in der entsprechenden Zeit ein kleiner Psalter gestohlen wurde.«

Gregor fuhr nun kaum noch hundertdreißig. »Das ist eine Erfindung«, erklärte er sofort. »Eine Intrige. Das gehört zum Bluff dazu.«

»Nein«, sagte Bettina. »Das ist eine bequem nachprüfbare These.« Sie blickte Gregor fest an. »Man müsste das Buch nur auf die Fingerabdrücke deines Vaters untersuchen. – Wenn es noch da wäre«, setzte sie bedeutungsvoll hinzu.

Gregor schüttelte den Kopf.

»Und vielleicht«, sagte Bettina, »würde sich sogar herausstellen, dass die albernen Kommentare am Seitenrand, die ich gestern Abend nicht lesen durfte, in der Handschrift deines Vaters verfasst sind.«

Gregor schniefte. »Ganz sicher nicht. Du hast ja nur die ersten gelesen. Die restlichen sind schmierige Liebesbriefe. Schau mal, was die auf der nächsten Seite machen, dasselbe würde ich gern mit dir tun, die ganze Nacht.«

Bettina sah ihn milde an. »Unsere Eltern hatten alle Sex, Lieber.«

»Nicht so«, sagte Gregor. »Und lass gefälligst dieses Lachen! Mein Vater hat Tagebuch geführt und eine Biografie geschrieben. Ich kenne seine Handschrift – gut, die ist ähnlich –, aber auch seinen Stil! Das war er nicht. Davon abgesehen war er nur ein einziges Mal in Rom.«

»Neunzehnhundertsechsundsechzig«, sagte Bettina.

Gregor starrte sie an. »Auf seiner Hochzeitsreise.«

»Vielleicht war das irgendein Spiel von deinen Eltern.«

»Nein.«

»Sie müssen ja nichts mit den Kommentaren zu tun haben«, begütigte Bettina.

»Meine Eltern haben nichts mit dem Kodex zu tun«, erklärte Gregor kategorisch.

Bettina beugte sich vor. »Dein Vater war freier Journalist, als er heiratete, stimmt's?«

»Ja.«

»Und als er nach Rom fuhr, hatte er einen Rechercheauftrag vom *Spiegel*.«

Gregor trommelte wieder auf sein Lenkrad, dann griff er ins Seitenfach, holte ein Päckchen Stuyvesant hervor und gab ihr zwei Zigaretten. Sie fand ihr Feuer und steckte beide an.

»Nein«, sagte er nach dem ersten Zug. »Da war kein Auftrag vom *Spiegel*.«

»Warst du dabei?«, fragte Bettina. Der Rauch kratzte in ihrem Hals.

»Ich habe seine Biografie herausgegeben.«

»Was steht denn da über die Hochzeitsreise?«

»Dass sie nach Rom führte.«

»Sonst nichts?«

»Den Rest überließ er der Phantasie der Leser.«

»Und im Tagebuch?«

»Hör mal, die wenigsten Menschen schreiben in ihren Flitterwochen Tagebuch.«

»Du weißt nicht, was er in Rom gemacht hat«, schloss Bettina.

»Mich«, sagte Gregor gereizt. »Das reicht doch. – Wie kommst du auf diesen Blödsinn? Römische Bibliothek, Rechercheauftrag, *Spiegel*!«

Bettina paffte. »Das ist kein Blödsinn. Das haben wir ermittelt. Dein Vater hat in der Bibliothek angeblich einen Interviewpartner getroffen.«

»Wen?«, fragte Gregor sofort.

Und das fragte sich Bettina jetzt endlich auch.

Über Rosenhaag hing der düstere Schatten herben Verlusts. Viele Menschen waren in der großen Halle des Klosters versammelt, mehr vermutlich als am vorigen Abend während des Fests, doch heute drückten sie sich die Wände entlang und saßen stumm in den Sesseln, sahen schuldbewusst aus wie zufällige Überlebende einer großen Katastrophe und wünschten sich sichtlich weit fort. Der Hausherr thronte versteinert an einem Tisch im Hintergrund, vor sich eine Tasse, neben sich seine Ehefrau, die ihm etwas zuflüsterte, ohne Antwort zu erhalten. Die zahlreichen Gäste unterschieden sich vom Personal durch das Frühstücksgeschirr, das sie in Händen hielten, und die Angestellten wiederum von den Polizeibeamten durch den Gesichtsausdruck: Erstere blickten betroffen, während Letztere eher geschäftig aussahen, allen voran Kriminalrätin Syra, die schwarz und schmal den Raum dominierte. Sie sprach leise in ihr Handy, studierte dabei ein Papier, das sie in der Linken hielt, und warf dann noch einen Blick auf ein Klemmbrett, das ein Beamter ihr reichte. Als sie Bettina und Gregor sah, winkte sie beide zu sich. Sowie sie vor ihr standen, waren alle Zettel und Arbeitsgeräte wie durch ein Wunder aus Syras Händen verschwunden, und sie ragte klein, aufrecht und respekteinflößend vor ihnen auf.

»Frau Boll.« Sie musterte Bettina von oben bis unten.

»Guten Morgen«, sagte die, wohl wissend, dass sie viel zu tief dekolletiert für diese Trauerversammlung war. Und zu rothaarig.

»Zum Bericht ins linke Zimmer dort vorn«, befahl Syra knapp und wandte sich an Gregor. »Sie sind Herr Krampe? – Sie warten bitte hier.«

Und damit waren Bettina und Gregor vorerst getrennt.

Vorn in dem linken Zimmer war die Atmosphäre nüchterner, hier roch es nach Kaffee und Arbeit. Es war der Raum, in dem am Vorabend das Buffet aufgebaut gewesen war, nun stand ein langer, fahlbrauner Tisch darin, daran saß ein Mann mit einem Laptop und einem Packen Zettel vor sich. Als Bettina eintrat, sah er auf. Er öffnete den Mund, blickte auf seinen Computer, schaute wieder hoch und machte dabei ein dümmlich-erfreutes Gesicht, als sei Bettina soeben vor ihm dem Meeresschaum entstiegen. »Ich – guten Morgen. Also – ich werde Sie gleich aufrufen. Bitte – warten Sie draußen, ähm –«

Bettina lächelte ihn an und er wurde knallrot. *Eine* Nacht mit Gregor, dachte sie. Unglaublich. Sie grinste, der Beamte schluckte. »Mein Name ist Boll«, sagte sie. »*Bettina* Boll.«

Der Kollege verlegte sich aufs Lächeln. »Jaecklein«, sagte er, dann fiel ihm nichts mehr ein.

»Frau Syra meinte, ich soll mich hier melden«, sprach Bettina. »Und Bericht erstatten. Ich bin vom K11 in Ludwigshafen und –«

»Ah!«, unterbrach Jaecklein und erhob sich halb von seinem Stuhl. »Also Sie sind diese, äh …«

»Ich bin *diese*«, bestätigte Bettina.

»Okay.« Jaecklein riss sich zusammen. »Dann nehmen Sie erst mal Platz, Frau Kollegin. Sie können gleich hierbleiben. Volker Jaecklein, Kriminalkommissar vom BKA Wiesbaden.« Er streckte ihr die Hand hin. Bettina schritt mit schwingendem Rocksaum hin und reichte ihm die ihre. Wieder wurde er rot, doch nur noch ein bisschen. Er war in ihrem Alter, sein Gesicht jungenhaft und sommersprossig, die Haare schon licht und etwas zu streng geschnitten für seinen Typ, und insgesamt sah er aus, als sei er von Herzen gutmütig und versuche das erfolglos zu verbergen. »Sie waren gestern Abend hier, nicht wahr?«, fragte er und wies auf einen Stuhl.

Bettina setzte sich. »Ja, genau.«

»Gut, Frau Boll, dann machen wir doch gleich mal die Routinefragen.« Er sah sie an und räusperte sich. »Ist Ihnen irgendetwas Ungewöhnliches aufgefallen gestern Abend, eine Person, eine Begebenheit, ein Gegenstand?« Er lächelte entschuldigend. »Und sei es nur eine Kleinigkeit?«

Eine Viertelstunde später wusste Bettina genau, was geschehen war. Dr. Ritter hatte nach einem letzten Umtrunk mit seinen Übernachtungsgästen den Ovid-Kodex zum Safe gebracht, sich dort aber entschlossen, ihn nicht zu sichern, sondern mit in sein Zimmer zu nehmen. Seiner Aussage zufolge hatte das niemand beobachtet, weil seine Wachmänner ihn nur bis zum Bibliothekstrakt begleitet hatten. Hineingegangen war er allein, das bezeugten die Bänder der Überwachungskamera. Drinnen am Safe hatte er das Buch noch einmal durchgeblättert, es spontan unter sein Jackett geschoben und war dann sofort gegangen. Das war um halb eins gewesen. Zu dieser Zeit befanden sich noch 26 Personen im Haus: die Ritters, Bianca Marny, eine weitere Hausangestellte, achtzehn Gäste und vier Wachmänner der Firma *Herakles*. Letztere wurden überdurchschnittlich bezahlt, arbeiteten seit Jahren für Ritter und waren so gut beleumundet, wie man in ihrer Branche überhaupt sein konnte. Bei den Gästen handelte es sich um Prominenz aus Gesellschaft, Politik und Wirtschaft, die Hausangestellte gehörte seit dreißig Jahren praktisch zur Familie, und für Frau Marny hatte Dr. Ritter persönlich seine Hand ins Feuer gelegt. Verdächtig war also niemand und jeder.

Dr. Ritter hatte das Buch mit ins Zimmer genommen, im Bett noch bis etwa zwei Uhr darin gelesen und es dann kurz vorm Einschlafen auf den Nachttisch gelegt. Gänzlich unbewacht war der Kodex freilich auch danach nicht gewesen, denn im Anschluss an die Party hatten die Wachleute das Gebäude samt umgebendem Gelände regelmäßig in Zweierschichten kontrolliert. Nachts sollten sie hauptsächlich das Haus und die Fahrzeuge der Gäste schützen. Sie hatten jedoch nichts Verdächtiges bemerkt und ab sechs Uhr die Putzfrauen und den Catering-Service fürs Frühstück eingelassen. Eine halbe Stunde später war Dr. Ritter bereits aufgewacht. Er hatte den Diebstahl sofort bemerkt und Alarm geschlagen. Niemandem war danach noch erlaubt worden, das Anwesen zu verlassen. Daher bestand eine gute Chance, die Beute auf dem Gelände zu finden. Es wurde fieberhaft gesucht, mit Riesenpolizeiaufgebot, ein Beamter pro Zimmer und ein Dutzend für Nebengebäude und Baustelle. Allerdings ließ der Erfolg auf sich warten.

»Das Sicherheitskonzept hat einfach zu viele Lücken«, vertraute Jaecklein Bettina an.

»Dr. Ritter«, sagte die und nippte an dem Kaffee, den Jaecklein ihr besorgt hatte.

»Ja«, seufzte der, »drei Sicherheitsschranken in der Bibliothek und der beste Safe, den man für Geld kriegen kann, aber er legt das blöde Buch nicht rein.«

»Da wird er Schwierigkeiten mit seiner Versicherung kriegen«, sagte Bettina und dachte an Gregors Theorie. Das war natürlich auch eine Lösung: Ohne Versicherungsschutz kein Versicherungsbetrug. Es hatte sogar eine gewisse Eleganz. »Lassen Sie denn auch in der Bibliothek suchen?«

Jaecklein schüttelte den Kopf. »Buch unter Büchern, ich weiß, das wäre das beste Versteck. Aber das machen wir erst, wenn sonst nichts fruchtet. Dr. Ritter war der Letzte, der diese Räume betreten hat. Das zeigen die Videobänder.«

»Aber sie zeigen nicht, wie er das Buch in seine Jacke steckt und wieder mit rausnimmt.«

»Nein«, sagte Jaecklein; und Bettina fragte sich, was er dachte. Jetzt tippte er mit dem Zeigefinger auf eins der Blätter, die vor ihm lagen. »Doch wir haben eine Zeugin, die das Buch nach halb eins noch gesehen hat.«

»Und zwar nicht seine Frau«, prognostizierte Bettina.

Jaecklein zuckte die Achseln und schwieg.

»Frau Marny«, sagte Bettina.

»Sie kennen die Verhältnisse hier im Haus«, sagte Jaecklein beifällig. »Wo würden *Sie* das Buch zuerst suchen?«

Im Safe, dachte Bettina sofort. Nein, in der Bibliothek. Die musste man nicht der Versicherung vorführen. Bei dem Gedanken fiel ihr das Gespräch mit Marny wieder ein: Nimm den Unwahrscheinlichsten. Den Gärtner.

»Bei einem der Bauleute, die hier arbeiten«, sagte sie ohne den geringsten Skrupel gegenüber Marc Schneider. Die Sache mit dem doppelten Schuhwerk würde Jaecklein vom BKA sowieso nicht ernst nehmen.

Doch Jaecklein vom BKA reagierte anders, als Bettina vorausgesehen hatte. Er hörte sich die Geschichte mit dem sauberen Paar Schuhe an, nötigte Bettina, ihre Aufzeichnungen über Marc Schneider aus der Tasche zu kramen, las sie angespannt durch und stand dann auf. »Diesen Bauwagen«, sagte er, »den will ich sofort sehen.«

Dazu mussten sie durch die Halle, und in der Halle hatten einige wichtige Menschen unter fortgeschrittenem Koffeineinfluss begriffen, dass ihre Anwesenheit in diesem Hause nur noch bedingt freiwillig war und dass man sie bis auf Weiteres festhalten würde, obwohl sie unaufschiebbare Termine hatten, die für den Weltenlauf und ihr Ego von höchster Dringlichkeit waren. Die Gesichter sahen jetzt wacher aus, und der Geräuschpegel war gestiegen. Ein Mann im schwarzseidenen Morgenrock schilderte seinem Tischnachbarn und allen Umsitzenden, wie sein Chagall gestohlen worden war: direkt aus dem *Living Room*! Trotz Alarmanlagen! Und da sei nicht das BKA mit einer Hundertschaft angerückt! »Zwei halbdebile Uniformierte!«, röhrte er in Syras Richtung. »Dorfpolizisten! An Spurensicherung nicht mal zu denken! Die haben mühsam zu Papier gebracht, dass ich beraubt wurde! Da sieht man mal die Unterschiede!«

Syra ließ daraufhin das Handy sinken, in das sie eine Nummer getippt hatte, und musterte den Aufrührer intensiv.

Der Mann verstummte und sagte merklich leiser: »Ich wünsche natürlich wie alle hier, dass Dr. Ritters Buch wieder auftaucht.«

Syra nickte, drehte sich von ihm fort und hielt das Telefon ans Ohr.

»Allein, damit wir endlich wegkommen!«, rief der Mann erbost und sah sich nach einem schwächeren Opfer um.

Jaecklein zupfte Bettina eilig am Ärmel. Sie sah noch, wie Gregor an Marnys Seite bei den Ritters saß und eindringlich mit den Eheleuten sprach. Eigentlich redeten die hübsche Marny und Gregor gemeinsam. Sie saßen eng beieinander, blonder Kopf neben braunem Kopf, gestikulierten im gleichen Takt und blickten mit demselbem ernsten Gesichtsausdruck mal die Ritters, mal Syra an. Bettina schienen sie gar nicht zu bemerken. Dabei war sie doch zumindest heute keine unauffällige Erscheinung. Auch jetzt wieder erntete sie viele Blicke. Tatsächlich war sie die Einzige, die noch die Klamotten vom vergangenen Abend trug. Alle anderen hatten Dezenteres, Frischeres an, ein paar Morgenröcke saßen dazwischen, vermutlich hatte man die Leute gleichzeitig aus den Zimmern komplimentiert, um effektiver suchen zu können. Nur Bettina sah man die letzte Nacht und das spontane Abenteuer an. Plötzlich dachte sie an ihre Kinder und ihre Wohnung und die neue Babysitterin, die sie vermutlich gleich wieder verlieren würde, weil sie am Sonntag nach einer Party direkt zum Einsatz gefahren war, das hatte nicht glaubwürdig geklungen und auch nicht solide, das hatte sich nach chaotischen Verhältnissen angehört und einer nachlässigen Mutter. »Dann geht es wohl nicht anders«, hatte die Babysitterin am Telefon gesagt, »aber die beiden erwarten Sie sehnsüchtig.«

Gregor dagegen, sah Bettina mit einem letzten Blick zurück, vermisste sie nicht. Immer noch sprach er auf diese ernste, vertraute Weise mit der hübschen Marny, er trug ein schwarzes Jackett, sie eine weiße Bluse. Und wenn das keine Komplementärfarben waren, dann wusste Bettina auch nicht.

Draußen wurde sie von einer überraschend warmen Frühlingsbrise empfangen. Der Wald um das Kloster hatte an Tiefe verloren, er wirkte so licht und harmlos, als sei er ein Park, Buschwindröschen blühten plötzlich überall, und die Luft roch nach Sonne. Jaecklein sprach munter über Sicherheitslücken. »... nicht nur die Sache mit dem Safe«, sagte er soeben und reichte Bettina die Hand, um ihr über eine Erdscholle zu helfen, die mit Pumps unbegehbar war. »Es ist auch so, dass die hier keine richtigen Schlösser an den Schlafzimmertüren haben. Der Zellencharakter, wissen Sie. Die alten Türen sollten erhalten bleiben, die sind antik. Aber man kann sie nur von innen mit Haken oder Ketten verriegeln, und das ist lächerlich. Im Grunde nichts weiter als ein Bitte-nicht-stören-Schild. Man kriegt diese Türen geräuschlos mit einem Draht oder sogar der Hand von außen auf. Und Kontrollen bei den Gästen wurden auch kaum vorgenommen.«

Das konnte Bettina bestätigen. Auch sie hatte keine Einladung vorweisen müssen.

»Ritters Bekannte sind beleidigt, wenn man sie nicht erkennt«, erklärte Jaecklein. »Die Wachmannschaft gehört zu den Anforderungen der Versicherung, aber sie hatte Anweisung, nur ja keinen zu belästigen.«

»Man fragt sich natürlich, wie ein Außenstehender wissen

konnte, dass Dr. Ritter den Ovid mit aufs Zimmer nehmen würde«, sagte Bettina, die inzwischen noch ein wenig über Marny nachgedacht hatte und das üble Gefühl bekam, einen unbescholtenen Baumaschinenführer unnötig in Schwierigkeiten zu bringen, nur weil der ein zweites Paar Schuhe mit zur Arbeit genommen hatte. Wenn der Mann nun kein Alibi für die Nacht hatte? Wenn ein Sündenbock gebraucht wurde, und sei es nur, um die vorgesehenen Ermittlungen an ihm abarbeiten zu können?

Jaecklein drehte sich um und sah sie an. »Das ist die Frage.«

»Es ist ein verzwickter Fall«, sagte Bettina erleichtert.

»Ja«, sagte Jaecklein. »In der Tat.«

»Haben Sie eigentlich Frau Marny überprüft?«

»Natürlich. Als Erste. Die hatte die beste Gelegenheit. Aber sie ist bislang völlig sauber. Die hat nichts außer einem Riesenschrecken, weil sie aussagen musste, in Ritters Zimmer gewesen zu sein.«

»Sie hat mich auf Marc Schneider aufmerksam gemacht«, sagte Bettina.

»Ach ja?«

»Ja.«

»Wie das?«

Bettina schilderte ihre Gespräche.

»Hm«, sagte Jaecklein dazu nur.

»Das macht sie verdächtig.«

»Im Gegenteil.«

»Na hören Sie mal, all das Getue mit dem Gärtner …«

»Meiner Erfahrung nach«, sagte Jaecklein, »verraten Täter ihre Komplizen erst nach der Festnahme. Kaum je schon vor dem Delikt.«

»Hm«, machte nun Bettina.

Sie erreichten den Bauwagen. Er war verschlossen. Jaecklein griff in seine Tasche und holte ein Paar Handschuhe und ein kleines, spaciges Gerät hervor, das aussah wie eine Mischung aus Akkuschrauber und Miniföhn. Damit stocherte er in dem Schloss und brachte es nach wenigen Augenblicken auf. Dann zog er die Handschuhe über und betrat den Wagen. Aufmerksam hielt er seine Nase in die Dunkelheit. »Hier wurde geraucht«, sagte er sofort. »Vor kurzem erst.«

Bettina folgte ihm und roch es auch. Drinnen sah es aus wie zuvor: Tisch, Stuhl, Kalender, Tasche mit Schuhen. Nur der Boden schien weniger staubig, und dort lag auch ein ausgetretener Zigarettenstummel, den Jaecklein sofort mit spitzen Fingern aufhob. »Es ist nämlich so«, sagte er zu Bettina, »die Ritters hatten heute Nacht einen unbekannten Besucher.«

»Wie das?«

»Nun, im Haupthaus gibt es einen großen Dachboden, der offen über die Treppe erreichbar ist. Da oben war kürzlich jemand. Es ist so staubfrei, wissen Sie. Wir haben dort auch zwei Malerfilze gefunden, die man zur Not als Decken benutzen kann. Und heute Morgen gegen sechs, als gerade der Catering-Service kam, haben die Wächter einen Mann aus dem Haus gelassen. Leider ohne Überprüfung. Er war zu schnell, und die Wachleute haben sich auf die Caterer konzentriert. Der Typ benahm sich wie ein Gast, er trug keine Jacke, nur einen Schal, und den hat er sich in dem Moment, als er an den Wächtern vorbei musste, um den Hals gewunden, sodass man sein Gesicht kaum erkennen konnte. Seine Stimme war auch undeutlich. Er sagte, er müsse sich die Beine vertreten und rauchen. Dann ging er und kam nicht wieder.«

Bettina starrte den Kollegen an. »Das ist ja merkwürdig.«

»Nicht wahr? Ein blonder, schlanker Mann, mehr wissen wir nicht von ihm. Unter den Gästen konnten wir ihn bisher nicht finden.« Jaecklein räusperte sich. »Mir scheint allerdings, die Beschreibung würde auf Ihren Marc Schneider zutreffen.« Er warf Bettina einen sehr klaren Blick zu, der nicht ganz zu seinem verlegenen Gehabe passte. »Oder aber auf Herrn Krampe.« Wieder räusperte er sich, nur lauter diesmal. »Sie beide sind gestern Abend gemeinsam gegangen und heute Morgen zusammen gekommen. Können Sie mir eventuell sagen, was Herr Krampe in den Stunden dazwischen getan hat?«

Bettina verschränkte die Arme.

Jaecklein sagte rasch: »Es reicht auch, wenn Sie mir erzählen, wo er war.«

»In Frankfurt in seiner Wohnung«, sagte Bettina.

»Die ganze Zeit?«

Allerdings, dachte Bettina. »Ja.«

Jaecklein bestellte telefonisch Spurensicherer zu dem Bauwagen, wies sie ein und trat dann mit Bettina den Rückweg an. Auf dem Parkplatz trafen sie Ballier, die im geöffneten Kofferraum ihres jagdgrünen Benz kramte. Vergnügt blinzelte die alte Dame in die durchbrechenden Sonnenstrahlen. »Guten Morgen, guten Morgen!«, rief sie Bettina schon von weitem zu. »Hierher, Liesel. Tja, Frau Boll!« Sie betrachtete Bettina lächelnd, und ihre dünnen Haare stellten sich im kaum merklichen Wind auf. »Das war wohl eine rauschende Nacht.«

Jaecklein musterte die Erscheinung mit der unordentlichen Frisur argwöhnisch.

»Das ist Frau Ballier vom Genfer Herold«, stellte Bettina vor. »Und Herr Jaecklein vom BKA.«

Beide machten »Ah!« und schüttelten sich die Hände.

»Der Ovid ist gestohlen worden«, sagte Bettina in Balliers unverändert fröhliches Gesicht.

Die alte Dame krauste die Nase und sagte verschwörerisch: »Ich weiß. Ich wollte gerade rausfahren und nach dem Rechten sehen, da rief meine Agentur an. Ich bin voll im Bilde.«

»Der Diebstahl scheint Sie nicht sehr zu erschüttern«, sagte Bettina.

Ballier blickte belustigt. »Meine liebe Frau Boll, dieser kleine Ovid ist nicht das erste Buch, das ich wiederbeschaffen werde. Ich wusste, dass so etwas passieren würde, erinnern Sie sich?«

»Wieso waren Sie dann gestern Abend nicht da?«

»Ich war nicht eingeladen«, sagte Ballier hoheitsvoll. »Dr. Ritter mag mich nicht. Und ich hatte *Sie* ausführlich eingeweiht. Ich dachte, eine von uns ist genug.« Sie blickte in Bettinas Gesicht und tätschelte dann begütigend ihre Schulter. »Wenn Sie den Raub nicht verhindern konnten, hätte ich es auch nicht geschafft. Es gibt diese Dinge, die irgendwie in der Luft liegen, doch man muss sie erst geschehen lassen, um sie überhaupt zu begreifen, nicht wahr?« Ihr Blick streifte Bettinas offene Haare, die in der Sonne kastanienrot leuchteten. Ihre Augen blitzten amüsiert, dann wurde sie ernst. »Tja. Nun hat der Herr Krampe ein wasserdichtes Alibi, hab ich recht?«

Jaecklein wandte sich dem Haus zu. Bettina konnte das nicht. Sie stand nur da und sah Ballier an. Die nahm eine Hundeleine aus dem Kofferraum und befestigte sie am Halsband ihres Dackels. »Ist gut, Liesel. – Also, Frau Boll.«

Bettina verschränkte die Arme, merkte, dass sie so ihr tiefes Dekolleté betonte, und ließ sie wieder sinken. »Krampe hat den Ovid tatsächlich nicht gestohlen.«

»Nein«, sagte Ballier aufmerksam. »Und Sie auch nicht, meine Liebe. Aber Sie haben die Seiten gewechselt.«

»Quatsch«, sagte Bettina.

»Wenn Sie mich fragen, war das riskant«, sagte Ballier. »Ihr Wort ist jetzt nicht mehr viel wert.«

»Ich frage Sie aber nicht, und mein Wort ist so viel wert wie das Wort eines Unschuldigen.«

»Hören Sie.« Ballier hob die Hände. »Es ist fies, ich weiß. Doch ich sage Ihnen jetzt was, als Frau und Kollegin.«

Nein, dachte Bettina, sprach es aber nicht aus.

»Herr Krampe brauchte vielleicht ein Alibi, und darum … Tja, damit muss ich bei meiner Arbeit einfach rechnen, wissen Sie, und Sie bei Ihrem – Sie auch. Aber keine Sorge. Nun hat er es, und um es nicht zu gefährden, wird er alles tun, um Ihre Glaubwürdigkeit wieder aufzubessern.«

Bettina starrte die alte Dame an. »Als da wäre?«

»Distanz. Er wird von nun an Distanz halten.«

Bettina wurde wütend. Etwas gesunde Distanz würde der ollen Ballier auch nicht schaden. »Und wenn nicht?!«

»Dann verbeuge ich mich vor der Macht der Liebe.«

Bettina holte Luft. »Also –«

Doch sie wurde von Liesel unterbrochen, die bellte und eifrig zu wedeln begann. Ballier sah sofort auf. »Margarete!«, rief sie erfreut.

»Franziska«, erwiderte Syra fast herzlich.

Und hier wurde Bettina Zeugin einer seltenen und seltsamen Szene: wie ihre strenge Chefin der verschmitzten Ballier Küsse verabreichte, Knall, Knall, auf jede Wange einen, energisch und ernst und mit weit nach vorn geneigtem Oberkörper. Auch Ballier beugte sich vor, eine spontane und vielleicht unbewusste Karikatur von Syras Haltung, zwei spitzschnäbelige Stelzvögel, die sich begrüßten. Danach richteten sich beide erleichtert auf.

»Du bist schnell wie immer«, sagte Syra mit ihrer tiefen Stimme. »Du hast es also schon gehört.«

»Kann ich gleich mit Ritter sprechen?«, fragte Ballier in einem Ton, den Bettina gar nicht an ihr kannte, er war absolut nicht gönnerhaft, sondern knapp und trocken.

»Sicher. Er setzt freiwillig eine Viertelmillion fürs Wiederbeschaffen aus. Er hat eine Heidenangst vor dir.« Syra fuhr sich mit der Hand durch die Haare, was sie tatsächlich ein wenig weicher und fast müde aussehen ließ. »Er hatte das Buch im Schlafzimmer.« Der geile alte Bock, schwang in ihren rauen Worten mit.

Ballier grinste. »Ich weiß. Ohne Schloss an der Tür. Dafür werde ich ihn kriechen lassen. – Und sonst? Seid ihr durch?«

Syra nickte. »Mit fast allen.« Ihr Blick fiel auf Bettina. »Nur mit der Frau Boll noch nicht.«

Sie zog Bettina einfach mit. Syras Griff war nicht härter als der anderer Menschen, aber entschlossener. Unangenehmer. Man hatte den Eindruck von Klauen, die noch weit schärfer zupacken konnten. So wurde Bettina hinter die Autos gezerrt wie zu einem unfreiwilligen Stelldichein, und so erreichten sie ein Sträßlein, das an der Kirchenruine und den Eichen vorbei ins Nirgendwo führte. Syra blieb nicht stehen. »Hatten Sie eigentlich vor, weiter für uns tätig zu sein, Frau Boll?«, herrschte sie Bettina an, während sie rüstig ausschritt.

Bettina kam in ihren High Heels kaum nach. »Natürlich«, antwortete sie dem Rücken ihrer Chefin. Die drehte sich unvermittelt um, und ihr schwarzer Blick traf direkt auf den Solarplexus. Bettina taumelte zurück.

»Hören Sie gut zu, Frau Boll. Wir standen bis heute Morgen in relativ komfortabler Verhandlungsposition mit den italienischen Kollegen und dieser römischen Bibliothek. Wir wollten einen Deal machen. Besitzanerkennung gegen Nutzungsrecht. Das wäre eine Superlösung gewesen. Kein eifersüchtiger Kulturwächter hätte das anfechten können. Keine internationalen Verstimmungen mehr, der nervige Vatikan wäre raus und unsere Ermittlung abgeschlossen. So weit waren wir gestern Abend noch, Frau Boll.«

»Ich habe das Buch nicht gestohlen«, sagte Bettina mutig.

Syra musterte sie böse. »Sie haben das Klima verdorben. Die Temperatur raufgedreht. – Sie sind eine Mutter von zwei Kindern. Und schauen Sie sich an!«

Bettina blickte an sich hinab und sah schwarze Seide und schimmerndes Leder. »Sie haben mich doch hergeschickt, um Polizeipräsenz zu zeigen«, sagte sie kleinlaut. »Jeden einzelnen Tag. Ich soll die Leute beunruhigen, das haben Sie selbst gesagt!«

»Ja, den Krampe«, grollte Syra, »damit er ein bisschen nachdenkt und am Ende seinem Chef unsere Lösung verkauft! Aber doch nicht den Ritter selbst! Und nicht so! Auf dieser Party hatten Sie überhaupt nichts verloren! Das war ein ganz großer Mist, Frau Boll, hier als Dornröschen vom BKA aufzutreten und dem Herrn Dr. Ritter einzureden, dass wir ihm sein Buch wegnehmen wollen!«

»Frau Ballier sagte, wenn das Buch gestohlen wird, dann in dieser Nacht«, verteidigte sich Bettina schwach. »Herr Krampe hat mich eingeladen, und da dachte ich, die Gelegenheit muss ich nützen. Ich hätte Sie ja gefragt, aber Sie waren nicht erreichbar.«

Syra starrte sie kurz und intensiv an. »Die Frau Ballier hat entschieden zu viel Humor«, sagte sie dann und begann wieder zu laufen.

Bettina stöckelte tapfer hinterdrein. »Glauben Sie denn, Dr. Ritter hat das Buch?«

»Ich glaube gar nichts! Die Zeit des Glaubens ist vorbei! Mit Ihnen rede ich nur noch über Beweise!«

Diesmal taumelte Bettina nicht zurück, sie lehnte sich gewissermaßen gegen den Sturm und sah Syra erst wieder an, als es vorbei war. »Es ist jetzt vielleicht gerade ungünstig, aber ich muss Sie was fragen.«

Syra drehte sich um und lief weiter.

»Ich hab Ihnen doch auf den AB gesprochen. Haben Sie meine Nachricht bekommen? Wissen Sie, was mit der kleinen Angelina Ritrovato passiert ist?«

»Die ist ertrunken«, knurrte Syra. »Am Lido von Ostia.«

Am *Lido von Ostia*. Bettina stockte, blieb aber nicht stehen, denn sie schaffte es ohnehin nur mühsam, an der Seite ihrer Chefin zu bleiben. »Und wie haben Sie die Bibliothek gefunden? Wie konnten Sie wissen, dass der Ovid ausgerechnet aus Rom stammt, wo doch die Wissenschaft keine Anhaltspunkte hat?«

Syra zuckte die Achseln. »Haben wir da nicht schon drüber gesprochen?«

»Nein«, wagte Bettina zu sagen.

»Georg Krampe war ein alter Bekannter von uns. Nach diesem Bombenanschlag haben wir im Archiv gestöbert und eine verstaubte Akte von ihm gefunden. Das ist alles. Kein Hexenwerk. Zufall. Wir wollen das auch nicht breittreten. Er wurde mal von uns überwacht.«

Syra blieb stehen und sah Bettina wieder an, weniger feindselig diesmal, eher prüfend. Trotzdem war es ein unangenehmer Blick, geeignet, um Menschen in Mäuse zu verwandeln. Um ihn zu ertragen, ließ Bettina das hässliche Gesicht der Chefin vor ihren Augen verschwimmen.

»... war eine andere Zeit«, hörte sie Syra sagen. »In den Sechzigern. Kalter Krieg. Es war ein bisschen albern von uns, einen Menschen zu bespitzeln, nur weil er Spionageromane geschrieben hat. Heute ist das nicht mehr gerichtsverwertbar.« Sie verschränkte die dünnen Arme. »Daher der Versuch, eine diplomatische Lösung zu finden. Doch den haben Sie ja jetzt gründlich vereitelt.«

Bettina fokussierte Syra schärfer. »Soviel ich weiß, hat Georg Krampe damals noch gar keine Spionageromane geschrieben.«

Syra starrte sie an.

»Das haben Sie selbst gesagt. Er war in Rom – auf Hochzeits-reise –, und er hat nebenbei für den *Spiegel* gearbeitet. Die Romane kamen erst später. Vielleicht als Antwort auf seine Erlebnisse in Rom?«

Syra schnaubte.

»Das BKA hat ihn überwacht. Warum?«

Syra schwieg.

»Egal, jedenfalls hat er sich in dieser Bibliothek mit seinem Interviewpartner getroffen. Haben Sie selbst gesagt. Und wenn Sie das wissen, dann wissen Sie auch, wer es war. Eine Frau?«

Schweigen und Funkeln.

»Gestern Abend«, fuhr Bettina tollkühn fort, da sie jetzt nicht mehr anders konnte als geradeaus nach vorn, »als ich den armen Dr. Ritter in Angst und Schrecken versetzt haben soll, hatte ich außerdem Gelegenheit, das berühmte Buch anzuschauen. Haben Sie es mal gesehen? Nein? Nun, auf den Rändern hat sich ein Paar verewigt. Zeitenmüll, so hat Ritter es genannt. Zwei Menschen haben sich Nachrichten geschrieben. In jüngerer Vergangenheit. Auf Deutsch. Mit italienischen Ausdrücken dazwischen. Und Abkürzungen. Von Treffen ist die Rede. Von vergeblichem Warten. Es bekommt schnell etwas Erotisches, aber zu Beginn geht es nur um einen Handel. Dass es schwierig ist, eine bestimmte Ware zu besorgen. Ich bin mir sicher, Sie wissen, welche Ware das war.«

Syra betrachtete Bettina und mahlte mit dem Unterkiefer. »Frau Boll«, sagte sie schließlich, »ich finde es unheimlich schade, dass Sie mit Herrn Krampe ins – hm, eine Liaison begonnen haben. Ich hätte Sie sonst wahnsinnig gerne fest bei uns übernommen.« Damit drehte sie sich um und schritt zum Kloster zurück.

Bettina zögerte einen Moment zu lang. »Halt!«, rief sie erst, nachdem Syra schon drei Meter entfernt war. »Warten Sie! Wer war es? Mit wem hat Georg Krampe sich getroffen?«

Syra lief weiter.

Bettina blieb stehen. »Etwa mit einer Verwandten von Anna Oberhuber?«, brüllte sie. »Mit ihrer Mutter? Frau Ritrovato?«

Syra stoppte, blickte Bettina böse an und legte den Finger an den Mund. »Schreien Sie nicht so! Wieso fragen Sie mich überhaupt? Sie wissen es ja!«

»Was wollten die beiden?« Bettina holte auf, so rasch sie konnte. »Was hatten sie vor? Wie sind sie zusammengekommen?«

»Sagen Sie's mir«, schlug Syra verärgert vor.

»Ich weiß es nicht«, rief Bettina atemlos. »Haben Sie mit Frau Oberhuber gesprochen? Was war mit ihrer Schwester, dem kleinen Mädchen? Haben ihre Eltern sich getrennt? Hatte Frau Ritrovato etwa eine Affäre mit dem alten Krampe?«

»Steht das denn nicht in dem Buch?«, fragte Syra. »Mist, dass es jetzt weg ist, nicht wahr?«

»Ich –«

»Frau Boll«, unterbrach ihre Chefin. »Ich sag Ihnen jetzt noch was.« Sie schoss einen von ihren Todesblicken ab und Bettina verstummte. »Sie haben einem Mann, der mit Sicherheit tief in diesem Fall verstrickt ist und heute Morgen vermutlich vor einem unabhängigen Zeugen dies Haus verlassen hat, ein Alibi verschafft. Der Wachmann hat einen Mann von Krampes Typ gesehen, wie er um sechs Uhr aus dem Haus spaziert ist! Er hat eine Beschreibung abgegeben, die auf ihn passte! Und er war sich vorhin bei der Gegenüberstellung fast sicher, ihn wiederzuerkennen! Sind Sie denn sicher, Frau Boll, dass Herr Krampe die ganze Nacht bei Ihnen war?«

Bettina nickte.

»Sie haben nicht mal zwei Stunden geschlafen?«

Bettina schüttelte den Kopf.

Syras Augen wurden womöglich noch schwärzer. »Aber Sie bieten uns freundlicherweise einen Ersatzmann an, nicht wahr? Ich habe mit Jaecklein gesprochen. Er hat mir von Ihrem Bauarbeiter erzählt.«

»Den gibt es wirklich«, sagte Bettina.

»Natürlich«, sagte Syra eisig. »Denn Sie sind ja nicht dumm, Frau Boll.«

»Ich lüge nicht«, sagte Bettina im selben Ton und schaffte es, Syra gerade in die Augen zu blicken.

»Gut«, sagte die nach einem stummen unentschiedenen Messen. »Sie haben bis heute Abend Zeit, um diesen Arbeiter aufzutreiben. Beweisen Sie, dass er es war, dann nehme ich Krampe nicht fest und Sie können zusammen tun und lassen, was Sie wollen, ohne dass ich Sie an die Luft setze. Nehmen Sie Jaecklein mit, damit ich sicher sein kann, dass Sie korrekt arbeiten. Rufen Sie mich an. Ich werde immer erreichbar sein.«

»Okay«, sagte Bettina.

»Und, Frau Boll?«

»Ja?«

»Wenn dieser Arbeiter unschuldig ist und Sie ihn wissentlich benutzen, dann werde ich das herausbekommen.«

Bettina nickte.

»Sie werden nie mehr als Polizistin arbeiten.« Syra lächelte bösartig. »Was unheimlich schade wäre bei Ihrem Talent.«

Zehn

Der Baumaschinenführer Marc Schneider lebte in Haßloch, einem Ort, der weit genug weg war von Rosenhaag und nah genug dran an Ludwigshafen, dass sie mit zwei Autos fuhren. Bettina wollte ihre Kindersitze bei sich haben, um sich zumindest die Illusion zu erhalten, sie könnte die Kids jederzeit abholen. Außerdem schreckte Volker Jaecklein beim Anblick ihres Taunus merklich zurück. In diese alte Kiste würde er nicht steigen, das musste er nicht mal sagen, das sah man an seinem entsetzten Gesicht, dies war ein Auto an der Grenze zu Unmoral und sozialem Abstieg, und ein Jaecklein reiste standesgemäß im BMW. Allein wegen der PS. Also reisten sie getrennt, und Bettina hatte ein paar Minuten Zeit zum Rauchen und Nachdenken. Doch sosehr sie auch rauchte und dachte, die erlösende Idee, die alle Ereignisse rund um Krampe und seinen Ovid auf einen Nenner brachte, wollte nicht kommen. Vermutlich gab es diesen Nenner nicht. Der alte Ovid war ein Autor der Wandlungen, sein Buch enthielt nicht nur *eine* Geschichte, sondern einige, angesammelt durch die Jahrhunderte, jede von einer jeweils anderen erzeugt, Gedanken, die auf menschliche Wirte übergesprungen und weitergedacht worden waren, in verschiedene Richtungen, zu verschiedenen Zeiten, unabhängig voneinander und nur locker zusammengehalten von dem alten Buch. Sie waren noch da, doch sie versteckten sich hinter den Texten, in den Bildern, an den Rändern und in den Buchdeckeln, und nüchtern betrachtet waren sie nur Leder, Leim, Farbe und Hanfschnur.

Bettina stiegen ganz plötzlich Tränen in die Augen. Sie wollte Gregor. Sie wollte die Zeit zurückdrehen und den gestrigen Tag noch einmal erleben. Sie wollte ihre Kinder abholen und Familie sein. Sie wollte zumindest eine Tom-Waits-CD. Doch nichts davon konnte, durfte oder hatte sie. Und da war die Ausfahrt nach Haßloch. Bettina zog die Nase hoch, wischte sich hart über die Augen und bog ab.

Marc Schneider war zu Hause, er lebte in einer hübschen Straße mit properen Fertighäusern, aufgerüschte Einfamiliendomizile mit Gärtchen und winzigen Fischteichen und großen Garagen und Ostergestecken vor der Tür.

»Nette Gegend«, sagte Jaecklein anerkennend, als sie vor dem Eingang standen und die melodische Türglocke erscholl, und Bettina sah ihn von der Seite an und fragte sich, ob er das wirklich ernst meinte.

Dann stand Schneider vor ihnen. Er war groß und blond und besaß eine vage Ähnlichkeit mit Gregor, die Bettina zuvor nicht aufgefallen war, weil sie sich in Haarfarbe und Körperbau erschöpfte, der Mensch selbst sah völlig anders aus, jünger an Jahren, aber ungeschlachter. Höflich, doch mit aggressiver Haltung und Argwohn in den Augen wünschte er guten Tag. Er hat uns erwartet, sagte etwas in Bettina. Wieder blickte sie Jaecklein an, der trug plötzlich eine Sonnenbrille und sah aus wie ein Typ aus *Miami Vice*.

»Hallo«, erwiderte er den Gruß und schaute unwillkürlich zurück zu seinem schwarz glänzenden BMW, der dekorativ direkt vor der Tür stand. »Boll und Jaecklein vom Bundeskriminalamt. Sind Sie Herr Marc Schneider?«

Schneider nickte.

Jaecklein trat sofort ins Haus. »Wir haben Fragen an Sie.«

Man *hatte* sie erwartet. Bettina hätte ihren Taunus darauf verwettet. Es war alles so aufgeräumt, so statisch, so erstickend unberührt. Frau und Kind vorm Fernseher, kein Geschirr auf dem Couchtisch, nicht mal ein Becher für die Kleine, und nichts, was darauf schließen ließ, dass Marc Schneider vor ihrer Ankunft irgendetwas getan hatte außer putzen. Diese Leute spielten normales Familienleben, ohne die geringste Ahnung, wie das aussah. Schneider bot Kaffee an. Sie folgten ihm in die Küche, die ebenso geleckt aussah wie der Rest des Hauses. Jaecklein stellte die Fragen. »Wo waren Sie heute Nacht?«

»Hier zu Hause.«

»Kann das jemand bezeugen?«

Der Hausherr platzierte Becher unter einer bereits geladenen und eingeschalteten Kaffeepadmaschine. »Meine Frau.«

Bettina begab sich ins Wohnzimmer zu der Frau. Die saß nun in der Essecke und schaute ihrer Tochter dabei zu, wie sie die *Teletubbies* konsumierte. Ihr Name war Vera, und genau wie ihr Ehemann besaß auch sie eine Attraktivität, die Bettina nicht ansprach: echt blonde, etwas rotstichige Haare über einem wenig ausdrucksvollen Gesicht. Nur ihre Stimme war hübsch. Melodisch gab Vera Schneider ihrem Gatten ein sicheres Alibi: Abendessen, Fernsehen bis halb zwölf, Bettruhe mit leichtem Schlaf und – das flüsterte sie leicht verlegen mit Blick auf die Tochter – Sex in den Morgenstunden. All das war normal und unanfechtbar und eigentlich intelligent vorgebracht. Dennoch war Bettina sehr bald davon überzeugt, dass die Zeugin log. Da war so eine unnötige Feindseligkeit, die von Vera Schneider ausging, ein Messen, der absurde Versuch, die andere stumm zu übertrumpfen in Mädchenhaftigkeit, Niedlichkeit und Naivität. Nicht, dass Bettina in diesen Disziplinen besonders bewandert gewesen wäre. Oder sich herausgefordert gefühlt hätte. Sie beobachtete eher interessiert, wie Vera Schneider sich beim Reden die langen, sorgsam geföhnten Haare glattstrich, wie sie gefällig Wimpern senkte und Augen aufschlug, einen Schmollmund zog, immer mit diesem Auftrumpfen im Blick, der zuweilen abglitt in kurze Abwesenheiten. Da saß eine Frau, gut in den Dreißigern, deren einzige armselige Unschuldsmasche die des zuckrigen Püppchens war, eine verlebte Cinderella mit einer dicken Schicht einfarbigen Make-ups auf dem verborgenen Erwachsenengesicht. Nur ihre zornige Stirnfalte hatte sie nicht zukleistern können, die stand steil und verräterisch über der Maske. Ob die Tochter, das wirkliche Kind, genauso schlecht log?

Bettina sah nachdenklich zu dem teilnahmslosen Mädchen auf der Couch, es rührte sich kaum, war spillerig, mausgesichtig und viel zu dünn, sechs Jahre vielleicht oder älter, es sah nicht glücklich aus, eher gewohnheitsmäßig unzufrieden und unnatürlich müde. Bei einem Hund hätte Bettina gesagt, der kriegt das falsche Futter. Sie traf Vera Schneiders Blick, und eine Sekunde lang sah sie nur blanke Leere ohne jede Emotion.

»Frau Schneider«, sagte sie da leise, »soll ich mal Ihre Tochter fragen, wo ihr Papa gestern Abend war?«

»Lea ist krank«, erwiderte Vera Schneider klar und süß. »Sie hat den ganzen Abend geschlafen.«

»Was hat sie denn?«

»Grippe.«

Bettina betrachtete das Mädchen erneut. Dann beugte sie sich vor. »Hören Sie«, flüsterte sie und schaute Leas Mutter drohend in die nicht wirklich arglosen Augen. »Das Buch, das Ihr Mann gestohlen hat, ist es nicht wert, Ihrer Tochter Drogen zu geben.«

Zack, driftete Schneiders Blick wieder ab in irgendeine unerreichbare Ferne. Bettina fluchte innerlich, doch sie sprach weiter.

»Wir werden es finden«, sagte sie. »Egal, wo Sie es versteckt haben.«

»Ich weiß nicht, wovon Sie sprechen«, sagte Schneider, plötzlich unwirsch.

Sie sahen sich an. In der Küche rumorte es. Schritte waren zu hören. Diesmal hätte Bettina fast laut geflucht. Sie beugte sich noch weiter vor und wisperte rasch: »Eine Viertelmillion Euro Finderlohn.«

Schneiders Augen weiteten sich.

Bettina ließ sich zurücksinken und lächelte. Rasch lächeln, rasch reden. »Ich weiß nicht, was Ihr Auftraggeber zahlt«, flüsterte sie, »aber die Viertelmillion hätten Sie sicher, Frau Schneider. *Sie selbst*, nicht Ihr Mann. Ohne Gefahr, ohne Übergabe, ohne Beruhigungsmittel fürs Kind.«

Schneider biss sich auf die Lippen.

»Natürlich nur, wenn wir das Buch nicht bei Ihnen *finden*. Sie müssten es uns freiwillig geben. – Tja.« Bettina sah sich in dem bunten Wohnzimmer um. »Vielleicht wollen Sie ja raus hier? Einen Neuanfang wagen, so ganz ohne –«

»Schatz!«, dröhnte es da von hinten. »Stell dir vor, bei Dr. Ritter in der Bibliothek ist eingebrochen worden!«

Marc Schneider erschien, Jaecklein im Schlepp, zwei Tassen Kaffee in der Hand. Die eine stellte er vor Bettina ab und behielt selbst die andere. Jaecklein war schon bedient, Frau Schneider bekam nichts.

»Ich weiß«, sagte sie tonlos und starrte Bettina an.

Die nahm ihre Tasse, blickte hinein und hielt sie Marc Schneider hin. »Hätten Sie vielleicht Zucker für mich?«

Er gab unverzüglich weiter an seine Frau: »Zucker, Schatz.«

Und Vera Schneider stand auf und holte Zucker für Bettina. Die wiederum kramte gemütlich eine Karte mit ihrer Dienstnummer aus der Tasche.

Jaecklein tat dann alles, um Bettinas Bemühungen wieder zunichte zu machen, er war voll des Lobes für das terrakottafarben gestrichene Wohnzimmer, für den Ausblick auf die Felder, den Schnitt des Hauses, das brave Kind, den Geschmack der Hausfrau. Es ging so weit, dass Bettina der Verdacht kam, ihre eigenen Maßstäbe seien chaotisch und allzu unangepasst. Dies Kataloghaus musste für andere Menschen nicht unbedingt die Gruft darstellen, als die es ihr erschien, vielleicht war es sogar umgekehrt eine Art kollektives Traumziel, das nur sie allein aus irgendeinem Grund nicht teilte. Besorgt beobachtete sie, wie Vera Schneider die Visitenkarte mit der eigens notierten privaten Handynummer immer nachlässiger in den Fingern drehte, wie sie auflebte und ihr Blondhaar immer eifriger strich, sogar ein wenig Farbe bekam sie, rötliche Wangen, die durch speckiges Make-up schimmerten. Schließlich beteiligte sie sich am Gespräch und äußerte Verbindlichkeiten, die sich mit ihrer klaren Stimme klüger anhörten, als sie waren – »Ich interessiere mich sowieso nur für englischsprachige Bücher« zum Beispiel, oder »Lea ist leider sehr anfällig«. Zweifellos war sie die Intellektuelle in der Familie und vermutlich diejenige, die neben dem Zucker auch das Geld verwaltete. Diejenige, die jeden höheren Erlös der Viertelmillion vorziehen würde. Zumal sie ja nicht das Risiko trug. Das Schlimmste – der Diebstahl – war ohnehin schon geschafft, der Gatte würde auch die Übergabe noch machen, das Kind sein chemisches Schweigen ein, zwei weitere Male erdulden, und Vera Schneider selbst würde hingehen und sich eine neue Einbauküche für ihr kleines Paradies bestellen, terrakottafarben und mit viel Edelstahl. Bettina sah es. Sie sah diesen Traum förmlich in der Luft stehen, die Arbeitsplatte aus Olivenholz oder Granit, der Boden in schwarzweißem, kleinem Terrazzomosaik, die Wände in Sichtmauerwerk, die Fensterbänke voller Kräutertöpfe, die Tochter, die fröhlich vom Reiten heimkam, der Gatte, der Geld ablieferte und anderswo Zucker forderte. Vera Schneider ließ die Karte auf ihren olivenholzfarbigen Tisch fallen und sah Bettina nicht mehr an. Und als sie einmütig mit ihrem Mann einer »routinemäßigen« Untersuchung des Hauses durch die Spurensicherung zustimmte, wusste Bettina, dass der Ovid nicht hier war und dass sie ihn heute nicht mehr finden würden. So bald sie konnte, zerrte sie Jaecklein beiseite, in den Flur, vor die Tür.

Draußen war die Luft herrlich klar und frisch. »Das Kind steht unter Drogen«, teilte sie dem Kollegen vom BKA sofort mit. »Irgendein Beruhigungsmittel, damit es nichts sagt. Eine Blutprobe, dann haben wir sie.«

Jaecklein sah schockiert aus. »Das kriegen wir niemals durch. Kein Richter wird uns das erlauben, und die Eltern erst recht nicht. Und ich glaube das auch nicht. Die Kleine ist krank.«

»Kranke Kinder sind nerviger«, sagte Bettina. »Kranke Kinder wollen Tee und Liebe und Kekse. Davon ist da drin weit und breit nichts zu sehen. Und gesunde Kinder in dem Alter hängen nicht so apathisch auf der Couch rum. Vor allem gucken sie nicht freiwillig Sendungen für Dreijährige. Mein Sohn ist auch in dem Alter, und der würde sich nicht mit der dicksten Grippe herablassen, diesen Teletubby-Babykram anzuschauen.«

Jaecklein betrachtete seinen schwarz glänzenden BMW durch seine schwarz glänzende Sonnenbrille. »Vielleicht ist die Kleine einfach gut erzogen«, sagte er.

Bettina starrte ihn an. »Passen Sie auf«, sagte sie in einem Ton, der ihr nicht zustand, »wenn Sie da wieder reingehen, müssen Sie aufhören, die Frau anzumachen.«

Jaecklein schob seine Sonnenbrille nach oben und starrte zurück. »Sie sind die Richtige, um das zu sagen! Wissen Sie eigentlich, dass *ich* Ihnen hier den Gefallen tue?! Und was heißt da überhaupt anmachen? – Haben Sie gesehen, wie der Mann sie behandelt? Dabei ist sie intelligent!«

»Eben«, sagte Bettina. »Die wird sich von Ihnen nicht einwickeln lassen, nur weil Sie die Schrankwand loben.« Sie sah Jaecklein fest in die braunen Hundeaugen. »Seien Sie eklig. Hören Sie auf, der Frau Komplimente zu machen, und erklären Sie ihr, dass ein Deal mit Berufskriminellen nicht unter den Verbraucherschutz fällt. Dass der komplizierte Teil erst kommt und dass sie da draußen bei den bösen Jungs allein auf die Gewitztheit ihres Mannes angewiesen sein wird, wenn sie nicht sehr schnell zurück auf die richtige Seite findet. Mehr können wir heute nicht tun.« Sie wandte sich zum Gehen.

»Moment«, sagte Jaecklein. »Wo wollen Sie hin?«

Bettina schaute auf ihre Uhr. Es war spät. Schrecklich spät.

»Ich muss jetzt meine Kinder abholen«, sagte sie und dachte an die apathische Lea. Am Ende waren es immer die Kleinen, die alles abkriegten. »Aber Sie haben recht.« Sie streckte ihre

Hand aus. »Wir sollten in Kontakt bleiben. Geben Sie mir Ihre Telefonnummer, bitte.«

Automatisch griff Jaecklein in seine Jacketttasche und reichte ihr eine Karte. Dann erst stemmte er die Fäuste in die Seiten. »Also jetzt geht's aber – sind Sie verrückt?! Wir sind hier längst nicht fertig, die Spurensicherung trifft demnächst ein, und das ist *Ihr* Ding. *Sie* wollen diesen Schneider drankriegen, *Sie* wollen Ihren superverdächtigen Freund retten!«

»Ich«, sagte Bettina würdig, »bin Polizistin. Ich will keine Verdächtigen retten.«

Jaecklein klappte seine Brille runter. »Sie lassen mich also allein auf die Spusi warten?«, fragte er drohend.

Bettina seufzte. »Sie werden es nicht glauben«, sagte sie, »aber ich bin nur eine Halbtagskraft. Meine Kinder erwarten mich seit fünf Stunden, und ich habe genug getan. Mehr geht nicht.«

»Ach ja?«

»Ja. Ich habe Frau Schneider zugeflüstert, dass Dr. Ritter eine Viertelmillion für die Wiederbeschaffung des Buches zahlt, und sie weiß, dass ihr unsensibler Mann es nicht packen wird, sich gegen seine kriminellen Geschäftspartner *und* die Polizei zu behaupten, und dass sie momentan Gefahr läuft, überhaupt nichts zu kriegen und noch eine Strafe als Mittäterin obendrauf. Ich hab ihr geraten, das Lösegeld zu nehmen. Es ist verdammt viel. Und wenn Sie da drin nicht den Ehevermittler spielen würden, dann würde das vielleicht auch sacken.«

»Sie wird ihren Mann nicht verraten.«

»Wer weiß«, sagte Bettina und rieb sich die Stirn.

»Denken Sie an die Schande. Der Ehemann im Gefängnis.«

»Denken Sie an das Geld. Eine Viertelmillion sicher.« Bettina blickte tief in Jaeckleins spiegelnde Augengläser. »Und keiner, der es mit ihr ausgibt«, fügte sie an. »Aber sie wird es ganz bestimmt nicht heute tun. Heute wird hier gar nichts mehr passieren. Die liebe Frau Schneider ist vernünftig. Sie hat vorgesorgt. Sie hat aufgeräumt, sie hat ihr Kind ruhiggestellt, und sie wird länger drüber nachdenken. Dabei werde ich ihr nicht zusehen. Ich kann die Frau nicht leiden, und ich muss heim.«

»Und ich vielleicht nicht?!«, schimpfte Jaecklein.

»Sie«, sagte Bettina mit einem kleinen, eher unfrohen Lächeln, »werden hierfür bezahlt.« Sie sah zu, wie sich sein Mund schloss. »Ich ruf Sie an.« So ging sie mit schwingendem Rocksaum an ihm vorbei zu ihrem Taunus. Und fuhr heim.

Vielmehr zur Babysitterin. Dort wurde sie mit großem Hallo empfangen. Das Schöne an Kindern, dachte Bettina, als Enno sich an ihren Bauch drückte und Sammy an ihr Bein, war, dass sie gute Absichten anerkannten. Die beiden waren nicht sauer über den verpassten Sonntag, sondern sie freuten sich, Bettina zu sehen. Ganz einfach. Wieder fing sie fast an zu heulen.

Sauer war allerdings die Babysitterin, Erika, eine kleine, vitale Frau mittleren Alters, eine Zackige, Ordentliche mit kurzen blonden Haaren und einem *Metallica*-Sweatshirt über den gebügelten Jeans. Doch Erika war auch und vor allem Mensch. Ihre Strenge beschränkte sich aufs Äußere, sie rümpfte zwar die Nase über Bettinas verrauchte, aufgedonnerte Klamotten, doch sie war Mama genug, um zu sehen, dass die Stiefmutter ihrer neuen Schützlinge total abgekämpft und fertig war.

»Du bleibst zum Abendbrot«, entschied sie. »In dem Zustand bist du ja gar nicht in der Lage, deinen Kindern ordentliches Essen zu machen. Was gäb's denn bei euch? Kalt, was? Nix da. Ich hab jetzt eh schon mehr gekocht.« Erika duzte alle ihre ›Mamas‹, egal wie lange man sich kannte.

Bettina sank also auf Erikas geschnitzte Eckbank. Kurz fuhr ihr dabei durch den Sinn, dass dies Esszimmer eigentlich die Steigerung des Grauens war, das sie gerade erst so angewidert verlassen hatte, dass Erika ihre Wände nicht nur terrakottafarben gestrichen, sondern terrakottafarben gewischt und überdies auf Augenhöhe mit einer Bordüre verziert hatte, dass auch hier alles keimfrei aufgeräumt und noch dazu voller Strohhasen und Osterhühnchen und Eier und Blumengestecken war. Doch das vergaß sie ganz schnell, als Erika einen Riesentopf Spaghetti auf den Tisch hievte (gebrochen natürlich, sonst essen die Kinder das nie) und Enno und Sammy mit Kevin und Chantal den

Tisch deckten (Gabeln und Messer) und die Halbwüchsigen Michael, Jessica und Frank Getränke verteilten (Cola für alle) und Witze machten und ein anderes Radioprogramm forderten (nicht immer diesen gruftigen Hardrock). Im Hintergrund flimmerte ein Fernseher und der Hausherr lehnte dick und stumm und bezopft am Fenster und rauchte in den Abend hinaus. Nicht jeder hätte das als Ideal eines gesunden Familienlebens empfunden. Doch Bettina sah, dass ihre Kinder sich wohlfühlten, und war gerührt. Und hungrig und traurig und glücklich und müde und total durchgedreht.

»Ich hab mich verliebt«, teilte sie Erika über den gebrochenen Spaghetti mit, die nur mithilfe einer Bindung aus dicken Schichten geriebenem Käse (Emmentaler natürlich) überhaupt in den Mund zu kriegen waren, ob man nun ein Messer benutzte oder nicht.

»Das sieht man«, sagte Erika missbilligend, aber nachsichtig.

Und die kleine Jessica neigte ihr hübsches, vierzehnjähriges, sorgfältig geschminktes Gesicht in ihre Hand und himmelte Bettina an. »Hast du einen neuen Freund?«, fragte sie. Ihr eigener Freund Frank flüsterte ihr was zu, und sie kicherten ein bisschen.

»Ja«, sagte Bettina.

Dann aßen sie alle auf und Bettina fuhr mit ihren Kindern nach Hause. Dort ließen Enno und Sammy sich widerstandslos zu Bett bringen und schliefen schnell ein. Und Bettina dachte, dass sie völlig unabsichtlich und unbewusst irgendetwas völlig richtig gemacht haben musste.

Das gute Gefühl hielt für ein halbes Glas Rotwein, so lange, bis Bettina anfing zu frieren und feststellte, dass ihre Schwester Barbara trotz breiten Musikgeschmacks nie eine Tom-Waits-CD besessen hatte. Draußen war es schon dunkel, drinnen in ihrer Wohnung kühl und eng. Nach Dr. Ritters ausgesuchtem Riesling schmeckte ihr Aldi-Wein billig. Sie nahm das Telefon und rief Gregor an.

»Ah«, sagte der, teils erfreut, teils vorwurfsvoll. »Bettina.«

»Gregor«, sagte sie warm und hörte schlagartig auf zu frieren. Sie warf ihre Wolljacke von den Schultern und setzte sich gerader hin.

»Hast du mir diese Leute geschickt?«, fragte Gregor.

»Welche Leute?«

»Spurensicherung. Nehme ich an. Als ich nach Hause kam, war meine Wohnung völlig verwüstet, ein paar Astronauten stapften durch die Trümmer und drückten mir zum Abschied eine Quittung in die Hand. Ich kam mir vor wie in diesem Film, wie heißt er noch gleich –«

»*Brazil*«, sagte Bettina. Einen Moment würdigten sie schweigend, dass sie sofort an dasselbe gedacht hatten. Dann sagte Bettina bedauernd: »Das war das BKA. Routine. Ich sag ja, ich leite diese Ermittlung nicht. Es hätte noch viel schlimmer kommen können. Sie wollten dich verhaften. Heute Morgen gegen sechs hat ein Mann, der aussieht wie du, das Kloster verlassen und kam nicht wieder.«

»Ich weiß. Aber irgendwo gab es da noch eine Frau, die bezeugen kann, dass ich das nicht gewesen bin.«

Nur glaubt man dieser Frau nicht mehr, dachte Bettina. Das sagte sie aber nicht. Sie wurde nur traurig, denn sie erinnerte sich an Balliers Worte und die schöne Marny.

»Haben – hast du mich etwa verleugnet?«, fragte Gregor düster.

Hatte er sie eben siezen wollen? »Nein«, sagte Bettina und stellte ihr Weinglas weg. »Nein. – Bist du in Schwierigkeiten?«

Bettina hörte, wie es klickte und Gregor tief einatmete. »Ritter hat mich rausgeschmissen«, sagte er dann flach. »Er hat mein Verhör zum Teil mitbekommen, und jetzt habe ich Urlaub. Bis auf weiteres.«

»Oh nein«, sagte Bettina.

»Oh ja«, schnarrte Gregor.

»Das tut mir leid. – Warte. Ich komme.«

Gregor seufzte wenig auffordernd zum Abschied und legte auf. Bettina hängte sich wieder die Jacke um die Schultern. Dann kramte sie in ihrem Küchenschrank nach dem Babyfon, installierte ein Gerät im Zimmer ihrer Kinder und trug das andere hoch zu Rasta, ihrem Nachbarn.

Er war im Examensstress.

»Wenn sie aufwachen, geh runter«, bat Bettina und hielt ihm das Babyfon hin.

»Tina, du bist ein Vampir«, sagte Rasta, der aussah, als bräuchte er mindestens ein Woche Schlaf. »Du saugst mich aus.«

»Sie werden nicht aufwachen«, sagte Bettina.

»Du hörst mich morgen ab.«

»Okay.«

»Den ganzen Nachmittag.«

»Gut.«

»Wo willst du überhaupt hin um die Zeit?!« Vorwurfsvoll musterte Rasta Bettinas ungewohnte Aufmachung. Gelegenheit zum Umziehen hatte sie immer noch keine gehabt.

Sie zuckte die Achseln.

»Ach weißt du was«, sagte Rasta, »ich will es nicht wissen. Ich hoffe nur, deine Kinder werden irgendwann wie du. Damit du merkst, wie's ist.«

»Meine Kinder«, sagte Bettina, »werden besser als ich.«

Rasta schaute sie an und begann zu lachen. »Mann, Tina. Ich geh heute um zwei ins Bett. Hast du verstanden? Ab dann verletzt du deine Aufsichtspflicht, wenn du nicht zurück bist.«

»Da bin ich längst wieder da.« Bettina hielt ihm den Ersatzwohnungsschlüssel hin.

Rasta nahm ihn und schüttelte den Kopf und knallte seine rotgestrichene Tür hinter ihr zu.

* * *

Lisa träumte. Sie trug das schöne Kleid, sie spazierte auf der Promenade mit Georg, sie genoss den Sonntag. Es roch nach Meer und Körperöl und zuckrigem Kuchen und feuchten Straßen und dem starken Tabak, den jedermann hier rauchte. Es war ein Traum, den sie schon kannte, ein Traum, der sich veränderte, sein Duft wurde stärker, seine Farben fahler, Georg neben ihr war nur noch ein Schemen, eine Präsenz ohne Konturen, eine Person, die sie nicht ansehen konnte, er ging Schulter an Schulter mit ihr und hatte doch kein Gesicht. Die See rauschte, der Wind frischte auf. Die Familie mit dem blonden Kind nahte. Diesmal machten die anderen Passanten eine Gasse für sie frei. Vater, Mutter, Tochter und Engel. Sie kamen auf Lisa zu, italienisch-elegant, italienisch-ernst, starr und rachsüchtig. Das Engelchen löste sich von der Hand seines Vaters. Es hüpfte hoch und sprang los. Lisa sah es mit Entsetzen. Die Haare des Kindes leuchteten wie Gold. Es kam auf Lisa zu. Es sah ihr in die Augen. Es drehte sich zu seinen Eltern zurück. »Da ist sie«, rief es, und seine Stimme hallte gespenstisch über dem nur äußerlich belebten Pflaster. »Da ist sie, Papa. Sie ist gekommen, Mama. Siehst du? – Ich mag sie nicht.«

* * *

Er küsste sie mehr als sehnsüchtig. Dann machte Gregor sich von Bettina los und führte sie in sein nicht sonderlich verwüstetes Wohnzimmer. Sie setzte sich auf die Ledercouch. Die Seide ihres Rocks knisterte. Sie schlüpfte aus den Pumps und schlug ein Bein unter. Endlich war sie richtig gekleidet, zum ersten Mal an diesem Tag. Für einen traurigen Mann gab es kein Dekolleté, das zu tief, keine Haare, die zu schimmernd, keine Frau, die zu freizügig war. Sie inspizierte die Flaschen auf dem Tisch. Rauch stand tief im Raum, das Licht war dämmrig, die Musik klar und hart. Gregor setzte sich in den Sessel gegenüber, legte die Arme auf die Lehnen und sah aus wie eine Skulptur. Er saß völlig symmetrisch, Knie nebeneinander, Arme im gleichen Abstand zum Körper, Hände gelöst, das Gesicht ebenmäßig und klug und schmal. Es war eine Ruheposition, die unangreifbare Ruhe eines Menschen, der auf dem Sprung sein musste, und das seit langer Zeit. Die Ruhe eines Wächters. Dann beugte Gregor sich zurück und zauberte ein Glas hervor und stand auf und schenkte Whiskey ein. Den konnte Bettina nicht trinken, wenn sie heute noch heim wollte. Eine Zigarette aber nahm sie an. Sie rauchten, und Gregor trank. Das Glas und die Zigarette durchbrachen die Symmetrie seiner

Haltung, was ihn raumgreifender machte, menschlicher und begehrenswerter.

»Ritter mochte mich nie«, sagte er und stand auf, um Bettina andere Gläser zu bringen, für Wasser und Wein. »Wir haben denselben Geschmack, aber er hat viel mehr Geld als ich. Er war immer eifersüchtig. – Bordeaux?«

Bettina war alles recht. »Er war eifersüchtig?«, wiederholte sie. »Bei dem vielen Geld?«

Plopp, zog Gregor den Korken aus einer Flasche. Er sah herüber und lächelte kurz und charmant. »Die Frauen lieben mich, obwohl ich arm bin. Das konnte Ritter nie von sich sagen.«

Und doch hat er deine Bianca, dachte Bettina, sprach es aber nicht aus. Dankbar nahm sie den Wein und versuchte, hübsch auszusehen. Sie lächelte, sie zog ihren Rock gerade, sie sagte: »Und du? Liebst du die Frauen?«

»Na klar.« Er grinste und setzte sich. »Na, nicht alle. Nur die Rothaarigen.« Seine Augen tanzten. Doch ganz plötzlich wurde er sehr ernst. »Ich bin kein Familienvater, Bettina. Das werde ich nie sein.«

Bettina schluckte und probierte den Wein, er schmeckte holzig und herb. »Ich bin auch keine ideale Mutter«, sagte sie melancholisch. »Ich bin nur eine Polizistin, die immer Pech hat.«

Sie tranken.

»Und ich«, sprach Gregor, der sich in seinem Rauch und Alkoholdunst und Selbstmitleid viel zu luxuriös eingerichtet hatte, um die Rolle der Bedauernswerten jetzt allein Bettina zu überlassen, »bin ein Gelehrter, dem keiner glaubt, weil sein Vater Abenteuerromane geschrieben hat.«

Bettina hob ihr Glas. »Das ist nichts. Mir glaubt man nicht, weil ich den Hauptverdächtigen –«

Er sah auf.

»Weil er mich umgedreht haben könnte«, sagte sie verlegen und fühlte sich umgedreht. Sehr sogar.

Auch Gregor sah nicht ungerührt aus. »Niemand glaubt uns«, sagte er weich und ließ den Kopf gegen die Sessellehne sinken. »Irgendwie passen wir schon zusammen.«

»Immerhin weiß *ich*, dass du das Buch nicht gestohlen hast«, sagte Bettina.

»Immerhin«, sagte Gregor.

»Frau Ballier meinte allerdings, ich sei für dich nichts weiter als ein Alibi.« Das sagte Bettina sehr traurig und ärgerte sich sofort darüber. Sie wusste gar nicht, was los war. Plötzlich konnte sie ihre Stimme nicht mehr steuern, und ihre Gefühle erst recht nicht, und was sollte jetzt dieser kindische Anwurf? Sag mir bittebitte, dass es nicht stimmt, Liebster, du *hast* mich doch nicht benutzt?

Gregor setzte sich auf. »Die Ballier meinte das? Ist die noch ganz dicht?!«

»Du bist ihr Lieblingsverdächtiger.«

»Schon, aber –«

»Hör zu«, sagte Bettina rasch. »Der mysteriöse Gast von heute Morgen war vermutlich einer von euren Bauarbeitern. Ich war bei ihm, und ich halte ihn für den Täter. Er ist – er war es. Bestimmt. Aber so jemand klaut selten auf eigene Faust Antiquitäten, weißt du? Da fehlt der Hintergrund. Er hat bestimmt einen Auftraggeber, und damit ist wieder alles offen.«

Gregor wies mit seiner Zigarette auf Bettina. »Ihr Polizisten seid verdammt schnell, nicht wahr?«

»Wir sind viele«, sagte Bettina. »An diesem Fall arbeitet eine ganze Sonderkommission. Aber die Sache mit dem Bauarbeiter wusste ich von Frau Marny. Sie hat erwähnt, dass er öfter in die Bibliothek kam.«

Gregor starrte sie an. »Na so was! Wie klug von ihr! Und die Ballier, die wusste von – uns beiden? Hast du das etwa gleich allen erzählt? Ist das deine Vorstellung von einer –«

Bettina blinzelte vorsichtig über ihr Glas.

»… Beziehung?« Er machte eine theatralische Geste mit seiner Hand. Doch die Übertreibung reichte nicht bis in seine Augen.

»Natürlich nicht«, sagte Bettina leise. »Alle wussten es. Wir waren das Paar des Abends.«

Sie lächelten sich kurz und spontan an.

»Aber die dämliche Ballier war doch gar nicht da«, sagte Gregor dann.

»Sie ist die Freundin meiner Chefin«, sagte Bettina und zog die Füße enger an den Körper. Sie hatte das Bedürfnis, in die Couch zu wachsen. Hierzubleiben. »Die tauschen sich aus.«

»Ach«, machte er. »Natürlich. Hat Frau Ballier sonst noch was gesagt oder getan, um mich in Verruf zu bringen?«

»Nein«, sagte Bettina, »und es gibt auch Punkte, die dich entlasten.«

»Ach ja?«

»Zu denen wollte ich gerade kommen.«

»Bitte.«

»Die Randbemerkungen in dem Buch, weißt du, dieser alberne Schund, den wir gestern Abend gesehen haben, der stammt nicht von dir.«

Gregor nahm sein Glas. »Danke vielmals.«

»Aber er ist bedeutsam. Mach nicht so ein Gesicht. Ich glaube wirklich, dass dein Vater die Briefe geschrieben hat. Er und seine – Geschäftspartnerin. Sie hatten konspirative Treffen in dieser römischen Bibliothek. Und sie waren nicht von Anfang an ein Paar. Zu Beginn siezen sie sich. Es geht um eine Ware, die beschafft werden soll. Dann erst haben die beiden das Purpurpaar entdeckt.« Sie beugte sich vor und deutete mit ihrem Bordeaux auf Gregor. »Gib zu, dass der Ovid aus dem Nachlass deines Vaters stammt!«

Gregor trank und blieb stumm.

»Nur dann kannst du drüber nachdenken, was das für eine Ware war, die so heimliche Treffen erforderte.«

»Was sollte mich das interessieren?«

Bettina rückte vor. »Die Frau, mit der sich dein Vater traf, war eine gewisse Corinna Ritrovato. Mutter von Anna Oberhuber.«

Gregor ließ sein Glas sinken.

»Erstaunlicherweise stand Anna Oberhubers Absender auf dem Bombenpaket. Der Anschlag auf deine Mutter hängt mit der alten Geschichte aus der römischen Bibliothek zusammen. Wenn du den Anschlag aufklären willst, dann musst du mir helfen.« Sie trank von dem Wein. Der herbe Geschmack gefiel ihr von Schluck zu Schluck besser.

»Wie kann ich das?«, fragte Gregor.

Beschaff das Buch wieder und lass mich die Kommentare lesen, dachte Bettina. »Wir brauchen alles, was dein Vater zu seiner Romreise geschrieben hat.«

»Kein Problem.« Mit einer schnellen katzenhaften Bewegung, die Bettina an Marny erinnerte, stand Gregor auf und ging in sein Arbeitszimmer. Kurz darauf kam er zurück und trug ein schwarz gebundenes, dickes Buch in Händen. Das hielt er Bettina aufgeschlagen hin. »Hier. Mehr gibt es nicht.«

Es war die Biografie Georg Krampes. Bettina nahm ihm das Buch aus der Hand und überflog das aufgeschlagene Kapitel. »Rom«, stand darüber, es begann mit einem Zitat aus Fellinis *La dolce vita* und ein paar launigen Bemerkungen über Hochzeitsreisen und weshalb ausgerechnet die Ewige Stadt sich dazu anbot. Dann folgten leichte Betrachtungen römischer Sehenswürdigkeiten. Es klang gewollt hinhaltend, als hätte der Autor das Bedürfnis gehabt, etwas zu erzählen, ohne es wirklich zu tun, als gäbe es eine innere Geschichte, die irgendwo zwischen den Seiten geisterte, verdeckt vom Forum Romanum, dem Circus, der Spanischen Treppe, dem Lido von Ostia, den Bars, Restaurants, Kirchen, Kirchhöfen, dem Geruch der Stadt. Es war eine charmante Art, die eigenen Flitterwochen zu beschreiben, mit Raum für jegliche Phantasie des Lesers. In Wahrheit wurde gerade die benutzt. Denn niemand konnte ahnen, dass etwas schiefgelaufen war. Dass es eine Störung gegeben hatte, einen Auftrag, einen Ehebruch und einen Tod. Ein Kind war gestorben.

Bettina rückte tiefer in die Couch, das Buch auf dem Schoß, ihr Weinglas in der Hand. Es war schwierig, sich zu konzentrieren, wenn Gregor zusah, er saß und betrachtete sie ernst, und der Text tat ein Übriges, führte frei in alle möglichen Richtungen, das süße Leben in der Stadt der Städte, der ideale Morgenkaffee, die Grabinschrift eines fremden Kindes. Bettina hätte sie fast überlesen. Erst als sie von ihr zu den Geheimnissen des Blondhaars bei Südländerinnen gerissen wurde, dachte sie, dass sie den Text doch kannte. Dann erkannte sie, dass es Latein war und nicht Italienisch. Dann sah sie Gregor an. Sie befeuchtete ihre Kehle mit etwas Bordeaux und las laut:

»Eine Eigenart der Römer, vielleicht der ganzen Nation, ist es, ihre Toten in hohen Häusern übereinanderzustapeln. Wir sahen einige dieser steinernen Totenschränke, lange Gänge mit unendlich vielen Fächern zu beiden Seiten, wabenartige, dicht zusammengerückte Ruhestätten, an jeder eine Steintafel und ein Name und eine Fotografie in einem kleinen Eisenrahmen. Der überwältigende Geruch von verwesenden Blumen liegt über alledem. Es ist ein enger Tod, der in Italien gestorben wird. Doch zwischen all dem blumigen Gräuel hängt irgendwo das Bild eines Kindes. Über ihrem Mädchengesicht ist Ruhe. Sie muss der Trost aller sein, die verzweifelt an ihr vorüberkommen, sie lächelt den traurigen Passanten zu, sie ist ein Engel, die kleinste Botin des Himmels. Auf ihrer Tafel steht folgende Inschrift: Munus habe caelum: caelo spectabere sidus.«

Bettina blickte auf.

»Ich wusste, dass ich das anderswoher kenne«, sagte Gregor, der sich anscheinend keinen Zentimeter bewegt hatte.

»Vielleicht«, las Bettina weiter, *»ist es eine Gnade, zu sterben, wenn die Welt sich gerade so zauberisch und wunderbar im Gesicht eines Wesens spiegelt. Vielleicht ist alles Leben nach diesem herrlichen Moment eine Illusion. Kann man weiter kommen als bis in den Himmel? Die kleine Angelina mit dem blonden Haar ist sicher der schönste Stern am reichen italienischen Himmel, das reinste Wesen, der strahlendste Engel.«* Wieder sah sie auf. »Kann man weiter kommen als bis in den Himmel?«

Gregor seufzte und verdrehte die Augen. »Das ist der Ton meines Vaters. Übel, ich weiß. Manchmal ging es mit ihm durch. Aber ganz so sentimental war er im wahren Leben dann doch nicht.«

»Im wahren Leben«, sagte Bettina und stellte bedächtig ihr Glas ab, »hatte Anna Oberhuber, die damals noch Ritrovato hieß, eine kleine Schwester. Rate, wie sie hieß.«

Gregor riet nicht. Er kippte seinen Whiskey.

»Richtig. Angelina. Die Ritrovatos lebten in Rom, und sie hatten Kontakt zu deinen Eltern, als die sich 1966 dort aufhielten. Im Juni dieses merkwürdigen Jahres starb die kleine

Angelina im Alter von vier Jahren. Ihr Tod war keine Gnade. Sie ertrank am Lido von Ostia.« Bettina blickte auf das Buch in ihrem Schoß. »Warum«, fragte sie leise, »hat sich dein Vater mit Corinna Ritrovato getroffen?«

Als sie aufsah, saß Gregor neben ihr auf der Couch. Er nahm ihr das Buch direkt aus dem Schoß und las selbst. Er starrte die Seiten an und stöhnte. »Herrgott! Mein Vater liebte solche Betrachtungen. Und Zitate. Hier. Alles voll.« Er hielt Bettina das Buch hin. »Jedes Kapitel hat eins als Vorrede. Oder sogar zwei. Das kann man sich nicht alles merken. Ehrlich gesagt, ich hab die meisten nur überflogen. *Eine Gnade zu sterben!* Kein Wunder, dass die Oberhuber uns eine Bombe geschickt hat.«

* * *

Lisa träumte. Die Zeit war stehen geblieben. Sie hatte seit Tagen nichts gegessen. Ihr rotes Kleid trug sie nur noch, um den Verfall zu messen. Sie nahm ab. Den ganzen Tag lang. Sie saß im Hotelzimmer und wartete, sie lief auf der Promenade und wartete, manchmal kam Georg und war genervt. Als sei alles ihre Schuld. Als hätte *sie* diese Ehe mit einem Betrug begonnen. Stumm wurde ihr eine Oberflächlichkeit vorgeworfen, die gar nicht stimmte, sie hatte sich hübsch gemacht, gut, aber sie sprach weit besser Italienisch als Georg, und sie kannte sich mit der römischen Kunstgeschichte aus, sie konnte ihm zeigen und erklären, was er sonst nie wahrgenommen hätte. Wenn er nur wollte. Außerdem hatte sie ihren Mann fraglos arbeiten lassen, er hatte seinen Auftrag gehabt, und an die idealen Flitterwochen glaubte sie doch auch nicht. Vielleicht war das der Fehler. Denn das andere Weib, das Biest, hatte jedes Sentiment unverhohlen bedient, hatte sich mithilfe zweier Kinder und dem Märchen vom fiesen Gatten an Georgs Hals geworfen, und da hing sie nun. Der fiese Gatte hatte das Vernünftigste getan und die Schlampe vor die Tür gesetzt. Nun stand sie täglich mit ihrer Brut vor Lisas und Georgs Hochzeitssuite. Und tat so, als sei Georg deren einziger Bewohner. Das war das Allerschlimmste. Dass Lisa nur schockiert nebendran stehen konnte, wenn jene amputierte Familie aufkreuzte und in aufreibender Selbstverständlichkeit den neuen Vater forderte. Dass ihr sogar der eigene Verlust – ein lumpiger Honeymoon, eine kaum vollzogene Ehe – klein erschien vor diesem Sippendrama, den heimatlosen Töchtern, der verführten Mutter, den dutzendfachen Trennungen und Konsequenzen, die Georg verursacht hatte. Dass absurderweise nun von *ihr* Vernunft verlangt wurde, stillschweigend, offen, verschämt, ärgerlich und ignorant.

Vernünftig wäre gewesen, zu gehen.

* * *

Bettina ging, es war das Vernünftigste. Wenn sie bliebe, hatte sie erklärt, würde sie weitertrinken, und wenn sie weitertrank, würde sie nicht nach Hause fahren können, und wenn sie nicht nach Hause fahren konnte, dann würde demnächst das Jugendamt bei ihr aufkreuzen. Also ging sie. Gregor vermisste sie im gleichen Moment, da sie zur Tür hinausschritt, sie nahm die Spannung mit, die er brauchte, um wach zu bleiben. Als sie draußen war, wurde er müde, trotz des Adrenalins, das er angesammelt hatte, trotz der Unruhe, die ihn sonst zuverlässig umtrieb. Sein Wohnzimmer kam ihm kalt vor ohne das Feuer ihrer Haare. Es stank nach Rauch. Er riss das Fenster auf und hörte sie abfahren. Dann saß er in der eisigen Frühlingsnacht und es wurde nicht besser. Er holte sein Handy und tippte eine Nummer ein. Doch sein Anruf wurde nicht angenommen. Die Angerufene drückte ihn sofort weg, er hörte es am Freizeichen. Noch ein Versuch. Dasselbe. Da schrieb er eine SMS. Die kam an. Vorsichtshalber löschte er sie sofort wieder. Danach schloss Gregor das Fenster und trank Bettinas Wein leer. Ohne zu rauchen. Und schließlich schlief er auf der Couch, wo sie gesessen hatte. Tief und traumlos, wie seit Monaten nicht mehr.

Bettina befand sich im gefährlichen Zustand vermeintlicher Klarheit. Die Straßen waren leer, die Luft erfrischend, ihr Auto die schlichte Verlängerung ihres Körpers. Sie spürte den Asphalt unter sich. Sie rollte, sie beschleunigte, blinkte und bog ab. Sie bediente nicht, sie *war*. Sie war ein alter, verblichener, unverwüstlicher Ford Taunus in Goldbraunmetallic mit zwei Kindersitzen im Fond. Sie war schäbig, sie war verräuchert, sie war verdammt gut gebaut und inzwischen selten. Vor allem aber funktionierte sie noch. Das genoss sie. Und als sie – viel zu bald – vor ihrer Haustür ankam, da wollte sie gar nicht halten, da hätte sie am liebsten eine elegante Kurve gedreht und wäre verschwunden, mit ihrem Auto in der Nacht. Ein Mann hätte das vielleicht getan. Ein Mann hätte die Kinder ins Heim gesteckt, Karriere gemacht und schließlich mit seinem reellen Einkommen den Drogenentzug der beiden bezahlt. Ein Mann hätte möglicherweise erst gar keine Kinder angenommen. Abtreibungen durchgesetzt. Oder, dachte Bettina, ein Mann wäre ihren Kindern ein Gewinn. Ein Mann wäre das Beste, was ihnen passieren konnte. Sie hielt an und schaltete den Motor ab. Aussteigen mochte sie aber nicht. Sie wollte weiter funktionieren. Also nahm sie ihr Telefon und wählte Jaeckleins Nummer. Er meldete sich nicht. Darauf zögerte sie eine Weile, überlegte, verwarf, und schließlich drückte sie doch noch die andere Nummer ein. Es wurde sofort abgenommen.

»Frau Boll!«, rief Syra, als hätte sie lange auf Bettinas Anruf gewartet. Kein Wort davon, wie spät es war. Aber halb zwölf war auch keine Zeit für eine Kriminalrätin im Einsatz.

»Frau Syra«, sagte Bettina. »Guten Abend.«

»Sie waren bei diesem Schneider«, sagte Syra sofort. Im Hintergrund brummte es. Auch die Chefin telefonierte aus einem Auto. Einem fahrenden. »Er ist zäh, hab ich gehört, aber er wird fallen. Jaecklein hat mir vor einer Stunde berichtet. Wir überwachen den Mann. Er wird uns zu dem Buch führen. Sie waren nicht erfolgreich, aber Sie haben eine einigermaßen brauchbare Vorlage geleistet. Mehr ist manchmal nicht drin.«

»Stimmt«, sagte Bettina, von dem versöhnlichen Ton überrascht. Jaecklein war offenbar ein Kumpel. Er hatte für zwei gearbeitet und den Mund gehalten. »Aber da ist noch was«, sagte sie, vielleicht etwas zu schnell. »Ich würde gern unsere Informationen über Angelina Ritrovato abgleichen.«

»Frau Boll —«

»Ich bin gerade auf eine hochinteressante Textpassage in Georg Krampes Memoiren gestoßen. Im Kapitel über seine Romreise sülzt er ganz schrecklich vom gnädigen Tod eines kleinen blonden Mädchens. Angelina, Trost aller Trauernden auf den römischen Friedhöfen. Dazu benutzt er haargenau das Ovid-Zitat, das auch auf der Postkarte stand, erinnern Sie sich?«

»Wie könnte ich das vergessen«, sagte Syra trocken. Im Hintergrund bellte ein Hund.

»Also frage ich mich jetzt, wie gut der Krampe die echte Angelina kannte. Denn falls er nur das Geringste mit ihr zu tun hatte, ist sein Schmalz vom schönen Tod unerträglich. Zumindest für die Angehörigen. Eine anonyme Rachepostkarte wäre durch so was locker motiviert. Und die Bombe —«

»Danke«, sagte Syra laut und deutlich in Bettinas Ohr. »Danke, Frau Boll.«

Bettina verstummte.

Syra schien sich abzuwenden. »Die Frau Boll.« Und wieder in den Hörer sagte sie: »Jaecklein wird Ihnen dankbar sein.«

Geht mir umgekehrt genauso, dachte Bettina.

»Sie haben eben ein Rätsel gelöst, das ihm schwer zu schaffen machte.«

»Aha?«

»Erzählen Sie ihm, was Sie mir eben gesagt haben. Zeigen Sie ihm dieses Buch.«

»Okay.«

»Und jetzt, Frau Boll, der Tag war lang, ich muss noch die Frau Ballier absetzen —«

»Nur eins noch!«, sagte Bettina schnell. »Können Sie mir nicht sagen, was das für eine Ware war, die Corinna Ritrovato und Gregor Krampe verhandelten? Nur so?«

Nun hörte sie im Hintergrund ein vertrautes Lachen. »Gib dir keine Mühe, Margarete«, sagte Balliers Stimme recht gut verständlich durch den Äther, »die Frau Boll wird auch *euer* schmutziges kleines Geheimnis herausbringen. Was wäre schlimm daran? Das kenne ja sogar ich!«

»Das ist was anderes«, sagte Syra nicht zu Bettina. Und ins Telefon: »Das vergessen Sie jetzt, Frau Boll. Wir hatten alle einen langen Tag.« Die letzten Worte hörten sich drohend an.

Doch Ballier lachte nur. Sie sagte kaum Verständliches, das sich nach »bei Wikipedia finden« anhörte, dann wurde ihre Stimme wieder klarer. »Viel Angst brauchst du gar nicht zu haben«, sagte sie bissig. »Frau Boll hat momentan keine Zeit für Recherche.« Die Störgeräusche schwollen an. »... würde nicht mal die Mona Lisa finden ... vor ihr hinge.« Undeutliches Lachen. »Frau Boll ist zu sehr damit beschäftigt, ständig nach Frankfurt und wieder zurück zu fahren, den Herrn Krampe zu retten und den großen Auftraggeber zu suchen. – Macht ihr das beim BKA auch, Margarete? Wittert ihr überall Hintermänner wie im Film?«

»Gute Nacht, Frau Boll«, sagte Syra darauf trocken und unterbrach die Verbindung.

Nach diesem Gespräch blieb Bettina weiter in ihrem Taunus sitzen. Schlief Jaecklein wirklich schon oder ging er nur nicht ans Telefon? Kannte er das *schmutzige kleine Geheimnis*? Und würde er es sich heute Nacht noch entlocken lassen? Vermutlich nicht. Auch sie musste endlich ins Bett. Doch irgendetwas hielt sie in diesem Auto fest. Rastlos blickte sie raus auf den menschenleeren Parkplatz und wünschte, sie hätte Krampes Biografie mitgenommen. Sie nahm ihr Handy und drehte es in den Händen. Schließlich drückte sie zögerlich ein paar Knöpfe. Sie ließ es lange klingeln. Doch Gregor ging nicht dran. Entschlossener probierte sie es noch einmal. Und dann, als das wieder nicht klappte, wählte sie in wachsender Eile eine andere Nummer.

»Frau Boll!«, bellte Syra unverzüglich durch den Lautsprecher. »Was ist denn noch? Denken Sie mal: Ich werfe Sie nicht raus, jedenfalls nicht heute. Machen Sie also Feierabend!«

»Gleich«, sagte Bettina. Im Hintergrund brummte es wieder. »Bitte hören Sie zu. Ich bin heute Abend nicht mit Jaecklein bei diesem Schneider gewesen. Jedenfalls nicht die ganze Zeit. Jaecklein hat mich gedeckt. In Wahrheit war ich bei Gregor Krampe.«

»Sie wollen fliegen, nicht wahr?«

»… hartnäckig«, hörte man Ballier im Hintergrund.

»Und Frau Ballier wusste es«, sagte Bettina und merkte, wie sie bei diesen Worten die Hände zu Fäusten ballte. *Mona Lisa.* Ballier hatte die Mona Lisa erwähnt. Das tat die alte Agentin vermutlich öfter. Nicht überraschend, eigentlich. Nur dass die Worte *Mona Lisa* auch in Gregors Notizbuch standen. Und dass es zu Ballier passte, eine beziehungsreiche Bemerkung zu machen, nur um sich selbst an einem Geheimnis zu erfreuen. Selbst wenn sie es damit aufs Spiel setzte.

»Ganz sicher nicht.«

»Doch, sie sagte, ich würde *ständig* nach Frankfurt und zurück fahren. Wie kommt sie darauf, so etwas zu behaupten, wo sie doch von meinem Besuch dort gar nichts wissen kann? – Und sie sagte auch, dass ich einen Auftraggeber suche. Das hatte ich vorhin erst mit Gregor besprochen!

»Frau Boll –«

»Sie kannte Einzelheiten aus unserer Unterhaltung!«

Am anderen Ende blieb es still. Dann sagte Syra: »Frau Boll, Ihre Liebschaft mit diesem Krampe stört mich außerordentlich, und die Art und Weise, wie Sie damit umgehen, noch mehr. Aber besonders sauer macht mich, dass Sie sogar Sinnfindung mit dieser unkorrekten Affäre betreiben wollen. Sie müssen völlig verblendet sein. Sie belästigen mich kurz vor Mitternacht auf der Autobahn mit Ihrem Privatleben!«

»Tut mir leid«, sagte Bettina rasch. »Aber das meine ich ja: Es war was Privates. Ich bin vorhin ganz spontan zu Gregor gefahren, trotzdem weiß Frau Ballier davon. Und heute Morgen war es genauso!«

Syra schnaubte verächtlich. Doch sie unterbrach die Verbindung nicht.

»Sie ist aus dem Auto gestiegen und war voll im Bilde. Sie wusste von Gregor und mir. Woher? Auf der Party ist sie nicht gewesen, ihre Agentur informiert sie bestimmt nicht über mein Liebesleben, und Sie beide haben sich danach erst begrüßt. Oder haben Sie Frau Ballier etwa extra angerufen, um über mich zu reden?«

»Frau Boll.« Syra klang fast bittend. »Für wen halten Sie sich?!«

»Ich will nur deutlich machen, was ich meine. Überhaupt frage ich mich die ganze Zeit schon, warum Frau Ballier nicht zu dem Ovid-Event gegangen ist. Das wäre doch ein Pflichttermin für die Top-Versicherungsagentin vom Genfer Herold. Sicherheitsvorkehrungen überprüfen und so weiter. Zumal sie den Diebstahl praktisch angekündigt hat. Mir zumindest.«

»Sie war nicht eingeladen«, sagte Syra automatisch und wurde dann erst grantig, vermutlich als ihr selbst aufging, wie albern sich das anhörte: Als ob Ballier, die seit Monaten in der Bibliothek als Versicherungsexpertin Präsenz zeigte, ausgerechnet für diese sicherheitstechnisch relevante Veranstaltung eine Einladung gebraucht hätte. »Was soll das eigentlich werden, Frau Boll? Worauf wollen Sie hinaus?!«

»Ärgert sie dich mit eurer bösen Vergangenheit?«, fragte Ballier plötzlich ziemlich nah.

»Sie ärgert mich«, antwortete Syra. »Ja.« Etwas knisterte. »So«, sagte die Chefin darauf lauter als zuvor. Aus Bettinas Handy hallten plötzlich starke Fahrgeräusche. »Jetzt wiederholen Sie das vor Frau Ballier. Klären Sie. Na los. Alles, was Sie mir eben gesagt haben.«

»Frau Syra –«

»Bitte.« Das war ein Befehl.

»Frau Ballier«, begann Bettina zögernd.

»Hallo, Kindchen.« Ballier klang amüsierter denn je. Ihr Hund bellte kurz. »Ruhe, Liesel. Ich höre, Frau Boll. Sie haben etwas auf dem Herzen?«

»Frau Ballier, Sie haben eben darauf angespielt, dass ich bei Gregor war, obwohl Sie das nicht wissen konnten. Sie kannten sogar das Thema unseres Gesprächs.«

»Was für ein Gespräch?«

»Es ging um den *Auftraggeber*.«

»Du liebe Zeit, das war ein Scherz! Und Sie haben das ernst genommen? – Nein. Meine Gute, dass Sie heute Abend zu Ihrem armen verfolgten Liebsten fahren würden, konnte sich jeder an einem Finger abzählen. Wissen Sie, wie Sie heute ausgesehen haben?«

»Unmöglich«, sagte Syra grimmig.

»Hübsch«, widersprach Ballier. »Verliebt. Sie sahen wunderschön aus, Frau Boll. Belassen Sie es dabei und machen Sie sich jetzt nichts kaputt.«

»Heute Morgen haben Sie mich auch schon drauf angesprochen, dass ich bei Gregor war. Das konnten Sie genauso wenig wissen. Aber Sie haben mich direkt damit überfallen.«

Ballier lachte. »Oje. Ich überfalle niemanden. Frau Boll, glauben Sie mir: Ihr Zustand war offensichtlich. Sie hatten noch die Abendkleidung an. Was erwarten Sie da? Ich musste Sie einfach ein bisschen piesacken. Der Neid, verstehen Sie? Sie waren so hübsch, und ich bin eine alte Frau. *Ich* werde keine solche Nacht mehr haben. Seien Sie dankbar und nehmen Sie's nicht persönlich. Werden Sie glücklich mit Ihrem Gregor, egal was er getan hat. Frau Syra kann Ihren Anruf hier vergessen, nicht wahr, Margarete? Die Liebe macht uns doch alle mal zu Narren.«

»Leicht fallen wird mir das nicht«, knurrte Syra.

»Sie *konnten* es nicht wissen«, sagte Bettina trotzig und kam sich plötzlich furchtbar blöd vor.

»Sehen Sie, das ist der Vorteil des Alters«, sagte Ballier belustigt. »Es lässt einen vieles klarer sehen.«

»Sind wir jetzt fertig?«, fragte Syra bissig.

Und erst an diesem Punkt sah Bettina – viel zu spät – die Konsequenzen dessen, was sie eben reichlich unbedacht zur Sprache gebracht hatte. Es war schmerzhaft. Sie war dumm gewesen. Ziemlich dumm. »Ich bleibe dabei«, sagte sie langsam und nachdrücklicher als zuvor. »Frau Ballier konnte es nicht wissen.«

Syra seufzte gefährlich.

»Außer von Gregor.«

Das Rollen von Syras Wagen war plötzlich sehr laut.

»Gregor Krampe«, sagte Bettina und ahnte schlagartig, dass es tatsächlich, wirklich und wahrhaftig die Wahrheit war, »hat mich benutzt.«

Schweigen.

»Frau Ballier hat es vorausgesagt. Alles. Der Kodex konnte nur bei dieser Veranstaltung gestohlen werden, da waren die Möglichkeiten am größten. Allerdings nicht für Gregor. Er stand im Fokus aller Ermittlungen. Er durfte nicht einmal die Party schwänzen. Er war – die Zweitattraktion.« Bei dem Wort traten Bettina Tränen in die Augen. Sie räusperte sich. »Weil er wusste, was geplant war, hat er mich eingeladen. Eine Polizistin für die ganze Nacht, ist das kein tolles Alibi?«

»Ach Kindchen«, sagte Ballier weich.

»Hat er das gestanden?!«, fragte Syra dagegen streng. »Wieso kommen Sie erst jetzt damit?«

Oh Gott, dachte Bettina und räusperte sich gleich noch mal. Es ist wahr. Ja, es muss wahr sein. »In der Zwischenzeit stahl der unbescholtene Marc Schneider den Ovid.«

»Haben Sie Aussagen darüber?«, fragte Syra. »Von Krampe? Schneider? Wo ist Ihr Bericht?«

»Pst«, machte Ballier angespannt. »Das ist er doch. – Haben Sie mit Ihrem Freund gestritten? Hat Krampe Sie rausgeworfen?« Das klang fast hoffnungsvoll.

»Nein«, antwortete Bettina und dachte daran, wie elegant die alte Agentin sie in Gregors Arme getrieben hatte: *Lassen Sie ihn nicht aus den Augen, Frau Boll!* »Nein.« Die beiden hatten zusammengearbeitet. Sie hatten die Liebe benutzt. Das war fies. Bettina schloss die Augen und ballte die freie Rechte zur Faust. Ihr Herz schlug hart und fest, so sehr, dass sie zu zittern begann. Ihr Kiefer verkrampfte, und sie merkte, dass sie weiterreden musste. Jetzt. Sofort. Ohne in Tränen auszubrechen. Doch wie? Sie schniefte. Und genau in dem Moment, als sie sich beinahe übers Lenkrad geworfen und geheult hätte, da regte sich in ihr eine Idee. Sie richtete sich auf. »Im Gegenteil«, sagte sie, so fest sie konnte, ins Telefon. »Er hat mich eingeweiht.«

Am anderen Ende der Leitung herrschte bleiernes Schweigen.

»Er will aus der Sache aussteigen.« Bettina fiel ein, wie drängend Ballier an diesem Morgen versucht hatte, ihr Misstrauen gegen Gregor einzuflüstern. Klar, jetzt brauchte man sie nicht mehr und musste sie rasch loswerden. Doch so einfach würde das nicht werden. Denn in der Liebe waren die Allianzen offen. »Er wird eine Aussage machen, gegen Straffreiheit. Er hat das Buch sowieso nicht. Er weiß nur –«

»Ja?«, fragte es am anderen Ende scharf, und Bettina konnte nicht unterscheiden, ob das Syra oder Ballier gewesen war.

»Er weiß, was passiert ist«, sagte sie und wünschte bei Gott, das könnte sie von sich sagen. Sie ahnte ja nur, dass Schneider mit drinhing, und jetzt also auch Gregor. Schneider war der geheuerte Dieb, Gregor der Verdächtige, dessen skandalöses Alibi ruhig angezweifelt werden durfte, ja sollte, da es doch nie widerlegt werden konnte. Gregor funktionierte als Blender, der alle Ermittlungen auf sich zog und die Polizei lähmte, und Schneider als Unauffälliger, der währenddessen still ausführte. »Der Ovid wurde gestohlen. Gregor war dabei und Schneider tat es. Das Problem war bloß –«

»Was?« Wieder nur diese ausdruckslose Frauenstimme. Bettina fröstelte.

»Das Problem war«, sagte sie langsam, »dass Gregor oder Schneider die Beute nicht behalten konnten. Ihr Risiko war zu hoch. Für Gregor, weil er sowieso unter Verdacht steht, für Schneider, weil er wirklich der Dieb ist. Beide wurden tatsächlich überprüft, ohne Voranmeldung und mit kompletter Haussuchung. Das hatten sie befürchtet und das Buch vorher weggeschafft. An einen sicheren Platz, wo garantiert keiner suchen würde. Daher konnten wir nichts finden.«

»Und wo ist es nun?«, fragte Syra ungeduldig. »Wo?«

Ja, wo?

»Wenn Sie wirklich Straffreiheit für Ihren Gregor wollen, meine Liebe, sollten Sie das jetzt nicht verraten«, mischte Ballier sich ein.

»Franziska!«, rief Syra.

»Erst mit der Staatsanwaltschaft verhandeln«, sprach Ballier trocken. »Entschuldige, Margarete. Die Liebe.«

»Liebe!«, knurrte Syra.

»Denken Sie an Ihre Kinder, Frau Boll«, beschwor Ballier sie durch den Äther. »Die hätten bestimmt gern einen Vater, nicht wahr, Sie sind doch alleinerziehend? Denken Sie an Ihren Gregor. Sie können ihn vor dem Gefängnis retten! Er wird Ihnen ewig dankbar sein. – Müssen«, setzte sie mit einem guten Schuss Spott hinzu.

Der verunsicherte Bettina wieder. Wenn sie sich hier verrannt hatte, nur weil sie nicht glauben konnte, dass ein attraktiver Mann sich für sie interessierte, war dies der letzte Abend in ihrer nicht sehr glanzvollen Polizistinnenkarriere. Und in jüngster Vergangenheit hatte sie sich oft geirrt. Die Ballier war nun mal eine weitsichtige sarkastische alte Dame mit einem Faible für Paare. Und – nicht zu vergessen – die Freundin einer Kriminalrätin. Alles konnte anders gewesen sein. Vielleicht war Schneider nicht der Dieb. Oder er hatte auf eigene Faust gearbeitet. War von Ritter angeworben. Von Marny. Von irgendwem, den sie gar nicht kannte. Bettina fühlte sich übernächtigt und überdreht. Sie war nicht fähig, sofort eine Entscheidung fürs Leben zu treffen.

»Frau Boll!«, rief Syra.

»Jawohl. Das Buch ist bei dem dritten Komplizen.«

»Und der wäre?«, fragte Syra unheilvoll.

»Eine Person, die über jeden Verdacht erhaben scheint«, sagte Bettina, die es einfach nicht aussprechen konnte.

»Ich höre«, sagte Syra.

Bettina krümmte sich. »Ich – wohin fahren Sie beide eigentlich?«

»Ich bringe Frau Ballier zum Flug–«

»War die Nacht mit Gregor wirklich so gut?«, rief Ballier dazwischen. »Möchten Sie das nicht wiederholen? Morgen? Übermorgen? Alle Lust will Ewigkeit, das wissen Sie, Frau Boll, auch wenn Sie Ihre *Hundert beliebtesten deutschen Gedichte* nicht gelesen haben.«

»Flughafen?«, fragte Bettina.

»Flughafen.« Erstmals hörte Syra sich nachdenklich an. »Sie muss zurück nach Genf.«

Da fing Bettina tatsächlich an zu lachen. Die Anspannung war zu groß. »Na dann«, sagte sie, »dann ist es einfach. Das Buch ist in Ihrem Auto.«

Schweigen. Der Hund begann wie toll zu bellen. Etwas knisterte, das Auto dröhnte. »Franziska!«, rief Syra entsetzt.

»Leg auf«, befahl die.

»A5, Richtung Frankfurter Flughafen, Höhe Walldorf«, sagte Syra stattdessen, vermutlich in ihr Funkgerät. »Kriminalrätin Syra, BKA. Das muss sofort an die Flughafensecurity. Franziska Ballier, bewaffnet mit einer Walther PPK, gewaltbereit, gefährlich, dreiundsechzig Jahre, eins achtundfünfzig, siebzig, na sagen wir fünfundsiebzig Kilo –«

Ein Schuss knallte. »Zweiundsiebzig Kilo«, sagte Ballier kalt. Stöhnen. Der Hund jaulte mit dem Funkgerät um die Wette. Dann quietschte etwas entsetzlich, das Rollen und Jaulen erstarb.

»Frau Ballier, Margarete ist Ihre Freundin«, rief Bettina in dem festen Ton, den sie für solche Gelegenheiten geübt hatte: Atmen! Autoritär sein! Siezen! Namen nennen! Beziehungen herstellen! »Tun Sie ihr nichts!«

Es knisterte. »Frau Boll!«

»Ja.«

»Sie hatten Unrecht.«

»Ach wirklich?«

»Ich hab den Ovid nicht.« Ballier kicherte. »Glauben Sie's ruhig. Das ist mein Abschiedsgeschenk an Gregor und Sie. An die Liebe.«

»Frau Ballier!«, rief Bettina lehrbuchgemäß. »Sprechen Sie mit mir! Was war das für ein Schuss?«

Doch die Verbindung war tot. Einen Moment saß Bettina ganz still. Dann tippte sie eine Nummer in ihr Handy, fluchte, löschte sie, tippte eine andere, fluchte wieder und wartete und wünschte, sie hätte einen echten Dienstwagen mit Funk. Und drei Telefone.

* * *

Als es an Gregors Tür Sturm klingelte, hatte er nicht mal drei Stunden geschlafen. Er hörte nichts und wachte nicht auf. Erst als sich jemand an seiner Tür zu schaffen machte und schließlich Menschen in seinem dunklen Wohnzimmer standen, schwarz gekleidete, dick bepackte, bewaffnete Gestalten, da kam er zu sich. Er roch das Leder seiner Couch, doch wusste nicht, wo er war. Er spürte, dass er im Schlaf gefroren hatte. Er rappelte sich hoch und Gesichter richteten sich auf ihn. Vermutlich auch Waffen. Er stöhnte. In seinem Mund war ein fader Geschmack. »Wer sind Sie?«, fragte er.

»Sind Sie Gregor Krampe?«, war die Gegenfrage.

Brazil, dachte er.

Dann musste er antworten und aufstehen und mitkommen.

* * *

Bettina schaffte es nicht nach Hause, obwohl sie schon in Sichtweite war. Doch nun saß sie in ihrem Taunus fest und unterstützte die Zentrale bei der Suche nach Syra und ihrem Auto. Und dann, als man das Ausmaß der Ereignisse erfasste, musste sie sofort persönlich in Frankfurt antanzen und ihr Telefonat mit Syra und Ballier Wort für Wort wiedergeben. Zehn Mal. Als sie um fünf Uhr früh heimkam, war sie so fertig, dass sie sich in die Küche setzte und heulte.

Syras Audi hatte ordentlich auf dem Seitenstreifen der A5 gestanden, unbeleuchtet, mit verschlossenen Türen, das Funkgerät ausgeschaltet. Den Autoschlüssel fand man später im Gras. Kriminalrätin Margarete Syra, die eine körperlich sehr kleine und schlanke Person war, hatte zusammengerollt im Fußraum des Fahrerplatzes neben ihrer Pistole gelegen. Eine Decke war über sie gebreitet gewesen. Nicht um sie zu wärmen, konstatierte der Beamte, der sie fand, sondern eher, um sie den Blicken spontaner Helfer zu entziehen. Ihr Zustand war sehr kritisch. Ihr war aus nächster Nähe mit ihrer eigenen Walther PPK in die Brust geschossen worden. Die Kugel hatte vermutlich die Lunge gestreift und verschiedene Organversagen ausgelöst. Sie starb auf dem Weg ins Krankenhaus.

Von der flüchtigen Ballier und ihrem Hund fand man nur eine durchgebissene Leine.* Die beiden hatten es offenbar geschafft, gemeinsam die Autobahn zu überqueren, was die eingesetzten Polizeihundeführer vor arge Schwierigkeiten stellte und Ballier einen großen Vorsprung verschaffte. Ihre Spur führte bis in ein Waldstück, wo an einem Baum die Hundeleine hing. Von dort an wurde sie undeutlicher und brachte die Suchenden zu einem Bach, wo sie sich ganz verlor.

Am Flughafen Frankfurt indessen konnte trotz einer Suchmeldung, eines Polizeiaufgebots und verstärkter Kontrollen an Türen und Schaltern keine verdächtige Person mit Dackel aufgegriffen werden. Ein Flugticket auf den Namen Ballier für den Abendflug der *Swiss International Air Lines* nach Genf verfiel ungenutzt. Und die stark geschminkte, leicht transig wirkende Olga Franziska Schanzkowska, die gegen sechs Uhr früh in knallrotem Grenadiermantel, Lackstiefeln und Pelzkappe im Taxi vorfuhr und den lange gebuchten Rückflug nach Moskau antrat, wurde nicht mal nach dem Inhalt der sechs hübsch verpackten Buchgeschenke gefragt, die in ihrer teuren schweinsledernen Reisetasche neben der viel zu frivolen Unterwäsche lagen. Wieso auch. Standen doch die Namen ihrer Enkel darauf: Michail, Alexej, Olga, Tatjana, Maria und Anastasia.

---

* Der Dackel, übrigens, begegnete durch einen merkwürdigen Zufall einem älteren Herrn, der auf Wiener Operettenmusik stand, und wurde von dessen Aushilfsgärtnerin, die ihrerseits bereits einen dreibeinigen Hund besaß, heimlich im Geräteschuppen einquartiert, wo er sich einigermaßen einlebte und zumindest ein Dach über dem Kopf hatte. Jene Gärtnerin war eine erfolglose junge Dame, die versucht hatte, sich unter der Deckung verschiedener Namen erst als Bauingenieurin und später als Detektivin durchzuschlagen, was leider aufgrund ihrer Bestimmung für ein literarisches Schicksal gescheitert war. Als sie aber endlich ganz mittellos und nur mit besagtem Hund dagestanden hatte, war es ihr gelungen, beim Preisausschreiben eines Putzmittelherstellers eine Kreuzfahrt zu gewinnen, wo sie jenen Geräteschuppenbesitzer kennenlernte, in dessen Steingarten sie eine krisenfeste Arbeit ergatterte. Fortan widmete sie sich nur noch in ihrer Freizeit der Pflege tierischer Waisen aus diversen kriminalistischen Werken, was aus ihrer Sicht vermutlich das Beste war.

Elf

Als Bettina wieder wach war, das war am Dienstag, wurde sie von Jaecklein gebeten, ihm beim Verhör des Untersuchungshäftlings Krampe zu assistieren. Es war nicht wirklich eine Bitte, jedenfalls keine, die man abschlagen konnte. Und Jaecklein, das sah Bettina schon an der Miene, die er ihr zur Begrüßung entgegenhielt, war verärgert. Nein, mehr als das. Er war schockiert und traurig, und er hatte sie gefressen. Die Protokolle habe er ausführlich gelesen, sagte er. Dass er Bettina für schuldig am Tod seiner Chefin hielt, sagte er nicht. Doch sein gefühlvolles Jungengesicht, das er hier auf der Kriminalwache des Frankfurter Polizeipräsidiums nicht hinter Sonnengläsern versteckte, sprach Bände. Du, bezichtigte es Bettina, bist schuld. Du hast eine Schwerverbrecherin in die Enge getrieben, und das Risiko hast du eine andere tragen lassen. Du hast deine vorgesetzte Kollegin nicht geschützt, nicht einmal richtig gewarnt, du hast einfach drauflosgeplappert, ohne nachzudenken. Und das Gespräch hast du auch nicht aufgezeichnet. Theoretisch könntest du uns Gott weiß was erzählen. Theoretisch könntest du bei Krampe auf der anderen Seite stehen.

Auf der anderen Seite bei Krampe stand jedoch vorerst dessen Anwältin, eine gepflegte Dame mit eisengrauem Pagenkopf und durchdringendem Blick. Ihr Name war Sahm-Nickel, sie sprach leise und gemessen, hauptsächlich mit Jaecklein, und sie betrachtete Bettina zuweilen recht abschätzig, während sie ihren Mandanten Krampe scheinbar gar nicht beachtete. Alle vier richteten sie sich in einem großen, muffig riechenden Zimmer an einem Resopaltisch ein. Die Frühlingssonne wurde von vergilbten Jalousien abgehalten. Sahm-Nickel und Jaecklein packten viel Papier aus und konferierten geschäftig, Bettina und Gregor dagegen saßen sich an ihren leeren Tischseiten gegenüber und versuchten, den jeweils anderen nicht anzusehen. Jedenfalls nicht direkt. Bettina schielte hinüber, beobachtete Gregor und fragte sich, was diesen Mann ausmachte.

Er sah gut aus.

War es so einfach? Eine gerade Nase, ein hübsches Kinn, helle Augen und Haare, all das im rechten Moment bei angenehmer Beleuchtung an einem potenten Typen – und schon schwanden ihre sonst so komplizierten Widerstände?

Aber nein, dachte Bettina fast widerwillig. Nicht doch. Gregor war ein Mann, dessen Zuneigung kostbar war. (Seine echte jedenfalls.) Ihn umgab Spannung ohne erkennbares Ventil, er war geheimnisvoll, neben seinem Ernst spürte man Leichtsinn, er war einer, dessen seltenes Lächeln wissend und hinreißend und vermutlich des Teufels war, einer, der viel arbeitete, der glänzend begabt war, ohne sich festzulegen, ein Tüchtiger, aber auch ein Zocker auf schwindelerregendem Niveau. Nicht einmal sein Alter sah man Gregor an. Bettinas Dossier verzeichnete fünfundvierzig Jahre, doch neben ihm wirkten Jaecklein und Sahm-Nickel um eine gute Generation älter. Nun wanderte sein Blick rascher über die leere Tischplatte, er schaute auf. Ein wenig verlegen. Er betrachtete Bettina. Dann grinste er vorsichtig. Und Bettina strahlte unwillkürlich zurück und dachte, dass sie dumm war und herzlich naiv und dass es an Gregors Augen lag, lebendigen dunkelgrauen Augen, ganz einfach. Er war der Typ Mann, um den sich alle Mädchen aus der Oberklasse ihres Gymnasiums geprügelt hätten, und warum sollte es ausgerechnet ihr anders gehen?

»Der Herr Krampe leugnet nach wie vor die Verbindung zur Tatverdächtigen Ballier?«, fragte Jaecklein nun mit offizieller Stimme in diese stumme Annäherung.

»Ja«, sagte Sahm-Nickel, ohne aufzusehen. Sie machte sich Notizen.

»Aber die Verbindung zu Frau Boll kann er nicht leugnen.«

Die Anwältin schaute Bettina an. Alle sahen sie an. Doch Bettina hatte nicht vor, für Gregor zu sprechen.

»Stimmt«, sagte Sahm-Nickel schließlich.

»Frau Boll, Sie haben eine Komplizenschaft zwischen Ballier und Herrn Krampe festgestellt und zu Protokoll gegeben. Erläutern Sie das mal näher. Und, Herr Krampe, wir bräuchten dann, wenn's geht, eine persönliche Stellungnahme.«

»Die können Sie von mir haben«, sagte Sahm-Nickel und steckte sich ihren Füller hinters Ohr. »Die Anschuldigungen gegen meinen Mandanten sind gänzlich fragwürdig. Sie beruhen nur auf der Zeugenaussage von Frau Boll. Und die ist – mit Verlaub – befangen.«

Bettina richtete sich auf und vergaß Gregor, zumindest halbwegs. »Das ist nicht wahr. Sie kennen die Tonbandaufnahme von Kriminalrätin Syras Hilferuf. Sie haben den Schuss gehört. Der Mord ist dokumentiert, den können Sie nicht bestreiten.«

»Wir bestreiten Herrn Krampes Beteiligung.«

»Frau Ballier hat sie bestätigt.«

»Die kann Ihnen viel erzählen.«

»Ihr Verhalten beweist, dass ich recht habe.«

»Ganz sicher nicht.« Sahm-Nickel nahm den Füller wieder vom Ohr. Sie sprach ausschließlich zu Jaecklein. Die Haarspitzen ihres Pagenkopfes wiesen auf ihn, ihre Nase auch, selbst den Füller hielt sie auf den Mann vom BKA gerichtet. »Ihre Täterin befand sich in einer Stresssituation. In Begleitung einer hohen Polizeifunktionärin mit der Beute in der Tasche auf dem Weg zum Flughafen. Unter solchen Umständen kann jede Provokation zur Krise führen. Das steht in sämtlichen Lehrbüchern. Es sind schon genug Polizisten bloß wegen ihrer Uniform getötet worden.« Befriedigt öffnete die Anwältin den Füller und malte ein Kreuz auf ihren Notizblock. »Frau Boll hat einen Eklat provoziert, aber ihre Schlussfolgerungen müssen deswegen noch lange nicht stimmen. Logisch sind sie jedenfalls nicht.«

»Doch«, sagte Bettina kühl. »Frau Ballier wusste Details aus meiner Unterhaltung mit Herrn Krampe. Die beiden standen in Kontakt. Das geht auch aus seinem Telefonprotokoll hervor. Herr Krampe hat Frau Ballier am Sonntagabend angerufen und angesimst. Das ist erwiesen.«

Sahm-Nickel winkte ab und sah wieder nur Jaecklein an. »Sie haben bloß das Protokoll. Ob es wirklich Frau Boll war, über die man sich austauschte, wage ich zu bezweifeln. Wir kennen die Inhalte nicht. Ballier und Krampe hatten beruflich miteinander zu tun, eng sogar. Da ist es üblich, dass man telefonischen Kontakt hält.«

»Sonntags abends um halb zwölf, kurz nachdem ich Herrn Krampes Wohnung verlassen habe?«

»Wann auch immer.« Sahm-Nickel wandte sich nun doch an Bettina. Ihr Ton wurde sofort gewichtiger, als spräche sie zu einer Person, der man alles deutlich erklären musste. »Details sind dem Täter wurscht, Frau Boll, wenn es darum geht, ob jetzt gleich die Tasche mit der Beute aufgemacht werden muss. Diese Ballier hätte Ihnen alles erzählt. Einfach alles. Die wollte nur noch sicher zum Flughafen chauffiert werden. Sie haben die Diebin enttarnt, dafür hat die Ihren Schwachpunkt getroffen. Sie sind nun mal ganz offensichtlich anfällig für Herrn Krampe.«

Bettina mied Gregors Blick. Ihre Wangen brannten vor Ärger. »Mag sein, aber darum geht es nicht. Die drei, Marc Schneider, Franziska Ballier und Gregor Krampe, sind ein Team.«

»Sind wir nicht«, brach Gregor sein Schweigen. Sowohl seine Anwältin als auch Jaecklein schauten überrascht auf. »Und wir waren es auch nie«, setzte er hinzu. »Warum hast du nicht zuerst mich angerufen?«, fragte er Bettina dann leise. »Du hättest mit mir reden sollen.«

Sie holte Luft. Gregors Vertraulichkeit reizte sie mehr, als sie selbst fassen konnte. »Ihr drei hattet einen gemeinsamen Plan«, fauchte sie. »Habt ihn immer noch. Und er funktioniert ganz gut, hab ich recht? Ist ja egal, ob eine Polizistin draufgeht.« Sie funkelte Gregor an, wütend hauptsächlich auf sich selber. Dieser Ton war albern. Unprofessionell. Jaecklein starrte sie von der Seite an, Sahm-Nickel legte ihren Füller auf den Tisch und verschränkte die Arme.

Gregor schien nichts davon zu sehen. »Hör mal, Bettina. Du hast die Ballier dummerweise gerade auf ihrer Flucht mit deinen Verdächtigungen konfrontiert. Nenn es Pech. Oder wie du willst. Immerhin hast du ja was bewirkt.« Seine Stimme klang dunkel und melancholisch. »Nur meine Rolle hast du dir dazugedacht.«

Bettina konnte nichts sagen. Sie fürchtete, wieder zornig zu klingen.

»Überleg doch«, fuhr Gregor beschwörend fort, »ich war nicht nützlich für diesen Coup. Im Gegenteil. Ballier hätte mit mir teilen müssen, dafür hätte ich die Aktion belastet. Ein schöner Handel. Ich bin seit Monaten der Prügelknabe der Polizei! Ich werde von vorne bis hinten durchleuchtet und an den Pranger gestellt, glaubst du, so jemanden hätte die bei ihrem Raubzug gebrauchen können?«

»Wahrscheinlich hat sie gehofft, wir würden uns in zehn Jahren noch fragen, wie in Gottes Namen du den Diebstahl bewerkstelligt hast, und darum nicht in andere Richtungen ermitteln.«

»Ach komm«, erwiderte Gregor ernst. »So doof seid ihr nicht. Nein, Ballier hat mich ohne mein Einverständnis benutzt. Sie hat diesen Bauarbeiter aus dem Kloster engagiert, der mir ähnlich sieht, um ihn zu dem Diebstahl abzurichten und das Risiko auf mich abzuwälzen. Das ist alles. Das ist logisch. Erkenn das bitte.«

Bettina erkannte es nicht. Aber sie wusste auch keine Antwort. Sie konnte Gregor nur anstarren und blind misstrauen.

Er beugte sich vor. »Wir sind beide reingelegt worden.«

Bettina schüttelte den Kopf.

»Doch. Siehst du das denn nicht, *ich* war Balliers Sündenbock! Ganz einfach! Gegen diesen Arbeiter ohne Kontakte zur Sammlerszene wäre ich ohne Alibi nie angekommen. Ich schaffe es ja kaum mit! Dass ich – wir –« Er fuhr sich über die Haare. »Glaub mir, das Letzte, was diese Ballier sich gewünscht haben kann, war, dass wir beide Samstagnacht zusammengeblieben sind.«

»Aber sie hat mich auf dich angesetzt! Lassen Sie ihn nicht aus den Augen, Frau Boll! Und immerzu dieses Gelaber von der Liebe! Liebe, Liebe!«

»Klar«, sagte Gregor bitter. »Die konnte ja nicht echt sein, nicht wahr?«

Jaecklein und Sahm-Nickel schauten wieder so komisch. Bettina sank in ihren Stuhl zurück.

Gregor dagegen beugte sich vor. »Die hat vielleicht *befürchtet*, dass wir aufeinander stehen. Und bestimmt wollte sie wissen, was Sache war. Darum hat sie gebohrt. Frau Ballier hat bloß richtig geraten, genau wie du.«

Bettina schüttelte den Kopf. »Du hast versucht, sie anzurufen.«

»Ich hab mich verwählt.«

»Drei Mal?«

»Hör mal, ich hatte eine verdammt lange Nacht hinter mir.«

»Du hast ihr eine Nachricht geschickt und sofort gelöscht.«

»Das mache ich immer so.«

»Wen wolltest du denn anrufen?«

»Rat mal. Ballier und Boll stehen in meiner Liste nebeneinander.«

»Wen?«

»Dich.«

Bettina blickte in Gregors graue Augen. Sie waren tief und rauchig und ernst, doch ganz am Grund stand ein kleiner Widerschein, da irrlichterte ein Flackern, da saß er, der Zocker, und spielte seinen Trumpf aus. Herz stach. Seltsamerweise machte das ihre Wut kleiner. »Du lügst«, sagte sie müde.

Sahm-Nickel hielt ihren Kopf auf die linke Handfläche geneigt und betrachtete sie andächtig. »Ich habe munkeln hören, Sie hätten diesen anderen Verdächtigen, den Schneider, schon vor einer halben Stunde gehen lassen«, sagte sie zu Jaecklein. »Wie es scheint, können Sie sein Alibi nicht widerlegen. Seine Frau liebt ihn.« Sie lächelte maliziös. »Bei Herrn Krampe und Frau Boll sieht es nach dem Gegenteil aus.«

Bettina starrte auf den Tisch, um nicht zu schreien. Ihre Nerven lagen blank.

»Die Frau Boll bereut vielleicht gewisse Dinge und möchte nun ihren Lieblingsverdächtigen zurück ins Rennen schicken, obwohl sie selbst seine Unschuld bezeugen kann. Oder sagen wir mal: *muss.*« Sahm-Nickel beugte sich vor und sprach wieder exklusiv zu Jaecklein. »Der Punkt ist doch, dass mein Mandant keinen Vorteil aus dem Diebstahl ziehen kann. Selbst wenn er am Gewinn aus dem Raub beteiligt wäre, würde das den Verlust seines Status, seiner Arbeit und Forschung nie aufwiegen. Er hat längst doppelt verloren. Inzwischen wackelt sein Arbeitsplatz gewaltig, und sein akademischer Ruf ist angekratzt. Und Sie wollen ihn ernstlich aufgrund solch wirrer Anschuldigungen anklagen.«

Bettinas Telefon klingelte. Gerade im rechten Moment. Erleichtert erhob sie sich, ignorierte die missbilligenden Blicke, ging zur Tür hinaus und nahm den Anruf an.

»Hallo?«, sagte eine freundliche Stimme. »Spreche ich mit Frau Boll?«

»Ja«, sagte Bettina, schon wieder unwillig. Sie hasste Telefonwerbung. Die Anruferin hatte keine Nummer übermittelt, ihre Stimme klang irgendwie professionell, und beinahe hätte Bettina sie weggedrückt. Doch hier in dem kalten fremden Flur war es besser, wenn sie was zum Festhalten hatte. Dabei konnte sie runterkommen und eine rauchen. Sie tastete ihre Hosentaschen ab.

»Sie waren am Sonntag bei uns.«

»Frau Schneider!«, rief Bettina und vergaß die Zigaretten.

»Ja, ich bin's, Frau Boll«, sagte Vera Schneider mit einer Stimme, die nicht zu dem dick zugekleisterten Gesicht passte, das Bettina in Erinnerung hatte. So körperlos durchs Telefon klang sie attraktiv. Und jung. Und klug. »Ich habe es mir überlegt. Das mit dem Buch. Weil … wir haben mitbekommen, dass jemand gestorben ist.«

»Margarete Syra«, sagte Bettina sofort. »Eine Kollegin. Sie wurde ermordet. Sie war eine wunderbare Frau.« Das meinte sie ernst.

»Schrecklich«, sagte die schöne Stimme abweisend. »Tja, und dieser Tod gefällt mir nicht. Ich möchte damit nichts zu tun haben.«

»Verständlich«, sagte Bettina von Herzen.

Schneider holte Luft. »Und ich hätte vielleicht einen Hinweis auf das Buch, das Sie suchen.«

»Oh. Gut.« Bettina setzte sich auf einen der Stühle, die im Gang herumstanden. Schmutzige, hässliche Stühle hatten sie hier in Frankfurt auf den Gängen. Passend für ein schmutziges, hässliches Gespräch. »Lassen Sie sich Zeit.«

»Sie nehmen das doch nicht auf?«, fragte Schneider. Sogar ihr Misstrauen hörte sich sympathisch an.

»Nein.« Bettina erhob sich wieder, dankbar für den Tipp. Diese Unterhaltung konnte sie ohne Zeugen ebenso gut abbrechen. Es glaubte ihr ja doch keiner mehr. »Wir sind ganz unter uns. Ihre Hinweise werden hier völlig vertraulich behandelt.« Auf Zehenspitzen schlich sie durch den Gang, öffnete leise die Tür zum Vernehmungsraum und war dankbar, dass drinnen ein drückendes Schweigen ausgebrochen war. Sie trat ein, blickte bedeutungsvoll in die Runde und legte den Finger an den Mund. »Erzählen Sie.«

Doch Schneider schwieg, als hätte sie die Geste auch gesehen. Bettina wies auf Gregor und seine Anwältin und die Tür. Die beiden blickten interessiert und blieben sitzen.

»Wissen Sie denn, wer den Ovid-Kodex gestohlen hat?« Bettina zwang sich zur Konzentration. Vermutlich klang sie wegen all dieser Zeichen und Gesten zu unachtsam. Oder die Frau bekam am Ende doch Skrupel, den eigenen Gatten zu verraten.

»Vielleicht«, antwortete sie vage.

»Es ist sehr vernünftig, sich von einem Mord zu distanzieren. Wirklich das Beste, was Sie für sich und Ihre Familie tun können. Ich bin sicher, weder Sie noch Ihr Mann wollten, dass eine Polizistin getötet wird.« Bettina nahm der verdutzten Sahm-Nickel den Füller vom Ohr, öffnete ihn mit einer Hand und kratzte damit *Krampe+Co. sofort raus!* aufs nächstbeste Papier. Sie schob Jaecklein den Zettel hin.

»Natürlich nicht«, sagte Schneider. »Aber vordringlich geht es mir um das Buch.«

»Ach so?«

»Ich finde, ein Buch zu stehlen ist falsch. Es sollte seinem Besitzer zurückgegeben werden. Wenn ich einen Beitrag dazu leisten kann, ist das doch gut, nicht?«

Sieh an, du glaubst noch an die Viertelmillion, dachte Bettina. Du hast ja Nerven, Schätzchen. »Absolut«, sagte sie und schaltete um von Mordverdacht abwenden auf Kulturgut retten. Das musste sie, weil nun doch etwas Unruhe entstand, als Gregor und seine Anwältin den Raum verließen. »Sie helfen unserer Gesellschaft, einen literarischen Schatz von großer Bedeutung zurückzubekommen. Sie machen sich um die Wissenschaft verdient. Und um«, Bettina blickte Gregor hinterher, »Wahrheit und Gerechtigkeit.«

Dann war sie mit Jaecklein und dem Telefon allein.

Wer?, schrieb der auf ein Papier. *Schneider?*

Vera S., krakelte Bettina.

Jaecklein blickte ungläubig.

Sie zuckte die Achseln. Hab ich's dir nicht gesagt.

»Also, wenn ich Ihnen das Buch gebe, dann …?«

Bettina seufzte innerlich. *Dann* kriegst du die Kohle, ja. »Sie haben das Buch?«

Jaecklein begann sofort wild zu kritzeln.

Am anderen Ende der Leitung blieb es still.

»Hab ich das richtig verstanden, Sie sind in der Lage, mir den Ovid zu *geben*?«, fragte Bettina. »Den Kodex? Das Buch, das in der Ritter-Bibliothek gestohlen wurde? Ja?«

Jaecklein schob seinen Zettel rüber. *Drauf eingehen*, stand darauf. *B. hat Schneiders gelinkt. Die wollen pokern. Die wissen noch was. Drauf eingehen!!!*

»Zumindest habe ich eine Ahnung, wo es ist«, erklärte Schneider. »Aber es ist ein großes Risiko für mich. Allein, mit Ihnen zu sprechen, verstehen Sie?«

»Oh ja«, sagte Bettina. Jaecklein stellte sich neben sie und lauschte. Sie hielt das Telefon so, dass er mithören konnte. »Und es ist nobel und mutig von Ihnen, dass Sie das tun. Sollen wir zu Ihnen kommen? Vielleicht können wir persönlich besser miteinander sprechen.«

»Es gibt eine Belohnung, nicht wahr?«

»Allerdings«, sagte Bettina.

»Zweihundertfünfzigtausend Euro?«

»Für das Buch«, sagte Bettina. Nicht für deinen Mann, setzte sie innerlich hinzu.

»Gut«, sagte Schneider mit ihrer liebenswürdigen Stimme. »Dann seien Sie damit in einer Stunde bei mir in Haßloch.«

Jaecklein rückte ab und betrachtete das Handy mit hochgezogenen Brauen.

»Wir kommen«, sprach Bettina milde. »Aber das mit dem Geld wird nicht so schnell gehen. Erst brauchen wir Ihre Hinweise, dann müssen wir die prüfen und das Buch beschaffen, und dann werden wir weitersehen.«

»Ich brauche es jetzt«, entgegnete Schneider etwas schriller. »In einer Stunde. Oder schneller. So bald wie möglich.« Nun schwang Aufregung in der hübschen Stimme mit. »Holen Sie Lea und mich hier ab. Ich muss sofort weg.«

»Können Sie mir denn sagen, wo das Buch ist?«, fragte Bettina sanft.

»Ich will hier fort!«, flüsterte Schneider da, plötzlich panisch. »Holen Sie uns! Ich hab das Buch! Das mit dem Geld können wir später machen!« Im Hintergrund waren Geräusche zu hören. Dann brach die Verbindung ab.

Bettina und Jaecklein sahen sich an.

»Sie hat das Buch«, wiederholte Bettina langsam. »Sagt sie.«

Jaecklein klopfte seine Hosentaschen ab und zog sein eigenes Mobiltelefon hervor. »Vielleicht ist die Ballier bei den Schneiders untergekrochen.«

»Niemals.«

»Oder die gute Frau will uns prellen. Ballier ist mit der Beute verschwunden, der Mord hat die Schneiders verschreckt, und nun versuchen sie, mit der Masche noch was zu holen.«

»Mag sein«, sagte Bettina. »Aber ich glaube, da ist eben jemand bei ihr zur Tür reingekommen, vor dem sie Angst hat.«

»Schneider ist vor einer guten dreiviertel Stunde entlassen worden«, sagte Jaecklein, ohne darum das Tempo zu steigern oder auch nur den Ton zu verändern. Er stand an der Tür, das Telefon gezückt. »Kommen Sie.«

Es war ein schwarzer Tag. Nun, da eine der Ihren tot war, bei laufendem Funkgerät in aller Öffentlichkeit erschossen, da lief die Arbeit anders ab, da redete man nicht viel. Es war gerade so, als sei das gesprochene Wort die Wurzel allen Übels, als sei schon viel zu viel gesagt worden, als sei Kriminalrätin Syra das Opfer eines Telefongesprächs und nicht einer Kugel geworden. Es mochte Bettinas Schuldgefühl sein, das ihr diesen drastischen Eindruck vermittelte, doch jedenfalls waren die Kollegen schockiert und wortkarg. Als sie in Jaeckleins BMW stieg, stießen zwei Leute von der Kriminaltechnik zu ihnen, die zuvor nicht angefordert worden waren, jedenfalls hatte Bettina das nicht mitbekommen. Aus dem Nichts tauchten sie im Halbdunkel der Tiefgarage auf, öffneten grußlos Türen, hievten Koffer und Werkzeuge in das schwarze Auto, schnallten sich an und warteten stumm aufs Losfahren. Sowie Jaecklein den Wagen gestartet hatte, nahm der Typ, der hinter Bettina im Fond saß, ihr Mobiltelefon an sich. Mit einem gebrummten »Ist es das?« wand er es einfach aus ihrer Hand, klappte gleichzeitig einen Koffer auf, entnahm ihm diverse Apparate und schloss das Handy daran an, öffnete es, inspizierte sein Innerstes, holte Teile heraus und setzte andere ein, ohne dass Bettina einen Sinn darin erkannte. Doch der Mann arbeitete so konzentriert, dass sie nicht wagte nachzufragen, nicht einmal, ob er sich etwa ihre Familienfotos ansah oder Wanzen einbaute. Mitten in dieser Sektion gab das Telefon dann plötzlich Laut. Es klingelte. Einmal, zweimal, der Kollege hielt es Bettina hin: »Achtung Kabel!«

Wieder wurde die Rufnummer nicht übermittelt. Sie drückte den grünen Knopf. Es hallte. Der Kollege hatte auf Freisprechen geschaltet. »Boll, Kriminalpolizei.«

Man hörte ein kurzes Schnaufen, dann sofort den Summton vom Amt. Alle schwiegen. Sanft wurde Bettina das Handy samt Kabel wieder von hinten aus der Hand genommen.

»Das war sie«, brummte der Kollege kurz darauf. »Selber Teilnehmer wie zuvor.«

»Kontrollanruf vom Macker«, vermutete der Techniker, der hinter Jaecklein saß. Und der trat nun doch aufs Gas.

Sie flogen über die Autobahn. Die Sonne blitzte auf den entgegenkommenden Wagen, zum ersten Mal in diesem Jahr war es richtig warm, an den Straßenrändern grünten Bäume. Doch im Innern des schwarzen BMW herrschte Eiszeit. Da knallte die Funkmeldung besonders rein: *Geiselnahme in Haßloch*. Im Hause eines gewissen Schneider, hieß es. Mascha-Kaléko-Straße. Und dann ging es drunter und drüber. Jaecklein überholte jetzt alles von rechts, was unter hundertdreißig fuhr, dazwischen sprach er konzentriert in sein altmodisches Funkmikrofon, ein Liebhaberteil im Kojak-Stil, und die Funksprüche rissen nicht mehr ab. Marc Schneider sei vom Verhör nach Hause gekommen und habe versucht, über die Bibliothek Kontakt zu Dr. Ritter aufzunehmen, was gescheitert war. Wegen seines aggressiven Tonfalls habe die Mitarbeiterin aus der Bibliothek Verdacht geschöpft und die örtliche Polizei verständigt. Ein Rückruf der Kollegen bei Schneider und eine Überprüfung vor Ort ergaben, dass er tatsächlich mit Gewalt drohte, und zwar seiner Familie gegenüber. Daraufhin war die Einsatzroutine für Geiselnahmen angesprungen. Nun wurden schnell Informationen gebraucht und verbreitet. Bettina erhielt Jaeckleins Handy, schaltete es laut und führte beim Fahren Telefongespräche mit mehreren Kollegen, dazwischen hörten sie über Funk die verschiedensten Theorien: Vera Schneider habe ihren Gatten verraten, nun wolle der sich rächen. Nein, Schneider und Frau hielten zusammen, seien im Besitz des Ovid und verlangten Lösegeld für das Buch. Nein, Schneider könne den Ovid gar nicht haben, der müsse bei Ballier sein. Schneider verlange das Lösegeld für seine Tochter. Es bestehe akute Gefahr für die Geisel. Nein, die Tochter sei noch in der Schule, bedroht werde ausschließlich die Ehefrau. Marc Schneider besitze eine Schusswaffe, Messer, Schlagwerkzeuge. Er wolle mit Dr. Ritter reden, er bestehe darauf, das originale Ovid-Manuskript zu besitzen. Er sei verwirrt und angriffslustig und nicht in der Lage, eine klare Verhandlung zu führen. Man brauche Psychologen. Man brauche Jaecklein. Und wo bitte sei die Kollegin, die mit Vera Schneider gesprochen habe? Die solle versuchen, nochmals Kontakt zu der Frau aufzunehmen. Aber vorsichtig, bitte. Nur erreichen, sondieren, beruhigen, an der Strippe halten. Ganz vorsichtig.

Bettina bekam von der Rückbank aus ihr eigenes Handy überreicht, intakt und ohne Kabel diesmal. Vera Schneiders Nummer hatten die Kollegen längst ermittelt und eingegeben. Bettina versuchte vorsichtig, sie anzurufen. Ganz vorsichtig. Doch die Leitung blieb tot.

Die Mascha-Kaléko-Straße war so weiträumig abgesperrt, dass man gar nicht erst hineinkam, jedenfalls nicht mit dem Auto. Das Polizeiaufgebot war groß und geordnet, Schaulustige eher in der Minderzahl. Es hatte etwas Unwirkliches, fand Bettina, als sie aus dem BMW stieg: Der Sonnenschein wärmte hier fast sommerlich, und die vielen entspannten Beamten benahmen sich wie bei einer Übung. Nur wenige Passanten waren unterwegs und kaum jemand blieb stehen. Niemand schien ernsthaft zu glauben, dass in den ruhigen Häusern jenseits der Absperrung etwas Ungewöhnliches stattfand. Wo denn auch bitte in dieser vormittäglichen Leere? Die Eltern des Viertels waren bei der Arbeit, die Kinder in der Schule, und alte Leute wohnten hier nicht.

Im Innern des Zirkels dann, in der Einsatzzentrale, einem schwarzen, von allen Seiten beklebten Bus, ging es eher konzentriert als locker zu, von der unpassenden Frühlingsstimmung war hier drin nichts zu spüren, aber so richtig im Stress war auch der Einsatzleiter nicht. Den Stress machte Jaecklein. Er trug seine Sonnenbrille, er sprach abgehackt, er wirkte plötzlich kantiger und unerklärlich aggressiv. Oder vielleicht, dachte Bettina, war er schon die ganze Zeit so gewesen. Nur dass seine Trauer auf diese Leute hier nicht ansteckend wirkte, die hatten nicht ihre Vorgesetzte verloren, die hatten von den Ereignissen nur gehört, die arbeiteten für ein anderes Bundesland.

»Der Schneider sitzt drin im Haus mit Frau und Tochter«, sagte der Einsatzleiter, ein rundlicher Kollege namens Ebert, den Bettina nur vom Sehen kannte, obwohl er auch aus Ludwigshafen war – anderes Kommissariat. Ebert blickte offen in Jaeckleins Spiegelbrille, was den Kollegen vom BKA ziemlich albern aussehen ließ. »Leider ist das Mädchen heute Morgen nicht in die Schule gegangen, das macht uns die meisten Sorgen. Diese amoklaufenden Väter neigen dazu, ihre Kinder anzugreifen.« Er lehnte sich an einen kleinen eingebauten Schreibtisch. »Dabei wissen wir nicht mal genau, wie gefährlich der Schneider ist. Er will nicht mit uns reden. Er will nur diesen Millionär, diesen Ritter sprechen. Aber der hat abgelehnt. Dr. Ritter ist momentan in München, und er hat erklärt, dass er mit Trittbrettfahrern nicht verhandelt.«

»Kann es denn sein, dass Schneider wirklich weiß, wo die Ovid-Handschrift ist?«, fragte Jaecklein.

Ebert blickte ihn groß an. »Er behauptet, er hätte sie hier im Haus. Und zumindest *er* glaubt da auch dran. So gut blufft der nicht.«

»Aber die Tatverdächtige im Mordfall Syra ist mit der Handschrift geflohen«, sagte Jaecklein steif. »Alles andere wäre unlogisch.«

Ebert blies seine Wangen auf und stieß Luft aus. »Mannmann«, sagte er.

»Bewiesen ist es natürlich nicht«, sprach Jaecklein womöglich noch förmlicher. »Wir waren nicht dabei.« Er richtete seine Brille kurz auf Bettina.

»Haben Sie von Schneider keinen Beweis gefordert? Eine Kopie? Ein Foto?«, fragte die.

»So weit sind wir noch nicht. Das Problem ist dieses viele Geld. Ein Irrsinn, wenn Sie mich fragen, eine Viertelmillion als Belohnung auszusetzen! Der Schneider ist davon völlig geblendet. Der meint, er kann das Buch verkaufen wie auf dem Flohmarkt. Wie's aussieht, wollte er noch einen größeren, schickeren Deal mit irgendeinem Mister X machen, aber das hat seine Frau ihm versaut.« Wieder füllte Ebert seine Wangen mit Luft und pustete. Das sah mehr ernst als komisch aus, weil der rundliche Beamte seine Stirn so sorgenvoll dazu verzog. »Die Stimmung da drin ist entsprechend geladen. Er hat eine Schusswaffe und bedroht sie. Sie ist aber noch am Leben. Wir haben sie vor fünf Minuten am Fenster gesehen. Unser Psychologe sagt, der Schneider ist verstört und aggressiv und hat kaum erfasst, in was für eine Lage er sich gebracht hat. Der weiß nicht mal, dass sein Haus umstellt ist. Wenn er mit mir redet, meint der, er wäre mit irgendeiner Wache in Ludwigshafen verbunden. Der glaubt, dass dieser Ritter demnächst mit dem Goldsack vor seiner Tür steht. Einfach so.«

»Hauptkommissar Ebert«, sagte da einer der Beamten an den Telefonen.

Ebert erhob sich. Der Beamte wies auf ein Mikrofon. Ebert drückte einen Knopf. »Hallo, Herr Schneider«, sagte er freundlich.

»He«, sagte Schneiders Stimme laut. »Ist der Ritter jetzt da?«

»Herr Dr. Ritter«, sagte Ebert, »braucht einen Beweis von Ihnen, Herr Schneider. Das müssen Sie verstehen. Eine Viertelmillion ist viel Geld, auch für einen wohlhabenden Unternehmer. Könnten Sie nicht ein Foto von dem Buch machen, mit dem Handy, das reicht schon –«

»Meiner Frau glauben Sie, aber mir nicht, wie?!«, schnarrte Schneider. Seine Stimme hallte durch den Bus. »Das haben Sie sich so gedacht, dass Sie die über mich ausquetschen und mich gleich noch dazukriegen für das Geld! Da haben Sie sich geschnitten! Meine Frau wird Ihnen gar nichts mehr sagen, nichts, verstehen Sie? Meine Frau kommt mit mir. Ich gebe Ihnen das Buch, Sie uns das Geld, und wir verziehen uns. Aber wenn wir noch lange warten müssen, dann werde ich verdammt sauer! Sie können dem Ritter ausrichten, dass ich bald anfange, Seiten auszureißen! Sagen Sie's ihm jetzt! Ich warte solang!«

Ebert räusperte sich. Ein hagerer Mann, vielleicht der Psychologe, flüsterte ihm etwas ins Ohr.

»Es wird ein paar Minuten dauern, Herr Schneider«, sagte Ebert dann verbindlich. »Was macht eigentlich Ihre Tochter Lea, ist sie noch krank? Wir hörten, am Wochenende ging es ihr nicht so gut.«

»Hören Sie mal!«, ranzte Schneider. »Wie soll's der Kleinen gehen mit einer Mutter, die den eigenen Vater in den Knast bringen will? Was ist mit dem Ritter?!«

»Gleich«, sagte Ebert. »Ich würde gern mal mit Lea reden, wenn Sie es erlauben.«

»Ich erlaube es nicht! Sie haben mit meiner Tochter nichts zu schaffen! Pädophiler Arsch!« Damit unterbrach Schneider die Verbindung.

Sie sahen sich an.

»Mannmann«, sagte Ebert.

Der mutmaßliche Psychologe machte ein bedenkliches Gesicht. Jaecklein ging so weit, seine Brille hochzuschieben. Bettina fühlte sich schwer und müde. Sie entschuldigte sich und verließ den Bus, zum Rauchen.

Es dauerte noch Stunden. Wieder einmal durfte Bettina nicht nach Hause gehen. Sie war Zeugin und ermittelnde Beamtin und Vertraute der Geisel, die vielleicht wieder anrufen würde, da musste sie in Reichweite sein. Also war Bettina in Reichweite, obwohl die Geisel nicht anrief und vermutlich längst nicht mehr telefonieren durfte oder konnte. Bettina dagegen blieb nichts anderes als das Telefon, um ihr Privatleben am Laufen zu halten. In einer Art ultimativem Hilferuf, in dem sie praktisch alles versprach, was sie hatte, nötigte sie ihre Babysitterin, Hardrock-Erika, die Kinder abzuholen, falls es später würde. Dann saß sie hauptsächlich auf einem Mäuerchen hinter dem Einsatzbus in der Sonne und rauchte. Die Verhandlungen mit Schneider erwiesen sich als fürchterlich mühsam. Worauf es ankam – den Beweis, dass er das gestohlene Buch besaß –, kapierte er nicht. Zumindest hatte man diesen Eindruck, wenn man die Gespräche im Bus verfolgte. Der Geiselnehmer tobte vor Wut und Misstrauen, seine Antworten waren wenig mehr als zornige Monologe, und er wollte nur eins: Dr. Ritter sprechen. Alle Zweifel, dass er überhaupt im Besitz des Buches war, nahm Schneider kaum wahr, bestenfalls tat er sie als Schikane ab, was auf Dauer etwas unwiderstehlich Überzeugendes hatte. Andererseits blieb er auf die Art eben den Beleg schuldig. Und ganz doof war er auch nicht. Er wusste genau, was er sich erlauben durfte. Er schickte zum Beispiel seine Frau ans Fenster, nicht aber an die Tür, er redete ausführlich von den Dingen, die er ihr antun wollte, falls jemand ans Haus käme, beschrieb seine erstklassige Aussicht und Schussposition aus dem Obergeschoss, zählte langatmig sein Arsenal auf und jammerte furchterregend sentimental über das verpfuschte Leben seiner Tochter. Seine Taktik, wenn man es so nennen konnte, war: Zwing die Bullen, den Ritter an die Strippe zu holen, und verkauf dem dann das Buch. Doch Dr. Ritter weigerte sich, mit jemandem zu sprechen, der dafür seine Familie erschießen wollte. Und erst nach langem, zähem Ringen, als schon später Nachmittag war und schwer bewaffnete Polizeieinheiten längst sichtbar hinter mobilen Deckungsmauern rings ums Haus standen, sah Marc Schneider ein, dass er seinem Ziel so nicht näher kam. Daher beschloss er, das Buch dem Besitzer persönlich zurückzubringen. Zu diesem Zweck verlangte er sein Auto. Das stand in der Garage, die allerdings keinen Zugang zum Haus hatte, und das Rausfahren war dem Geiselnehmer offenbar zu kompliziert und riskant.

Ob es auch ein anderes Auto sein könne, fragte Ebert. Die gefährliche Mission in die enge Garage könne er keinem seiner Männer zumuten, da gab es keine Deckung, da könne Sprengstoff angebracht sein, unmöglich, jemanden dem auszusetzen.

Ja, verdammt, es könne auch ein anderes sein. Aber vollgetankt.

Marc Schneider bekam einen vollgetankten roten Audi mitsamt eingebauter Satellitenortung, drei superversteckten Wanzen, einem Kindersitz und einer Kühltasche voller Getränke und Brote. Gegen siebzehn Uhr dreißig verließ Familie Schneider ihr hübsches Haus, voran Vera Schneider, in ihrem Rücken der Gatte mit einer alten Wehrmachtspistole in der Rechten, einer Tasche über der Schulter und seiner besorgniserregend lethargisch aussehenden Tochter an der Hand. Unter tiefem Schweigen und von Scharfschützen belauert stiegen sie in den Wagen. Seine Frau setzte sich ans Steuer, er selbst bugsierte die schwankende Tochter auf die Rückbank, schwang sich auf den Beifahrersitz, und so fuhren sie langsam davon.

Ebert rief Marc Schneider auf dessen Handy an. Schneider verlangte sofort Ritters genaue Adresse. Dass der Millionär sich in München aufhielt, hatte er schon im Verlauf der Gespräche aufgeschnappt.

»Die kann ich Ihnen nicht geben«, sagte Ebert, während im Bus ebenfalls Vorbereitungen zur Abfahrt getroffen wurden. »Herr Schneider, Ihre Tochter sieht krank aus, können wir vielleicht helfen?«

»Ich will die Adresse«, beharrte Schneider. »Fahr durch Böhl-Iggelheim auf die 61«, wies er seine Frau an.

»Herr Schneider, Dr. Ritter lehnt es ab, mit Ihnen zu reden«, sagte Ebert offen. »Ihm ist klar, dass Sie das Buch gestohlen haben und dass Sie Ihre Familie bedrohen. Damit lässt er sich nicht erpressen.« Der Psychologe nickte dazu. Eberts Verhandlungston war aufrichtiger geworden, nicht, dass es etwas nützte.

»Er will das Buch«, sagte Schneider.

»Er glaubt nicht, dass Sie es haben.«

»Er kriegt das Buch, gottverdammt!«, brüllte Schneider los. »Und zwar von mir! Und zwar komplett! Glauben Sie ja nicht, ich mach es Ihnen zuliebe kaputt, ich reiß da nichts raus, das Ding kommt so, wie es war, zum Herrn Doktor!«

Ebert schloss kurz die Augen. Rausreißen, nicht rausreißen, so ging das den ganzen Tag schon, mal drohte Schneider damit, mal wollte er es um keinen Preis tun, obwohl ihn niemand dazu aufgefordert hatte. »Hören Sie bitte«, sagte er. »In Ihrem Handschuhfach befindet sich eine Digitalkamera. Die ist sehr einfach zu bedienen. Eine Anleitung liegt auch dabei. Machen Sie damit ein Foto des Buches, wickeln Sie die Kamera danach in die Tasche, die unter Ihrem Sitz steht, und werfen Sie sie aus dem –«

»Halt's Maul«, sagte Schneider mitten in diese Rede, vielleicht zu Ebert, vielleicht zu seiner Frau.

Bettina sah, wie Eberts Rechte sich zur Faust ballte. »Herr Schneider?«, begann er dann wieder. »Hören Sie –?«

Doch Schneider hatte sein Handy ausgeschaltet. Über die Abhörmikrofone verfolgten sie, wie er seine Frau beschimpfte.

Ebert ließ das Handy klingeln.

»Scheiß Bullen«, sagte Schneider und drückte den Anruf weg.

»Mach doch das Bild«, sagte Vera Schneiders Stimme zittrig.

»Was für ein scheiß Bild?«

»Von dem Buch.«

»Wie soll ich das machen?«

»Mit der Kamera aus dem Handschuhfach. Die wollen nur ein Bild, dann kriegen wir das Geld! »

»Welche Kamera?!«

»Aus dem Handschuhfach.«

»Bist du verrückt?« Rumpeln. »Das ist doch ein Trick. Echt, ach komm, da ist eine Kamera! Wow! 10,2 Megapixel! Die haben's, die Bullen! Verdammte Scheiße!« Wieder Geräusche. »He, ihr Bullenärsche! Hört ihr mich? – Die haben da Wanzen drin.«

»Oh nein«, stöhnte Ebert.

»Ohne Beweis wird der Ritter uns nie glauben«, sagte Vera Schneider matt.

»Du kennst ihn doch gar nicht.«

»Bitte.«

»Du willst also, dass ich ein Foto mache.«

»Ja.«

»Mit diesem verwanzten scheiß Fotoapparat.«

»Der ist bestimmt nicht –«

Sie hörten ein hässliches Geräusch und ein Stöhnen.

»Da hast du dein scheiß Foto!«, brüllte Schneider dann. »Und guck auf die Straße, verdammt! Willst du deine Tochter umbringen?! Ich bin dir ja sowieso egal, Miststück! Adios und arrivederci, ihr Bullen! Ich fall doch nicht auf so was rein! Und eure scheiß Tasche könnt ihr auch haben!«

Alle Polizisten, die hinten in dem fahrenden Bus zusammengepfercht waren, sahen sich an.

»Er hat was aus dem Fenster geworfen«, meldete der Fahrer.

»Mannmann«, sagte Ebert dazu nur. »Lassen Sie's aufheben.«

Es wurde dämmrig. Schneider ließ seine Frau bei Hockenheim auf die A6 fahren und kurz darauf die A5 Richtung Karlsruhe. Die abgehörten Gespräche aus dem Audi waren nicht sehr ergiebig. Daher beschloss man im Polizeibus, jetzt schnell etwas zu unternehmen. Verschiedene Szenarien und Rettungspläne für die Geiseln wurden abgewogen. Doch dann schien – man musste fast sagen: endlich – auch Schneider etwas zu planen. Offenbar erkannte er, dass er verkaufen musste, bevor er einschlief. Für etwa zehn Minuten machte ihn das erstaunlich nüchtern. Er fragte sich laut, wie er Ritter noch heute erreichen konnte, und wäre fast zu der Einsicht gelangt, dass ein Echtheitsbeweis der Ovid-Handschrift kein schlechtes Mittel wäre. Dann aber kam er von Ritter auf seinen eigentlichen Auftraggeber, der bereit gewesen wäre, eine halbe Million zu zahlen, und zwar ohne Bullen und Gefängnis. An der Stelle wurde es im Polizeibus mucksmäuschenstill. Doch Schneider verriet den geheimnisvollen Auftraggeber nicht. Er redete nur respektvoll von »ihm« und lamentierte darüber, dass der Handel nun platzen musste, weil es keine Möglichkeit gab, »ihn« zu kontaktieren. Das war verdammt schade. Eine halbe Million! Er hätte sein Haus und seine Familie behalten können! Für die hatte er das alles ja überhaupt nur getan! Für ein dummes, boshaftes, verräterisches Eheweib! Schneiders Stimmung kippte wieder in Wut. Niemand stand ihm bei! Niemand verschaffte ihm eine Ruhepause! Jetzt beleidigte es ihn maßlos, dass seine Macht nur noch bis zur Nacht reichen sollte. »Aber warte nur«, schrie er, »du wirst mitkommen, wenn ich gehe.«

»Es wird gefährlich«, sagte der Psychologe dazu unruhig. »Wir müssen etwas tun. Sie müssen eingreifen.«

»Genau«, sagte Ebert erleichtert. »Lasst ihn uns endlich schnappen. Der Typ regt mich auf.«

»Nein, Sie sollen mit ihm reden«, sagte der Psychologe entsetzt. »Solange er noch zugänglich ist!«

»War er doch nie«, knurrte Ebert, der seit zehn Minuten keinen Versuch mehr gemacht hatte, Schneider anzurufen.

»Jetzt ist er es«, sagte der Psychologe.

»Ph!«, machte Ebert.

»Pst!«, antwortete der Psychologe.

Und tatsächlich tat sich im Fluchtwagen nun etwas Neues: Marc Schneider betrachtete das Buch, das er gestohlen hatte. Zumindest hörte es sich so an: »Aber erst will ich sehen, wofür das alles«, sagte er in schönster Ruhe. »Was an dem scheiß Buch die Viertelmillion wert ist. Oder die halbe, je nachdem, was, Schlampe? – Verdammte Scheiße. Da sind Bilder drin. Siehst du, Hasi?«

Vera Schneider antwortete nicht. Sie antwortete schon lange nicht mehr, und ihr Gatte schien es auch nicht zu erwarten.

»Aufklappbilder.« Er kicherte. »Um so was streiten sich Professoren und Millionäre, um solche Kindersachen …« Er brach ab und pfiff durch die Zähne. »Wow, das ist besser, hast du das gesehen, Süße, he? Hast du diese Bilder gesehen?«

Keine Antwort.

»Verdammte Scheiße, da geht's voll ab, jetzt versteh ich den Ritter erst, meine liebe Fresse! Ha! Und noch eins! Gib's ihr, du Sau! Oh! Ja! Oh! Ah! Ich halt es nicht aus! Jaaaa! Du bist gut, Süßer, du bist groß! Oh! Ja! Ich spüre, wie sich dein Samen in mir verströmt …!«

Schweigen.

»Hast du das Buch gekannt?!«, herrschte Schneider seine Frau plötzlich in ganz anderem Ton an.

»Nein«, sagte die tonlos.

»Du hast es gekannt.«

Der Psychologe packte Ebert an der Schulter. »Jetzt«, sagte er. »Anrufen. Sofort.«

»Und er hat den Ovid doch«, sagte Bettina leise zu Jaecklein, während Ebert seiner undankbaren Aufgabe nachkam.

»Zwei Diebe«, sagte Jaecklein finster. »Oder meinetwegen auch drei. Ein Plan. Und ein Buch.« Bislang hatte der Kollege vom BKA entschieden der Ballier-Fraktion angehört. Schneiders Verhalten hatte er abwechselnd als Verdrängung, Wahnvorstellung, Irrtum oder raffinierten Bluff bezeichnet, doch langsam schien er umzukippen. Es fiel ihm schwer. Seine Chefin sollte nicht noch sinnloser gestorben sein. Ballier musste das Buch bei sich gehabt haben. Doch den Weg, den es von ihr bis in Schneiders Fluchtauto genommen haben sollte, konnte man sich nur in wildesten Arabesken vorstellen.

»Hören Sie«, sagte Bettina, die es ja auch nicht wusste und genauso wie alle anderen hier um Logik und Sachlichkeit rang, »ich habe das Buch gesehen. Es hat wirklich aufklappbare Seiten. Und sie sind tatsächlich so –«

»Obszön?«, fragte Jaecklein knurrig.

»Ja.«

»Dieser Schneider redet und redet«, echauffierte er sich. »Doch bislang haben wir nicht den kleinsten Beweis, dass er das Buch wirklich hat. Er blufft.«

Die Theorie war nicht neu. Bettina seufzte.

»Nein, wirklich, überlegen Sie doch mal –« Jaecklein sah auf. »Wieso fahren wir ab?«

»Nur da vorn auf den Rastplatz«, sagte der Psychologe. »Der Entführer hat sich nun doch überzeugen lassen, dass Dr. Ritter zahlungsbereiter sein wird, wenn er ein kleines Lebenszeichen seines Besitzes erhält.«

»Hä?«, machte Jaecklein ungnädig.

»Der Schneider wird dort vorn eine Seite aus dem Ovid-Kodex rausschmeißen.«

Zwei Beamte sprangen dem flatternden Pergamentbogen hinterher, während der rote Audi noch zwischen Picknickbänken und Toilettenhäuschen wieder beschleunigte und davonraste. Bettina brauchte nur einen kurzen Blick auf das weiche braune Blatt zu werfen, um es zu erkennen: tapferer Soldat in einer düsteren Welt. »Das kenne ich«, sagte sie zu den Rücken der Kollegen, die sich im Polizeibus um den so mühsam erkämpften Schatz scharten. »Das ist echt.«

Keine halbe Stunde später konnte Hauptkommissar Ebert persönlich mit Dr. Ritter sprechen. Grau und müde von dem zermürbenden Nachmittag saß der Einsatzleiter an seinem Schreibtisch in der mobilen Einsatzzentrale, eine Plastikflasche mit billiger Apfelschorle und das Blatt mit dem Soldaten vor sich. Sein Ton aber war immer noch freundlich und bestimmt, nicht anders, als wenn er mit Schneider gesprochen hätte. »Wir ermitteln grundsätzlich in verschiedene Richtungen, Herr Dr. Ritter«, sagte er soeben sehr höflich, und Ritter hielt ihm weniger geduldig entgegen, dass die Polizei wertvolle Zeit vertan und ein Kulturgut von höchstem Belang in unnötige Gefahr gebracht habe, weil sie bei ihren Ermittlungen einseitig und ohne Beweise jene lästige Versicherungsagentin zur Diebin des Ovid hochstilisiert habe, dabei war es ein einfacher Arbeiter, mit dem doch zweifellos leicht ins Geschäft zu kommen sei, da müsse man nur das Geld sprechen lassen. Seine Worte röhrten verzerrt durch die Lautsprecher in die enge Kabine, und Bettina dachte, dass der Unterschied zwischen Schneider und Ritter tatsächlich nicht allzu groß war. Sogar ihre Stimmen hörten sich ähnlich an.

»Herr Dr. Ritter«, antwortete ihm Ebert mit fest ums Mikrofon geballter Rechter, doch nach wie vor verbindlich, »wir brauchen dringend Ihre Hilfe. Nicht Ihr Geld. Uns fehlt eine Autorität, auf die der Entführer hört. Ein Unterhändler.«

»Ich rede gleich mit ihm«, sagte Ritter sofort. »Das ist sowieso das Beste. Geben Sie mir nur die Nummer.«

»Oh nein«, sagte Ebert, drehte sich aber erleichtert zu dem Psychologen und hielt den Daumen hoch, »das müssen wir absprechen und koordinieren. Wir befinden uns auf der A 8, Höhe Karlsbad. Vielleicht können wir den Entführer mit Ihrer Hilfe zum Halten bewegen. Auf dem Rastplatz Höllberg, das wäre ein unbewirtschafteter in angemessener Nähe. Da könnten wir sperren und dann versuchen, eine Übergabe zu machen und die Geiseln zu befreien. Wären Sie bereit?«

»Aber das ist doch ganz selbstverständlich«, sagte Ritter großzügig.

Den Polizeibus hielten sie auf dem nächsten bewirtschafteten Rastplatz. Von dort aus gelang es Ebert und Ritter tatsächlich, den Entführer auf den Höllberg zu leiten und zum Anhalten zu bewegen. »Er ist müde«, sagte der Psychologe, der mit Bettina in der offenen Tür des Busses stand und nur mit halbem Ohr die Gespräche verfolgte. Sie brauchten alle eine Pause.

»Kein Wunder, er hat Sonntagnacht nicht geschlafen.« Bettina war froh, wieder raus an die Luft zu dürfen, auch wenn es nur die abgasgeschwängerte eines Autobahnparkplatzes war. Und da hat er noch mehr Ruhe abgekriegt als ich, setzte sie in Gedanken hinzu.

»Vielleicht schafft er es, aufzugeben«, sagte der Psychologe. »Er wird gefasster. Es wäre uns allen zu wünschen. Vor allem der Familie.«

»Seine Frau hat ihn verraten«, sagte Bettina und zündete sich eine Zigarette an. »Fürs Geld. Das hat ihn umgehauen.« Sie hielt dem Psychologen die Schachtel hin. Er bediente sich, obwohl er so asketisch aussah. »Und ich hab sie angestiftet«, setzte sie leise hinzu. »Ich hab ihr das mit der Belohnung gesagt.«

Er warf ihr einen Blick zu, sie hielt ihm ein brennendes Feuerzeug unter die Nase.

»Gut, sie hat es verdammt blöd angestellt«, sagte sie. »Sie hat sich erwischen lassen.«

»Ja«, sagte der Psychologe.

Bettina seufzte tief. »Aber ich bin an allem schuld.«

Er lächelte.

Bettina blickte ernst zurück. »Nein, echt. Ich hab die Ballier zu dem Mord provoziert und diese dämliche geldgierige Hausfrau verführt.«

»Verantwortung übernehmen ist meistens ein Zeichen von Unschuld«, sagte der Psychologe. »Und von kindhafter Selbstüberschätzung.« Er sah sie an und blies den Rauch aus dem Mundwinkel, so wie Gregor. »Die Kehrseite intuitiven Erfolgs.«

»Ich fühle mich gar nicht erfolgreich«, sagte Bettina.

»Das meine ich ja«, war die Antwort.

Dann schwiegen sie und lauschten dem Donnern der Autobahn.

Wieder zog sich der Einsatz in die Länge. Schneider hatte seine Frau anhalten lassen, Schneider war müde, Schneider wollte jetzt nicht mehr reden außer mit Dr. Ritter, und zwar persönlich. Er wollte das Geld. Und ob es den Beamten gefiel oder nicht: Ritter hatte allem zugestimmt. Er würde kommen. Er würde einen Experten und selbstverständlich auch die versprochene Belohnung mitbringen, um sein Buch sicher zurückzubekommen. Auf ihn wollten sie nun warten, solange sich nichts anderes ergab. Das tat es nicht. Nur ab und zu rief Ebert in dem roten Audi an, ohne Neues zu bewirken oder zu erfahren. Das Auto stand etwa 30 Kilometer vor der Raststätte, an der sie ihre Einsatzzentrale aufgeschlagen hatten, auf dem Rastplatz Höllberg. Dieser war für den allgemeinen Verkehr gesperrt, ohne dass die Beamten dort sich dem Fluchtfahrzeug näherten. Man zog nur unauffällig mehr Leute zusammen. Die Geiseln sollten nicht gefährdet werden. Wobei der Gesundheitszustand der Tochter mit einiger Sorge als labil eingestuft wurde. Man hörte nichts von ihr, und das war verdächtig. Bettina hatte den Drogenverdacht zur Sprache gebracht, doch Ebert konnte den Vater nicht dazu bringen, darauf einzugehen. Der Geiselnehmer redete nicht einmal mit seiner Frau darüber. Das Kind war krank und fertig, und vielleicht stimmte das sogar. Die Beobachter auf dem Höllberg berichteten, Schneider döse und halte dabei die Waffe in der Hand, auf seine Frau gerichtet. Das war einerseits eine Hoffnung – möglicherweise würde der Entführer einfach einschlafen –, andererseits aber auch eine brandgefährliche Situation, weil jede Veränderung, ja sogar das Telefon ihn aufschrecken und einen Schuss auslösen konnte. Doch solange die Hoffnung bestand, dass Dr. Ritter durch sein bloßes Kommen deeskalieren würde und zumindest das kleine Mädchen befreit werden konnte, wollten sie nichts weiter unternehmen. Und so gab es nichts zu tun als warten.

Und warten.

Eine Autobahnraststätte war eine Insel. Man konnte dem Rauschen zuhören, man konnte Millionen Durchreisende abzocken, man konnte stranden. Bettina tat Letzteres. Sie verließ den Bus und folgte den strahlend bunten Lichtern ins taghell erleuchtete Innere des Rasthofs. Dort hatte sie die Wahl zwischen einem Kaffee im Pappbecher aus dem Automaten, einem Wasser aus dem Shop oder einem Besuch im Restaurant. Es war ein mediterranes Restaurant. Viel Grünzeug unter bläulichem Licht. Spiegelnde Gläser. Terrakottafarben gewischte Wände. Natürlich. Ohne große Lust darauf zu haben, kaufte Bettina einen Kaffee in einer Porzellantasse und suchte sich einen Platz in einer leeren Familiennische. Sie vermisste ihre Kinder. Automatisch rutschte sie ganz ans Ende der Bank und stellte sich vor, sie säße hier wie all die Glücklichen, die sich nur abzocken ließen. Teil einer Familie auf dem Weg in die Ferien. Mama mit strengem Blick aufs Reisebudget. Ehefrau eines Sorglosen, der den Kindern ein ungesundes Menü mit Pommes spendierte. Sie würde schimpfen, natürlich. Sie wären fröhlich. Sie würden nach Italien fahren, aber nicht nach Rom. Irgendwohin, wo nur die Blumentöpfe terrakottafarben waren und sonst nichts. Wo es Wein gab und Spaghetti, ungebrochene. Sie schloss die Augen. Sie saß und vergaß den Kaffee. Bis jemand fragte: »Darf ich?«

Jaecklein. Er trug ein Essen auf einem Tablett. Salat und Kräuterbrot.

»Natürlich«, sagte sie.

»Essen Sie nichts?«, fragte er mit Blick auf ihre Tasse.

»Nein«, sprach sie mit Blick auf seinen Teller.

Er zögerte. Als Einziger essen, beobachtet werden, das war nicht gemütlich.

»Ich bin schon fertig«, sagte Bettina verbindlich. »Aber vielleicht hole ich mir noch einen Kuchen.«

Das beruhigte Jaecklein. »Hübsch hier«, sagte er anerkennend, setzte sich und packte sein Besteck aus.

Bettina seufzte wehmütig. »Ja, früher waren die Raststätten viel trostloser.«

»Eichenfurnier, Spiegeleier und Jägermeister«, antwortete Jaecklein.

»Wer auch immer den getrunken hat.«

»Und Rauch so dick wie in einer Oben-ohne-Bar.«

Bettina verdrängte das plötzliche Verlangen nach Nikotin, weil sie eigentlich mit Jaecklein reden wollte. Doch einstweilen sah sie dem Kollegen vom BKA nur beim Essen zu. Er war ein Symmetriker. Wenn er ein Tomatenstück wegnahm, mussten die verbliebenen neu verteilt werden. Ebenso verfuhr er mit Eiern, Schinken und Oliven. Und die Salatblätter faltete Jaecklein gewissenhaft mit Messer und Gabel zu kleinen quadratischen Päckchen. Er schien ein ordentlicher Mann zu sein. Ein ordentlicher Polizist sowieso. Einer, der nicht wie Bettina nur an Oberflächen kratzte und damit ein Chaos nach dem anderen auslöste. Doch sein Ärger auf sie war offenbar verflogen. Vielleicht war der Tag einfach zu lang gewesen.

»Kennen Sie eigentlich Georg Krampes Biografie?«, fragte Bettina schließlich und sah fasziniert zu, wie Jaecklein Käseröllchen auseinanderrollte, um sie anschließend akkurater wieder zusammenzulegen.

»Nein. Hab ich nicht geschafft zu lesen.«

»Ist ganz interessant«, sagte sie. »Er benutzt das Ovid-Zitat, das auf der Postkarte stand, wissen Sie?«

Das war keine solche Bombe, wie Syra prophezeit hatte. Jaecklein rollte einfach weiter Käsestreifen aus und wieder ein und schob sich endlich einen davon in den Mund. »Ach was.«

»Im Kapitel über seine Hochzeitsreise. Aufenthalt in Rom. Angeblich will er es auf dem Grab eines blonden Kindes namens Angelina gelesen haben.«

»Hm. Dachte mir schon, dass es so was geben muss«, sagte der Kollege kauend.

»Wieso?«

Er schluckte. »Na, diesen esoterischen Spruch kann Anna Oberhuber nicht aus Dr. Ritters kostbarer Handschrift haben. Zumindest nicht direkt. Der Kodex war nie in ihrem Besitz. Das hab ich ihr sofort abgenommen.«

»*Sie* haben mit ihr geredet?«, fragte Bettina, nun ihrerseits neugierig.

»Ja.«

»Hat sie etwa zugegeben, dass sie die Postkarte geschickt hat?«

»Na ja, ihre Fingerabdrücke waren drauf.«

Bettina lehnte sich auf der Bank zurück und bekam Lust auf einen frischen Kaffee. Diesmal würde sie ihn trinken.

»Sie hat der Familie Krampe im Lauf ihres Lebens Hunderte solcher Karten geschickt«, setzte Jaecklein hinzu und hob ein Stück Schinken auf seine Gabel. »*Mille saluti del Lido di Ostia.* Und dann noch diesen verrückten Montes-Roman veröffentlicht. Mit freundlicher Erlaubnis von Elisabeth Krampe übrigens, das ist das Tollste an der Sache.« Er schüttelte den Kopf.

»Oh.« Bettina grinste schwach. »Ich hab die Talkshow gesehen, dieses Hammertreffen von Krampe und Oberhuber. Echt! Unglaublich frech, diese Frau mit ihrem gechannelten Roman!«

Der Kollege wies mit seiner schinkenbeladenen Gabel auf Bettina, doch ihr Grinsen erwiderte er nicht.

»An Krampes Stelle«, fuhr sie fort, »hätte ich das nicht hingebracht mit dem coolen Dank für die Tantiemen. Ich hätte der Tussi einfach eine gewaffelt, ehrlich. – Noch dazu ist das Buch schlecht.«

»Defwegen ift ef ja komif«, sagte Jaecklein kauend.

»Was ist komisch?«

Jaecklein schluckte. »Wissen Sie, was Elisabeth Krampe für die Leihgabe des Namens bekommt?«

»Was denn?«

»Nichts.«

Bettina starrte ihn an. »Wie, nichts?«

»Elisabeth Krampe hat die Erlaubnis zur Veröffentlichung sofort ohne Einschränkung erteilt und bekam tausend Euro vom Verlag als symbolische Anerkennung.«

»Nein.«

»Ja.«

»Dann«, sagte Bettina, »stimmt auch mit ihr was nicht.«

»Wenn man das nur wüsste«, sagte der Kollege. »Am Ende ist sie einfach bloß verdammt naiv.«

Nein, dachte Bettina. »Hat *sie* vielleicht mit dem Tod von Frau Oberhubers jüngerer Schwester zu tun?«

Jaecklein sah auf. »Davon wissen Sie?«

»Ich weiß nur, dass die Kleine Angelina hieß und im Alter von vier Jahren am Lido di Ostia ertrunken ist. In Oberhubers Buch dagegen wird eine vierjährige Angelina genau an diesem Strand von Johnny Montes *gerettet*.«

Der Kollege ließ seine Gabel sinken. »Wie schaurig.«

»Nicht wahr? Kann es bedeuten, dass Johnny Montes alias Georg Krampe in Wahrheit für Angelinas Tod *verantwortlich* ist?«

»Nein.« Das klang fest. »Höchstens moralisch gesehen. Es handelte sich um einen Unfall. Wir haben eine alte Untersuchung darüber aus Italien. Das Kind hat unbeaufsichtigt am Strand gespielt. Angelina ist verunglückt, weil ihre Eltern in einer schweren Ehekrise steckten und sie für eine Weile vergessen haben. Ihr Tod war eine Katastrophe, die zum übelsten Zeitpunkt passiert ist. Angelinas Schwester Anna ...« Jaecklein tippte sich an die Stirn. »Es hat sie durcheinandergebracht. Für immer. Sie ist von Georg Krampe besessen. Auch heute noch. Er war damals der Liebhaber ihrer Mutter. Der Grund für die Krise.«

»Hm.« Bettina betrachtete den Kollegen vom BKA nachdenklich. »Aber nicht Angelinas Mörder.«

»Auf keinen Fall«, antwortete Jaecklein, sofort reserviert. »Davon war nie die Rede. Die Verantwortung für Angelinas Unfall liegt bei der Mutter, die nicht aufgepasst hat. Georg Krampe war nur der Auslöser für den ganzen Wirbel.«

»Warum hat Anna Oberhuber die Karten dann an seine Frau geschickt?« Bettina packte ihren eingeschweißten Keks aus und tunkte ihn in den kalten Kaffee.

»Na ja, *er* ist halt inzwischen tot.« Jaecklein hob die Achseln und tippte sich wieder an die Stirn.

»Eben«, sagte Bettina und fand die Sache mit der Postkarte plötzlich noch merkwürdiger als zuvor. »Wozu sich an seiner

Witwe rächen?« Gregors Worte fielen ihr wieder ein: *Meine Mutter ist langweilig.*

»Ich fürchte, das ist so eins von diesen unlogischen privaten Rätseln, die wir einfach nicht lösen können. Das versickert irgendwie im Persönlichen. Dazu müsste man diese Leute studieren. Das ist unergiebig.«

Quatsch, dachte Bettina. Da wird es doch erst interessant. »Auch die Bombe hat Elisabeth getroffen. Nicht ihren verstorbenen Mann.«

»Schon, das ist aber was anderes.«

»Wieso?«

»Die Bombe stammt nicht von der Oberhuber.«

»Ihr Name steht drauf.«

»Das macht sie nicht automatisch schuldig. Außerdem lautete der Absender vermutlich gar nicht Anna, sondern Corinna Oberhuber.« Jaecklein betrachtete bedauernd seinen Salat und legte die Gabel ganz fort. »Mutter und Tochter änderten ihre Namen, als sie nach Deutschland kamen, und lebten bis zu Corinna Oberhubers Tod zusammen. Ihre Adresse war immer die gleiche. Das betreffende Wort auf dem Packpapier aber sieht ein klein wenig mehr nach *-inna* als nach *Anna* aus. Leider kann man es nicht mehr genau rekonstruieren. Das Fragment ist zu verbrannt. Wie auch immer, es ist sehr unwahrscheinlich, dass Anna Oberhuber den Sprengsatz gebaut oder auch nur selbst nach Darmstadt gebracht hat. Wir haben ihren gesamten Hof untersucht, ohne die geringste Spur von Schwarzpulver oder anderen explosiven Materialien zu finden. Und sie hat verschiedene glaubwürdige Alibis. Sie war es nicht.«

»Wer war es dann?«, fragte Bettina.

»Wenn wir das nur wüssten.«

»Können Sie es nicht aus der Art des Sprengstoffs oder so erschließen? Das BKA hat doch Erfahrung damit. Bomben kriegt man schließlich nicht an jeder Straßenecke.«

»Haben Sie eine Ahnung«, knurrte Jaecklein, beugte sich aber doch ein wenig vor und sprach: »Der Sprengsatz ist ein Rätsel. Meines Erachtens das größte in diesem Fall. Er trägt keine bekannte Handschrift. Von keiner Organisation, die wir beobachten. Es war eine Spießerbombe.«

»Bitte?«

»Einfaches Material, formvollendeter Zünder. Ganz sorgfältig gebaut. Mit allen möglichen Schnörkeln und Finessen. Bewegungsinduziert. Altmodisch. Supersolides Kunsthandwerk. Wenn Sie mich fragen, sollte die nie hochgehen. Dazu war sie viel zu hübsch. Und andererseits wieder zu – langweilig. Wenn Sie verstehen.«

»Nein.« Was konnte denn an einer Bombe langweilig sein?

»Na ja, Bomben sind geil. Wer eine baut, will, dass sie abgeht, verstehen Sie? Vielleicht steckt man wirklich Herzblut rein, bastelt subtile Sachen, meinetwegen, aber am Ende muss das Ding explodieren.«

»Ist es doch auch.«

»Ja«, sagte Jaecklein finster. »Schon. – Vergessen Sie das.« Er fuhr sich mit der Hand über die Haare. »Ich weiß nicht, woher das Teil stammt. Das ärgert mich. Und noch sonst so das eine oder andere.«

Seine Laune hatte sich sichtlich verschlechtert. Dennoch musste Bettina nach dem *schmutzigen kleinen Geheimnis* fragen. Jetzt oder nie. »Soviel ich gehört habe, besitzt das BKA eine alte Akte über Herrn Krampe. Noch aus den Sechzigern. Gibt es da nicht vielleicht einen Hinweis auf Kontakte zu kriminellen Organisationen? Auf Leute, die Zugang zu Waffen und Sprengmitteln haben?«

Zack, fuhren die Rollläden herunter. Jaecklein richtete sich auf und tastete seine Brusttasche ab. Dann sah er sich suchend um, als säße er allein am Tisch.

Treffer, dachte Bettina. »Diese Akte scheint interessant zu sein«, sprach sie gedehnt. »Immerhin hat sie Frau Syra in die Lage versetzt, den Ovid-Kodex in eine bestimmte römische Bibliothek zurückzuverfolgen.«

Der Name Syra war zu viel. Jaecklein zog die Sonnebrille aus seinem Jackett und setzte sie auf. »Welche Akte?« fragte er obenhin.

»Eine informative.« Bettina versuchte, die spiegelnden Gläser vor Jaeckleins Gesicht mit ihrem Blick zu durchdringen. »Die uns vielleicht verraten würde, was Krampe und Frau Oberhubers Mutter überhaupt zusammengeführt hat, damals in Rom. Und warum Angelina wirklich sterben musste.«

»Es war ein Unfall.« Er stand auf.

»Von dem das BKA noch nach vierzig Jahren eine Untersuchung aufgetrieben hat.«

»Sie!« Jaecklein richtete seinen rechten Zeigefinger bedrohlich auf Bettina. Und seine Brillengläser auch. »Sie mit Ihren Haaren und Augen und Ihrem ganzen verdammten Getue! Nur weil Sie aussehen wie, wie – und weil Sie diesen Krampe und dann noch Kinder und ein Nikotinproblem haben, meinen Sie, dass Sie sich aufspielen dürfen! Sie wollen sich wichtigmachen! Sie wissen nicht wirklich, was Sie sagen, Sie raten und lassen den lieben Gott einen guten Mann sein! Haben Sie nicht genug angerichtet?! Eine Kollegin ist gestorben! Eine – besondere! Wegen Ihnen! Schwätzerin!«

Bettina starrte ihn an. Alle Umsitzenden starrten Jaecklein an. Er war sehr laut geworden, und die Stille, die ihn nun umgab, war umso tiefer.

»Ach!«, schnaubte er böse, wandte sich ab und ging.

Sie saß allein unter den Blicken. Dachte Bettina. In diesem Moment bezog sie alles auf sich: das Schweigen im großen hellen Speisesaal, dass irgendwer aufsprang, sogar das stumme *Achtung!*, das plötzlich durch den Raum ging. Nun erhoben sich mehr Umsitzende, es waren alles Kollegen. Leute, die wie sie nur darauf warteten, dass die Karawane weiterzog, der Fall gelöst wurde, Schneider aufgeben musste. Und erst als sie mehrere Telefone gleichzeitig klingeln hörte und eine ganze Gruppe Polizisten gestikulierend zum Ausgang laufen sah, merkte sie, dass etwas passiert sein musste. Sie stand auf und folgte der Herde. Das Geschirr ließ sie stehen.

Draußen war es dunkel und kalt. Vereinzelt begannen Kollegen zu rennen. Jaecklein war schon weit vor ihr und sprach in sein Handy. »Was ist passiert?«, fragte Bettina einen langsameren Uniformierten, der neben ihr hertrabte.

»Die Tochter ist kollabiert«, sagte der und lief zu.

Rund um den Bus stand alles voll mit Einsatzfahrzeugen. Ihre Lichter blinkten unternehmungslustig. Bettina quetschte sich durch die Massen. Die Tür des Busses war geöffnet, im Innern sah sie Ebert an seinem Schreibtisch stehen. Er brüllte das Mikrofon an. Der Psychologe legte ihm die Hand auf die Schulter. Irgendwer packte Bettina am Arm, sagte: »Da sind Sie ja!«, und zog sie in den hell erleuchteten Bus. Dann wurde die Tür zugeknallt.

»Geh dran, du Hund!«, schrie Ebert indessen. »Verdammt noch mal, Schneider, geh dran!« Er wandte sich vom Mikrofon ab und einem Kollegen mit Kopfhörer zu.

»Kritischer Zustand bei der Tochter«, sagte der rasch, bevor er den Ärger abbekam. »Irgendeine Art von spastischem Anfall. Ausgelöst durch Schock, Dehydration oder Drogen. Letzteres ist wahrscheinlich. Die Beruhigungsmittel, von der die Kollegin gesprochen hat. Es waren wohl doch zu starke. Immerhin ist das Kind jetzt im Krankenwagen und versorgt.«

»Versorgt?«, fragte Bettina leise die Kollegin, die neben ihr stand. Der Bus setzte sich in Bewegung.

»Schneider hat seine Tochter aus dem Auto geschmissen«, flüsterte die zurück. »Nachdem das Kind sich übergeben hat und krampfte und eine Art Atemstillstand hatte. Es hat ihn schwer getroffen. Kurze Zeit war er total panisch.« Sie sah Bettina mit mitleidigen braunen Augen an, und die fragte sich, wem dieses warme Mitgefühl galt. »Jetzt ist die Kleine wenigstens raus da.«

»Was ist mit Ritter?«

Die Kollegin zuckte die Achseln. »Noch unterwegs.«

»Und Schneider?«

»Ist mit seiner Frau weitergefahren.«

Nun wusste Bettina auch, woher dies trockene Schluchzen

kam, das so hohl über den Gesprächen der Kollegen lag: Es musste Vera Schneider sein, die weinte.

»Hör auf zu flennen, Schlampe!«, brüllte es plötzlich überlaut durch den ganzen Bus, und jeglicher Laut bis auf Vera Schneiders Schluchzen erstarb.

Der Psychologe schubste Ebert Richtung Mikrofon. Doch der saß starr.

»Du hast dein Kind vergiftet«, hörten sie Schneider. »Die Bullen hatten recht.«

»Das war sicherer.« Vera Schneiders Schluchzen verebbte. »Lea hätte dich doch bloß genervt. So wie immer. Sie hätte deinen Irrsinn nie freiwillig mitgemacht. Ich hab sie gerettet! Du hättest sie längst erschossen. Du wolltest sie sowieso nicht. Schon als Baby nicht.«

Der Psychologe drückte den Knopf, den Ebert nicht bedienen wollte, selber. Sie hörten ein Handy läuten.

»Scheiß Bullen«, sagte Schneider müde. Dann waren da schrille Geräusche, ein Krachen und ein durchdringender Pfeifton.

»Er hat was rausgeworfen«, kam kurz darauf eine Funkmeldung. Ebert sah nur auf und blickte den Psychologen an. Der hob bedauernd die Schultern.

»Du hast es versaut«, fasste der ferne Schneider die Situation zusammen.

»Du wirst dein blödes Lösegeld niemals kriegen«, sprach seine Frau nachdrücklich. Die Polizisten sahen sich an. Jetzt endlich redete Vera Schneider Tacheles. »Wenn du glaubst, dass dieser Ritter wirklich kommt und die Polizei dich mit seiner Viertelmillion entkommen lässt, musst du verrückt sein.«

»Vielleicht bin ich das.« Das klang gefährlich.

»Du bist dumm.«

»Wir hätten eine halbe Million haben können«, sagte Schneider trostlos. »Ganz einfach. Wieso musstest du zu den Bullen gehen?«

Sie schwieg.

»Wieso?!«, brüllte er plötzlich. »Ich hab es für euch getan!«

»Nein«, war die Antwort. »Nein, nicht für uns. Du hast es

für dich getan. Für deine Schulden. Uns wolltest du doch nur loswerden.«

»Ohhh«, machte Schneider.

Die Polizisten sahen sich an. Schulden? Was für Schulden? Das Darlehen fürs Haus? Die Hypothek? Andere Schulden gab es im Hause Schneider nicht. Jedenfalls keine, die bei der Schufa eingetragen waren.

»Du hast uns nie gemocht«, sprach Vera Schneider mit erstickter Stimme. »Keinen von uns.«

Ihr Mann schwieg.

»Nimm meinen Bruder.« Sie räusperte sich hart. »Der würde noch heute auf die Fliesen in seinen Bädern warten, wenn er es nicht irgendwann selbst gemacht hätte.«

Schweigen.

»Dabei hat er unser ganzes Dach gedeckt.«

»Darum ist auch die Dämmung durchgeweicht«, ließ sich Schneider zu einer Antwort hinreißen.

»Mein Bruder ist stinksauer auf uns!« Nun begann Vera Schneider doch wieder zu weinen. »Und meine Schwester wartet seit drei Jahren – drei! Jahren! – auf diese Metallprofile, die in deiner Garage liegen, die du einmal kurz kanten müsstest, das ist eine Arbeit von einer halben Stunde. Weißt du noch, was meine Mutter gesagt hat?«

Schweigen.

»Keiner will mehr was mit uns zu tun haben«, weinte Vera Schneider. »Und was machst du? Du gehst zocken!«

Die Antwort darauf war nur ein unbestimmtes Brummen.

»Und saufen!«

»In Spielotheken wird kein Alkohol ausgeschenkt.«

»Zu diesen, diesen – Schlampen!«

»Die Mädels da haben vielleicht mehr Charakter als du.«

»An unseren Sonntagen! Wenn andere Familien in den Holidaypark gehen!«

»Oder dem Bruder das Bad fliesen«, sagte eine halbblaue Stimme neben Bettina. Doch der Kollege hatte nicht mit ihr geredet. Ein anderer weiter rechts nickte ergeben.

»Nicht, dass wir noch einen Pfennig übrig hätten für so was! Ich kauf schon das alte Obst beim HL-Markt –«

Bettina schaltete ab. Sie stand unbequem gegen einen Einbauschrank gelehnt, das Rollen des Busses ließ ihre ohnehin zittrigen Knie vibrieren, und die Kollegen passten ja auf. Vera Schneiders Stimme war nach wie vor gefällig, sie hatte einen gewissen Sog, der die Zuhörer wach hielt, egal, was sie sagte. Da war so ein Aufstreben in ihrem Tonfall, das erst nach längerer Zeit schal wirkte, ein Zwitschern und Schmeicheln, das ihre Worte eindringlicher machte, auch wenn sie heulte und selbst wenn sie dabei noch anfing zu rechnen. Und das tat sie. Ausgiebig. Was wollten diese Schneiders mit Hunderttausenden, fragte sich Bettina, wo sie nicht mal mit Hunderten zurechtkamen. Und dann stand sie nur noch und hielt sich fest in dem schwankenden Bus und war plötzlich ganz weit weg, bei Ballier, die gesagt hatte, das Einzige, worum es in diesem Buch ginge, dem sie alle hinterherjagten, sei die Liebe. Und bei Gregor, in dessen Auto man rauchen durfte. Sie vermisste ihn. Ihn und seinen bequemen Beifahrersitz und seine Zigaretten. So einfach war das.

»... tausend Euro!«, hatte Vera Schneider gesagt, die Worte hallten aus irgendeinem Grund in Bettinas Kopf wider, vielleicht wegen der Antwort, die Marc Schneider darauf gab:

»Das wird jetzt immer so weitergehen, oder?« Sein Ton war plötzlich besorgniserregend endgültig.

»Sie hat mich angerufen«, sprach Vera Schneider, die sich davon nicht bremsen ließ. »Ich weiß es von *ihr*. Du hast dir von einer Spielotess, die praktisch alleinerziehend ist, tausend Euro fürs Zocken geliehen. Hast du eine Ahnung, was diese Frauen verdienen?«

»Das geht dich nichts an«, sagte Schneider klar und leise. »Und sie kriegt es zurück.«

»Nie und nimmer«, versetzte Vera Schneider boshaft.

Langes Schweigen.

»Sie will kein Geld«, sagte Schneider dann. »*Du* willst das Geld. Du bist die Banktussi mit den großen Ansprüchen.«

»Nein«, sagte Vera Schneider hart. »Ich bin deine Frau. Ich

kenne dich. Du wirst nichts zurückgeben, denn das hast du noch nie gemacht. Du wirst es nicht können. Du wirst im Gefängnis sitzen. Deine Bea und ihr Balg werden noch hundert Jahre auf ihr Geld warten.«

»Ich werde nicht im Gefängnis sitzen. Niemals. – Und jetzt hältst du an.«

»Hier?«

»Auf dem Seitenstreifen.«

»Wieso?«

»Ich will, dass du aussteigst.«

Die anderen Polizisten im Bus sahen sich mit neuer Hoffnung an. Aussteigen, das hörte sich gut an. Bettina aber hatte ein schlechtes Gefühl. Halt nicht an, dachte sie. Steig nicht aus. Rede weiter. Du hast doch die Stimme dazu.

»Jetzt auf einmal?«, fragte Vera Schneider.

»Mach!«

Der Kollege am Funkgerät begann halblaute Befehle in sein Headset zu murmeln. Auf Eberts Zeichen hin stellte er den Ton lauter. »... wechselt auf die rechte Spur«, sagte nun eine tiefe Stimme vernehmlich. »Vor uns ist eine Gruppe Lastzüge. Etwa fünfzehn Stück. Ich bin jetzt hintendran. Auf dem Seitenstreifen. Da sind sie. Haben gehalten. Höhe – zirka achthundert Meter bis zur Ausfahrt Vaihingen. Ich halte auch. Sollen wir absperren?«

Der Funker sah Ebert an, der sagte: »Die rechte Spur«, und der Kollege gab es weiter:

»Wagen sieben, Wagen fünf, rechte Spur ab einen Kilometer vor der Ausfahrt Vaihingen sperren, mittlere Spur in Schrittgeschwindigkeit –«

»Raus«, hörten sie Schneider sagen.

»Warte«, sagte Vera Schneider.

»Sofort!«, brüllte Schneider.

»Aber die Lastwagen –«

Ein Schuss knallte. Alle zuckten zusammen und schwiegen beklommen.

»Ich geh ja schon«, sagte Vera Schneiders Stimme zittrig, und man atmete wieder auf.

»Tür auf der Fahrerseite wird geöffnet«, meldete jetzt die tiefe Stimme des Kollegen aus dem Einsatzwagen. »Sowie die Lastwagenkolonne vorbei ist, können wir sperren, da hängt Wagen 19 hintendran, das sind die nächsten, die machen schon langsam – sie steigt aus. Gut so, Baby, schön vorsichtig.«

Nun war aus allen Lautsprechern durchdringendes Hupen zu hören. Die Lastzüge.

»Ganz vorsichtig – he! Er kommt nach – och nein, Junge, nein –«

Brüllender Lärm schrie unvermittelt auf sie ein. Hupen, Knallen, dumpfe Schläge, Knirschen, ein schreckliches Unheil verheißendes metallisches Reißen.

Dann war Stille.

»Wagen 17, sind Sie noch da?«, sagte der Funker schließlich.

»Entschuldigung. Jawohl, auf dem Posten. Wir sind gleich direkt vor Ort.« Die tiefe Stimme klang ein wenig brüchig.

»Was ist passiert?«

»Ein Unfall. Es sieht so aus, als wäre die Frau vor den Zug gestürzt.«

»Bitte genauer«, sagte der Funker ungehalten.

»Halte hier. – Verdammte Scheiße«, antwortete die Stimme dann mit einem völlig unprofessionellen Schwanken, das fast wie ein Schluchzen klang. »So eine Sauerei – ich –« Schlucken. »Entschuldigung. Ich schildere Ihnen jetzt meine Beobachtung. Die Frau ist ausgestiegen, der Schneider ihr nach. Zumindest so halb. Ich glaube, er hat sie gestoßen.« Der Sprecher atmete tief aus. »Jedenfalls ist sie vor den letzten Lastzug gefallen.« Er räusperte sich. Es klang schmerzhaft. »Das sieht verdammt schlimm aus. Das ganze Blut … Zentrale? Der Lastwagen steht jetzt quer, der Audi ist im Arsch, die Frau ist – tot, und wo der Schneider selber ist, kann ich im Moment nicht erkennen.«

Am nächsten Tag meldete Bettina sich krank. Sie schickte Enno zur Schule, brachte Sammy in den Kindergarten, und dann legte sie sich ins Bett und beobachtete ihr Handy. Schlafen konnte sie nicht, obwohl sie wieder erst um fünf nach Hause gekommen war. Das Handy klingelte oft. Alle möglichen Leute riefen sie an. Die Zentrale. Härting. Nessa Kaiser. Jaecklein sogar. Ein paar anonyme Teilnehmer. Und Gregor. Da wäre sie beinahe drangegangen. Aber nur beinahe.

Am nächsten Tag ließen die Anrufe nach.

Tags darauf erhielt sie mit der Morgenpost einen dicken cremefarbenen Brief. Ihre Adresse war mit der Hand auf das schwere Büttenpapier geschrieben, und auf der Rückseite stand in schwungvoller Tintenschrift: *Liebe ist langmütig.* Absender waren Annette Hoppstädt und A. Willenbacher, und Bettina fragte sich eine Sekunde lang ernstlich, wer das war und woher sie diese Leute kannte. Erst, als sie schon die halbe Treppe wieder oben war, erkannte sie, was sie da in Händen hielt.

Sie öffnete den kostbaren Brief nicht.

Sie kehrte um und fuhr ins Büro.

Es roch wie immer, nach Kaffee, nach Putzmitteln, nach vielen Menschen und ganz tief darunter nach dem Unaussprechlichen, das die vielen Verhörten und Verdächtigten in den langen Fluren hinterließen. Es war kein Geruch, den man als heimelig bezeichnen konnte oder auch nur als angenehm, aber er war zumindest anregend.

Ihr Büro war leer.

Sofort entspannte sich Bettina: kahle Wände, und von Nessa Kaiser auch keine Spur. Es war nett, erst mal allein zu sein. Zum Denken. Sie schob die vielen Umlaufmappen, die sich schon wieder auf ihrem Schreibtisch türmten, beiseite, stellte die Tasche mit ihrem Laptop achtlos auf den Boden und legte allein Willenbachers Brief vor sich auf die Schreibtischplatte. Auf dem zerkratzten weißen Melamin wirkte er wie eine Nachricht aus einer anderen Welt. Willenbachers Freundin (*Verlobte? Ehefrau?*) Annette hatte nicht gespart. Das Bütten war weich und flockig, die Tintenschrift tiefblau und zart, und der Spruch auf der Rückseite hörte sich irgendwie bekannt an. Doch nicht deshalb hatte der Brief in Bettina etwas angestoßen. Eher, weil er von Willenbacher war und gute Nachrichten verhieß. Weil bei seinem Anblick urplötzlich eine drückende Last von ihr abgefallen war und Platz gemacht hatte für kleine verrückte Gedanken. Weil sie sich jetzt zum Beispiel darüber wundern konnte, dass sie Willenbachers Namen im Absender nicht erkannt hatte. Sie war es gewohnt, Briefe *an* ihn anzunehmen, nicht aber *von* ihm. Diese kleine Änderung der Routine, die eigentlich schon keine mehr war, zeigte plötzlich eine Möglichkeit auf. Eine winzige geordnete Struktur im Chaos, eine kleine verrückte Lösung. Die keineswegs alles erklärte. Eigentlich erklärte sie nur Bettinas Kopfschmerzen, jenes umfassende Unwohlsein, das die unsichere und trotzige Nessa Kaiser ausgelöst hatte, als sie hier auf Willenbachers Platz so erschreckend gierig das Paket voll Tragödie und Bosheit ausgepackt hatte. Nur die Kopfschmerzen, dachte Bettina. Das war nicht viel. Doch den großen Überblick, wie Jaecklein ihn auf seinen Salattellern zelebrierte, den hatte sie sowieso nicht. Den würde es in diesem Fall nicht geben. Sie konnte nur versuchen, die Kopfschmerzen zu erklären, und von dort aus weitersehen. Also nahm sie ihren Telefonhörer zur Hand und führte, den cremefarbenen Brief stets fest vor Augen, drei Gespräche. Eins mit der Frankfurter Zentrale, eins mit der zugehörigen Spurensicherungsabteilung und das letzte mit einem überarbeiteten Pyrotechniker, der offenbar froh war, mal eine leicht lösbare Aufgabe zu bekommen. Das alles zusammen dauerte etwa eine halbe Stunde. Dann steckte sie den Büttenumschlag ungeöffnet in ihre Computertasche und nahm sich die Umlaufmappen vor.

Gegen Mittag kam Nessa Kaiser aus dem Gericht. »Mahlzeit«, grüßte sie freundlich und warf eine rotgefärbte, leicht zottelige Haarsträhne zurück. Bettina störte sich nicht mehr daran, dass das aussah wie bei ihr selbst.

»Hi«, sagte sie.

»Zwei Sachen«, sagte Nessa ohne Umschweife. »Erstens: Du sollst sofort zu Härting.«

Bettina seufzte.

»Gemach«, sagte Nessa. »Er ist heute in Frankfurt.«

Sie lächelten sich kurz an.

»Zweitens möchtest du schnellstmöglich deine Berichte schreiben. Man braucht sie dringend für das Verhör von diesem Entführer.«

»Ach komm«, sagte Bettina. Den Spruch kannte sie von sich selber: Machen Sie hinne, Herr Kollege, Sie waren doch dabei und ich will Details fürs Verhör. »Und sonst? Hast du die Meldungen verfolgt? Hat sich in meinem Fall noch was ergeben?« Dass Schneider gefasst war, wusste Bettina längst, den hatte ein Einsatzteam keine halbe Stunde nach dem Tod seiner Frau leicht verletzt in einem Waldstück aufgespürt. Doch was zum Beispiel mit dem Ovid passiert war, hatte an der Unfallstelle nicht abschließend geklärt werden können. Auch nicht nach Dr. Ritters hochdramatischer Ankunft.

»Dieses Buch«, sagte Nessa Kaiser prompt.

»Ja?«

»Der – Ovid?«

»Genau. Wo war er denn?«

»Er ist verbrannt. Ich hab es heute Morgen gehört.«

»Was?« Diese lapidare Info schockte Bettina nun doch. »Das Buch war tausend Jahre alt«, sagte sie und dachte an Gregor. Ihn würde es treffen. »Wieso verbrannt?«

Nessa zuckte die Achseln. »Ich weiß es nur vom Hörensagen, weil dieser Millionär so einen Terz gemacht hat, aber du wirst es bestimmt bald schriftlich kriegen. Der Fluchtwagen war zerquetscht und hat wohl auch leicht gebrannt, das sieht man nicht immer gleich, in Filmen wirkt das viel spektakulärer. In Wirklichkeit schwelen die Autos nur so vor sich hin. Das Buch lag im Fußraum vom Beifahrersitz und ist so zerstört worden. – Tja.« Sie sah auf die Uhr. »Oje. Ich bin mit Ackermann zum Essen verabredet. Kommst du mit?«

»Nein.« Bettina schaute melancholisch ihr Telefon an. »Ich warte auf das Ergebnis einer Analyse.«

»Okay«, sagte Nessa. »Also dann.«

Bedrückter als zuvor blieb Bettina allein zurück und machte die Fleißarbeit. Sie schrieb alles auf, was sie in den letzten Tagen gesehen, gehört und gedacht hatte, fein säuberlich in Bericht-form, für verschiedene Akten, Abteilungen, Ermittler. Als sie damit fertig wurde, war es schon drei Uhr. Feierabend. Wochen-ende. Und das Telefon schwieg. Sie trödelte noch zehn Minu-ten herum. Schließlich richtete sie eine Rufumleitung auf ihr Handy ein.

Bei der Gelegenheit stieß sie auf die Nachrichten, die Gregor hinterlassen hatte, zwei Stück. Sie hatte sich vorgenommen, es nicht, niemals, auf keinen Fall zu tun, aber nun rief sie die Mail-box ab.

»Bettina«, sagte Gregors konservierte Stimme, und aus irgend-einem Grund setzte sie sich gerade hin und biss sich in die Hand, als sie es hörte, »ich bin raus aus dem Knast.« Das sagte er betont derb, als sei es ein Witz. »Bitte ruf mich an.« Der Satz klang innig. »Komm vorbei. Was du willst.« Er atmete lange aus. Sogar wenn er mit Anrufbeantwortern telefonierte, rauchte er. »Pass auf«, sagte er dann mit gesenkter Stimme. »Ich hab hier eine Reclam-Ausgabe der *Ars amatoria*, die ist *fast* so gut wie dieser absolut überbewertete illustrierte Reichen-Kitsch vom Ritter. Du kommst her und ich lese dir die wirklich schönen Stellen vor. Die kennt der doch gar nicht, der Ritter, aber ich! … Okay? – Ach Bettina …«

Und die zweite Nachricht lautete: »Wirklich, du musst mir glauben! Ich bin unschuldig!«

Bettina glaubte es. Fünf Minuten lang sicher. Dann wusste sie gar nichts mehr. Und dann holte sie die Kinder ab. Mit ihnen ging sie zu Hübner, dem Familientherapeuten von der Caritas.

»Sie sehen besser aus«, begrüßte er Bettina ernst.

Sie starrte ihn an.

»Doch. Sie haben Farbe bekommen. Energie. Sie sind entspannter. Und Enno auch.«

Bettina holte Luft, um das abzustreiten, da sah sie, wie Enno friedlich mit seiner Schwester ein Spiel auspackte. *Fang den Hut.* Gut, sie hatten nicht gefragt, ob sie es nehmen durften. Aber sie waren zufrieden, beschäftigt und zankten nicht. Also schluckte Bettina alle Selbstanklagen hinunter, vergaß ihr chaotisches Leben und die schrecklich blutigen Bilder aus ihren Berichten und setzte sich hin und spielte *Fang den Hut.*

Und gewann.

Am Abend kochte sie Spaghetti, ungebrochen, *al dente*, mit Speck, Olivenöl, Pecorino und Eiern, *Carbonara.* Die Kinder aßen das, nicht lieber, aber auch nicht weniger gern als bei Erika. Es kommt nicht darauf an, *wie* es gemacht ist, dachte Bettina, und aus irgendeinem Grund stimmte sie das froh. Kindern war die Farbe der Wand und die Konsistenz einer Nudel egal. Obwohl sie schon so lange mit ihnen zusammenlebte, merkte Bettina erst jetzt, dass es weit einfacher war, als sie gedacht hatte. Man musste Kinder nicht auf eine spezielle Art ins Bett bringen. Man musste sie nur ins Bett bringen und Punkt. Dann schliefen sie auch. Denn die spezielle Art, das war sie selber: ihr Geruch, ihre Stimme und alles, was sie ausmachte. Die Kinder waren zufrieden damit, und sie selbst sollte es auch sein. Sie sollte das tun, was sie konnte: Nudeln auf italienische Art kochen und Fälle lösen. Also ging sie ins Wohnzimmer und legte ihr nach wie vor schweigendes Handy vor sich auf den Tisch. Sie versuchte, es per Hypnose zum Klingeln zu zwingen. Nach einer Weile packte sie Willenbachers Brief daneben. Dann die vielen Umlaufmappen zu ihrem Fall. Und schließlich ihr Laptop. Ganz zum Schluss machte sie eine Flasche Wein auf, schenkte sich ein Glas voll, stellte es dazu und betrachtete das Arrangement interessiert, als sei es ein Kunstwerk. Und nachdem sie den ersten Schluck getrunken hatte, schlief sie auf der Couch ein.

Dreizehn

Der Samstagmorgen platzte fast vor Sonnenschein. Vögel sangen und aus allen Fenstern strahlte das Licht in die enge Etagenwohnung. Man sah, dass dringend geputzt werden musste. Stattdessen packte Bettina ihre Kinder in den Taunus und machte einen Ausflug. Zur Mathildenhöhe. Nach Darmstadt.

Nachdem sie ausgiebig platanengesäumte Wege abspaziert, »komische« Häuser betrachtet und Tee und Kuchen im Freien konsumiert hatten, machte Bettina sich mit Enno und Sammy auf die Suche nach dem Peter-Behrens-Weg. Das Haus mit der Nummer 17 war eine kleine alte Villa mit ein paar abenteuerlichen Fachwerkelementen, umgeben von einem Garten, der ebenso grünte wie die in der Nachbarschaft. Trotzdem sah er noch winterlich aus, während rundherum der Frühling mit aller Macht ausgebrochen war. Vielleicht lag es an dem matschigen schwarzen Laub, das hier noch den Rasen bedeckte, oder an den geschlossenen Fensterläden. Die Villa war ohnehin sehr dunkel, mit all den braun gestrichenen Balken und Geländern und Läden. Bettina wanderte dreimal am Zaun auf und ab. Ihre Kinder begannen zu murren. Schließlich rüttelte sie versuchsweise am Gartentor.

»Was machen wir hier?«, fragte Enno und umarmte gelangweilt eine Straßenlaterne.

Bettina rüttelte wieder und spähte über den Zaun nach dem Riegel. »Ich will nur sehen, wo Gregors Mama lebt«, sagte sie.

»Wer ist Gregor?«, fragte Sammy.

»Gregor ist mein Freund«, sagte Bettina, ohne zu zögern.

Da tauchte über dem Zaun zum Nachbargarten, an der Stelle, wo zuvor nur der Stiel eines Gartengeräts zu sehen gewesen war, das runde Gesicht einer Frau auf. »Hallo!«, rief sie und musterte Bettina interessiert von oben bis unten. Dabei zwinkerte sie, als ob das Sehen für sie anstrengend sei. »Kann ich Ihnen helfen?«

Bettina war sicher, dass die Frau das mit dem Freund mitbekommen hatte. Sie lächelte versuchsweise. Die Frau blinzelte wohlwollend die kleine Sammy an.

»Wir sind ganz zufällig vorbeigekommen«, sagte Bettina freundlich und sehr vage. »Wir wollten nur mal nachsehen –« Sie brach ab und lächelte breiter, dann trat sie näher und streckte der Frau über den Zaun ihre Hand hin. »Bettina. Ich bin, na ja –«

»Sie sind die Frau, von der Elisabeth erzählt hat«, sagte die Frau mit einem neidvollen Blick auf Bettinas Haare. »Gregors Schwarm.« Sie ergriff die dargebotene Hand und drückte sie sehr fest. Dann beugte sie sich ein wenig vor. »Ute, die Nachbarin. – Ich wusste ja gar nicht, dass Sie Kinder haben. Das ist nett.«

Und damit gehörten sie zur Familie.

Ute hatte Schlüssel zu allem. Sie packte Sammy fest an der Hand (»Und wer bist eigentlich du, meine Süße?«), was der Süßen glücklicherweise gefiel. Dann machten sie eine Führung durch Elisabeth Krampes Garten. Ute entschuldigte sich mehrmals für »den Zustand«, schob mit ihren Füßen Laub beiseite und hätte sichtlich gern angefangen zu kehren und zu harken. »Aber man darf ja nichts anfassen«, sagte sie finster. »Diese dämlichen Polizisten mit ihren Bombenhunden, von wegen nichts anfassen, die haben ihre Viecher hier alles vollkacken lassen. Elisabeth wird die Hände über dem Kopf zusammenschlagen, wenn sie wiederkommt. Sie ist kein Freund von Hunden.«

»Ihr Zustand ist schlecht«, sagte Bettina vorsichtig.

»Ach was, die ist zäh. Unkraut vergeht nicht.« Ute grinste, tätschelte Sammys Bäckchen und beugte sich wieder zu Bettina. »Was diese Bullen alles wissen wollen!«

Aus Utes Mund hörte sich das Wort »Bullen« drollig an. Doch Bettina war nicht hier, um sich zu amüsieren. Sie blickte Ute ins freundliche breite Gesicht, das von vielen roten Äderchen durchzogen war, und versuchte, nicht zu neugierig zu wirken. Sie ist in Gregors Alter, dachte sie. Ob die beiden alte Sandkastenfreunde waren? Wie merkwürdig, dass man sich Ute so gar nicht als Gregors Partnerin vorstellen konnte.

»Ob hier fremde Männer ums Haus schleichen«, schimpfte Ute indessen. »Ob Elisabeth Kontakt zu Geheimorganisationen hat. Stun-den-lang musste ich mir den Kopf zerbrechen.

Gladio.« Sie tippte sich an die Stirn. »Haben Sie davon schon mal was gehört?«

»Das hat was mit der CIA zu tun«, sagte Bettina alarmiert.

»Das sind Verbrecher«, sagte Ute düster. »Ich hab's im Internet nachgeguckt.«

»Wie sollte Gregors Mama denn zu denen kommen?«, fragte Bettina.

»Das ist sie nicht«, sagte Ute wegwerfend. »Hier waren nie komische Fremde. Nie.« Sie grinste Sammy zu. »Gell? Die gibt's hier nicht.«

Außer der einen mit den roten Haaren und den Alibikindern, dachte Bettina mit nur mäßig schlechtem Gewissen. Irgendwie war sie ja tatsächlich Gregors Freundin, wenn auch nicht der »Schwarm«, mit dem seine Mutter in der Nachbarschaft angab. »Auch keine alten Schulfreunde von Gregor?«, fragte sie, und Ute blickte einen Moment lang nachdenklich, als würde sie nun doch merken, dass sie Bettina überhaupt nicht kannte.

»Das wären dann auch meine«, war die Antwort.

Wusste ich's doch, selbes Alter wie Gregor, dachte Bettina wieder. Diesmal war es ein wenig peinlich, denn Ute schien denselben Gedanken zu haben. Und Vergleiche zu ziehen.

Sie standen nun an der Seite des Hauses, die Bettina von den Bildern kannte. Über ihnen wuchs ein kleiner Erker aus der Hauswand, dessen Fensterlaibungen notdürftig mit Kunststofffolie abgespannt waren. Ruß bedeckte die Außenwand, und alter Brandgeruch lag in der Luft.

»Das war ein Verrückter«, sagte Ute und drückte Sammy fest an sich, als wollte sie das kleine Mädchen beschützen. »Einer von diesen Krampe-Fans.«

»Sind die denn so …« Bettina zögerte, »aufdringlich?«

»Aber sicher«, sagte Ute. »Dieser Spionagestoff zieht die Verrückten nur so an. Kennen Sie nicht die Krampe-Blogs im Internet?«

»Nein«, sagte Bettina, erstaunt, dass Ute so etwas kannte. Die wirkte äußerlich eher wie eine Gärtnerin, die nichts im Kopf hatte außer ihren Rosenbeeten.

Doch weit gefehlt: »Vom versunkenen Atlantis bis zu Hohlwelttheorien und Außerirdischen können Sie mit einem Montes-Roman alles erklären. Die werden inzwischen rückwärts gelesen. So wie wir früher die Stones-Alben gehört haben. – Finanziell nutzt es Elisabeth leider wenig.« Ute lächelte Sammy zu. »Aber vielleicht kommt das ja noch.«

Bettina betrachtete nachdenklich die rußige Wand über den zugespannten Fenstern. »Fanpost kann es eigentlich nicht gewesen sein. Meint Gregor. Er sagt, seine Mutter wäre sehr vorsichtig. Sie macht ja angeblich kaum was davon auf.«

Ute nickte. »Nur schreibt der verrückte Fan nicht drauf, was er ist, nicht wahr?«

»Oberhuber stand als Adresse drauf«, sagte Bettina beiläufig. »Corinna Oberhuber. Die Polizei hat inzwischen Mittel, um so was rauszukriegen.«

»Ja, hab ich schon gehört«, sagte Ute desinteressiert. Sie ließ Sammy los, die sprang fort, in den helleren Teil des Gartens. »Eine Verrückte eben. Die hat sogar ein Buch geschrieben über Georg. Hab den Namen davor nie gehört.« Das hörte sich ärmlich an. »Diese ganze Sache hat einfach was Unwirkliches«, sprach sie. »Auch weil es im Arbeitszimmer von Gregors Vater passiert ist.« Sie beugte sich wieder vor und blickte Bettina angestrengt in die Augen. »Soll ich Ihnen mal sagen, was ich gedacht habe, als ich diesen Feuerschlag gesehen habe?«

»Sie sind Zeugin der Detonation gewesen?«, fragte Bettina eine Spur zu erstaunt und noch dazu im schönsten Amtsdeutsch. Doch Ute schien es nicht zu merken. Sie wies nur vage über den Gartenzaun.

»Da drüben. Ich war im Garten. Und als es knallte und dieses Feuer aus den Fenstern kam, da dachte ich gar nichts Böses. Ich bin nicht mal richtig erschrocken. Ich hatte meine Brille nicht auf. Ich dachte nur, der Georg ist wieder da und bastelt in seinem Arbeitszimmer wie früher.« Sie schüttelte den Kopf. »Es ist komisch, ich hab ja praktisch seine Beerdigung organisiert, ich muss also wissen, dass er tot ist, aber es kommt mir manchmal echt so vor, als wäre Georg gar nicht wirklich weg.«

Bettina durfte sogar ins Haus, nach dem Rechten sehen. Die Kinder ließen sie draußen (»Da kann nichts passieren, Elisabeth hat den Teich austrocknen lassen, sie ist kein Freund von stehendem Wasser«) und machten einen kurzen Rundgang, wobei Bettina die aufmerksame Schwiegertochter markierte. Nachdenklich beobachtete sie die schwerfällige Ute, die doch sehr behände und umsichtig alles auf- und wieder zusperrte. Sie fragte sich, wie es wohl war, im selben Haus und in derselben Nachbarschaft zu leben, wo man aufgewachsen war, um im Laufe der Zeit eine Art Generationswechsel durchzumachen und plötzlich mehr zur Elternseite als zu den alten Schulfreunden zu gehören.

»Was ist eigentlich aus der Katze geworden?«, fragte sie, als sie schließlich in dem kalten, feuchten und entsetzlich stinkenden Arbeitszimmer standen und Bettina sich an das Bild mit dem schwarzen Tier unter dem verbrannten Schreibtisch erinnerte.

»Morton Black?«, fragte Ute.

»Ich weiß nur, dass da eine Katze sein muss.«

»Morton Black ist bei mir. Sie fühlt sich ganz wohl. Kann sein, dass sie gar nicht zurückwill. Elisabeth ist ja kein Freund von Katzen.« Utes weitsichtige Augen schimmerten grünlich im Halbdunkel des mit Folie verhängten Raumes.

»Elisabeth ist nicht ganz einfach, nicht wahr?«, fragte Bettina, die langsam um den Tisch spazierte.

Ute lächelte. »Sie hatte kein einfaches Leben. Aber sie passte zu Georg.«

»Wieso?«

Ute hob ein verkohltes Buch auf und legte es auf den verkohlten Tisch. »Sie waren beide eifersüchtig. Auf einander.«

In Gedanken versunken fuhr Bettina nach Hause. Es war noch zu früh, um die Kinder ins Bett zu bringen, also räumte sie den Wohnzimmertisch ab, damit sie Platz zum Spielen hatten. Leicht bedauernd trug sie ihre schön geordneten Akten und das Laptop und Willenbachers büttenverpacktes Was-auch-immer ins Schlafzimmer. Dort schmiss sie alles auf ihr Bett. Als aber die ganzen Sachen quer über die Decke verteilt lagen, alles verstreut war und völlig chaotisch aussah, da endlich klingelte ihr Telefon, und sie rannte raus in den Flur, riss es aus ihrer Jacke – es war die Frankfurter Spurensicherung, das sah sie mit einem Blick im Display. Fast hätte sie den falschen Knopf gedrückt vor lauter Aufregung. »Machen Sie's bitte nicht spannend«, bat sie den Kollegen. Ihre Kinder veranstalteten sofort einen Riesenkrach im Hintergrund, wie immer, wenn sie telefonierte.

»Sie können froh sein, dass Sie vom BKA sind«, röhrte der Typ, der so gar nicht an ihren zurückhaltenden Müller erinnerte.

»Ja, ich weiß«, sagte Bettina demütig.

»Sonst sind die nicht so schnell in unserer Daktyloskopie. Und sie arbeiten auch nicht am Wochenende.«

»Ja, ich –«

»Was ist da bei Ihnen los?«

»Geburtstagsständchen für den Chef«, sagte sie und floh in ihr Schlafzimmer.

»Na dann prost. Und herzlichen Glückwunsch. Sie haben unser Rätsel gelöst. Die Übereinstimmung beträgt elf von zwölf Punkten, und der zwölfte ist nicht abweichend, sondern nur unkenntlich. Der Fingerabdruck aus dem inneren Bauteil unserer kleinen Bombe stammt zu fast hundert Prozent von Georg Krampe. Wir hatten ja bei der Untersuchung des Hauses Vergleichsabdrücke von den Werkzeugen aus seinem Keller genommen. Der Herr Autor hat den Sprengsatz selbst gebaut.«

»Verrückt«, sagte Bettina.

»Gar nicht«, sagte der Spurensicherer munter. »Wenn ich ehrlich sein soll, hatten wir auch schon den Verdacht. Es war alles so altes Zeug. Und so ordentlich gemacht. Ein Bömbchen, das fast zu perfekt war. Das hat sich einer für die Schublade gebaut. Man hat es direkt gesehen.«

Klar, dachte Bettina. Das hast du gesehen.

»Sie haben doch nichts dagegen, wenn *wir* den Bericht ans BKA schreiben? Sie haben ja noch was vor heute Abend.«

»Ach ja?«, sagte Bettina erstaunt.

»Na, der Chef.«

»Der ist Abstinenzler«, sagte Bettina. »In jeder Beziehung.«

»Aber ein lustiger, was?«

»Schreiben Sie«, sagte Bettina. »Schreiben Sie nur.«

An diesem Abend rief Gregor dreimal an, und Bettina war so aufgekratzt, dass sie fast drangegangen wäre. Sie wollte sich bejubeln lassen für ihren Geistesblitz, sie wollte reden und klären, und Liebe wollte sie auch. Aber echte. Daher ließ sie das Handy klingeln, obwohl sie nicht sicher war, ob man die Liebe so einschränken durfte. Welche war schon die richtige? Eine, die ein Eigenheim erbaute? Ein Kind machte? Einen Brief auf Bütten schrieb? Und auf wessen Gefühl kam es an? Ihres oder seins? Sie betrachtete das Telefon und dachte all das und ging nicht dran. Stattdessen setzte sie sich auf ihr Bett zu den Akten und suchte Anna Oberhubers Telefonnummer aus den Papierbergen. Und brachte die Bettelei ihres Handys zum Schweigen, indem sie es einfach anderweitig benutzte.

Es war schwierig, Anna Oberhuber zu erklären, wer sie war und was sie wollte, denn inzwischen war es halb zehn und Oberhuber war misstrauisch und hatte spürbar genug von der Polizei. Sie wollte auch nicht glauben, was Bettina ihr erzählte.

»Des is fei ein Trrick«, sagte sie abweisend.

»Nein«, sagte Bettina. »Wir konnten einen Beweis finden. Einen Fingerabdruck. Sie brauchen keine Anklage mehr zu befürchten. Sie sind außer Verdacht. Georg Krampe hat die Bombe gebaut, das ist sicher. Er hat den Namen und die Adresse Ihrer Mutter darauf geschrieben. Das war das Irreführende. Wir dachten, diese Anschrift sei der Absender.« Sie hielt kurz inne. »Hat die Familie Krampe Ihnen je Geld angeboten?«

Oberhuber schniefte. »Hörrn Sie mal! Glauben Sie, wir sind Erprresser?«

»Ich weiß es nicht«, sagte Bettina nüchtern. Plötzlich argwöhnte sie, dass dieses Gespräch ein Misserfolg werden würde. Die selbstmitleidige Stimme der Wahrsagerin reizte sie weit mehr, als sie erwartet hatte, und das alte Spiel aus Schmerz zufügen (»Erzählen Sie mir von Ihrer armen toten Schwester – was war sie für ein Mensch?«) und Informationen abgreifen (»Was genau ist eigentlich passiert damals?«) war Bettina mit einem Mal zuwider. Nicht, dass sie Skrupel gehabt hätte. Im Gegenteil: Sie mochte nicht die Erlöserin sein. Nicht für Oberhuber. Diese Frau hatte ein Leben lang Spuren ausgelegt und wartete vermutlich schon seit Jahren auf den einen Menschen, der sie alle lesen konnte. Der nun den Knall der Gerechtigkeit erzeugen würde, irgendwie. Diese Person wollte Bettina nicht sein. Andererseits brannte sie darauf, zu erfahren, was passiert war. »Wissen Sie«, sagte sie darum in das Schmollen, zu dem Oberhuber nun Zuflucht genommen hatte, weil es ums Geld ging, »ich kann Ihnen helfen. Ich weiß, dass Ihnen und Ihrer Familie großes Unrecht zugefügt worden ist, doch Sie müssen sich mir anvertrauen, damit wir etwas dagegen unternehmen können.« Nie hatte sie diesen Satz mit so wenig Leidenschaft gesagt.

»Was war denn mit der Bombe?«, fragte Oberhuber ein wenig lauernd. Und Bettina wusste, dass die Frau nun reden würde.

* * *

Lisa träumte. Sie hatten gemeinsam am Meer gesessen, ganz weit draußen Richtung Guardapasso, um mal allein zu sein und miteinander zu sprechen. Doch natürlich war das Weib nachgekommen. Mitsamt seiner Brut. Diese Frau stellte sich hin und schrie und man konnte ihr nicht entkommen, schon gar nicht an einem Strand, der kilometerweit zu überblicken war und die Füße schwer machte wie Blei. Schließlich war Georg aufgestanden und hatte die andere am Arm gepackt und fortgezogen. Schimpfend, ungeduldig, doch bei *ihr*. Auch die Mädchen wollten ihre Mutter nicht verlassen. Sie liefen hinterher und murrten und jammerten dabei. Da schickte Georg sie kurzerhand zu Lisa.

Und da saß sie dann. Mit den Gören der Anderen.

* * *

»Georg Krampe«, sagte Bettina ins Telefon, »fühlte sich von Ihnen belästigt. Sie schickten ihm Postkarten mit Anspielungen auf den Tod Ihrer Schwester. Diese Geschichte war sehr hässlich. Wenn das rausgekommen wäre – der Skandal hätte ihn vernichten können.«

»Nicht den Georrg«, sagte Oberhuber.

»Er hat es so gesehen«, sagte Bettina.

»Seine Frrau war es«, sagte Oberhuber und begann zu weinen. »Dabei hat der die doch nie geliebt. Er hat sie in den Flitterwochen betrogen! Brraucht man mehr Beweise? Er war bloß feig und hat sich net getrraut, sie zu verlassen. Meine Mutter wär für ihn da gewesen. Trrotz allem!«

»*Was* war seine Frau?«, fragte Bettina.

»Was Sie da fei erzähln, der Georrg hat doch net wirrklich eine Bombe für uns gebaut.«

»Doch.«

»Aber er ist schon so lang tot«, schniefte Oberhuber.

»Eine gut gemachte Bombe hält ewig, wenn man sie nicht zündet. Dies war eine super gemachte Bombe. Die Experten nannten sie zu schade zum Hochgehen.«

»Aber wieso …?«

»Sie haben Herrn Krampe bedrängt«, sagte Bettina trocken. »Er konnte sich nicht wehren, nicht mal in einem Roman, denn er musste sich jeder öffentlichen Anspielung enthalten. Also ist er in seinen Keller gegangen und hat sich Ihren Tod beim Bombenbauen ausgemalt. Er beschäftigte sich ohnehin viel mit Waffen und Munition aller Art. Es ist gar nicht weiter aufgefallen. Niemandem. Er hat lange und ausführlich an dieser Arbeit gesessen, und als sie beendet war, hat er den Keller aufgeräumt, sein Werk verpackt und den Namen Ihrer Mutter draufgeschrieben. Oder Ihren. Je nachdem, wen er für den Absender dieser Postkarten hielt. Und wann immer er Post von Ihnen bekam, konnte er sich zumindest in Gedanken schadlos halten.«

»Ich hab ihm nie was getan.«

»Sie haben seine Frau behelligt.«

Oberhuber zögerte. »Aber die hat es verdient!«

Jetzt, dachte Bettina. Jetzt sagst du es mir. Bitte. »Warum?«

»Er hat uns doch nie geantworrtet.« Die Wahrsagerin heulte schon wieder. »Er hat uns nicht mal zurrückgeschrrieben. Wozu sollt' er eine Bombe bauen, des kann doch gar net sein. Er hat meine Mutter geliebt.«

Bettina seufzte innerlich. »Er hat sich für seine Frau entschieden.«

»Für eine … eine …«

Ja, dachte Bettina. Komm, gib's ihr, Baby.

»*Sie* hat das gemacht! *Sie* hat den Namen von meiner Mutter drraufgeschrrieben!«, rief Anna Oberhuber naiv.

»Und dann selbst ausgepackt.«

Schweigen.

»Frau Oberhuber«, sagte Bettina schärfer. »Ich weiß nicht, was Sie mit Ihren Ansichtskarten bezweckt haben, ich weiß ja nicht mal, was draufstand. Es ging vermutlich um den schlechten Zustand Ihrer Mutter. Herr Krampe hätte sie aus der Depression und den miesen finanziellen Verhältnissen retten können, und Sie fanden wohl, dass er Ihnen das schuldig war, weil er eine moralische Mitschuld am Tod Ihrer Schwester trug. Direkt anklagen wiederum wollten Sie ihn nicht, um ihn nicht zu vergraulen. Darum haben Sie seine Gattin gemobbt. Weil die erwiesenermaßen die Dumme in der Geschichte war. Sie ist in den Flitterwochen betrogen worden. Eine schlechtere Position gibt es kaum in einer Ehe.«

Oberhuber schnaubte. »Diese Frrau!«

»Sie handelten nur logisch, Frau Oberhuber«, sagte Bettina sehr kühl. »Sie quälten diejenige, die Sie sowieso loswerden wollten. Dabei ist Elisabeth Krampe – jetzt mal objektiv gesehen – die unschuldigste Partei in dem Drama. Sie hatte keine Affäre, hat ihren Mann nicht verlassen, sie hat niemandem böse Briefe geschrieben, keine Bombe gebaut, und vor allem hat sie nicht vor lauter selbstgemachten Problemen ihr Kind vergessen, sodass es ertrunken ist.«

So, dachte sie ungeduldig. Wenn das nicht wirkt, dann soll Jaecklein mit ihr reden.

Doch Anna Oberhuber hielt die Stunde für gekommen. Sie räusperte sich. Sie atmete durch. Dann sagte sie fest: »Elisabeth Krrampe ist *nicht* unschuldig. Sie ist eine Mörderin. Sie hat meine Schwester getötet.«

* * *

Lisa träumte. Sie lag am Strand, die Sonne brannte. Georg war mit dem Weib zu dem Wäldchen in Richtung Landesinneres gegangen, um in Ruhe zu reden. Das, was sie selbst gewollt hatte, bekam – selbstverständlich – die andere. Und sei es nur ein Gespräch. Dafür durfte sie nun fremde Kinder beaufsichtigen. Zwei süße Blondinen, eine ganz hübsch, die andere wunderschön. Die Hübsche betrachtete Lisa verächtlich, sie war sieben und hatte helle unfreundliche Augen. Wer bist du, sagte ihr Blick, du bist nichts. Du bist die Frau des Mannes, der uns kaputtgemacht hat, du bist aus der Ferne gekommen und eine von den Bösen, aber die armseligste Figur überhaupt in diesem Grauen, das über uns hereingebrochen ist. Dir werd ich's zeigen. Sie nahm eine Handvoll Sand und warf sie auf Lisa. Lisa war dumm und unglücklich genug, um zu lachen. Ha, ha, ein Spiel, fein, aber hör doch auf damit. Das Mädchen nahm eine größere Portion Sand und warf härter. Lisa lachte nicht mehr und warf halbherzig zurück. Darauf fand das Mädchen einen Stein. Er traf Lisa an der Brust. Es tat sehr weh. Lisa stöhnte. Tränen schossen ihr in die Augen. Das jüngere Kind kam heran, lachte und half der älteren Schwester. Lisa wurde mit allem bombardiert, was die beiden fanden. Und da – endlich – wurde auch sie hysterisch und begann zu kreischen. Sie schrie und schrie und hörte sich selbst nicht mehr, der weiße Zorn verschloss ihre Ohren, ihre Kehle war heiser und ihre Stimme schrill. Am Ende stand sie erschöpft da, vor sich eine weinende Vierjährige und ein bösartig grinsendes Schulmädchen. Dir hab ich's gegeben, sagte deren ganzes Gehabe. Die Art, wie sie in ihrer Tasche kramte, und der Ton, in dem sie mit ihrer Schwester sprach, während sie Lisa anblickte, waren verächtlicher als alles, was Lisa bislang erlebt hatte. Du bist ein Opfer wie ich, sagte dieser Blick, uns haben sie hier gemeinsam zurückgelassen, aber ich habe zumindest meine Würde bewahrt. Und ich bin hübscher als du. Ist keine große Kunst, aber wir wollen es doch nicht vergessen. »Ich guck mal, wo Mama bleibt«, sagte sie nonchalant, und Lisa wäre die Letzte gewesen, die sie aufgehalten hätte. »Du bleibst hier, Angelina.« Angelina jammerte und lief ihrer Schwester nach. Die aber war so schnell, dass die Kleine nicht nachkam. Sie blieb zurück und weinte. Bitterlich.

* * *

»Und uns«, sagte Anna Oberhuber, »haben sie bei ihr gelassen. Diese Frrau war böse.« Sie schluchzte. Schon die ganze Zeit.

Bettina gab sich keine Mühe, zu trösten. »Was ist passiert?«, fragte sie.

»Ich bin auch weggegangen«, heulte Oberhuber auf. »Ich hab sie allein bei ihr gelassen. Ich wollte nur meine Mutter suchen. Ich hätte sie mitnehmen müssen. Wie konnte ich sie nur mit dieser – dieser – ach! allein lassen …!«

* * *

Lisa träumte. Sie saß versteinert am Strand, ganz voll Sand, ihr Hals schmerzte vom Schreien. Etwas entfernt von ihr weinte das kleine Mädchen. Es nervte sie. Sie hatte Lust zu gehen. Sie wollte selber weinen, sie wollte nach Hause zu ihrer eigenen Mutter, sie wollte weg hier, so schnell es nur ging. Sie packte ihre Tasche zusammen. Die Kleine schluchzte nicht mehr ganz so laut. Sie stand verloren da, blickte abwechselnd zu ihrer Schwester, die schnell am Waldesrand verschwand, und zu Lisa. Hoffnungsvoll. Dieses Kind war wunderschön, und wenn es hier allein blieb, konnte ihm alles Mögliche passieren. Es war zu klein, um es allein zu lassen. Lisa nahm den Ball, den die Kleine eben noch auf sie geworfen hatte, und ließ ihn auf dem Finger kreiseln. Die Kleine sah ihr zu. Sie lächelte vorsichtig. Dann kam sie näher.

* * *

»Ich hab sie gefunden«, sagte Anna Oberhuber tonlos, »sie haben geknutscht.«

»Hm«, machte Bettina. »Und dann?«

»Dann hat Georrg gesagt, dass er mein neuer Vater wird.«

»Und dann?«

»Wir haben geredet. Wie wir es ihr sagen. Dann sind wir zurrückgegangen.«

»Weiter.«

»Aber als wir zurrückgekommen sind, da, da war – Angelina weg.« Oberhuber schluchzte laut. Jetzt hörte es sich sogar echt an. Sie schniefte. »Sie war weg, und diese Frrau, die ist rumgelaufen und hat sie gesucht und hat gesagt, dass sie nur mal Pipi machen war und Angelina nicht weg sein kann und dass sie gleich wiederkommen wird, aber sie ist nicht wiedergekommen!« Tiefes, verzweifeltes Heulen.

»Frau Krampe hat nicht aufgepasst«, sagte Bettina nach einer Weile. »Aber das von ihr zu erwarten, war auch ein wenig blauäugig, nicht wahr?«

»Sie hat es absichtlich getan.«

»Können Sie das beweisen?«, fragte Bettina, ohne eine Sekunde daran zu glauben.

»Na ja, sie hat dadurrch gekrriegt, was sie wollte. Georrg ist drrei Tage später mit ihr abgerreist. Angelinas Tod war zu viel für ihn.«

»Ja, ich glaube, er war ein sympathischer Mann«, sagte Bettina.

Oberhuber zögerte kurz. »Eigentlich net.«

»Aber diese Abreise ist kein Beweis.«

»Ich hab einen«, sagte Oberhuber geheimnisvoll.

»Bitte keine posthumen Gespräche mit Ihrer Schwester«, sagte Bettina nur.

»Es ist fei ein weltlicher«, sagte Oberhuber beleidigt. »Leider ist es mir erst Jahre später aufgefallen, das war die grrößte Unachtsamkeit in meinem Leben. Dass ich nicht gleich gemerrkt habe, dass es was zu bedeuten hatte. Ich war errst sieben, aber ich hätt es sagen müssen.«

»Was?«

»Es war so«, sagte Oberhuber. »Diese Frrau. Sie ist rumgelaufen und hat gesucht und hat immer gesagt, dass sie die ganze Zeit am Strrand war, nur in der Sonne und dann mal kurrz im Wald und sonst nix, aber das hat nicht gestimmt. Ihr Badeanzug, wissen Sie. Das war einer aus so komischem Stoff, wie man ihn damals hatte, Nylonzeug, aber ganz dick, wie Brrokat. Und weil sie so nerrvös rumgelaufen ist, weil alle so nerrvös rumgelaufen sind, bin ich an sie drrangestoßen. Sie war ganz nass. Man hat es nicht gesehen, bei dem Stoff hat man das nicht sehen können. Aber sie warr's. Meine Mutter war entsetzt, als ich ihr davon erzählt hab. Sie wollte nichts davon wissen. Sie hat mir das Versprechen abgenommen, mit keinem drrüber zu reden.« Oberhuber machte eine kurze Pause. »Sie wollte keine Skandale mehr, nie wieder. Es hätte sie umgebrracht. Aber ich weiß es. Die Frrau vom Georrg ist mit ihr ins Wasser gegangen. Sie hat meine kleine Schwester Angelina ertrränkt.«

* * *

Lisa träumte. Sie stand im Wasser und das Kind sah sie an, fragend, strahlend bis zuletzt: *Was hast du mit mir vor, was ist das für ein Spiel.*

Vierzehn

Am Sonntag stand Bettina um fünf Uhr auf, weil sie nicht mehr schlafen konnte. Sie schrieb einen langen Bericht an Jaecklein und verschickte ihn von ihrem hübschen neuen Laptop aus. Dann fühlte sie sich leer. Sie hing den Vormittag mit ihren Kindern auf einem Spielplatz herum, gab ihnen Fast Food zu essen, räumte Ennos Schulranzen auf, und gegen Nachmittag hielt sie es nicht mehr aus. Sie rief Hardrock-Erika an, lud ihre Kinder bei ihr ab und fuhr nach Frankfurt. Nicht zu Gregor. Zu seiner Mutter ins Krankenhaus. Dort wies sie ihren Polizistinnenausweis vor und wurde nach einigen Diskussionen auf die Intensivstation gelassen. Sie saß lange an Elisabeth Krampes Bett, lauschte dem Rhythmus des Beatmungsgeräts, betrachtete die maskenhaften Kompressen, die das Gesicht und den Oberkörper der Patientin bedeckten, und dachte nach.

Eine Schwester, die vorbeischaute und die Geräte überprüfte, sah Bettina interessiert an und erklärte, der Zustand der Patientin habe sich in den letzten Tagen verändert. »Sie kämpft. Das ist der Wendepunkt. Entweder sie stirbt in der nächsten Zeit oder sie schafft es.« Damit las sie einen Wert von der Maschine, die Elisabeth Krampes Beatmung regelte, und trug ihn auf dem Diagramm ein, das gleich einer Fieberkurve am Fußende des Bettes befestigt war.

»Und was glauben Sie?«, fragte Bettina.

Die Schwester zuckte die Achseln und warf Bettina einen prüfenden Blick zu. »Sind Sie verwandt?«

»Würde das Ihre Antwort beeinflussen?«

»Natürlich«, sagte die Schwester ehrlich. In der Spätschicht hielt man sich nicht mit Floskeln auf.

»Ich bin Polizeibeamtin.«

»Sie kommt durch.«

»Woraus schließen Sie das?«

»Gefühl.«

Bettina nickte und sagte, die vielen Kompressen auf dem Gesicht der Verletzten erinnerten sie an diese Frau aus *Brazil*, die mit den Schönheitsoperationen. Darauf guckte die Schwester befremdet, beendete wortlos ihre Arbeit und ging.

Zum Verlassen der Station wählte Bettina von zwei Aufzügen, die sich vor ihr öffneten, den rechten. Sie stieg ein und sah durch die halboffene Tür einen schlanken, hellhaarigen Mann im grauen Mantel, der soeben aus dem linken gestiegen sein musste. Gregor wandte den Kopf und sah sie an. Seine Augen weiteten sich. Eine Sekunde blieb er starr stehen, dann bewegte er sich auf sie zu, stumm, aber zielstrebig. Spontan. Doch die Tür schloss sich. Bettina fuhr nach unten, klappte ihren Kragen hoch und verließ rasch das Haus. Ob Gregor ihr folgte, sah sie nicht.

Abends schaltete sie das Handy stumm und konnte doch nicht schlafen. Die nächsten Nachmittage verbrachte sie mit Aufräumen. Sie wienerte ihre Küche, das Schlafzimmer, das Bad, ja die ganze Wohnung inklusive der Fenster, und die hatte sie noch nie geputzt. Außerdem ihr Auto. Sie schrubbte den alten Taunus mit einer Energie, dass Rasta, der auf dem Parkplatz vorbeikam und sie sah, den richtigen Schluss zog: »Du hast Ärger mit deinem Liebhaber, Tina.«

Sie hob den Kopf aus dem Auto, schwenkte ihren Lappen und sagte stirnrunzelnd: »Welcher Liebhaber?«

»Der Typ, für den du diesen Rock gekauft hast. Der war verdammt scharf, der Rock.«

»Welcher Rock?«, sagte Bettina.

Rasta schüttelte den Kopf. »Entschuldige, dann war es wohl eine andere Frau, die mich vor einer Woche total aufgebrezelt angefleht hat, ihr Babyfon zu bewachen. Und die mich danach nie abgehört hat, übrigens. Die nicht mal ihr Babyfon abgeholt hat. Oder die Schlüssel.«

»Entschuldige«, sagte Bettina zerknirscht.

»Ist er nett?«, fragte Rasta.

Sie seufzte.

»Tina«, sagte er. »Nimm einen Rat von mir an. Ein Typ, für den du einen Rock kaufst, ist der Richtige, egal ob er Mundgeruch hat oder eine Ehefrau oder sonst was. Hör auf, deinen armen Taunus zu quälen. Du weißt, der verträgt es nicht, wenn du ihm zu viel Dreck abhobelst. Die Karre wird auseinanderfallen, wenn du so weitermachst. Geh hin, nimm dein Telefon, und ruf den Typen an.« Rasta blickte ihr ernst ins Gesicht.

»Ich hab ihn auf der Arbeit kennengelernt«, sagte Bettina finster. »Und nenn mein Auto nicht Karre.«

»Und?«

»Was und?«

»Was ist schlimm daran, einen auf der Arbeit kennenzulernen?«

»Er ist in einen Mordfall verwickelt.«

»Dann klär den«, sagte Rasta in schönster Selbstverständlichkeit. »Wozu bist du schließlich Polizistin.«

Am nächsten Tag saß Bettina mit so frustrierter Miene vor ihrem Laptop, dass sogar Nessa Kaiser aufmerksam wurde. Sie blickte Bettina an, rollte ihre rotgefärbten Haare im Nacken zusammen, wie Bettina es selbst immer tat, und fragte: »Was ist denn mit dir los?«

»Ich komm nicht voran.«

»Aber du musst doch nur noch Berichte schreiben. Ich dachte, eure Soko wird aufgelöst.« Nessas Blick fiel auf die vielen Zeitungen, die sich auf Bettinas Schreibtisch stapelten. Sie enthielten die gesammelten Pressestimmen zum Fall Schneider. Entführung, Familiendrama, geheimnisvoller Kunstschatz – das gab viel her. Die Gerüchte kochten, da nutzte es kaum, Polizeimeldungen über die genaue Herkunft und die erwiesene Zerstörung des Ovid-Manuskripts herauszugeben.

»Wo diese alte Handschrift doch verbrannt ist.«

»Ich frag mich nur, wieso«, sagte Bettina unzufrieden.

»Wieso was?«

»Der Ovid verbrannt ist. Je mehr ich drüber nachdenke, desto verrückter finde ich es. Erst wird das Buch gesichert wie die nationalen Goldreserven, man baut ihm eine eigene Bibliothek – die müsstest du mal sehen! Mit Pergamentklima und allem – und dann geht es einfach kaputt bei einem dummen Unfall, verursacht von einem aggressiven Idioten ganz ohne Plan.«

Nessa lächelte fein. »Das ist so mit Männern.«

»Nein«, sagte Bettina.

»Lies ein beliebiges Geschichtsbuch«, sprach Nessa.

Bettina verdrehte die Augen. »Das hier ist was anderes. Das Buch war am falschen Platz, bei dem kleinen geheuerten Dieb, wo es bei der klugen Drahtzieherin hätte sein müssen. Oder es war doppelt. Frau Ballier ist mit dem Ovid geflohen. Anders kann es nicht sein.«

»Vielleicht war das verbrannte Buch gefälscht«, sagte Nessa.

»Eben nicht«, sagte Bettina verbittert. »Es war echt.«

»Hm«, machte Nessa.

»Genau das meine ich«, sagte Bettina. »Und dann unser BKA. Die wussten so ungeheuer viel. Wo der Ovid her war, die ganzen

Verwicklungen um diese Wahrsagerin und so weiter, und jetzt lösen sie einfach die Soko auf und tun so, als wäre nichts gewesen.«

»Wenn ein Kunstschatz zerstört ist, muss man ihn auch nicht mehr suchen«, sagte Nessa bedeutungsvoll.

»Ach!«, sagte Bettina. »Nein. Die geben bestimmt keine falschen Polizeimeldungen heraus. Die sind nur betroffen und stinksauer, weil eine ihrer besten Ermittlerinnen ermordet wurde. Und faul sind sie auch nicht. Aber sie reden nicht mit mir.« Obwohl ich ihr Bombenrätsel gelöst habe, setzte sie innerlich hinzu.

Nessa betrachtete sie mitfühlend. »Willst du vielleicht mit mir rausfahren nach Bad Dürkheim? Brandstiftung in einer Villa?«

Bettina schüttelte den Kopf. »Diese Morde waren alle so sinnlos.«

Nessa zog die Brauen hoch.

»Sinnloser als gewöhnlich.«

»Dann musst du die Gründe eben suchen. Du hast doch die Akte vor dir.«

»Was glaubst du, was ich seit Wochen tue.«

»Okay.« Nessa seufzte und blickte zur Tür. Sie war geschlossen. »Ich verrate dir meinen Trick. Aber nicht lachen! Und wehe, du sagst es weiter!«

»Nie.«

»Mach die Augen zu.«

Bettina folgte.

»Jetzt denk an eine Begebenheit aus deinem Fall. Egal welche, aber es muss eine konkrete sein. Okay?«

Bettina dachte an ihr Telefongespräch mit Syra und Ballier.

»So«, sagte Nessas Stimme aus dem Off. »Und jetzt musst du ehrlich sein.«

»Gut.«

»Sag ein Wort, das dir dazu einfällt. Nur eins.«

»Gregor«, sagte Bettina spontan und öffnete die Augen.

Nessa räusperte sich. »Noch ein Versuch.«

Bettina ließ die Augen offen. »Mona Lisa.«

»Gut«, sagte Nessa. »Das ist doch schon was.« Sie erhob sich. »Jetzt finde die Mona Lisa.«

Nessa fuhr nach Bad Dürkheim und Bettina suchte sich im Internet eine Reproduktion der Mona Lisa. Die Gioconda lachte sie aus. Eine Weile ließ Bettina das zu, dann schob sie entnervt ihr Laptop von sich fort und nahm die nächstbeste Zeitung von ihrem Stapel. Sie erwischte den *Mannheimer Morgen* und las:

Familiendrama entpuppt sich als Artnapping
Geheimnisvoller Kunstschatz auf mysteriöse Weise
verschwunden

Das tragische Familiendrama vom Dienstag letzter Woche, in dem eine neununddreißigjährige Frau von ihrem Ehemann auf der A 8 vor einen Lastzug gestoßen wurde (wir berichteten) hat eine rätselhafte kriminelle Vorgeschichte. Inzwischen wurde bekannt, dass der Ehemann kurz vor der tödlichen Auseinandersetzung einen wertvollen Kunstschatz aus der Privatbibliothek des bekannten Unternehmers und Kunstmäzens Dr. Roland Ritter im rheinland-pfälzischen Ramsen gestohlen hat. Es handelt sich dabei um eine Handschrift aus dem 10. Jahrhundert, deren Wert auf mehrere Millionen Euro geschätzt wird. Laut Polizeiangaben wollte der Dieb in Begleitung seiner Familie den Besitzer aufsuchen, um von ihm ein Lösegeld zu erpressen. Bei seiner Fahrt wurde der Familienvater von Beamten aus mehreren Bundesländern verfolgt. Nach einem Streit mit seiner Frau setzte er zunächst seine Tochter an einem Rastplatz aus dem Wagen und tötete kurz darauf seine Frau. Danach flüchtete er zu Fuß und wurde in einem Waldstück unterhalb der A 8 ohne die Handschrift aufgegriffen. Deren Verbleib ist bislang ungeklärt. Polizeiangaben zufolge soll sie im Auto des Täters verbrannt sein, doch Augenzeugen berichten, der Wagen habe lediglich Blechschäden davongetragen.

Das vielleicht pikanteste Detail dieses rätselhaften Falls aber ist die unbekannte Herkunft der nun vermissten Handschrift. Sie wurde der privaten Ritter-Sammlung vor anderthalb Jahren als anonyme Schenkung zugestellt. Obwohl ihre Echtheit inzwischen zweifelsfrei bestätigt ist und zahlreiche namhafte Bibliotheken des In- und Auslands Anspruch auf sie erheben, konnte noch keine eindeutige Zuordnung vorgenommen werden. Nach den dramatischen Ereignissen auf der A 8 steht nun zu befürchten, dass ihr Verbleib ein ebenso großes Rätsel wie ihr Ursprung bleiben wird.

Es war wie ein Sog. Sobald sie diesen einen Artikel gelesen hatte, arbeitete Bettina sich wie besessen durch ihren Zeitungsberg. Und am Nachmittag glaubte sie fast selbst, dass die Ovid-Handschrift nicht zerstört sein konnte.

* * *

Am nächsten Morgen erhielt Bettina endlich Nachricht vom BKA. Und was für eine: Ein Bote kam in ihr Büro und brachte einen dicken, versiegelten Umschlag. Die Übergabe war fast feierlich, Bettina musste sich ausweisen, quittieren, und danach traute sie sich kaum, das Kuvert zu öffnen. Natürlich war dessen Inhalt nach all dem Zeremoniell zunächst enttäuschend. Es enthielt einen knappen Brief von Jaecklein, in dem er sich für ihre lange Mail bedankte. Er sprach sich lobend über ihre schlüssige Bombentheorie und die Klärung der Oberhuber'schen Familienrätsel aus. »Leider«, schrieb er dazu, »wird es aber kaum zu einem offiziellen Verfahren in der Mordsache Angelina kommen, da die Verdächtige Elisabeth Krampe nach wie vor im Koma liegt und vermutlich nicht mehr aufwachen wird.« Das Schreiben schloss mit der Aufforderung, ihn anzurufen.

Über die umfängliche Beilage, die er mitgeschickt hatte, verlor er kein Wort. Dass sie ein großartiges Dankeschön war, erkannte Bettina erst, als sie begriff, was genau Jaecklein ihr mit diesem unansehnlichen Papierstapel geschickt hatte. Es handelte sich um die Kopie einer alten BKA-Akte, in der viele Stellen geschwärzt waren. Sie enthielt das mit Schreibmaschine geschriebene Protokoll einer Auslandsobservation aus dem Jahr 1966, offenbar verfasst von einem freien Mitarbeiter der Bundesbehörde, dessen Name überall unkenntlich gemacht war. Auch sein Kontaktmann beim BKA wurde nicht genannt. Es ging um die Beobachtung eines gewissen Krampe, der offenbar nichts weiter verbrochen hatte, als für den *Spiegel* zu arbeiten. Mehr jedenfalls konnte Bettina den kaum verständlichen ersten Seiten nicht entnehmen. Sie las weiter und erfuhr, dass der namenlose Agent Krampe nach Rom in die Flitterwochen gefolgt war. Dort hatte er sich in dessen Hotel eingemietet und die Unternehmungen des Hochzeitsreisenden überwacht. Vor allem das, was Krampe ohne seine junge Braut tat, interessierte den Agenten. Bald konnte er berichten, sein Kandidat habe sich im einsamen Handschriftensaal einer kleinen Universitätsbibliothek mit einer »Kontaktperson« getroffen. Diese identifizierte er mit etwas Mühe als Corinna Ritrovato, deutsche Gattin von Vespasiano Ritrovato, der wiederum einen Posten als Jurist bei der römischen Militäranwaltschaft bekleidete. Über diese Verbindung zeigte sich der Verfolger spürbar erregt. Sie bewies seine Hypothese: eine Beziehung zwischen Georg Krampe und der Militäranwaltschaft.

Auf den Erfolgsbericht folgten zwei fast gänzlich ausgestrichene Seiten, denen Bettina mit viel gutem Willen den Folgeauftrag des BKA-Agenten entnehmen konnte: Er sollte den Verkauf von militärischen Informationen beobachten und unterbinden oder zumindest die Weitergabe an den *Spiegel* verhindern. Die Informationen waren zweifellos hochbrisant und mit allen möglichen Sicherheitsvorkehrungen geschützt, doch für den Juristen Ritrovato schienen sie zugänglich zu sein. An seinem Arbeitsplatz in der Militäranwaltschaft, dem Palazzo Cesi, existierte offenbar ein Safe, der ein entsprechendes Dokument mit heiklen Inhalten enthielt. Ritrovato wollte es stehlen und an den *Spiegel* verkaufen. Worum es in dem Dokument ging, war aus der Akte nicht zu ersehen, da waren die schwarzen Balken unerbittlich. Doch nach allem, was Bettina verstand, war das Vorhaben ohnehin nicht unkompliziert. Die Verhandlungen zwischen Corinna Ritrovato und Georg Krampe zogen sich in die Länge, denn Signor Ritrovato haderte bald mit seiner Absicht, aus dem Hause, in dem er arbeitete, etwas zu entwenden. Der BKA-Agent verdächtigte den Juristen deswegen der Preistreiberei. Sein Bericht klang nun ein wenig ungeduldig. Ein paar Seiten lang erwog er seine Möglichkeiten, das gesuchte Papier selbst aus dem Palazzo zu stehlen. Die Absicht verwarf er jedoch. Dann wurden die Berichte knapper. Der Agent hatte die geheime Korrespondenz von Corinna Ritrovato und Georg Krampe auf den Rändern eines »alten Buches« entdeckt, und er äußerte sich ungläubig über den heißen Flirt, der sich da anbahnte, ja er vermutete sogar ein Täuschungsmanöver und fürchtete, entdeckt zu sein. Bald jedoch konnte er sich mit eigenen Augen von der Affäre überzeugen, und von da ab prognostizierte er in seinen Berichten nur noch verächtlich den Misserfolg des Unternehmens. Es verdross ihn spürbar, einem Liebespaar hinterherzuspionieren, umso mehr, je näher die beiden sich kamen. Schließlich beschränkte er sich darauf, die Termine der Stelldicheins zu protokollieren und danach jeweils erfolglos Krampes Hotelzimmer zu durchsuchen. Mit einiger Schadenfreude berichtete er wenig später von dem Eklat, den ein zufälliges Treffen der Familien Ritrovato und Krampe auf der Promenade des Lido di Ostia auslöste: Die Affäre wurde öffentlich, und den anschließenden Rosenkrieg ersparte sich der Agent mit den Worten: *Man kann mit Sicherheit davon ausgehen, dass Signor Ritrovato seine Geschäftsbeziehungen zu Herrn Krampe nicht aufrechterhalten wird.* Die Akte schloss mit bedauernden Bemerkungen und einer geschwärzten Spesenabrechnung.

Bettina hätte sehr gern sofort das Telefon zur Hand genommen und sich von Jaecklein persönlich erklären lassen, was unter den schwarzen Balken stand. Dann jedoch dachte sie, dass er es ihr vermutlich nicht verraten würde. Daher hängte sie noch den Rest des Arbeitstages dran, um zu ermitteln, was damals in Rom geschehen war.

»Jaecklein«, sagte Jaecklein nüchtern.

»Boll.«

»Oh.« Er klang erfreut. »Rufen Sie an, um mir zu erzählen, wohin Frau Ballier geflohen ist? Und womit?«

»Ich dachte, das wüssten Sie vielleicht.«

»Kein bisschen. Aber«, sagte Jaecklein feierlich und entschädigte sie damit für die Funkstille der letzten Tage, »wenn irgendwer das rauskriegt, dann Sie, Frau Boll. Sie sind im Besitz der Wahrheit.«

Bettina freute sich.

»Also? Nur ein Tipp?«

»Kann Marc Schneider Ihnen das nicht sagen? Wo er doch jetzt sowieso nichts mehr zu tun hat außer reden?«

»Der flennt nur und sagt wenig. Ziemlich abenteuerliches Zeug noch dazu.«

»Seinen Auftraggeber muss er aber kennen.«

»Den hat er nie gesehen.« Jaecklein seufzte. »Angeblich hat er irgendwann einen Brief gekriegt mit fünfhundert Euro als Appetizer und der Aufforderung, ans Telefon zu gehen, wenn's nachts um elf klingelt. Das hat er gemacht, und dann auch noch alles andere, was Charlie von ihm wollte.«

»Charlie? Ein Mann?«

»Tja. Wer weiß. Eine elektronisch verzerrte Stimme. Sagt Schneider. Sie hat ihn gefragt, ob er eine halbe Million verdienen will. Erst hat er es für einen Scherz gehalten, aber dann hat er wohl noch mal fünfhundert gekriegt. Und er wusste ja, was für ein Schatz in der Bibliothek lag. Am Ende hat er den Auftrag angenommen. Dafür sollte er während der Party ins Haus spazieren, auf dem Dachboden abwarten, bis alle schliefen, und dann Ritters Schlafraum finden – das war kein übermäßiges Problem für ihn, denn er kennt das Haus. Schneider war von Anfang an bei der Renovierung dabei. Er hat einfach mit dem schönsten und größten Zimmer begonnen und gleich Erfolg gehabt. Wie er es beschreibt, war alles unheimlich leicht. Eine Nacht auf dem Speicher und ein sehr bescheidener Bruch in eine alte Klosterzelle. Im Grunde so simpel, dass er es sich fast selbst ausgedacht haben könnte.« Wieder seufzte Jaecklein. »Das macht es natürlich umso schwieriger, Frau Balliers Rolle in diesem Fall richtig einzuordnen.«

»Und das heißt auch«, sprach Bettina darauf langsam, »dass Marc Schneider die Ovid-Handschrift wirklich bei sich im Auto hatte, nicht wahr? Die echte?«

»Leider ja.«

»Ohne jeden Zweifel?«

»Todsicher. Das Buch ist verbrannt. Ich weiß, die Presse entwickelt schon Phantasien von Fälschungen und geheimnisvollen Kunstdieben am Unfallort, aber es gibt Reste. Und das Blatt, das Schneider rausgeworfen hat, stammt hundertprozentig aus dem Original.«

»Wie schade.«

»Eine furchtbare Verschwendung.«

»Wie geht es Lea Schneider?«

»Mies.«

Bettina seufzte. »Eigentlich rufe ich ja wegen was ganz anderem an. Wegen Ihrer Akte.«

Am anderen Ende blieb es still.

»Sie werden mir nicht erzählen, was unter den schwarzen Balken steht, oder?«

»Frau Boll –«

»Wo es doch eigentlich kein Geheimnis ist, dass im Jahr 1966 ein gewisser Aktenschrank der römischen Militäranwaltschaft für kurze Zeit geöffnet wurde. Ein bemerkenswerter Schrank. Er hat sogar einen Namen.«

Jaecklein seufzte.

»*Armadio della vergogna.* Auf Deutsch *Schrank der Schande.* Er stand von 1960 bis 1994 vergittert und mit der Tür zur Wand im Keller des Palazzo Cesi und war voller Akten über Nazi-Kriegsverbrechen.«

»Ich wusste, es war ein Fehler, Ihnen einen Text mit unkenntlichen Stellen zu schicken«, sagte Jaecklein. »Aber mehr werden Sie von mir nicht kriegen.«

»Was ich erfahren habe, ist allgemein bekannt. Es steht sogar bei Wikipedia.« Bettina dachte wieder einmal an Ballier.

»Das bezweifle ich nicht.«

»Ich kann raten und Sie hören zu«, sagte Bettina.

»Ihre Standardmethode«, sagte Jaecklein, aber ohne Bitterkeit in der Stimme. »Bei mir wirkt die nicht. Dazu sage ich nein, Frau Boll. Wir beide werden darüber nicht reden.«

»War es Theo Saevecke, der Krampes Überwachung angeordnet hat?«, fragte Bettina rasch.

»Ich –«

»Von Saevecke existierte eine Akte im *Schrank der Schande.* Wegen der wurde er sogar verurteilt. Irre, dass das erst '99 passiert ist.«

Jaecklein sagte nichts.

»Das Urteil kann ihn nicht groß geschockt haben«, sprach Bettina provokant, »denn es wurde in Turin gesprochen und wir liefern ja nicht aus.«

»Saevecke ist ein Jahr später gestorben«, ließ Jaecklein sich zu einer Antwort hinreißen.

»Jedenfalls war er BKA-Beamter. Vielleicht hat er von seiner Akte in diesem Schrank gewusst. Geahnt hat er sicher, dass es so etwas gab. Und auf jeden Fall hatte er Feinde beim *Spiegel*.«

Jaecklein schwieg.

»Ist es nicht verrückt«, fuhr Bettina fort, »dass Saevecke mit seinem Vorleben als SS-Mann und Chef der Mailänder Gestapo und einem Orden fürs Verfolgen tunesischer Juden nach dem Krieg Leiter des Referats für Hoch- und Landesverrat beim BKA werden konnte?«

»Ich hab ihn nicht eingestellt«, knurrte Jaecklein. »Das ist alles längst bekannt und aufgearbeitet, Frau Boll. Und es ist sehr lange her.«

»Doch Sie schwärzen immer noch die Akten.«

»Weil – ich hätte sie Ihnen nicht schicken müssen.«

»Haben Sie aber.«

»Sie haben mir geholfen«, gab Jaecklein zu. »An dieser Bombensache hätte ich noch ewig gehangen. Dass die Ehefrau das Paket an die Rivalin aufmachte, hätte ich nie erkannt. Das konnte nur eine Frau sehen.« Er sagte es herausfordernd, eine Frauenkiste, nix für echte Kerle – ein Ablenkungsmanöver. »Ich bin Ihnen zu Dank verpflichtet.«

»Es war also Saevecke?«, fragte Bettina unbeeindruckt.

Jaecklein holte tief Luft. »Das haben Sie nicht von mir. Es liefen hierzulande übrigens einige Verfahren gegen ihn, und die wurden allesamt eingestellt. Es gibt solche Typen, die schlüpfen durch alle Maschen. Da hat nicht nur die Urteilskraft seiner Vorgesetzten beim BKA versagt. Das waren viele verschiedene Urteile. Und soviel ich weiß, hat die CIA Saevecke großzügig entlastet.«

»Die Italiener hingegen haben ihr belastendes Material in einen Schrank gesperrt, den zur Wand gedreht und im Keller der Militäranwaltschaft eingegittert. Eigentlich ist das fast verrückter.«

»Schuld«, sagte Jaecklein kryptisch und es hörte sich an wie ein Achselzucken.

»1966 kam sie kurz mal wieder in Mode«, sprach Bettina. »Vielleicht sogar – was ja ein Hohn wäre – aufgrund der *Spiegel*-Affäre. Ich kann mir gut vorstellen, dass Journalisten, die wegen eines einzigen Artikels über das Verteidigungspotenzial ihres Landes im Knast landen und zusehen müssen, wie ihre Redaktion wochenlang von der Polizei belagert wird, anfangen, in der Vergangenheit ihrer Verfolger zu suchen. Saevecke hat damals die polizeilichen Aktionen geleitet.«

»Frau Boll«, sagte Jaecklein. »Saevecke hat als Polizist ausgeführt, was in der Politik beschlossen wurde, und außerdem die Arbeit eines anderen gemacht. Sein Chef war gerade nicht da und hat ihm später die gesamte Verantwortung zugeschoben.«

»Oh«, sagte Bettina. »Der Arme. Jedenfalls ist es doch möglich, dass diese Affäre eine Art Welle ausgelöst hat. Einen Volkszorn. Peinliche Vergangenheiten aufspüren und so weiter. Das Ganze ist nach Italien geschwappt und die erinnerten sich wieder an ihren alten Schrank im Keller des alten Palazzo. Sie öffneten das Möbel und begannen einen Teil der Akten aufzuarbeiten. Vermutlich konnte das jeder mitbekommen, der sich dafür interessierte.«

»Wie auch immer«, sagte Jaecklein.

»Die Leute vom *Spiegel* hätten sicher was drum gegeben, einen Saevecke in die Pfanne zu hauen.«

»Angeblich hat er dem Redakteur, den er festnehmen ließ, Hafterleichterungen verschafft.«

»Das hat den bestimmt sehr dankbar gemacht.«

»Vielleicht schon.«

»Ich denke«, sagte Bettina, »ich kann die schwarzen Stellen rekonstruieren.«

»Natürlich«, sagte Jaecklein.

»Vermutlich wusste Ihr Geschwärzter gar nicht, dass er eigentlich einen Privatauftrag ausführte, denn er legte treu und brav eine Akte darüber an. Oder er war ein so linientreuer Altnazi, dass er es sogar rechtens fand, im Auftrag des BKA für einen Kriegsverbrecher zu arbeiten.«

Jaecklein sagte nichts.

Bettina wartete eine Weile. Sie würde nie den Hauch eines Beweises haben, wenn Jaecklein das nicht zugab.

Er tat es selbstverständlich nicht.

»Doch was auch immer damals geplant war«, sagte sie schließlich, »es ist schiefgelaufen. Krampe hat es versaut. Das Dokument, das er dem *Spiegel* besorgen sollte, hat er nicht bekommen. Dafür hat er seine Flitterwochen geopfert, sich in ein Buch verliebt, eine Affäre mit der Frau seines Mittelsmannes begonnen, seinen Auftrag vergessen und ein tragisches Chaos ausgelöst.«

»Und genau darum«, sagte Jaecklein, hörbar entschlossen, jetzt *wirklich* einen anderen Ton anzuschlagen, »hat er danach Romane geschrieben.«

»Meinen Sie?«

»Ich setze sogar noch einen drauf und behaupte: Nur weil er im wirklichen Leben gescheitert ist, war er als Autor so gut.«

»War er denn gut?«

»Na klar«, sagte Jaecklein, ohne zu zögern. »Haben Sie seine Thriller etwa nicht gelesen? Als Jugendliche?«

»Ich kenne nur den von Anna Oberhuber.«

Jaecklein stöhnte. »Wissen Sie was«, sagte er dann, »Sie haben doch Kinder. Denen schicke ich demnächst mal ein echt cooles Buch.«

An diesem Abend fuhr Bettina wieder nach Frankfurt, um Elisabeth Krampe zu sehen. Auf der Intensivstation jedoch hatte sie keinen Erfolg. »Frau Krampe ist nicht mehr da«, sagte die Schwester am Empfang kühl. Bettina konnte nicht erkennen, ob es dieselbe war, die beim letzten Mal am Bett der Verletzten mit ihr gesprochen hatte.

»Ist sie tot?«, fragte sie.

Entrüstet sah die Schwester auf. »Verlegt. Sie ist aufgewacht. Gestern schon.«

»Oh«, sagte Bettina.

»Das haben wir Ihnen aber längst mitgeteilt«, sagte die Schwester mit streitsüchtigem Blick auf Bettinas Dienstausweis.

Die hatte keine Lust, sich zu rechtfertigen. »Wo ist sie?«, fragte sie nur.

Und die Schwester musterte sie böse. »In der Geschlossenen. Wissen Sie doch.«

Als sie im Aufzug stand, drückte Bettina den Knopf fürs Erdgeschoss. »Ausgang« stand breit daneben. Sie hatte nicht vor, mit Elisabeth Krampe zu reden. Vielleicht wollte sie insgeheim Gregor begegnen, doch nicht am Bett seiner Mutter in der geschlossenen Abteilung. Ihre eigenen Absichten narrten sie zuweilen, doch nicht *so* sehr.

Sie fuhr nach Hause. Und tags darauf begann sie, in Ermangelung eines anderen Plans, ernsthaft nach der Mona Lisa zu suchen.

Fünfzehn

»Jaecklein.«

»Boll.«

»Oh. – Hallo, Frau Boll.« Wieder klang die Stimme des Kollegen durchs Telefon erfreut, was Bettina mit vager Hoffnung erfüllte. Vielleicht konnte sie ihr Anliegen durchbringen.

»Herr Jaecklein, möchten Sie Frau Ballier sprechen?«

»Haben Sie sie gerade da?«

»Ich weiß, wie wir sie finden können.«

»Ach ja?«

»Es wird etwas kosten.«

Jaecklein seufzte.

»Und wir sollten uns beeilen.«

»Ich bin nicht mehr zuständig für diesen Fall«, sagte Jaecklein ohne großes Bedauern. »Die Soko wurde aufgelöst. Sie müssen sich an die Frankfurter Mordermittler wenden.«

»Hab ich schon«, sagte Bettina düster.

»Ja dann …«

»Die haben gesagt, sie ziehen meine Ideen in Erwägung.«

»Das klingt doch gut.«

»Ha, ha.«

»Frau Boll –«

»Wir müssen Gregor Krampe überwachen. Der wird uns zu Frau Ballier führen. Ganz sicher.«

Am anderen Ende der Leitung blieb es still.

»Das hat nichts mit mir und – hm, Herrn Krampe zu tun. Gar nichts. Wir sind getrennte Leute. Und ich kann Privates und Berufliches auseinanderhalten.«

»Das würde ich Ihnen sehr gern glauben«, sagte Jaecklein gedehnt.

»Wir brauchen eine Überwachung. Dringend.«

»Gut«, sagte Jaecklein und gab sich einen hörbaren Ruck. »Warum glauben Sie das?«

Bettina schilderte ihm das Ergebnis ihrer Recherche über die Mona Lisa. Sie hatte eine Woche lang dran gesessen, die gesamte Fallakte und zahllose Kunstführer gewälzt. Und nun wusste sie, was geschehen war. Jaecklein hörte ihr wortlos zu. Danach schwieg er lange.

»Es liegt im Ermessen der hessischen Polizei, ob sie eine Überwachung anordnet«, sagte er schließlich. »Ich werde denen eine Empfehlung schreiben, aber mehr kann ich nicht tun. – Machen Sie sich keine großen Hoffnungen, Frau Boll. Wenn stimmt, was Sie sagen, ist es fraglich, ob Krampe überhaupt eine Straftat begangen hat. Geschweige denn jemals überführt werden kann. Die Ballier zu erwischen wäre natürlich ein Coup, aber solange sie flüchtig ist, können wir kaum mehr tun als ihr hinterherzuwischen und sie zur Fahndung auszuschreiben. Und das ist bereits geschehen.«

»Die ist garantiert im Ausland. Das ist ein Fall fürs BKA.«

»Das ist nicht erwiesen.«

»Sie ist doch Schweizerin. Die ist nach Hause gefahren.«

»Das macht die Sache nicht leichter.«

»Überwachen Sie Krampe.«

Jaecklein seufzte wieder.

»Sie wollen Frau Syras Tod gar nicht sühnen«, warf Bettina ihm vor.

»Doch, aber Sie nicht«, sagte Jaecklein. »Sie wollen Ihren Krampe und sonst nix.«

Nun schwiegen sie beide.

»Hören Sie –«

»Nein«, sagte Bettina. »Hören *Sie*. Sie müssen zumindest eins für mich tun. *Eine* Sache. Okay?«

»Welche?«, fragte Jaecklein misstrauisch.

»Ich will wissen, was Krampe am 17. und 18. April in Pisa gemacht hat. Er hat dort irgendwen getroffen. Irgendwas getan. Ich muss wissen, was das war. Dann kann ich besser argumentieren.«

Jaecklein schwieg.

»Bitte. Sie sind das BKA. Sie können das rauskriegen. Ich weiß es. Sie rufen mal kurz in Pisa bei den Kollegen durch und –«

»Okay«, unterbrach Jaecklein.

»Okay?«, fragte Bettina überrascht.

»Aber das ist das Letzte, was ich in dem Fall für Sie tue, Frau Boll.«

»Gut«, sagte Bettina erfreut.

»Das Allerletzte.«

»Danke.«

»Ich habe zu danken, Frau Boll.«

Bettina nahm eine Woche Urlaub, mehr gestand sie Gregor nicht zu. Eine Woche. Eigentlich war das nichts. Und natürlich konnte sie ihn nicht rund um die Uhr bewachen. Doch sie musste es tun. Als Zeichen. Für sich.

In der Abteilung wurde ihr Urlaubsantrag fast mit Erleichterung aufgenommen. »Das ist wirklich mal fällig, Frau Boll«, sagte sogar Härting. »Schlafen Sie sich aus. – Haben Sie übrigens schon gehört? Unser kleiner Willenbacher will heiraten.«

»Ach?«, sagte Bettina.

»Wer hätte gedacht, dass der mal unter die Haube kommt? – Sehen Sie, Böllchen, es besteht Hoffnung für jeden.«

Bettina starrte ihren Chef an.

Er hob die Hand und winkte sie aus dem Zimmer. »Nichts für ungut. Sie verstehen mich. Erholen Sie sich.«

Sie ging. Und richtete sich für eine Woche in ihrem unglaublich unauffälligen goldbraunmetallicfarbenen Taunus vor dem Haupteingang zu Gregors Wohnhaus ein.

Am Samstag blieben die Kinder bei Erika. Gregor ging einmal aus, zum Einkaufen. Sonntags wollte Erika nicht, da machte Bettina mit den Kids einen Ausflug. Am Montag war Gregor noch da. Hinter seinen Fenstern brannte morgens schon Licht, und er verließ das Haus nicht. An diesem Tag wäre Bettina beinahe hochgestürmt, um ganz einfach mit ihm zu reden. Sie saß bis zum Nachmittag nervös da und kam sich völlig verrückt vor.

Am Dienstag fuhr Gregor nach Mainz, zur Uni. Bettina folgte ihm durch die Gebäude und aß wie er in der Mensa. Er saß zehn Tische weiter. Einmal sah er zu ihr herüber, und sie fürchtete, er habe sie entdeckt, doch sein Blick ging durch sie durch, während er mit seinem Tischnachbarn sprach.

Am Mittwoch fuhr er in die Frankfurter Innenstadt zum Polizeipräsidium. Bettina folgte ihm nicht hinein. Vermutlich ging es um seine Mutter.

Am Donnerstag verließ er den ganzen Tag über die Wohnung nicht, außer einmal, um einzukaufen und einen Kaffee zu trinken. Nachmittags gegen drei dachte Bettina, dass ihre lückenhafte Soloüberwachung scheitern *musste*, gar keine Frage, das war keine Polizeiarbeit, sondern Voyeurismus und krank. Noch dazu vernachlässigte sie wieder mal ihre Kinder, für einen Fall, der längst abgeschlossen war, und einen Mann, dessen Anrufe sie ignorierte. Draußen regnete es Bindfäden und im Auto war es schrecklich kalt. Sie wollte heim.

Da sah sie, wie eine Gestalt im grauen Mantel und mit einem kleinen Koffer in der Hand Gregors Haus verließ. Der Mann sah eilig aus. Und er steuerte auf Gregors Auto zu. Sie sah auf die Uhr: fünf nach drei. Wenn er jetzt wieder nach Mainz fuhr und sie ihm sinnloserweise folgte, würde sie zu spät kommen, um ihre Kinder abzuholen. Doch der Koffer in Gregors Hand bewog sie, ihr altes Auto ein letztes Mal auf seine Spur zu setzen. Und diesmal fuhr Gregor zum Flughafen.

Bettina sah den riesenhaften Komplex zum ersten Mal. Er war kein einzelnes Gebäude, nichts, was man als Ganzes erfassen konnte, eher ein System aus vielen geheimnisvoll beschrifteten Zugängen, von denen man den richtigen wählen musste, um sich im Innern nicht sofort zu verlieren. Bettina folgte Gregor und verlor sich nicht. Sie schaffte es sogar, ihr Auto im selben Parkhaus wie er zu parken. Dann schritt sie ihm nach durch graue Gänge, die sie schließlich in eine riesige Halle brachten. Es war ein glasgefasster, feierlicher Raum, in dem alles, was sich notgedrungen der menschlichen Größe anpassen musste, wie Spielzeug wirkte. Eine Menge Winkel und Ecken gab es trotzdem. Gregor steuerte verschiedene Schalter an, gab etwas Gepäck auf und betrat dann einen kleinen braunen Coffee-Shop mit dem Namen *The Myrtle Tree*. Bettina zögerte erst, zu folgen.

Doch fünf Minuten später stand sie neben Gregor.

Er saß in einer gepolsterten Bank, die etwas von einem Séparé hatte. Vor ihm befanden sich eine Zeitung, die er nicht las, und ein Kaffee, den er nicht trank. Dass Bettina den Raum betreten hatte, mochte er bemerkt haben, vielleicht aber auch nicht. Jedenfalls hob er den Kopf erst, als sie seinen Tisch mit den Fingerspitzen berührte. Überrascht wirkte er kaum. Eher angespannt. Und gegen seinen Willen erfreut. Da war so ein Leuchten in seinen Augen, das er nicht unterdrücken konnte, auch wenn sein Mund schmal blieb. »Bettina«, sagte er.

Sie setzte sich.

»Ich würde mich glatt freuen, dich zu sehen, wenn ich wüsste, wie du mich ausgerechnet hier gefunden hast«, sagte er unruhig.

»Polizeiarbeit«, sagte Bettina, die spürte, wie das Strahlen aus seinen Augen auch die ihren erfasste. »Langweilige, schmutzige Polizeiarbeit.«

»Langweilig, schmutzig und effektiv«, sagte Gregor. Er spähte über Bettinas Schulter nach draußen. »Wo sind deine Gorillas?«

»Hab ich nicht.«

Er blickte zweifelnd.

»Mist, wenn man dem anderen nicht trauen kann, nicht?«, fragte sie.

Seine Augen schätzten Bettina ab. Freundlich und aufmerksam. »Okay«, sagte er dann: Ich traue dir.

»Ich brauche keine Gorillas«, warnte Bettina.

»Ich weiß. Du bist Catwoman.«

Sie lächelte. »Ich bin eine ganz gewöhnliche Schnüfflerin. Ich habe sogar deinen Notizkalender gelesen. Am Morgen. Nach – du weißt schon.« Sie räusperte sich. »Damals hab ich mich gefragt, was du eigentlich in Italien wolltest, so kurz vor dieser Party und mitten in einer polizeilichen Untersuchung.«

»Ein Buch kaufen«, sagte Gregor automatisch, dann blickte er auf. »Sag du es mir: Was wollte ich dort?«

Sie seufzte. »In deinem Notizkalender stand für diesen Tag der Eintrag *Mona Lisa*.«

»Ach was.« Gregor fixierte Bettina grimmig, während er seine Tasche öffnete und den Kalender herausholte. »Das war der wievielte?«

»Der siebzehnte.«

»Stimmt. In der Tat. *Mona Lisa*.« Er schlug das Buch wieder zu. »Du wirst es nicht glauben, aber dieser Eintrag ist inzwischen stadtbekannt. Alle deine Kollegen haben ihn gelesen. Mach dir also keine Sorgen wegen deiner Integrität.« Er funkelte sie an.

»Doch«, sagte sie ernst. »Ich schäme mich. Es war billig, dir so nachzuschnüffeln. Nur ist dieser Eintrag verdammt interessant. Und ich bin Bulle genug, um meine Integrität zu vergessen, wenn's interessant wird.«

»Wieso liest du eigentlich anders als deine Kollegen?«

»Frau Ballier hat mir einiges beigebracht.«

Er schlug seinen Kalender wieder auf. »Das ist nur Gekritzel!«

»Ja, ich weiß, und was Ballier gesagt hat, war nur eine Frotzelei. Ich wäre so besorgt um dich, hat sie gemeint, dass ich keine vernünftige Recherche mehr machen könnte und nicht mal die Mona Lisa finden würde, wenn sie vor mir hinge. Ein harmloser Witz. Andererseits war es eine verdammt merkwürdige Übereinstimmung. Eine Art geheimes Losungswort, das Ballier nicht für sich behalten konnte. *Mona Lisa*. Vermutlich das häufigste Losungswort der Neuzeit. Kaum ernst zu nehmen.« Sie feixte. »Ich dachte ja zuerst, es wäre eine italienische Freundin von dir. Eine Frau.«

Gregor starrte sie an. »Lisa del Giocondo *war* eine Frau. Alle anderen Behauptungen sind kunsthistorische Akrobatik.«

»Das weiß ich nicht. Zum Glück interessiere ich mich nicht sehr für Kunsthistorie. Sonst hätte mich einer von diesen dicken Wälzern sicher verschluckt.« Bettina legte die Hände auf die Tischplatte. »Das sind Fallen. Denen bin ich entkommen. Obwohl ich ehrlich versucht habe, sie zu lesen. Aber dann hab ich was Besseres gefunden. Denn ich interessiere mich mehr für –«

»Billigen Grusel«, sagte Gregor fies.

»Kriminalgeschichten. Und von der Mona Lisa gibt es eine schöne.«

»Nein«, sagte Gregor.

»Doch. Sie machte einen gewissen Eduardo de Valfierno zum steinreichen Mann. Er war einer der wenigen glücklichen Kunsträuber der Geschichte. Zu Unrecht vergessen. Im Jahr 1911 ergaunerte er ein Vermögen und lebte von da an zufrieden auf einem Gut irgendwo versteckt im tiefen Afrika. Er stahl die Mona Lisa.«

Gregor schloss den Mund, der gerade etwas hatte sagen wollen.

»Zu dieser Zeit«, sagte Bettina, »gab es im Louvre wenig Sicherheitsvorkehrungen. Die Mona Lisa hing ungeschützt an vier Wandhaken.« Sie beugte sich vor. »Stell dir vor: Ein einfacher Arbeiter konnte sie stehlen. Ich weiß natürlich nicht, ob dieser Mann so einfach wie euer Marc Schneider war. Und selbstverständlich war er auch kein Baumaschinenführer. Er war Glaser. Ein Glaser namens Peruggia. Er ließ sich nachts mit zwei Komplizen in einer Abstellkammer des Louvre einschließen, zog am

Morgen darauf den weißen Kittel der Reinigungskräfte über und marschierte mit seinen Kumpanen in den *Salon Carré*, wo das Gemälde hing. Dort nahmen die drei es von der Wand und spazierten damit unbehelligt aus dem Museum.« Sie blickte Gregor in die grauen Augen. Die sahen blank aus. Ganz glatt und hell, wie Bettina schon viele Augen gesehen hatte. Bei Gregor gefiel ihr das nicht. Sie ließ sich in die Polster der Bank zurücksinken. »Das Gute an Peruggia war«, sagte sie leise, »dass er seine Frau nicht umgebracht hat. Peruggia ist Mensch geblieben. Er arbeitete nicht mal für einen Mörder. Er war vernünftig.«

Gregor schloss die Augen.

»Obwohl er ganz fürchterlich gelinkt wurde. Denn sein Auftraggeber hat ihn nie bezahlt. Niemals. Peruggias Anstifter war an der echten Mona Lisa nicht interessiert. Er wollte nichts weniger als eine Verbindung zu ihr oder dem Dieb. Er hat nur veranlasst, dass sie gestohlen wurde und lange verschollen blieb.« Bettina beugte sich wieder vor. »Damals waren die Verhältnisse allerdings noch andere. Man ließ sich mehr Zeit. Ihr dagegen hättet euch eigentlich denken können, dass im Zeitalter des Artnappings sofort riesige Lösegelder ausgelobt werden.«

Gregor schüttelte mit geschlossenen Augen den Kopf.

»Andererseits ist es recht praktisch für euch, nicht wahr, dass der Ovid jetzt unter so zweifelhaften Umständen verbrannt ist. Das kommt eurem Plan fast mehr entgegen als ein kleiner unbedarfter Dieb, der nicht weiß, wohin mit dem guten Stück. Ist es nicht so? – Peruggia hat das Bild am Ende einfach zurückgegeben. Das müsst ihr nicht fürchten. Dank Herrn Schneider und seiner Frau ist für alle Zeiten ausgeschlossen, dass der echte Kodex wieder auftaucht.«

Gregor senkte den Kopf noch ein bisschen tiefer.

»Aber genug von verblendeten, verführten und zerstörten Familien«, sagte Bettina munter, »kommen wir lieber zum Star der Geschichte: Eduardo de Valfierno. Der Drahtzieher.«

Gregor schaute auf. »Er hat nichts Verbotenes getan!«

»Fast nichts«, sagte Bettina.

»Bettina«, sagte Gregor. In seinen Augen glomm so etwas wie

ein schwaches, hoffnungsvolles Fieber. »Ich bitte dich. Er hat doch keine Straftat begangen, nicht die kleinste!«

»Er hat sich einen Kopisten gesucht«, sagte Bettina.

»Das ist nicht illegal!«

»Dem gab er den Auftrag, sechs Kopien herzustellen«, fuhr sie fort, rollte ihre Haare im Nacken zusammen und stopfte sie in den Kragen. »Es waren doch sechs, nicht wahr?«

Gregor biss sich auf die Lippen.

Bettina machte eine wegwerfende Geste. »Sagen wir, eine bestimmte Menge von Kopien. Die genaue Anzahl ist unwichtig. Jedenfalls mehrere. Mit einem Schwarzmarktpreis von astronomischer Höhe.« Sie sah Gregor mit schräg gelegtem Kopf an. »Was bringt so ein Ovid? Zwei Millionen? Frau Ballier wusste es genau, nicht wahr? – Valfierno kassierte damals dreihunderttausend Dollar pro Stück. Das wären heute 40 Millionen Euro. Aber er war ja auch ein Profi.«

»Seine Kundschaft«, sagte Gregor trotzig, »waren reiche Säcke, die glaubten, das wertvollste Bild der Welt zu kaufen. Welchen Schaden kann man denen schon zufügen? Wo ist die Straftat? Sag es mir!«

»Es geht mir nicht um die reichen Säcke«, sagte Bettina, »es geht mir um Frau Syra, meine Chefin.«

»Die hat Ballier erschossen.«

»Und um das Ovid-Manuskript.«

»Das hat Schneider gestohlen.«

»Ja, natürlich«, sagte Bettina verächtlich. »Du hattest bisher noch keine glaubwürdige Rolle in dem Drama. Zugegeben. Dein Argument hat sich im Verhör ganz gut gemacht. Wenn die Ballier das Originalmanuskript gewollt hätte, dann wärst du nur lästiger Ballast gewesen. Aber Ballier trug nicht das echte Buch in der Tasche, als sie meine Chefin einfach abgeknallt hat. Die Ballier hatte die Kopien.« Sehr leise fügte sie an: »Sie hatte sie von dir. Du bist elegant. Du bist ein Zocker. *Du* bist der Auftraggeber.«

»Ich bin kein Mörder«, sagte Gregor.

»Wer die Waffe in die Hand nimmt, wird sie benutzen«, sagte Bettina. »Das macht uns Polizisten so unbeliebt.«

»Ich besitze keine.«

Sie seufzte. »Ich hab einen guten Bekannten beim BKA. Der hat für mich in Pisa Nachforschungen anstellen lassen. An diesem siebzehnten April warst du dort, aber in keinem deiner Stammhotels. Du warst auch nicht bei deinem Händler. Du hast dir ein Auto geliehen und bist damit knapp fünfhundert Kilometer weit gefahren, wohin auch immer. Du hast nichts gekauft und keine Antiquitäten ausgeführt. Aber du könntest dort einen gewissen Smith getroffen haben.«

»Nein.«

»Auch bekannt unter dem Namen Freestone. Das Fälschergenie. Der Typ, der die Welt um einen ganzen Haufen alte Meister reicher gemacht hat. Wir wissen, dass er sich gern in den Apuanischen Alpen aufhält. Gut zweihundert Kilometer von Pisa entfernt. Irgendwo dort im Hinterland hat er sich so eine Art Altersruhesitz eingerichtet, aber es heißt, er wäre noch einigermaßen fit. Und soviel ich weiß, ist er ein alter Freund eurer Familie. Dein Vater erwähnt ihn in seiner Biografie.«

»Himmel«, sagte Gregor, »los, komm mit eine rauchen.« Er stand auf.

Bettina blieb sitzen. »Wo willst du hin?«

»Wohin du mich lässt.«

»In die Raucherlounge«, sagte sie.

In der Raucherlounge war es stickig und ungemütlich, ein winziger, verräucherter Glaskasten voller hastiger Menschen, die sich kaum setzten, sondern sich mit Suchtgesichtern ihre paar Züge reinpfiffen. Der rechte Ort für einen unglücklichen Abschied. Wie ein Bahnhof im Regen, nur nicht nass.

»Mein Chefin, die jetzt tot ist, hat mich vor dir gewarnt«, sagte Bettina und lehnte sich an die Glaswand.

Sie sah aus wie der schönste Mensch und wie der hässlichste. Ihre roten Haare schimmerten dunkel in all dem grauen Rauch, ihre Haut war blass und zart mit Sommersprossen getupft, ihr Gesicht zu scharf und schmal, ihre Klamotten unmöglich, irgendwelches grünes Zeug aus dem Polizeifundus, gepolsterte, unförmige Kunstfaser, und ihre Augen blickten abwehrend und kühl. Gregor gab ihr eine Zigarette ab und stellte sich so nahe, dass er sie zumindest riechen konnte. Das Erdige an ihr gefiel ihm. Die Vanille.

»Sie meinte, ein Mann, der grundlos seine Universitätskarriere aufgibt, ist gefährlich.«

Gregor grinste schwach. »Das haben meine Kollegen auch gesagt.«

»Wieso hast du es dann gemacht?«

»Damit mich zumindest ein paar alte Akademiker und Polizisten für gefährlich halten.«

Sie ging auf den Ton nicht ein. »Aber das Buch!«, sprach sie in heiligem Ernst. »Es war doch interessant! All das Verborgene, Weggekratzte, die einmaligen Texte – wolltest du sie nicht entziffern? War das Medea-Rätsel nicht spannend genug, um das Buch bei Ritter zu lassen und daran zu arbeiten? Wieso dieses Gehampel ums Geld? Du verdienst doch gut. – Oder hast gut verdient.«

Gregor stieß eine große Rauchwolke aus und sagte nichts. Auf den Drahtsesseln vor ihnen lümmelten sich zwei stark geschminkte Mädchen mit weißen Stöpseln in den Ohren.

»Wieso?«, wiederholte Bettina und war offensichtlich ratlos. Seinetwegen. Ihm ging es genauso.

»Ich kann bei Ritter nicht bleiben«, sagte er und versuchte, sich Biancas Bild vor Augen zu rufen. Es ging nicht. Sie verblasste erschreckend schnell. Sie war kein Grund mehr, irgendetwas zu tun oder zu lassen. Hätte es nie sein müssen.

»Du hattest es lange geplant und konntest nicht mehr zurück«, sagte Bettina, und er fand es rührend, wie sie versuchte, ihn zu begreifen. »Du hast dieses Buch im Nachlass deines Vaters gefunden, und du hast das Potenzial erkannt. Du hast es zu Freestone gebracht, um es kopieren zu lassen, und dann erst hast du es an Ritter geschickt, um es berühmt zu machen. Je bekannter es wurde, desto höher stieg sein Wert. Und irgendwann fiel dir ein, dass du die Kopie verkaufen könntest. Oder mehrere davon.«

»Ich weiß es nicht mehr genau«, sagte er vage. An der schmutzigen Fensterscheibe vor ihnen war ein großer brauner Aufkleber befestigt, mit einem stilisierten knorrigen Baum darauf. Er sah mediterran aus und ein bisschen nach Kaffee, weshalb auch immer. *The Myrtle Tree* stand im Kreis darum geschrieben. *Open 24 hours a day.* Überall auf den Scheiben klebten diese Sticker, sogar auf der Tür. »Es waren so viele Dinge.« Der Tod seines Vaters. Bianca. Johnny Montes. Die Häme seiner Kollegen. Die lebenslangen finanziellen Engpässe seiner Mutter. Ihre befremdende Art, alles ertragen zu wollen. (Und der schreckliche Grund dafür, den jetzt irgendein blöder Bulle ausgegraben hatte!) All das Verstrickte, Kleinkarierte, das Erstickende, Festgelegte. Er setzte ein kleines Lächeln auf. »Es war vermutlich so eine Art Midlife-Crisis.«

»Aber das Buch«, wiederholte Bettina mit großen Augen, und sie sah ungeheuer jung aus, trotz der Zigarette in ihrem Mund und dieser kleinen Linien in ihrem Gesicht und all dem Ungeheuerlichen, das sie schon gesehen haben musste. Das wollte sie jetzt nicht glauben, dass er seinen Schatz verkauft hatte für die Chance auf ein paar lumpige Millionen. Du braves kleines Mädchen, dachte Gregor, plötzlich bedrängt von so viel billigem Idealismus. Du Angestellte. Du Ignorantin. Du klebst in deiner Mietwohnung und an deinem Halbtagsjob fest, als seien es Paradiese. Du kennst nichts Besseres und wirst nichts Besseres, du kannst nur langsam in deiner Höhle versteinern oder verfaulen. Du bist der Bodensatz. Ermüdend. Austauschbar. Wenn man dich erst vom Wert einer Sache überzeugt hat, dann entwickelst du plötzlich naive Ehrfurcht, die genauso lächerlich ist wie das Desinteresse, in dem du sonst dein Leben verbringst.

»Das Buch«, sagte Gregor hart, »war ein Männermagazin, mehr nicht. Es waren ein paar geile Bilder drin.«

Bettina starrte ihn an, und sein innerer Ausbruch tat ihm leid. Er wusste, er hatte ihr Unrecht getan. Sie war kein Teil der Masse, die Masse gab es nicht. Die Masse war die wahre Illusion und naiv nur, wer an *sie* glaubte. In Wirklichkeit waren jeder Kopf und jede Haut anders, alle irgendwie gut oder schlecht und verschieden, und Bettinas Haut war die zarteste und blasseste von allen, die einzige, die so nach Rauch und Erde und Vanille roch, die einzige, der bläuliche Lippen und misstrauische Augen nichts anhaben konnten, die einzige.

»He«, sagte Bettina und rückte weiter von ihm ab ins Eck. »Lass das.« Und starrte ihn immer noch so an.

Hey Kumpel, sagte da – natürlich – Johnny Montes in seinem Kopf. Soll ich dir verraten, wie du sie knackst?

Halt die Klappe, sagte Gregor.

Sie braucht eine Geschichte, sagte Johnny.

Verschwinde.

Glaub mir. Hab ich dich je schlecht beraten? Die Puppe da, die darfst du nicht anfassen. Nicht mal anpusten. Mir wär sie ja zu blass, so um die Nase rum, aber wenn du meinen Rat willst: Erzähl ihr eine Geschichte. Na los. Hat dein Vater dir denn gar nichts beigebracht?

Was für eine?, fragte Gregor stumm, und Johnny lachte.

Hat sie doch gesagt, mein Freund. Eine Kriminalgeschichte. Eine gute.

So eine kenne ich nicht.

Johnny lachte wieder. Zu dumm. Dann musst du eine abgehobene Gelehrtengeschichte nehmen. Sein Lachen wurde fies und verhallte. Zum ersten Mal fühlte Gregor sich verlassen ohne ihn.

»Ich kann dir erklären, warum ich von der Uni weg bin«, sagte er laut zu Bettina und warf seine angerauchte Zigarette fort wie einen Köder. Sie landete auf dem Boden, wo er sie austrat, die Mädchen mit den weißen Ohrstöpseln sahen es mit Befremden.

»Warum?«, fragte Bettina.

Er sagte das Erste, was ihm einfiel: »Ich hatte eine Theorie, eine spektakuläre und verdammt gute, aber mit meinem Abenteuerromanvater hatte ich damit keine Chance. Ich darf so was einfach nicht.«

»Was?«

»Denken«, sagte er.

»Was ist das für eine Theorie?«, fragte sie und sah immer noch misstrauisch aus, aber auch bereit, sich mitreißen zu lassen. Das war das Reizvolle an ihr. Dieses halb widerstrebende, halb lustvolle Zuhören. Das Intensive.

»Es ist ein bisschen kompliziert.«

Bettinas Gesicht wurde nicht abweisender.

»Es geht um Ovid.«

»Okay«, machte sie. Es klang fast erwartungsvoll.

»Ovid wurde verbannt, ans Schwarze Meer, man weiß bis heute nicht genau, warum.«

In Wahrheit hatte er diese Theorie als ganz junger Student entwickelt, als eine der vielen Hausarbeiten, die er im Lauf der Jahre angefertigt hatte, wieso ihm ausgerechnet die jetzt einfiel, wusste er nicht. Sie hatte ihm nur eine Drei eingebracht. Darunter hatte gestanden: *Die Ursachen von Ovids Verbannung sind Gegenstand unendlich vieler Spekulationen, und es ist nicht unsere Absicht, die noch zu vermehren. Ihre Argumentation ist bestechend, aber Sie hätten sich auf die Charakteristik von Frauenfiguren in seinem Werk konzentrieren sollen.*

»Wegen seiner versauten Schriften«, sagte Bettina sachverständig.

Gregor lächelte. »So versaut waren die auch wieder nicht.«

»Weil er ein freier Denker war und Kaiser Augustus diese Unabhängigkeit nicht leiden konnte.«

»Stimmt, aber Augustus war kein unvernünftiger Despot. Es muss mehr vorgefallen sein.«

»Und was?«

»Das«, sagte Gregor, »ist eben die Frage. Augustus hat keine Erklärung dafür abgegeben, und Ovid auch nicht.«

»Wieso Ovid nicht?«

Gregor schob sich etwas näher an sie heran, doch erreichte nur, dass sie das glühende Ende ihrer Zigarette gegen ihn richtete wie eine Mündung. »Weil er«, sagte er über die Glut hinweg, »bis an sein Ende gehofft hat, dass er zurückkehren dürfte.«

»Durfte er aber nicht«, sagte Bettina, und die Festigkeit in ihrer Stimme klang viel zu aufgesetzt, um glaubhaft zu sein. Ihr finsterer Blick war nur ein lächerlicher Versuch.

»Das war sehr ungerecht«, sagte Gregor leise. »Seine Verfehlung war nämlich nicht gerichtsverwertbar. Er hat nichts getan, was wirklich strafbar war. Er ist nur in Ungnade gefallen.«

Ihre Zigarette glomm auf, ihre Augen funkelten, und er hoffte halb, dass sie ihm Rauch ins Gesicht blasen würde. Dann konnte er genauso vulgär werden. Doch sie schien den Rauch einfach zu absorbieren, nahm die Kippe aus dem Mund, warf sie haarscharf über seine Schulter auf den Boden und sah weg.

»Er selbst spricht von *carmen* und *error*«, sagte Gregor schnell.

»Aha.«

»*Carmen* bedeutet Dichtung, und tatsächlich wurden mit Ovids Verbannung auch alle Exemplare der *Liebeskunst* aus den römischen Bibliotheken entfernt. Doch allein, dass sie heute immer noch verfügbar ist, zeigt, wie ernst dieses Verbot war.«

Sie blickte grimmig, wie um zu beweisen, dass es *ihr* sehr wohl ernst war.

»Und das Wort *error* bedeutet Irrtum.«

»Ich dachte, er hatte gar nichts zu bereuen«, erwiderte Bettina spitz.

»Er war todunglücklich.«

»Vermutlich war *er* wirklich unschuldig.«

»Bestimmt.« Gregor schob sich so weit vor, dass er ihre Schulter unter dem schrecklichen grünen Pullover spürte. »Er sagt damit, dass er unabsichtlich Zeuge eines Skandals wurde, der das Kaiserhaus betraf. Die gängigste Theorie ist, dass er von irgendwelchen Intrigen um die Thronnachfolge des Augustus wusste. Das ist natürlich sehr weit gefasst. Im Grunde kann es alles heißen. Meine Theorie dagegen ist genauer. Doch leider«, sagte er mit einem traurigen kleinen Seufzer, »hat sie mir nur Hohn eingebracht.«

»Warum?«

Täuschte er sich, oder war da so etwa wie Anteilnahme in Bettinas Stimme? »Sie ist nicht nachprüfbar. Und nicht relevant. In der Forschung interessiert man sich nicht für Kriminalgeschichten.« Er lächelte kurz und tapfer.

Es wirkte. »Was ist an der Geschichte kriminell?«, fragte Bettina sofort.

»Die Medea.« Gregor verdrängte den Gedanken an seine Mutter und all die Dinge, die er in den letzten Tagen über sie erfahren hatte. »Die ist grausig. Sie war ein Ungeheuer, das schlimmste Killerweib der Literaturgeschichte. In der Antike war sie jedermann bekannt. Ovid hat ein Stück über sie verfasst. Es ist verschollen, aber aus seinen anderen Werken und zeitgenössischen Kommentaren kennt man den wahrscheinlichen Aufbau und Inhalt.«

»Und das war sein Fehler?«

»Meiner Meinung nach, ja.«

»Warum?«

»Er hat es geschafft, ihre Person annäherungsweise zu erklären.«

»Was ist daran schlimm?«

»Es war subversiv. Die Frauen konnten sich plötzlich in ihr wiederfinden.«

»Wer will sich denn in einer fiesen Kindsmörderin wiederfinden?«

»Die Frage ist«, sagte er, »wer muss sich in einer verlassenen Ehefrau erkennen?«

Sie sahen sich an, beide ungebunden, unverlassen, zumindest das. Ein Strahlen wanderte von Bettinas Augen in seine. Die Zigarette, das unmittelbare Hindernis, war fort. »Einige«, sagte sie schließlich weich und hob die Achseln.

Ob sie bei ihm bleiben würde?

»Was war mit ihnen?«, fragte sie.

»Wem?«

»Den verlassenen Ehefrauen.«

»Oh.« Gregor riss sich zusammen. »Tja, denen hat Ovid eine glaubwürdige Rächerin an die Hand gegeben. Er hat Medea aus der Monsterecke herausgeholt. Bei ihm war sie grausam, aber verständlich. Das war neu und radikal.«

»Also, ich verstehe sie nicht.« Bettina sah ihn klar aus ihren grünen Augen an. »Verlassen oder nicht, ich kapiere nicht, wie man Kinder umbringen kann. Egal aus welchem Grund.« Sie rückte ein wenig ab, und Gregor fragte sich plötzlich, ob Bettina vom Mord an der kleinen Angelina Ritrovato wusste. Vermutlich ja. Sie bearbeitete schließlich seinen Fall. Und sie schaute so wissend.

»Ich will keinen Kindsmord herunterspielen«, sprach er leise. »Aber es passiert zuweilen, und Ovid entwickelte ein plausibles Erklärungsmodell dazu. Seine Medea wird übel betrogen. Sie hat ihrem Ehemann Jason zuliebe alle Brücken hinter sich abgebrochen, doch er verlässt sie ohne Vorwarnung für eine Prinzessin, eine sichere Partie. Das ist opportunistisch und feige. Vor allem auch, weil er praktisch aus ihrem gemeinsamen Ehebett direkt zur Hochzeit mit der Neuen geht. Anders kann er es nicht durchziehen, denn es gibt nichts, was er Medea dazu sagen könnte. Medea verzweifelt daran. Sie liebt Jason und hofft noch auf ihn, während draußen vor ihrem Haus schon seine Hochzeitsgesellschaft vorbeitanzt. Ihre Kinder lehnen aus dem Fenster und sagen: Schau mal, Mama, das ist unser Papa, der da voranzieht. Zuletzt wird sie von seinem neuen Schwiegervater mit bösartigen Drohungen aus der Stadt verwiesen. Sicher wird ihr auch gesagt, dass sie die Kinder hergeben muss, denn die gehörten damals den Vätern. Und dann dreht sie durch.«

Bettina schüttelte den Kopf. »Nein. Alle anderen würde ich verstehen. Von mir aus könnte sie Jason töten. Die neue Braut. Den Schwiegervater. Nur nicht die Kinder.«

»Siehst du«, sagte Gregor, »und das ist vermutlich genau der Gedanke, vor dem Augustus Angst hatte.«

»Wieso?«

»Hast du selbst gesagt. Wenn Medea sich nur logisch verhalten hätte, wenn ihre Rache die ›richtigen‹ Personen getroffen hätte, dann würde das jedermann verstehen. Es wäre jedenfalls besser als der Tod der Kinder.«

»Oh ja.«

»Das ist ein Kunstgriff. Ovid erreicht damit etwas Unheimliches. Auch er kann Medeas letzten Schritt nicht erklären, das versucht er erst gar nicht. Aber er schafft es, dass man ihr zurufen möchte: Nimm die anderen! Nimm Jason! Oder diesen widerwärtigen Kreon, seinen neuen Schwiegervater! Die haben es doch wirklich verdient!«

Bettina wandte die Augen nicht von seinem Gesicht.

»Wüsste man nicht, dass die Kinder sterben müssen, wäre man vielleicht nicht so sensibel für das Unrecht, das die beiden Männer tun. Und vor allem nicht so bereit, sie zu opfern.«

Bettina hob die Brauen.

»Oder würdest du einer verlassenen Ehefrau raten, ihren Ex-gatten zu töten?«

»Natürlich nicht.«

»Nicht? Eben noch hast du gesagt, du würdest sogar einen Mord an dem Schwiegervater verstehen.«

Bettina machte den Mund auf, dann klappte sie ihn wieder zu und schwieg.

»Nehmen wir mal an«, fuhr Gregor fort, »Medea hätte ihre Kinder nicht getötet. Und auch sonst niemanden.«

»Dann würde sie mir leidtun«, sagte Bettina.

»Nein«, sagte er. »Dann hättest du nie von ihr gehört. Sie wäre verachtet, finanziell unterversorgt, getrennt von ihrer Familie, eine gebrochene Randgestalt. Nichts Besonderes. Nur eine von vielen verstoßenen Frauen. Etwas, das alle Tage vorkommt. Heute wie damals. Überall. Sogar unter Augustus im römischen Kaiserhaus.«

»Was ist passiert?«, fragte Bettina ahnungsvoll.

»Tiberius.«

»Wer war das?«

»Augustus' Nachfolger. Er war ein erfolgreicher Feldherr und der Sohn von Livia, der Kaiserin, doch kein Nachkomme des Augustus. Eine Chance auf den Thron hatte er nur dann, wenn er sich bereit zeigte, die Blutlinie fortzuführen. Also trennte er sich auf Weisung des Augustus von Vipsania Agrippina, seiner Ehefrau, mit der er einen dreijährigen Sohn hatte und die ihn bekanntermaßen liebte. Und heiratete Julia, die kaiserliche Tochter.«

»Nein.«

»Ja. Für Julia war es übrigens schon die dritte solche Zwangs-ehe, und sie wurde denkbar schlecht. *Medea* war zu dieser Zeit längst veröffentlicht. Aber Kunst braucht eben ein Echo im

Leben, um zu wirken. Ich stelle mir Ovids Untergang so vor: Irgendwann sah die kaiserliche Familie eine Aufführung seines Dramas. Ganz unvoreingenommen. Eigentlich wollten die Caesares nur ein Schauspiel genießen und sich am verdienten Sturz der Medea moralisch aufrichten. Stattdessen mussten sie sich selbst erkennen. Leider fanden sie sich aber in den Figuren, von denen jedermann sagte: *Wieso stirbt eigentlich nicht der?* Nimm Augustus. Er war die Paradebesetzung für den hinterhältigen Schwiegervater, denn er hatte praktisch seine gesamte Familie zusammengeklaut und verschob sogar nahe Angehörige nach Gutdünken in neue Ehen. Tiberius machte als feiger und ferner Kriegsheld Jason auch keine gute Figur, und der Rest der Familie fühlte sich vermutlich ebenfalls getroffen. Und so …« Gregor hob die Hände und streifte dabei Bettinas Ärmel. »Allein der Verbannungsort Ovids ist bezeichnend.« Der Ärmel fühlte sich tröstlich an, wenn er auch kratzig und grün war. *Sehr* tröstlich. Der Ärmel einer Frau, die er nicht erklären musste. Die weder in Geldgier noch in Schuld erstarrt war. Eine lebendige Frau.

»Wieso?«, fragte sie.

»Wieso was?«, fragte Gregor verwirrt.

»War dieser Verbannungsort bezeichnend?«

»Oh. Ach so. Die Schwarzmeerküste war die ursprüngliche Heimat der Medea.« Er lächelte.

Bettina nicht.

»Und vermutlich«, fügte er an, »hatten Augustus oder sein Nachfolger Mittel, ein Buch *wirklich* zu verbieten. Sie haben den Spiegel zerbrochen. *Medea* ist das einzige Werk von Ovid, das tatsächlich verschollen ist. Die Zensur der *Liebeskunst* dagegen war nicht ernst gemeint.« Er blickte ihr in die golden gesprenkelten Augen. »Gar nicht ernst.«

Sie küsste ihn plötzlich. Sie konnte nicht anders: Sie stand in die Ecke gedrängt in einem Glaswinkel, zwischen zwei Myrtenbäumen.

Doch irgendwann machte sie sich wieder frei. »Hatte Ovid eine Frau?«, fragte sie rau.

»Drei Ehefrauen«, sagte Gregor, ohne viel denken zu können. »Oh.«

»Nacheinander.«

Sie blickte ironisch. »Ich meine: Hatte er eine Frau, die mit ihm gegangen ist? In die Verbannung?«

»Nein.« Gregor bereute diese Antwort sofort. Er sah das Urteil in Bettinas Gesicht.

»Er war kein Familienvater, nicht wahr?«, sagte sie.

»Doch«, erwiderte er alarmiert. »Er hatte eine Tochter.«

Sie dachte einen Moment nach. Dann schob sie sich an ihm vorbei. »Wohin fliegst du?«

»London.«

»Wenn ich dir folge, werde ich dann Frau Ballier finden?«

Er schloss die Augen.

Als er sie wieder öffnete, war sie an der Tür. Sie drehte sich um und warf ihm durch den Rauch eine Kusshand zu. Dann schritt sie hinaus. Die Tür schloss sich automatisch hinter ihr. Da, wo sie gestanden hatte, erschien auf dem Glas ein kaum kenntlicher, kaffeefarbener Myrtenbaum.

Monika et Ulrike quamvis indignae laicae gravidae hunc codicem scripserunt

Danke

an alle lieben Babysitter

an Volker Jaecklein
und Agazio Ritrovato
für die freundliche Leihgabe ihrer guten Namen

an meinen Informanten
Kriminalhauptkommissar Herbert (Schnully) Walter

an meine Agentin
Petra Herrmanns

an Ariadne,
die sicher irgendwann
am Himmel als Sternbild zu sehen sein werden

an Peter,
der mit mir nach Pisa geflogen ist

an Karl und Paul,
die an diesem Buch auch mitgemacht haben

und an meine Freundin und Lektorin
Ulrike Wand

Ulrikes Best Shots

Text: Er raschelte wieder in Papieren.
Lektorin: Menschen rascheln nicht.

Text: »Sie werden«, knirschte Jaecklein bedrohlich, »mir erzählen, wie das mit der Bombe war.«
Lektorin: Er kann nicht einen ganzen Satz lang knirschen. Und auch noch gleichzeitig sprechen.

Text: »Wir haben Sie als Erste hergebeten, haben wir, weil die Mütter der anderen beiden Jungs Hausfrau und Bankangestellte sind.«
Lektorin: Würde ihn seinen Tick etwas sparsamer ausleben lassen, klingt sonst zu sehr nach Asterix bei den Briten, tut es nicht?

Text: »Das hat Hauptkommissar Härting vorhin gebracht«, bemerkte Kaiser säuerlich, immer noch von ihrem Drachenbaum aus.
Lektorin: Klingt, als sei sie raufgeklettert ...

Text: Doch mit hochgesteckten Haaren und in einem Rock zu kommen, war eben etwas anderes.
Lektorin: Mich stört besonders das Kommen im Rock ...

Text: Ein kurzer Blick unter der Fliegerbrille hervor streifte Anna ...
Lektorin: Bei einer Fliegerbrille kann ich mir höchstens einen »Blick über dem Rand der ...« vorstellen, aber auch das ist schwierig. Übrigens firmiert die Fliegerbrille nicht nur unter dem Begriff der Pilotenbrille, sondern auch unter »Pornobrille«, was ich noch nie vorher gehört hab ... http://www.yatego.com/q,fliegerbrille

Text: Es grünt so grün wenn Spaniens Blüten blühn
Lektorin: *Mit e, oder? Sonst passt der Rhythmus nicht.*
Autorin: Nee, ohne e.
Lektorin: *Muss widersprechen, vgl. http://www.magistrix.de/lyrics/*
            Eliza%20und%20Higgins/Es-Gruent-So-Gruen-
            260828.html. Wäre ja auch komisch, wenn die den
            einen perfekten Satz, den sie dann kann, durch eine
            umgangssprachliche Verkürzung wieder kaputtmacht.
            Und hier noch mal zum Hören: http://www.amazon.de/
            gp/recsradio/radio/B00002620N/ref=pd_krex_dp_0010
            07?ie=UTF8&track=007&disc=001. Da ist es zumin-
            dest beim ersten »Blühen« sehr deutlich.
Autorin: Okay. Ich hab's gehört. Das eine Mal blühen und alle
            anderen Male blühn – aber für Eliza schreib ich's halt
            mit e. Und für dich.

Kriminelle Heimat

Dagmar Scharsich

»Von erstaunlicher schriftstellerischer Meisterschaft und umwerfend originell.« *Stiftung Lesen*

Der grüne Chinese
Ariadne Krimi 1180 · ISBN 978-3-86754-180-0

Marie Baer ist Antiquarin in Berlin Mitte. Kiezbewohner gehen bei ihr ein und aus; sie kauft, verkauft und unterhält Touristen mit Anekdoten. Eines Tages bekommt sie ein paar uralte Romanhefte angeboten: Wanda von Brannburg, Deutschlands Meisterdetectivin. Eine weibliche Heldin in einer Groschenheft-Serie aus der Kaiserzeit? Da gab es doch noch gar keine Detektivinnen! Aber das Manuskript, das Marie dann in die Hände fällt, ist von 1909 und anscheinend das Tagebuch einer jungen Baronesse, die in einen hochdramatischen Polit-Thriller verstrickt wird. Ist Wanda eine literarische Figur, oder hat sie wirklich gelebt?

In Dagmar Scharsichs filigranem Zwei-Zeiten-Roman sieht man förmlich, wie der erste Zeppelin über der Hauptstadt kreist: ein kriminell-berauschendes Sittenbild des alten und neuen Berlin.

Die gefrorene Charlotte
ariadne classic 011 · ISBN 978-3-86754-011-7

Berlin, August 1989, die letzten Wochen der DDR. Die stille Cora bekommt zum 30. Geburtstag sechs Gefrorene Charlotten, zarte Porzellanwesen aus Tantes kostbarer Puppensammlung. Dann plötzlich droht Pfändung, Cora trifft einen Antiquitätenexperten – ein Mord geschieht! Zugleich spitzt sich ringsum die Atmosphäre zu: In Berlin wächst der politische Unmut, bürokratischer Stellungskrieg und Verdächtigungen blühen. Wem kann Cora jetzt noch trauen?

»Ein ›Wendekrimi‹ über Antiquitäten, Stasi, Flucht, DDR-Alltag. Intensive Spannung!« *Sender Freies Berlin*